HEYNE

Zum Buch

Maccus Brawley, äußerst attraktiv und ehrgeizig, hat nur einen Makel: Als Neureicher ist ihm der Zutritt in die bessere Gesellschaft verwehrt. Als er Fayre Carlisle trifft, sieht er in ihr sein »Eintrittsbillet« in die Welt des Adels. Die junge Lady ist nicht nur von ausnehmender Schönheit, sondern kommt auch aus namhaftem Hause und hat die notwendige Etikette von Geburt an verinnerlicht. Was Maccus nicht weiß: Fayres Ruf ist skandalös. Doch Maccus ist ihr längst verfallen…

Pressestimmen

»Gut geschrieben, temporeich und absolut sexy: Barbara Pierce ist ein Bestseller gelungen.«
A Romance Review
»Barbara Pierce besticht durch ihre faszinierenden Helden: eine mitreißend sinnliche Geschichte!«
The Romance Readers Connection

Zum Autor

Seit ihrer Kindheit spuken Barbara Pierce romantische Geschichten durch den Kopf. Als sie sich dann endlich hinsetzte und sie niederzuschreiben begann, wurde dies ein durchschlagender Erfolg. Die Presse lobt ihre historischen Liebesromane in den höchsten Tönen, ihre Leserinnen können gar nicht genug davon bekommen. Mit ihrem Mann und drei Kindern lebt Barbara Pierce in der Nähe von Atlanta.

BARBARA PIERCE

Eine unwiderstehliche Versuchung

Roman

Aus dem Englischen von
Christine Voland

WILHELM HEYNE VERLAG

Das Original WICKED UNDER THE COVERS
erschien bei St. Martin's Press, New York.

FSC
Mix
Produktgruppe aus vorbildlich bewirtschafteten Wäldern und anderen kontrollierten Herkünften

Zert.-Nr. SGS-COC-1940
www.fsc.org

Verlagsgruppe Random House FSC-DEU-0100
Das für dieses Buch verwendete FSC-zertifizierte Papier
Holmen Book Cream liefert Holmen Paper, Hallstavik, Schweden.

Vollständige deutsche Erstausgabe 12/2009

Printed in Germany 2009
Umschlagillustration: © Pino Daeni via Agentur Schlück GmbH
Umschlaggestaltung: Nele Schütz Design, München
Dieses Werk wurde vermittelt durch die Agenturen:
Books Crossing Borders, Inc. und Interpill Media GmbH, Hamburg
Satz: IBV Satz- und Datentechnik GmbH, Berlin
Druck und Bindung: GGP Media GmbH, Pößneck
ISBN: 978-3-453-77252-6

www.heyne.de

Für Todd – mit dem ich Pferde stehlen kann.

Liebe und Skandale versüßen den Tee am besten.

Henry Fielding,
Lady Matchless in Love in Several Masques
(1728), IV/11

Erstes Kapital

Middlesex, England – März 1807

Lady Fayre Eloisa Carlisle war ruiniert.

Diese Vorstellung vermochte sie im Augenblick jedoch nicht gerade zu schockieren. Nicht, nachdem ihr Körper noch unter den Nachwirkungen vibrierte, die sie der unermüdlichen Hingabe ihres Liebhabers eine Stunde zuvor verdankte. Wenn ihr jemand vor drei Monaten gesagt hätte, ihr Schicksal sähe es vor, dass sie einen feinen Herrn träfe, der sie dazu verleiten würde, der anständigen und sittsamen Welt den Rücken zu kehren, hätte sie ihn verwegen einen Lügner genannt.

Mit geschlossenen Augen seufzte sie sanft und zufrieden, als sie über den Mann nachdachte, der neben ihr schlief. Nie hatte sie solch eine impulsive Reaktion auf jemanden verspürt. Lord Thatcher Standish war einfach außergewöhnlich. Mit seinen fünfundzwanzig Jahren war er der Inbegriff eines schönen Mannes, und auch seine gute Herkunft war nicht zu leugnen. Neben ihrer schlanken Gestalt war Lord Standish eine wahrhafte Bastion der Männlichkeit mit seiner glatten, dunkelblonden Mähne, den seelenvollen, braunen Augen und dem leisen Witz. Er hatte unter den unverheirateten Damen der Londoner Gesellschaft das neugierigste Augenspiel ausgelöst. Er war der zweite Sohn des Marquis von Pennefeather, doch das hatte seiner Beliebtheit am königlichen Hofe keinen Abbruch getan. Sein lebenslustiger Freundeskreis und seine Vergnügungen unterschieden sich doch sehr von Fayres biederer Welt. Es war also nicht überraschend, dass sie sich in der vergangenen Saison nicht kennengelernt hatten. *Unsere zufällige Begegnung vor drei Monaten in Brighton besiegelte unser Schicksal, mein Herr*, dachte Fayre mit einer Spur Süffisanz. Später hatte ihr Lord Standish gestanden, sich aus der Ferne in sie verliebt zu haben, als sie mit einem Vetter des Prinzen von Wales plauderte. Da Fayre die Avancen eifriger Verehrer nur zu gut kannte, hatte sie sein wohlwollendes Dafürhalten zuerst als falsche Schmeichelei abgetan.

Doch Lord Standish war darauf bedacht gewesen, ihr seine Ehrenhaftigkeit unter Beweis zu stellen. Kein Abend verging, an dem sie nicht sein markantes Gesicht in der Menge erkannte, dessen glühender Blick stets auf sie gerichtet war. Zu ihrer Freude pries er in Gedichten ihre Schönheit und ihr warmes Lächeln. Eines Nachts vor dem Zubettgehen war er zu ihrer Überraschung vor ihrem Fenster erschienen und hatte ihr rührende Lieder von unerfüllter Liebe vorgetragen.

Er schickte ihr Geschenke. Jeden Nachmittag kamen Körbe voller Tropenpflanzen und kleine Aufmerksamkeiten wie Taschentücher mit ihren gestickten Initialen und Parfüm, das Fayre an eine Wiese voller Wildblumen erinnerte. Kein Gentleman hatte sie je mit solchem Eifer und so romantischer Inbrunst umworben.

Seine Hingabe hatte Fayre verzaubert.

Sie lächelte bei der Erinnerung daran und drehte sich auf den Rücken. Sie streckte die Hand nach dem

Mann aus, der ihre wohligen Gedanken einnahm. Sie öffnete irritiert die Augen, als sie nur das kühle Kissen ertastete. Verwundert setzte sie sich auf und sah sich im Zimmer um.

Sie war allein. Wohin war er verschwunden?

Lord Standish hatte doch kühn das Verlangen geäußert, die ganze Nacht in ihren Armen schlafen zu wollen. Alles war vorher arrangiert worden. Sie hatten beide die Einladung von Lord und Lady Mewe zu den Festlichkeiten auf ihrem Landsitz eigens für ihr Rendezvous angenommen. Die Party auf Mewe Manor war besonders reizvoll gewesen, weil Fayres Familie es vorgezogen hatte, fernzubleiben. Es handelte sich eher um eine Frage der Diskretion als um die Angst davor, was ihr Vater, der Herzog von Solitea, Lord Standish antun würde, wenn er herausfand, dass sie ihn sich zum Liebhaber auserkoren hatte. Wenn man die unzähligen Affären bedachte, auf die sich sowohl der Herzog als auch ihre Mutter einließen, würden sie es wohl sogar befürworten, dass sie sich endlich wie eine echte Carlisle benahm.

Wo war er nur hin?

Fayre grübelte darüber nach, während sie sich schnell den Umhang um die Schultern wickelte. Lord Standish war hocherfreut darüber gewesen, dass sie diese Zeit zusammen verbringen konnten. Ihnen blieben noch Stunden, bevor die Dienerschaft mit der morgendlichen Arbeit begann. Beide hatten große Risiken auf sich genommen.Deshalb konnte sie sich nicht vorstellen, warum er nicht bei ihr geblieben war, um die Früchte voll auszukosten.

Es dämmerte noch nicht, und die Luft war eisig.

Fayre wickelte sich den Umhang um die Schultern. Sie nahm keine Kerze mit, da sie sich zutraute,auch in der Dämmerung Lord Standishs Schlafzimmer am Ende des Ganges zu finden, ohne sich den Zeh an einem Möbelstück zu brechen. Sie war nur mit einem Nachtgewand bekleidet, doch sie hatte ja die Absicht, nur ihrem Liebhaber zu begegnen. Wenn er schon ihre Ehre durch seinen frühen Rückzug respektierte, dann konnte sie ihm wenigstens einen süßen Kuss auf die Lippen drücken. Wenn er mehr verlangen würde, dachte Fayre schelmisch, wäre sie willens, es ihm zu erlauben.

Sie öffnete vorsichtig die knarrende Tür und zuckte zusammen. Sie hoffte, das Geräusch hatte niemanden aufgeweckt. Möglicherweise sollte sie beim Frühstück der Gräfin einen Hinweis auf die Nachlässigkeit des Personals geben. Man konnte doch unmöglich bei solch knarrenden Türen eine Affäre diskret behandeln. Fayre hielt den Atem an und lauschte, was mit einem pochenden Herzen und strapazierten Nerven fast aussichtslos war. Vielleicht hatte sie doch nicht die Carlislesche Abenteuerlust geerbt.

Bei dem Gedanken hielt sie inne. Nur weil sie Regeln zu schätzen wusste und dem Unterricht stets gefolgt war, ganz anders als ihr Bruder Tem, bedeutete das nicht, dass es ihr an Mut mangelte! Fayre war achtzehn und mit dem Lebensstil der stumpfsinnigen Londoner Gesellschaft vertraut. Sie konnte einen dunklen Gang zum Zimmer ihres Liebhabers passieren, ohne gleich hysterisch zu werden.

Sie atmete tief durch und riss die Tür auf, was zu ihrer Überraschung fast lautlos geschah. Ermutigt trat sie auf den Gang hinaus. Auf dem Weg zu Lord Standishs Zimmer tastete sie sich an der Wand entlang. Leise zählte sie die Türen, an denen sie vorbeikam. Die Situation konnte peinlich werden, sollte sie versehentlich an der falschen Tür klopfen. Obwohl es recht kühl war, wurde es ihr ganz heiß. Es war für sie ein aufregendes Abenteuer, bis sie plötzlich das Knarzen eines Türknaufs hörte. Erschrocken warf sie beinahe einen Tisch um, als sie sich näher an die Wand drückte. Sie stieß gegen ein Tischbein. Fluchend umfasste sie ihr verletztes rechtes Knie. Dann erstarrte sie, als die Tür geöffnet wurde und ein fahles Kerzenlicht in den Korridor fiel. Fayre hinkte hinter den langen, schmalen Tisch und kauerte sich nieder. Sie betete, dass sie dort nicht entdeckt werden würde. Zu ihrer Bestürzung schien ihr Nachthemd auch in der Dunkelheit zu leuchten. Sie verfluchte sich. Was hatte sie sich nur dabei gedacht, ein weißes Nachtgewand anzuziehen? Darin konnte man doch nicht unbemerkt bleiben! Eifrig suchte sie nach einer möglichen Erklärung, warum sie mitten in der Nacht halbbekleidet ohne Kerze durch die Gänge streifte. *Sie schlafwandelte.* Der Gedanke beflügelte sie. Ja, sie schlafwandelte, beruhigte sie sich verzweifelt, während der Lichtschein auf dem Boden größer wurde und sich bewegte. Es war vollkommen plausibel. Nur wünschte sie, es wäre auch die Wahrheit.

Ein Mann trat auf den Flur, und sie hielt den Atem an. Du liebe Güte, das war ja Lord Standish. Ein Stein fiel ihr vom Herzen. Welche Fügung, es war der Mann, den sie suchte. Fayre wollte aufstehen, erfreut, dass er zu ihrem Gemach zurückkehrte. Sie öffnete den Mund, doch zögerte, ihm zuzurufen. Spielte ihr die Dunkelheit einen Streich? Denn seine Miene hatte plötzlich etwas Bedrohliches, als er den Gang entlangspähte. Fayre hielt den Atem an und machte sich klein.

Lord Standish äugte in die Dunkelheit und sog die Luft ein wie ein Tier. Hatte er sie verlassen, um ein Bad zu nehmen? Beunruhigt fragte sie sich, ob sie etwa einen Geruch verströmte. Sie zog am Mieder ihres Nachthemds und roch zögerlich an sich. Das Gewand hatte nichts Anstößiges an sich. Erleichtert strich sie den Stoff glatt. Lord Standish konnte offenbar nur den Teil des Flurs sehen, den das Licht der Kerze erhellte, wenn sie die verstohlenen Blicke richtig deutete. Nachdem er mit dem Flur und dessen Geruch zufrieden war, schielte er noch einmal kurz in ihre Richtung, bevor er in die entgegengesetzte Richtung verschwand.

Angesichts dieser unerwarteten Wendung kniff Fayre die Augen zusammen. Sie zog sich am Tisch hoch und fühlte sich völlig verspannt. Wenn er nicht zu ihr kam, wohin zum Teufel ging er um diese Uhrzeit, oder viel wichtiger, zu wem?

Die Carlisles hatten schon viele Beschimpfungen über sich ergehen lassen müssen. Doch niemand hatte sie jemals der Feigheit bezichtigt. Fayre stand ihnen in nichts nach. Sie wartete, bis der Abstand groß genug war, um ihrem Liebhaber mit gedämpften Schritten zu folgen. Lord Standishs Kerze kam ihr in zweierlei Hinsicht zugute. Sie erlaubte es ihr nicht nur, dem umherstreifenden Lord in sicherer Distanz nachzugehen, sondern das Licht enthüllte ihr auch versteckte Hindernisse, so dass ihr Weg weniger tückisch wurde.

Fayre folgte ihm zwei Etagen hinab und dann durch

einen Teil des großen Hauses, den sie bei Tag noch nicht betreten hatte. Oder doch? Dieses Haus verwirrte sie in der Dunkelheit ohne Maßen. Plötzlich drang schallendes Gelächter aus einem verschlossenen Zimmer, vermutlich dem Musikzimmer, und beide erstarrten. Scheinbar hatte nicht jedermann sein Bett gefunden. Lord Standish schien ebenso verblüfft angesichts dieser Entdeckung. Er starrte die Tür an und lauschte einige Minuten der Unterhaltung im Zimmer, bevor er durch eine Seitentür weiterging.

Der nächste Flur war so schmal, dass Fayre vermutete, er wurde ausschließlich vom Personal benutzt. Er war außerdem nicht aufgeräumt. Es gelang ihr nur knapp, nicht über mehrere gestapelte und mit einem Laken abgedeckte Stühle zu stolpern. Sie konnte sich nicht vorstellen, wohin Lord Standish gehen mochte. Er schien den Weg zu kennen und blickte nur ab und zu hinter sich, um sich zu vergewissern, dass niemand ihn beobachtete. Manchmal pfiff er sogar leise vor sich hin.

Der schmale Korridor öffnete sich zu einem langen Gang. Fayre schlüpfte hinter eine der riesigen Marmorsäulen, die die lebensgroßen Porträts von Lord Mewes Vorfahren einrahmten. Lord Standish schlenderte durch die Galerie, ohne einen Blick auf die Gemälde zu werfen, und bog links ab. Auf Arianrod, dem Sommersitz des Herzogs von Solitea, hatte die Ahnengalerie keinen extra Ausgang. Möglicherweise war dieser Raum genauso konstruiert. Vorsichtig rückte Fayre von Säule zu Säule vor, in der Hoffnung, nicht Lord Standish vor die Füße zu laufen, wenn er plötzlich kehrtmachte.

Das Licht, das sie geleitet hatte, wies ihr nicht weiter den Weg. Lord Standish hatte sein Ziel erreicht. Als sie näher kam, hörte sie ein leises Murmeln. Fayre ließ sich nicht abhalten von dem flauen Gefühl in ihrem Magen und spähte um die Ecke zu ihrer Linken. Ein Blick genügte, um ihren Verdacht zu bestätigen. Sie biss sich auf die Unterlippe und ging langsam rückwärts, bis sie sich hinter einer der Säulen am Eingang der kleinen Nische verstecken konnte. Fayre bezweifelte, dass Lord Standish sie gesehen hatte.

Er war zu beschäftigt, die Frau, die er gegen die Wand gedrückt hatte, zu verschlingen.

»Dafür ist später noch Zeit, Thatcher. Was ist mit dem Mädchen?«, fragte die Frau, als Lord Standish ihren Hals küsste.

»Als ich ging, schnarchte sie friedlich.«

Sie vergaß eine Sekunde, wo sie war, und öffnete die Lippen, um die empörende Lüge dieses Unholds zu bestreiten. *Um Gottes willen, ich schnarche nicht!* Sie schlug sich die Hand vor den Mund und fand es lächerlich, dass sie sich wegen einer winzigen Beleidigung erregte, obwohl doch gerade ein heuchlerischer Schwindel ihr das Herz brach.

Die Frau stieß ihn weg. »Es ist getan?«

Ihr Widerstand frustrierte Lord Standish, und er atmete schroff aus. Er stützte sich mit der Hand gegen die Wand über der rechten Schulter der Frau. »Ja. Lady Fayre Carlisle hat ihre Jungfräulichkeit mit der Sorglosigkeit einer Hure in Covent Garden aufgegeben.« Mit der anderen Hand ergriff er ihre Brust und umfasste sie. »Ich habe meinen Teil getan, Othilia. Jetzt will ich meine Belohnung.«

Teil? Belohnung? Fayre hatte vergessen, dass sie die Hand auf dem Mund hielt, bis warme Tränen darauf fielen. Vorsichtig senkte sie die Hand. Unruhig ballte sie die Faust und streckte die Finger wieder. Sie riskierte einen erneuten Blick.

»Die Verführung dieses kleinen Ausbunds an Tugend ist nur der erste Akt unseres Schauspiels.« Die Frau schnaubte und legte den Kopf in den Nacken, damit er sich an ihrem saftigen Mund laben konnte. Sie wich seinem nächsten Vorstoß aus und lächelte niederträchtig. »Ach, ich wünschte, ich hätte es so einrichten können, dass Solitea euch gerade in dem Moment findet, als du seine kostbare Tochter entjungfertest. Seine Qual hätte mir noch Jahre später ein Lächeln ins Gesicht gezaubert.«

Der Mann, in den sich Fayre verliebt zu haben glaubte, prustete vor Lachen. »Nur wäre es nicht besonders praktisch, meine Liebe, wenn der Herzog mich kastriert.« Er presste seine Hüfte an sie. »Du würdest meine Rute ebenso sehr vermissen wie ich.« Die Frau zog sein Gesicht an ihren Busen, und er strich besitzergreifend über die Rundungen ihrer Hüfte.

Fayre lehnte das Gesicht an den kühlen Marmor und weinte leise. Ihr schlanker Körper bebte vor unterdrücktem Kummer. Sie war abgelenkt durch Lord Standishs Verrat, und so brauchte sie einige Minuten, bevor sie sich den Namen der Dame wieder ins Gedächtnis rief. Othilia hatte er sie genannt. Sie kannte nur eine Dame mit diesem Vornamen, und das war Lady Hipgrave.

Sie war die Geliebte ihres Vaters.

Das war sie zumindest gewesen. Fayre rieb sich die Stirn, denn plötzlich bekam sie Kopfschmerzen. Sie musste zugeben, dass sie es vor Jahren aufgegeben hatte, auf die jeweiligen Gefährtinnen ihres Vaters zu achten.

»Nicht hier«, raunte die Gräfin heiser, doch sie hielt ihn auch nicht gerade zurück. »Wir könnten entdeckt werden.«

»Das hat uns gestern Abend auch nicht davon abgehalten, uns an Mewes Gewächshaus zu erfreuen.« Er war mit der Hand bis zu ihrem Rocksaum vorgedrungen. Ihr Bein war beinahe vollständig entblößt.

»Wir müssen Pläne schmieden, Thatcher«, erklärte Lady Hipgrave und spreizte leicht die Beine, damit er auf Entdeckungstour gehen konnte. »Die Kleine zu entjungfern, war nur das Vorspiel. Nun müssen wir die Gesellschaft darüber in Kenntnis setzen, welche ungezogenen Spiele die Carlisle-Göre in deinem Bett gespielt hat.«

Standish hörte auf, an ihrer Schulter zu knabbern. Er hob den Kopf und sagte: »Ist das wirklich nötig? Wie die Dinge jetzt stehen, wird mich ihr Bruder jedes Mal, wenn ich das Haus verlasse, zum Duell fordern.«

Fayre knirschte beim schrillen Lachen der Gräfin mit den Zähnen. Sie wischte sich die Augen trocken, legte die Arme um die Säule und horchte.

»Sehr unwahrscheinlich. Lord Temmes ist beinahe so verkommen wie sein Vater, was seine Affären betrifft. Es wäre doch sehr heuchlerisch von ihm, wenn er einen Gentleman der Ausschweifung bezichtigte, obwohl er selbst gerne Unschuldige verführt.«

Lord Standish schüttelte den Kopf. Er war nicht überzeugt. »Nicht, wenn die Unschuldige seine Schwester ist«, widersprach er.

»Liebling, es gibt keine unschuldigen Carlisles«, schnurrte Lady Hipgrave. »Lady Fayres Untergang war leider unvermeidlich. Ich sollte es wissen. Seine Gnaden teilt mit mir seit acht Jahren immer mal wieder das Bett.«

Die Gräfin war gerade zwanzig gewesen, als Fayres Vater sie verführte. Selbst wenn Lady Hipgrave noch unberührt gewesen sein sollte, als sie zu ihrem Vater ins Bett gestiegen war, konnte Fayre niemand erzählen, dass sie nicht freiwillig dort war. Fayre wusste genug über die junge Gräfin, um sich eine unschmeichelhafte Meinung über ihren Charakter gebildet zu haben. Als sie jünger war, hatte es Gerüchte gegeben, wonach sie zuerst die Mätresse des Prinzen von Wales gewesen war. Wie sie die Aufmerksamkeit des Herzogs auf sich gezogen hatte, war eine beliebte Klatschgeschichte. Fayre hatte verschiedene Fassungen gehört. Eine endete damit, dass der Prinz sie aus Langeweile gegen eine Andere eingetauscht hatte. Die Gräfin hatte daraufhin aus lauter Vergeltung den Herzog ins Auge gefasst, um so dem Thronerben eins auszuwischen. Eine andere Version der Geschichte war etwas dramatischer. Darin fochten beide Herren um die Gunst der Dame. Wenn man dem Gerede Glauben schenkte, dann hatte es eine öffentliche Auseinandersetzung gegeben, deren Details jedes Mal etwas abgewandelt wurden. Letzten Endes hatte sie den Herzog dem Prinzen von Wales vorgezogen.

Selbst acht Jahre zuvor, als sie im zarten Alter von

zehn Jahren abgeschieden mit ihrer Gouvernante auf Arianrod weilte, hatte Fayre das Personal über ihren Vater und seine hübsche Geliebte reden hören. Die Machenschaften der Dame hatten selbst den Ärger ihrer Mutter erregt, und sie kannte sonst keine Frau, die toleranter war, was die Liebschaften ihres Mannes betraf.

Seit Generationen waren die männlichen Carlisles für zwei Dinge berüchtigt: ihre verbotenen Liebesaffären und ihre gleichermaßen dramatischen Tode. Mit Ausnahme ihres Vaters konnte sich Fayre an keinen Erben erinnern, der nicht vor seinem vierzigsten Geburtstag gestorben war. Als Kind hatte sie sich Sorgen gemacht. Die Dienerschaft hatte es den Solitea-Fluch genannt. Trotzdem hatte ihr Vater seinen vierzigsten Geburtstag überlebt. Das grenzte an ein Wunder, wenn man bedachte, wen er sich alles zur Geliebten nahm.

Der Klang von Lord Standishs Stimme holte Fayre zurück in die Gegenwart.

»Ich bedaure es, dir von Jinny und Solitea erzählt zu haben. Du denkst an nichts anderes mehr«, beklagte er sich.

»Selbst wenn du mir nicht gesagt hättest, dass der Herzog dieses Luder in sein Bett geholt hat, dann hätte mir jemand anderes sicher nur zu gerne die gute Neuigkeit überbracht.« Lady Hipgrave streichelte ihm beschwichtigend die Wange.

Die Stimme der Gräfin klang überaus bitter. Fayre hätte Mitleid mit ihr gehabt, hätte die Dame nicht böswillig einen ihrer Liebhaber zu ihr geschickt, um Rache für die Missetaten ihres Vaters zu üben. Um sich zu trösten, schlang Fayre die Arme fest um sich Jedes Wort aus Lord Standishs Mund war eine Lüge gewesen. Ihre Affäre hatte nichts mit Liebe zu tun gehabt. Er hatte keine Gefühle für sie gehegt. Fayre sah der Wahrheit unverzagt ins Auge. Sie ließ den Schmerz durch ihren Körper fließen. Sie musste ihren Kopf benutzen und nicht dem Verlust einer Illusion nachtrauern.

Fayre vermutete, dass sie diese Jinny kannte, die Lord Standish erwähnt hatte. Doch sie kannte sie als Lady Talemon. Die ehrgeizige Dame war vier Jahre jünger als Lady Hipgrave und hatte ihren Grafen mit nur sechzehn geheiratet. Mit neunzehn hatte sie ihn beerdigt. Die Witwe hatte ihren Mann betrauert und dann das Beste aus dem Titel und dem Geld gemacht. Sie bewegte sich in den höchsten Kreisen der Londoner Gesellschaft, amüsierte sich mit den Prinzen und deren Freunden. Ihre Schönheit und die Affären hatten ihr zahlreiche Feinde eingebracht, darunter auch Lady Hipgrave.

Es musste die Gräfin geärgert haben, dass sich der Herzog von Solitea eine jüngere, hübschere Rivalin zur nächsten Gefährtin erwählt hatte. Die Gräfin war eine Jägerin im wahrsten Sinne des Wortes, und hatte demnach diejenige aus dem Carlisle-Clan angegriffen, die sie als das schwächste Glied erachtete. Fayre wischte sich die Tränen ab, die sie nicht zurückhalten konnte. Sie konnte Lady Hipgrave für die Einschätzung keinen Vorwurf machen, die in ihr die beste Möglichkeit sah, dem Herzog Schaden zuzufügen. Doch die Dame hatte ihre Beute unterschätzt. Fayre war alles andere als hilflos und konnte durchaus zurückschlagen, wenn man sie provozierte.

Doch sie war über die Provokation hinaus. Sie war mordlustig. Entgegen ihrer Familie hatte sie sich nie der Illusion hingegeben, verliebt zu sein. Das allein machte Lord Standish einzigartig. Die Gefühle für ihn waren ihr nun peinlich. Sie konnte sich nicht entscheiden, wen sie mehr verabscheute, die beiden Menschen, die sie in den Ruin treiben wollten, oder sich selbst, weil sie es beinahe zugelassen hatte.

»Es muss öffentlich geschehen«, raunte Lady Hipgrave.

Lord Standish fluchte laut. »Mein Gott, Weib, du kraulst mir das Gemächt vor den Augen von Mewes hässlichen Vorfahren. Wie viel öffentlicher kann es noch werden, bevor du mich ranlässt?«

»Nicht wir«, beteuerte die Gräfin lachend. »Die Carlisle-Göre. Wenn du sie fallenlässt, möchte ich, dass es vor Zeugen geschieht. Ich nehme an, die kleine Närrin denkt, sie sei in dich verliebt?«

»Vollkommen.« Seine unbeirrte Bejahung traf Fayre wie ein Messerstich in die Brust. Er schob den Rock der Gräfin höher. »Nur wenige Frauen können meinem, äh, Charme widerstehen.«

Mit einem herausfordernden Blick sagte die Gräfin: »Außer mir.«

»Oh, ich glaube, ich habe da etwas, was dich umstimmen wird, süße Othilia.« Lord Standish stand mit dem Rücken zu Fayre, doch sie hatte wenig Zweifel an seinem Vorhaben.

Lady Hipgrave wand sich in seinen Armen, um ihn abzuhalten. »Es muss öffentlich geschehen, Thatcher.«

»Ja, in der Öffentlichkeit. Ich verspreche es. Jetzt lass mich dich nehmen«, flehte er.

»Ich will, dass sie zerstört wird. Sie wird von der Gesellschaft sowohl verhöhnt als auch bemitleidet werden, wenn sie in Ungnade fällt. Mit weniger gebe ich mich nicht zufrieden.«

»Lady Fayre wird bittere Tränen weinen«, gelobte er und küsste sie unwirsch auf den Mund. »Sie wird das Leid der Liebenden kennenlernen und für den Rest ihres Lebens keinen anderen Mann in ihr Bett lassen.«

»Kennt deine Arroganz denn gar keine Grenzen?«, fragte die Gräfin mit einem anerkennenden Leuchten in den Augen.

»Nein. Erlaube mir, es dir zu demonstrieren.« Lord Standish drückte die Gräfin gegen die Wand. Überrascht stöhnte sie, als er in sie eindrang.

Fayre sah dem brünstigen Paar leidenschaftslos zu. Sie spürte die Kälte der Nacht nun bis auf die Knochen. Sie schwor sich, leise zu verschwinden, während sie beschäftigt waren. Sich ihnen jetzt zu stellen, wäre unklug. In ihrem derzeitigen Zustand konnte sie leicht etwas tun oder sagen, das sie später bereute.

Geh!

Es war eine vernünftige Idee. Doch leider fühlte sie sich nicht besonders vernünftig.

Fayre stützte sich an der Marmorsäule ab, als sie aus ihrem Versteck hervortrat. »Sie machen die ungewöhnlichsten Geräusche, wenn die Leidenschaft Sie übermannt, mein Herr. Sie erinnern mich an ein Wildschwein, das sich im Schmutz Futterreste sucht. Würden Sie mir zustimmen, Lady Hipgrave?«

»Verdammt!«, rief Lord Standish und sah Fayre ungläubig an. Ihr plötzliches Erscheinen hatte ihn völlig aus der Fassung gebracht. »W … was, zum Teufel, machen Sie hier?« Er zog sich aus der Gräfin zurück und versuchte, sein geschwollenes Glied in die Hose zu stopfen.

»Bitte verzeihen Sie mir die Unterbrechung. Meine Ohren sind es müde, Ihrem Geschwätz zuzuhören.« Fayre bewunderte sich für den gleichgültigen Ton, obwohl sie sich aufgerieben fühlte und innerlich vor Schmerz blutete. Sie konnte ihr von Tränen benetztes Gesicht oder das Zittern ihrer Hand nicht verbergen. »Trotzdem war es unhöflich von mir, Sie zu unterbrechen. Bitte fahren Sie fort, mein Herr. Ich weiß aus eigener Erfahrung, dass Ihre Inbrunst leider nur kurz verweilt.«

Lady Hipgrave zog das Mieder hoch und bedeckte die entblößten Brüste. »Ich habe dieses bedauernswerte Problem ebenfalls bemerkt, Lady Fayre«, sagte sie und schüttelte den zerknitterten Rock aus, so dass er ihre Beine wieder verbarg. Die Gräfin ignorierte den Einspruch ihres Liebhabers. »Doch einen schönen Mann wie Thatcher kann man anderweitig gebrauchen.«

»Zum Beispiel kann man ihn zu einer Unschuldigen schicken, die Ihnen nichts getan hat.«

Die Dame gab nicht einmal Unkenntnis vor. »Sie sollten mir dankbar sein, dass ich unseren Lord Standish als Ihren ersten Liebhaber auserkoren habe. Es gibt andere Herren, die ebenso schön sind, jedoch nicht so … wie soll ich sagen, zärtlich.«

Fayre starrte Lord Standish an und wünschte, sie würde sich nicht daran erinnern, dass er wirklich ein einfühlsamer Liebhaber gewesen war. Doch er hatte ihr die Unschuld genommen, und es war nichts weiter als eine Pflicht für ihn gewesen, wie etwa einen Brief zu schreiben oder seinen Lieblingshengst zu striegeln. »Es gibt ein Wort für Männer wie Sie.«

Nachdem er den Hosenstall zugeknöpft hatte, wandte er sich ihr zu. Sein dunkelblondes Haar war zerzaust und seine Wangen leicht gerötet. Fayre vermutete, es hatte mehr mit der Unterbrechung ihrer Anstrengungen zu tun als mit Scham.

»Welches ist es, meine Dame? Gemeiner Wüstling? Lügner?«, neckte er trotzig.

Sie tat einen Schritt ins Licht und betrachtete sein Gesicht. Fayre suchte in ihrer Kränkung verzweifelt nach einem winzigen Zeichen der Reue für seine Rolle, doch sie schüttelte nur traurig den Kopf, denn sie sah nichts als überhebliche Entrüstung. »Nein, mein Herr. Lady Hipgraves Weib.«

Der zarte Ton seiner Wangen verdunkelte sich ob ihrer Beleidigung. Sein Mundwinkel zuckte. »Sie haben sich nicht besser als eine Dirne benommen, Lady Fayre. Doch wenn man bedenkt, wer Ihre Mutter ist, kann man nicht mehr erwarten.«

Sie war am Ende ihrer Geduld. Blind vor Wut gab sie ihm eine Ohrfeige. Die Wucht war so gewaltig, dass er auf Lady Hipgrave prallte. »Lassen Sie meine Familie aus dem Spiel!«

Die Gräfin schob Lord Standish beiseite. »Ach, ich fürchte, dem kann ich nicht nachkommen, meine Liebe. Das würde mir den Spaß verderben.«

Fayre ballte die Fäuste. Die üppige Lady Hipgrave war zwei Handbreit größer als sie und um einiges schwerer. Doch ihr Nachteil würde sie nicht davon abhalten, der Dame die schmollende Unterlippe blutig zu schlagen. Fayre trat drohend einen Schritt auf die Gräfin zu.

Hinter ihr packte sie jemand ruppig an der Schulter. Sie drehte sich um und fauchte den an, dem die beleidigende Hand gehörte.

»Halt, was haben wir denn hier?«, fragte ihr Gastgeber, Lord Mewe, mit fröhlich lallender Stimme. Er war nicht allein. Die fünf Herren und drei Damen hinter ihm gafften unverblümt bei dem Anblick, der sich ihnen bot.

Lord Standish starrte jeden Einzelnen an. Der Umriss von Fayres Hand prangte noch immer auf seiner Wange. »Mewe, ich dachte, Sie hätten schon vor Stunden das Bewusstsein verloren«, sagte er und versuchte, ungezwungen zu wirken.

»Unsinn! Ich verliere nie das Bewusstsein. Und außerdem haben Sie sich angeblich vor Stunden zurückgezogen. Woher wollen Sie das also wissen?« Der Viscount zwinkerte Standish umständlich zu. »Sie nehmen es mit ihnen jetzt paarweise auf, ja?«

Fayre atmete tief und bedacht durch. Sie zog das Umhängetuch fester um die Schultern, da sie sich plötzlich ihres leicht bekleideten Zustands gewahr wurde. »Mein Herr, das ist sehr peinlich.«

»Beruhigen Sie sich, Kind.« Lord Mewe streichelte ihr die Schulter und zog die Hand gleich wieder zurück. »Sie sind hier unter Freunden. Wir fordern keine Erklärungen.«

»Aber, mein Herr, ich denke ich muss. Ich …« Fayres Zuversicht geriet ins Wanken, als sie Lady Hipgraves Miene sah. Der Dame schien es nicht unangenehm zu sein, dass ihr Gastgeber und mehrere Gäste zufällig auf sie gestoßen waren. Vielmehr leuchtete sogar Belustigung in den Augen der Gräfin. Man konnte denken, dass ihr der sehnlichste Wunsch erfüllt worden war.

Vielleicht war es wirklich so.

»Wir müssen uns zurückziehen«, sagte die Gräfin an Fayres Stelle. »Ich bin erschöpft.« Ihr Ton deutete auf einen Hintersinn ihrer unverfänglichen Worte hin. Einige der Herren kicherten hinter vorgehaltener Hand.

Fayre blickte von einem Gast zum anderen und sah ihre schlimmste Angst bestätigt. In den Gesichtern las sie so leicht wie in der *Morgenpost*. Sie stellten die gemeinste Wendung in der Geschichte dar, die zwischen den dreien vorgefallen sein könnte. Wenn jemand von ihnen Zweifel hegte, würden Lady Hipgrave und Lord Standish mit Sicherheit genug Halbwahrheiten zum Besten geben, die ihren Verdacht bestätigten. Spätestens bis zum Frühstück würde jedermann im Hause wissen, dass sie in eine schäbige Affäre mit Lord Standish und der ehemaligen Geliebten ihres Vaters verwickelt war. Fayre verzagte. Sie war besorgt, dass der Klatsch noch London erreichen würde, bevor sie die Reise in der Kutsche bewältigen konnte.

Fayre räusperte sich und warf ihrem Gastgeber einen gefälligen Blick zu. »Ich nehme an, Sie glauben mir wohl nicht, dass ich schlafwandle.«

Alle prusteten vor Lachen.

Oje!

Sie war ruiniert.

Zweites Kapitel

»Was tust du hier?«

Die Frage war nicht an Maccus Knight Brawley gerichtet. Trotzdem senkte er die Zeitung und hob eine Augenbraue, als er die junge Dame sah, die den Ärger in der geflüsterten Frage der Älteren geweckt hatte.

In Wahrheit hatte er das Interesse an der Zeitung in dem Moment verloren, als *sie* das Restaurant in dem frischen dunkelblauen Spenzer über dem Batistkleid mit Spitzenkragen betreten hatte.

Ihr Gesicht hatte nichts Gekünsteltes an sich und strahlte einen jugendlichen Glanz aus. Er bezweifelte, dass sie schon ihren zwanzigsten Geburtstag gefeiert hatte. Für ihn waren schon siebenundzwanzig vorübergegangen. Beim Betreten des Restaurants hatte ein Sonnenstrahl ihre schlanke Figur umspielt, als sie den Raum nach ihrer Begleiterin absuchte. Maccus hatte sich nie auch nur im Geringsten für poetisch gehalten. Doch wenn ihn jemand gebeten hätte, sie in diesem Moment zu beschreiben, hätte er gesagt, sie erinnere ihn an den Frühling. Das Sonnenlicht umfing sie wie ein Mantel. Seine geheimnisvolle Dame war zu weit entfernt, um die Farbe ihrer Augen feststellen zu können, aber ihr Haar hatte eine ungewöhnliche Färbung. Es war zimtbraun und verstrahlte doch ein unbeschreibliches inneres Feuer. Korkenzieherlöckchen rahmten ihr Gesicht ein, und wie die meisten der anwesenden Damen hatte sie den Großteil ihres Haares unter einer Seidenhaube versteckt. Er hätte ihr alles Erdenkliche geboten, nur damit sie diese abnahm. Eine vollkommen neue Art von Verlangen erfasste ihn. Er war überrascht von der Intensität. Er zerknüllte einen Teil der Zeitung, als er sah, welches Entzücken ihre Augen preisgaben, als sie ihre Begleiterin entdeckte. Maccus hoffte, sie gehörte keinem anderen. Er wollte die zarte, himmlische Kreatur für sich allein.

Sie lächelte jemanden über seine Schulter hinweg an und ging an seinem Tisch vorbei. Ihr Duft hing in der Luft. Er schloss die Augen und sah eine bunte Sommerwiese vor sich. Seine Freunde und Geschäftspartner hätten sich vor Lachen nicht halten können, hätte er seine Gedanken laut geäußert. Maccus musste den Namen der Dame erfahren. Er erachtete es als einen glücklichen Zufall, dass ihre Begleitung in Hörweite saß.

»Du hast kein Recht, in der Stadt herumzustolzieren, als ob ...«

»Als ob was, Mama?«, fragte die jüngere Frau in freundlichem, wenn auch verärgertem Ton.

Maccus sah sich um. Er sah eine leichte Ähnlichkeit zwischen Mutter und Tochter. Sie hatten die gleiche Nase und neigten das Kinn in derselben stolzen Art und Weise. Die Frauen stellten den Streit hinten an, als ein Kellner auf sie zukam. Die geheimnisvolle Dame in Blau lehnte höflich alle Angebote des Obers ab und schickte ihn weg. Der Mann lächelte dümmlich, als er an Maccus' Tisch vorüberkam. Der hatte

Mitgefühl mit dem Kellner. Er hätte vermutlich eine ähnlich verschlossene Miene zur Schau gestellt, hätte sie sich herabgelassen, mit ihm zu sprechen.

Die junge Frau hob mahnend die Hand. »Denk gut über deine Antwort nach«, warnte sie. Der Streit ging weiter. »Sonst wird unsere Unterhaltung auf jedem Ball heute Abend zum Besten gegeben.«

Die ältere Dame gab sich geschlagen und ließ sich in den Sessel fallen. »Ach, Fayre, meine Liebe, du hast Recht. Ich weiß nicht, was in letzter Zeit mit mir los ist. Seit …«

»Nicht hier, Mama«, fiel Fayre ihrer Mutter ins Wort. Als ob sie sein Interesse bemerkt hätte, sah sie plötzlich Maccus direkt an. Der aufmerksame, prüfende Blick raubte ihm den Atem. Sie schnaubte abschätzig und wandte sich wieder ihrer Mutter zu. »Papa ist zurück. Er hat gebeten, mit uns zu sprechen. Ich dachte, es sei das Beste, wenn ich dich suche.«

»Dein Vater durchdenkt die Dinge nicht. Er hätte dich in dein Zimmer einsperren und deinen Bruder nach mir schicken sollen.«

»Als ich ging, war mein Bruder noch nicht im Stadthaus angekommen. Und außerdem war ich nicht sicher, ob ich dich allein antreffen würde oder …« Sie zuckte anmutig mit den Schultern und bemühte sich nicht, den Gedanken zu Ende zu führen.

Ihre Mutter hob die Hand zum Mund und atmete hörbar ein. Ihr Antlitz wurde von einem Anflug von Schalk erhellt. »Ah … ach so, ich verstehe.«

Maccus verstand nichts. Die Damen hatten etwas Unausgesprochenes ausgetauscht.

»Ganz genau«, sagte die Tochter keck. »Du solltest

es schätzen, dass ich ab und zu doch etwas Verstand besitze. Komm, Mama. Wir können Papa gemeinsam gegenübertreten.«

Maccus beobachtete diskret, wie die beiden Frauen fortgingen. Faszinierend. Seine geheimnisvolle Dame hatte offensichtlich einiges zu verbergen. Es war noch berückender, dass er nicht der einzige Gast war, der die Unterhaltung zwischen Mutter und Tochter beobachtet hatte. Nachdem die beiden gegangen waren, wurde es im Raum zunehmend lauter.

Geheimnisse.

Maccus hatte selbst ein paar. Außerdem besaß er eine unermessliche Neugier und ein natürliches Talent aufzuspüren, was andere lieber im Verborgenen halten würden. Er legte die Zeitung neben sich und verschränkte die Arme. Ihr Name war Fayre. Für Geld würde er den vollen Namen wissen, noch bevor er die Rechnung bezahlt hatte. Mehr über ihre persönlichen Angelegenheiten zu erfahren, würde etwas länger dauern. Doch das machte ihm nichts aus. Er war sehr geduldig.

Er sah ihr Gesicht vor sich. Ob sie wohl jemals einem Liebhaber erlaubt hatte, die Nadeln aus ihrem Haar zu nehmen und durch die dichte, duftende zimtfarbene Masse zu fahren und die seidenen Locken auf seinem heißen Fleisch zu spüren. Maccus' Schwanz schwoll bei dem Gedanken an.

Sein Mangel an Selbstkontrolle frustrierte ihn. In der Vergangenheit waren seine Begierden nur Ziele gewesen, die er durch sorgfältige Planung und rücksichtslose Ausführung erfüllte, wenn er im Vorteil war.

Er ließ sie nie über ihn herrschen.
Bis jetzt.

Fayre hatte nicht auf Mewe Manor verweilt. Beim Gedanken an ein Frühstück an einem Tisch mit Lord Standish und Lady Hipgrave erschauerte sie. Zwei Stunden nach der unglückseligen Begegnung in der Galerie hatte sie das Haus verlassen.

Erst auf der Reise zurück nach Arianrod hatte sie sich dem Gram hingegeben. An die Fahrt konnte sie sich kaum erinnern. Als sie den Landsitz ihrer Familie erreichte, waren die Tränen getrocknet, und eine angenehme Benommenheit betäubte den Schmerz. Zu ihrer großen Erleichterung war die Familie bereits nach London zurückgekehrt. Vielleicht war es feige gewesen, doch sie war zehn Tage auf Arianrod geblieben. In der heilenden Einsamkeit konnte sie ihre Treffen mit Lord Standish Revue passieren lassen und über ihre Gespräche nachdenken.

Als sie London am Horizont erspähte, war Fayre auf die Klatschmäuler bestens vorbereitet. Sie war sich der Unterstützung durch ihre Familie gewiss, und das machte ihr Mut. Sicher würden gerade sie verstehen, wie sie in diese missliche Lage hatte geraten können.

Doch ihre Familie hatte keinerlei Verständnis gezeigt.

Wenn man alle gescheiterten Liebesaffären der Familie in Betracht zog, machte sie das Fayres bescheidener Meinung nach zu ziemlichen Heuchlern. Doch angesichts der Laune ihres Vaters behielt sie diese Einsicht lieber für sich.

»Verdammter Mist!«, schrie ihr Vater zum hundertsten Mal. Er war nicht ganz bei Verstand, seit er von ihrer Verstrickung mit dem zweiten Sohn des Marquis von Pennefeather erfahren hatte. Ausgerechnet Standish. »Wie konntest du solch einen Schurken als Liebhaber wählen?«

Er hat mich ausgesucht, Papa, dachte sie verzweifelt. Auf Arianrod hatte sich Fayre geschworen, nicht alle schmutzigen Einzelheiten preiszugeben, die sie von Lady Hipgrave und Lord Standish erfahren hatte. Die Gräfin hatte sie in der Tat verletzt, und sie konnte die Tatsache nicht mehr ändern, dass sie sich dem Falschen hingegeben hatte. Sie konnte jedoch ihren Vater vor der Wahrheit bewahren, dass sie in dieser Lage steckte, weil er seiner letzten Geliebten so unbedacht den Laufpass gegeben hatte. Fayre hatte ihn zu gern. Sie wollte ihm keinen Schmerz zufügen. Solange sie schwieg, vereitelte sie Lady Hipgrave ihren letzten Streich. Dieser kleine Triumph über die rachsüchtige Dame tröstete sie.

»Antworte mir!«

Fayre saß auf dem Sofa, den Kopf auf den Arm gestützt. Erschöpft hob sie den Kopf und blinzelte. »Ihr drei schimpft und droht seit Stunden, Papa. Ich bezweifle, dass ihr auch nur ein Wort von dem gehört habt, was ich sagte.«

»Ich werde dir zuhören, wenn du mit dem Unsinn aufhörst«, gab ihr Vater zurück. Sein Zorn traf sie wie ein Sturm auf hoher See. »Sag mir, Standish hat dich gezwungen. Ich verspreche dir, der Mann wird keinen neuen Tag lebend sehen.«

Es war ein erfreulicher Gedanke. Besonders da ihre

Liebe für Lord Standish angesichts der Widrigkeiten verkümmert war. Verrat und Rache konnten der Inbrunst einer Dame einen Dämpfer aufsetzen. »Um deinetwillen wünschte ich, ich könnte solch ein Zugeständnis machen. Doch zu meinem Bedauern bin ich freiwillig zu ihm gegangen.«

»Ich werde ihn herausfordern«, versprach ihr Bruder, der die letzte Stunde mit verschränkten Armen nachdenklich und still verbracht hatte.

Dass er sie unablässig anstarrte, ging Fayre auf die Nerven. Er hieß Fayne, doch er war auch der Marquis von Temmes. Die Familie und gute Freunde nannten ihn einfach Tem. Sie sahen sich ähnlich. Beide hatten sie das ungewöhnliche rotbraune Haar und das gute Aussehen der Vorfahren der Carlisle-Linie geerbt. Doch außer diesen Äußerlichkeiten hatten sie und ihr Bruder nichts gemein. Als Kind hatte sie versucht, nicht zu anhänglich zu sein. Immerhin, hatte sie überlegt, würde er recht jung sterben, wenn es den Solitea-Fluch wirklich gab.

»Nein, Tem, das wirst du nicht. Ich habe es freien Willens getan. Ich war eine Närrin. Lass Standish in Ruhe«, fuhr sie ihren Bruder an.

Er erhob sich und ging auf den Vater zu. Mit dreiundzwanzig war er ebenso groß, doch er hatte noch einen jungen muskulösen Körper. Er hatte auch die Carlislesche Lust am Sport geerbt. Tem suchte sich Frauen in Seide und Musselin aus. Fayre bemerkte, dass selbst sein Stirnrunzeln dem des Vaters glich. Beide waren ihr nicht geheuer.

»Du liebst ihn«, sagte Tem rundheraus. Seine Miene verriet, dass er ihre Torheit nicht verstehen konnte. »Hast du die Lügen gehört, die er in ganz London über dich verbreitet?«

Sie lachte höhnisch. Fayre hatte die Gerüchte gehört. Tage vor ihrer Ankunft in London waren schon Briefe von zahlreichen Bekannten eingetroffen, die in einem neugierigen bis überheblichen Ton geschrieben waren. Es gab einige Personen im Besonderen, die nur zu gerne die Version des Viscounts schilderten. »Nein, Bruder, ich liebe Lord Standish nicht. Und seine Geschichten interessieren mich auch nicht.«

»Das sollten sie aber«, sagte ihr Vater. Sein Gesicht war jetzt rot gefleckt. »Er hat den Namen der Carlisles in den Schmutz gezogen. Allein dafür sollte ich das Schwert deines Urgroßvaters von der Wand nehmen und damit das Herz dieses Lumpen aufspießen!« Er neigte den Kopf zur Seite und sah sie mitleidig an. »Ich dachte, du wärst aus einem anderen Holz geschnitzt, mein liebes Kind. Besser als der Rest von uns. Wenn Standish deinen guten Namen mit seinen haarsträubenden Geschichten endgültig ruiniert hat, wirst du nichts weiter sein als ein abschreckendes Beispiel für jedes andere unbedarfte Mädchen in seiner ersten Saison.«

Fayre biss sich auf die Lippe. Die Offenheit ihres Vaters hatte sie verletzt. »Und ich dachte, es würde dich freuen, wenn ich die Tradition der Carlisles fortsetze«, murmelte sie bissig.

Tem schloss die Augen und schüttelte bestürzt den Kopf über ihre Dreistigkeit. Ein würgendes Geräusch entfuhr dem Hals ihres Vaters. Fayre richtete sich aus ihrer Opferposition auf. Sie machte sich Sorgen um seine Gesundheit.

Ihre Mutter ersparte ihr unbeabsichtigt den Zorn ihres Vaters. Zu Fayres Abscheu hatte ihre Mutter den Großteil der familiären Befragung über gejammert.

»Wir müssen es akzeptieren, dass unsere Fayre in den Augen der guten Gesellschaft ruiniert ist«, sagte die Herzogin mit zittriger Stimme und tupfte sich die Augen mit einem Taschentuch trocken. »Das ist der falsche Zeitpunkt für Schuldzuweisungen. Wir müssen an ihre Zukunft denken.«

Fayre runzelte die Stirn. Ihre Mutter hatte *Zukunft* so ausgesprochen, als hätte sie *Todesurteil* gesagt.

»Welche Zukunft?«, fragte der Herzog. »Ich kenne ein Dutzend respektable Ehrenmänner, die sie jetzt nicht mehr zur Frau nähmen!«

»Und ich kenne ein Dutzend nicht ganz so respektabler Männer, die es reizen würde, jetzt, da Standish sie besessen hatte«, raunte Tem träge.

Die Herzogin war schockiert, nicht wegen seiner Bemerkung, sondern weil Tem so verwegen vor einer Carlisle sprach, die einst als anständig galt. Die Heuchler waren wirklich *enttäuscht* von ihr. Fayre starrte ihren Bruder an. Sie mochte ihn lieber, wenn er still vor sich hinbrütete. »Das nützt uns gar nichts, *Fayne*«, sagte sie. Sie hatte absichtlich den wunderlichen Namen, der zu ihrem passte, benutzt, um ihn zu ärgern. Wenn er nur ein Wort sagte, schwor sie sich, würde sie selbst das Schwert ihres Urgroßvaters holen.

»Carlisle, Liebster, können wir denn gar nichts tun, um den Schaden zu begrenzen, den Standish angerichtet hat?«, fragte ihre Mutter und gluckste in ihr Taschentuch hinein.

»Sie könnte den Mistkerl heiraten.«

Fayre krallte die Finger ins Sofa und kratzte am Stoff. »Nein, ich werde den Lumpen nicht heiraten. Und ich werde mich auch nicht nach Arianrod zurückziehen, Mama«, sagte sie in Erwartung der nächsten Frage.

»Italien soll um diese Jahreszeit sehr schön sein«, sagte ihre Mutter, die die Idee eines Exils noch nicht aufgegeben hatte.

Sie rieb sich die Schläfe. Sie wurde unruhiger, je größer der Frust wurde. »Wie lange? Eine Saison? Ein Jahr? Die nächsten fünfzig Jahre?«

Ihr Vater schlug mehrmals mit der Faust auf den Tisch. Eine Vase und einige Porzellanfiguren zersprangen nacheinander auf dem Boden, nachdem sie durch die Wucht der Schläge vom Tisch gefallen waren. »Ich bringe ihn dafür um, dass er dich verführt hat«, brüllte ihr Vater, der seine Stimme wieder gefunden hatte. Nur leider hatte seine Vernunft zusammen mit den zerschellten Figuren das Zeitliche gesegnet.

Ihre Mutter schniefte ins Taschentuch. »Ich hatte solche Hoffnungen für dich. Aber, Fayre, deine Sturheit lässt uns nur eine Wahl. Wir müssen dich so schnell wie möglich verheiraten. Vielleicht mit einem älteren Gentleman aus dem Norden. Mit jemandem, der mit den Neuigkeiten nicht so auf dem Laufenden ist?«

Sie verzog das Gesicht, als sie die Hoffnung in der Stimme ihrer Mutter wahrnahm. Tem, das Scheusal, lachte böse. »Mama, du hast da eine andere Möglichkeit vergessen«, sagte Fayre kühl und entschlossen. »Ich kann die Saison in London verbringen.«

Drittes Kapitel

»Und wie haben deine Eltern auf deine Pläne reagiert, die Saison über in London bleiben zu wollen?«

Fayre schenkte ihrer Freundin Miss Callie Mableward ein verschmitztes Lächeln. Vier Tage waren vergangen, seit sie ihrer Familie mitgeteilt hatte, dass sie sich nicht aufs Land zurückziehen würde. Ihre Mutter hatte seit der Auseinandersetzung kein Wort mit ihr gesprochen. Tem war augenblicklich verschwunden. Für sie war seine Abwesenheit ein Grund zur Freude. Ihren Vater hatte sie das letzte Mal vor zwei Tagen gesehen. Fayre vermutete, dass der Herzog sich wohl mit seiner neuesten Mätresse vergnügte. Wenn diese Dame Lady Talemon war, würde Lady Hipgrave hoffentlich vor lauter Ärger mit den Zähnen knirschen. Als Callie sie zu einer Spazierfahrt durch den Hyde Park einlud, war Fayre sehr versucht, endlich das Haus zu verlassen.

Fayre seufzte erschöpft. »Ach, du weißt ja, wie stur ich sein kann, wenn ich mich auf etwas festgelegt habe. Was konnten sie schon sagen?«

Callie schürzte nachdenklich die Lippen. »Deine Familie spricht nicht mit dir.«

Fayre öffnete überrascht den Mund. »Woher weißt du das?«

Callie seufzte. »Lord Temmes hat es mir gesagt.«

Fayre zog eine Augenbraue hoch. Sie war überrascht, welche Unverfrorenheit ihr Bruder an den Tag legte. »Tem hat es dir gesagt? Wie ist das möglich? Ich habe meinen Bruder seit dem Abend nicht mehr gesehen, an dem die drei beschlossen, mich für den Rest meines Lebens nach Italien zu verfrachten.«

Ihre Freundin war unruhig. Das Thema war ihr offensichtlich unangenehm. »Sei mir nicht böse, Fayre. Trotz all seiner Fehler, glaube ich, ist er doch besorgt um dich.«

Fayre ergriff Callies Hand und drückte sie ermutigend. »Erzähl mir alles über den Besuch meines Bruders.«

Maccus konnte sein Glück kaum fassen, als die beiden jungen Damen an ihnen vorübergingen. Doch er war seines Glückes eigener Schmied. Es war kein bloßer Zufall, dass er jeden Nachmittag durch den Hyde Park ritt. Er hatte nach einer bestimmten Dame Ausschau gehalten, einer mit feurig-zimtfarbenem Haar. Wie er es vorausgesehen hatte, war ihm Fayres voller Name bekannt, bevor er das Restaurant verlassen hatte, wo er sie zum ersten Mal im Sonnenlicht gesehen hatte. Lady Fayre Carlisle. Sie war die Tochter des Herzogs von Solitea. Er kicherte leise. Er steckte seine Ziele eindeutig höher, seit er nach London gezogen war.

Maccus führte seinen Wallach unauffällig näher an den seines Begleiters an diesem Nachmittag. Lewth Prettejohn, Viscount Yemant, war die zweifelhafte Ehre zuteilgeworden, als Erster Bekanntschaft mit Maccus in seinem neuen Leben in London zu machen. Der Viscount hatte ein grüblerisches Temperament. Ihm fehlte der Sinn für stürmisches Übermaß, den seinesgleichen sonst so an den Tag legte. Das bedeutete aber nicht, dass seine Gesellschaft langweilig war. Denn der Mann besaß tatsächlich eine kultivierte Intelligenz, um die Maccus ihn insgeheim beneidete. Die Verbindung war ohne Vorsatz entstanden. Zwei Monate zuvor hatte Maccus in einem Café gesessen, hatte seine Zeitung gelesen und ungewollt einem hitzigen Gespräch über die Auswirkungen eines neuen Handelszolls gelauscht. Während andere mit den Fäusten auf den Tisch schlugen und ihre Meinungen lauthals kundtaten, hatte Lord Yemants ruhige autoritäre Stimme die Diskussion beherrscht.

Beeindruckt hatte Maccus später ein Gespräch mit dem Gentleman begonnen. Sie entdeckten an jenem Nachmittag, dass sie bei verschiedenen Themen ähnlicher Meinung waren. So entwickelte sich eine unverbindliche Freundschaft. Die Woche darauf hatte ihn der junge Herr eingeladen, ihm in dem Café Gesellschaft zu leisten. Yemant sprach nicht viel über sein Privatleben, und Maccus hatte nicht die Absicht nachzufragen, zumindest nicht so offensichtlich. Das Leben hatte ihn gelehrt, nie einen Mann zu unterschätzen, egal, wie teuer seine Anzüge waren, oder wie scharf sein Verstand war.

Einige diskrete Nachforschungen ergaben, dass Lord Yemant sich erst seit kurzem edler Umstände erfreute. Der Titel war ursprünglich an seinen Onkel gefallen. Sein Vater war der dritte Sohn der glücklosen Prettejohns gewesen. Der junge Viscount hatte schon den Vater und einen Onkel verloren, als der frühere Lord Yemant eine Treppe hinabstürzte und den Verletzungen erlag. Maccus hatte sich gefragt, ob sein Nachfolger zum Tod seines Onkels beigetragen hatte. Er ließ die Idee sofort wieder fallen. Der junge Yemant hegte manchmal abstruse Theorien, doch im Innersten war er ein Gelehrter und kein kaltblütiger Mörder.

Mit einem vagen Kopfnicken in die andere Richtung fragte er: »Haben Sie zufällig die Kutsche gesehen, die gerade an uns vorbeikam?«

Lord Yemant rückte wie gewöhnlich seinen Hut zurecht und warf einen Blick zurück auf das Gespann, dass das Interesse seines Begleiters geweckt hatte. Er schmunzelte, als er sich wieder umwandte. »Wirklich eine hübsche Kutsche, Brawley«, sagte er gedehnt. »Möchten Sie in eine investieren?«

»Und ich dachte, Sie wären etwas geistreicher, Yemant«, entgegnete Maccus trocken. Er wusste, dass sein Freund stichelte. »Ich sprach von dem edlen Stoff, mit dem sie ausgekleidet war, genauer, von dem mit dem blauen Sonnenschirm.«

Der Viscount kicherte. »Ich bewundere Ihren Ehrgeiz, ganz zu schweigen von Ihrem auserlesenen Geschmack, mein Freund. Doch ich wette, dass die Tochter des Herzogs von Solitea sich dagegen sträuben würde, als edler Stoff bezeichnet zu werden.«

»Solitea, sagen Sie? Ich habe einige amüsante Geschichten über diesen Klan gehört«, sagte Maccus beiläufig.

»Nur einige? Wenn Sie in der Stadt bleiben sollten, werden Ihre Ohren von Klatschgeschichten über die Herzöge von Solitea überquellen.«

»Das Herzogtum ist recht alt, nehme ich an?«

»Anders als die Herren, die den Titel geerbt haben«,

witzelte Yemant. »Die Männer der Familie haben eine verworrene, wenn auch abenteuerliche Geschichte.«

Er sah der Kutsche nach, doch in der Ferne waren die Damen nicht mehr zu erkennen. »Und was ist mit den Frauen der Familie?«

»Die meisten sind ebenso stürmisch und ausschweifend wie die Männer. Soliteas Tochter, Lady Fayre, schien die seltene Ausnahme zu sein, bis vor kurzem zumindest«, sagte der Viscount und runzelte die Stirn. »Das Debakel mit Standish hat ihr gutes Ansehen in der Londoner Gesellschaft befleckt, so scheint es zumindest, je nachdem, auf welcher Seite man steht.«

»Ich kenne Standish nicht, doch ich nehme an, Lady Fayre ist … vertraut mit ihm?« Zu Maccus' Überraschung verdunkelte sich die sonst rötliche Färbung auf Yemants Wangen nach seiner kühnen Äußerung.

»Ich bevorzuge es, den Ruf der Armen nicht noch mehr zu beschmutzen, indem ich den Spekulationen Nahrung gebe, die die Runde machen«, sagte Yemant kurz angebunden. »Welche Sünden sie auch immer begangen haben mag, sie wird sowohl öffentlich als auch privat dafür bestraft.«

Maccus hob fragend eine Augenbraue, als er Yemants vehemente Fürsprache hörte. Ob Lady Fayre wohl wusste, dass Yemant etwas verliebt in sie war? Die Einsicht irritierte ihn aus irgendeinem Grund.

»Für einen Gelehrten steht Ihnen diese Ritterlichkeit recht gut zu Gesicht.« Er traf eine persönliche Entscheidung und manövrierte sein Pferd so, dass Yemant gezwungen war, anzuhalten. »Stellen Sie mich der Dame vor, die Ihrer tugendsamen Zuneigung würdig ist.«

Noch bevor Lord Yemant höflich ablehnen konnte, hatte Maccus schon die Richtung gewechselt, und die Pferde kamen seiner hübschen Beute näher.

Flecken hellen Sonnenlichts, das durch die Bäume schien, bewegten sich langsam über Fayres und Callies Röcke in der Kutsche auf ihrem Weg durch den Park. Es war ein bezaubernder Nachmittag. Der Park war überfüllt von Kutschen und Spaziergängern. Wenn Fayre nicht so wütend über die Einmischung ihres Bruders gewesen wäre, hätte sie die wissenden Blicke und das Geflüster bemerkt, die ihre Anwesenheit im Park hervorrief.

»Die Erben der Soliteas leben selten lange genug, um graue Haare zu bekommen. Ob er durch meine Hand umkommt oder später dem Schicksal zum Opfer fällt, ist doch nun wirklich unbedeutend«, äußerte sie ihre dunklen Gedanken laut.

»Fayre, das ist unvernünftig«, raunte Callie erschrocken über das ungebührliche Benehmen ihrer Freundin.

Fayre schmollte. »Ich fühle mich nicht gerade besonders vernünftig.«

Sie wollte aufstehen und ihren Frust laut herausschreien. Doch da ihnen eine Kutsche entgegenkam, unterdrückte sie jegliche unüberlegten Handlungen. Jahrelang erübte Etikette half ihr, den beiden Damen höflich zuzulächeln. Sie erkannte zwar die beiden Frauen, doch sie kannte sie nicht persönlich. Sie starrten sie unverfroren an. Keine der beiden erwiderte den Gruß. Sie biss die Zähne zusammen, als die Jüngere sich ihrer Begleiterin zuwandte und ihr etwas ins Ohr flüsterte. Als die beiden Kutschen sich am nächsten waren, hörte Fayre die Wörter *Standish* und *ruiniert*. Nicht einmal das Klappern der Kutschen übertönte ihr Kichern. Wahrscheinlich konnten sie es kaum erwarten, ihren Freundinnen zu berichten, dass die törichte Lady Fayre es gewagt hatte, sich in der Öffentlichkeit zu zeigen.

Fayres fühlte sich gedemütigt. Sie wäre am liebsten über die Ankläger und die Neugierigen hergefallen, der Gedanke daran erhöhte noch ihre Gereiztheit. Also konzentrierte sie ihren Ärger auf die Person, die ihr nun noch am wenigsten Schaden zufügen würde – ihren Bruder. »Ich kann noch immer nicht glauben, dass Tem dich bestechen wollte, damit du den Nachmittag mit mir verbringst.«

»Natürlich habe ich das Schmiergeld abgelehnt«, erwiderte ihre Freundin eilig, um so Fayres Empörung zu zerstreuen. »Ich bin lediglich als deine Freundin hier, Fayre. Trotz der Aufregung, die deine Verwicklung mit Lord Standish hervorgerufen hat, würde es mich nicht überraschen, wenn auch andere dich unterstützten.«

»Mein Bruder hatte trotzdem nicht das Recht, dich in unsere Familienangelegenheiten mit hineinzuziehen, Callie«, entgegnete Fayre kategorisch. Es beschwichtigte sie nicht, dass die Unterstützung ihrer Freundin echt und nicht mit Solitea-Gold erkauft worden war. »Den Großteil seines Lebens hat er mich in seinem Bestreben nach Vergnügen nicht beachtet. Ich kann mir einfach nicht vorstellen, warum er plötzlich seine Gewohnheiten ändern sollte.«

Callie drückte Fayres Hand. Fayre war überrascht

von der Kraft in den zierlichen Fingern der Freundin und blinzelte. Callies warme schokoladenbraune Augen strahlten Aufrichtigkeit und Offenheit aus, als sich ihre Blicke trafen. »Vielleicht konnte Marquis Temmes das Leid seiner Schwester einfach nicht übersehen, so nutzlos er sonst auch sein mag.«

Fayre tat den Gedanken mit einem undamenhaften Grunzen ab und beachtete den unerwarteten Schmerz in ihrer Brust nicht. Es wäre so leicht gewesen, sich dem Kummer hinzugeben, an dem sie niemanden teilhaben ließ, nicht einmal ihre Familie. Doch sie musste diesen Schmerz alleine bewältigen, und sie konnte nicht zaudern. »Leid? Das ist doch wohl etwas übertrieben. Standish hat meinen Stolz angekratzt, das ist alles. Seine Lügen sind äußerst ärgerlich. Tems Einmischung verleiht Standishs flegelhaften Geschichten bloß Glaubhaftigkeit.«

Callie sah sie zweifelnd an. »Wenn du das sagst.«

Fayre wandte sich von Callie ab. Ihre Freundin war zu höflich, sie laut eine Lügnerin zu nennen, doch ihr mitleidiger Gesichtsausdruck verriet sie. Sie hob das Kinn, als ein weiterer Spaziergänger auf ihre Kutsche deutete. Sie kämpfte gegen die Tränen an und schwor sich, dass sie ihre Wut und den Schmerz später herausschreien würde, wenn niemand in der Nähe war, der sah, wie ihre Stärke zerbrach.

»Guten Tag, meine Damen. Es ist ein zauberhafter Nachmittag für eine Ausfahrt. Dürften mein Gefährte und ich Sie vielleicht ein Stück begleiten?«

Fayre nickte zum Zeichen des Grußes. Tränen trübten ihr zwar die Sicht auf die beiden Herren, doch sie erkannte Lord Yemants prägnante Stimme. Er und sein Begleiter ritten neben dem Gespann her, also gab es keinen Grund, den Kutscher zu bitten anzuhalten. Wenn sie Glück hatte, würden sich die beiden Herren bald langweilen und weiterreiten.

»Ja, wirklich, ein außergewöhnlicher Nachmittag«, sagte Lord Yemant vergnügt. »Ich schwöre, wir haben ein Drittel der Londoner Gesellschaft allein auf diesem staubigen Weg getroffen.«

Die koketten Damen nannten ihn Pretty John, den hübschen John in Anspielung auf seinen Familiennamen. Seine eleganten Gesichtszüge rechtfertigten den Spitznamen. Sein Gesichtsschnitt war oval mit einem rundlichen Kinn. Die blauen Augen strahlten Intelligenz aus. Und die Andeutung eines Lächelns hinterließ beim Beobachter immer den Wunsch, es in voller Blüte zu sehen. Sie wusste aus eigener Erfahrung, wie einnehmend er sein konnte, wenn er sich entspannte. Sein mittelbraunes Haar erinnerte sie an die Farbe von Tee. Es war modisch kurzgeschnitten.

Fayre war ihm bei verschiedenen Anlässen begegnet. Jedes Mal war er ein unfehlbar höflicher Tanzpartner gewesen und hatte sich so reserviert gegeben, dass er auf liebenswerte Art schüchtern wirkte. Sie konnte sich keinen Grund denken, warum er sie in aller Öffentlichkeit ansprach. »Ich stimme Ihrer Einschätzung zu, mein Herr. Der Nachmittag ist sehr vergnüglich.« Schade, dass sie nicht dasselbe über ihr Leben sagen konnte. »Es ist einige Zeit her, seit wir uns das letzte Mal sahen. Ich nehme an, es geht Ihnen gut?«

»Allerdings, werte Dame. Wie Sie und Ihre Begleiterin konnten mein Freund und ich es uns nicht nehmen lassen, das schöne Wetter auszunutzen.«

Sie besann sich auf ihre Umgangsformen und stellte den beiden Herren Callie vor. In ihren Augen waren sicher noch Spuren von Tränen zu sehen, und sie hatte Lord Yemant und seinen Begleiter noch nicht direkt angesehen. Sie täuschte ein Interesse an der Umgebung vor und lauschte Lord Yemants ausschweifender Schilderung seines Tages. Seine Nervosität raubte ihr unerwarteterweise alle Kraft. Und Fayre dachte daran, eine höfliche Entschuldigung für sich und ihre Freundin zu finden.

Der Begleiter des Viscounts hüstelte unauffällig und Yemant verzog das Gesicht. »Vergeben Sie mir meine Nachlässigkeit, meine Damen. Lady Fayre und Miss Marbleward, darf ich Ihnen Mister Maccus Brawley vorstellen?«

Als Yemant schwieg, fühlte sich Fayre wieder ganz sicher, bis sie ihr Augenmerk auf Mister Brawley richtete. Sie sog die Luft ein, als sie bemerkte, dass er sie mit prüfenden Augen anschaute. Callie nahm nichts von der gegenseitigen Begutachtung wahr und sagte etwas zu Lord Yemant. Doch Fayre schenkte der fröhlichen Plauderei ihrer Freundin kaum Beachtung. Wenn Fayre nicht noch immer unter dem Betrug von Standish und seiner Mätresse gelitten hätte, hätte sie zugeben müssen, dass Mister Maccus Brawley ein gefährlich gut aussehender Mann war.

Obwohl sein Mantel so modisch geschnitten war wie der von Lord Yemants, erinnerte sie der Mann an einen Korsaren. Sein Haar war glatt und schwarz. Einzelne Strähnen lugten unter dem Hut hervor, manche längere streiften die hohen Wangenknochen, was den Eindruck von etwas Schurkenhaftem unterstrich.

Anders als Lord Yemant trotzte Mister Brawley der Mode, indem er das Haar im Nacken etwas länger trug. Es war zu einem gepflegten Zopf gebunden. Fayre erkundete nun wieder seine Gesichtszüge. Seine Haut war dunkler als die seines Begleiters, doch konnte sie nicht feststellen, ob die Sonne sie gebräunt hatte, oder ob er vielleicht südeuropäisches Blut hatte. Die exotische Schönheit seines Gesichts wurde von einem schmalen Schnurrbart über vollen Lippen und einem Dreitagebart betont. Hat er denn keinen verlässlichen Diener?, fragte sie sich und schalt sich sofort für ihre Neugier. Für Fayre war die Gesichtsbehaarung eines Mannes normalerweise abstoßend. Doch zu Mister Brawley passte sie sonderbarerweise gut.

Sie war schockiert über dieses gefährliche Zugeständnis. Hatte sie nicht schon genug Probleme, weil sie einem gut aussehenden Halunken verfallen war? Sie musste ihre Aufmerksamkeit auf etwas anderes lenken. Sie riss sich von den unwiderstehlich graublauen Augen los und ließ den Blick über seinen ganzen Körper schweifen. Mister Brawley hatte sehr starke Schultern, und das hatte nichts mit seinem offensichtlich guten Schneider zu tun. Ihre Augen wanderten gemächlich von seinem Brustkorb zu den schmalen Hüften, den muskulösen Pobacken und der wohlgeformten Wade. Fayre schauderte es beinahe. Mister Brawley hatte einen ansprechenden, faszinierenden Körper. Sie kannte keinen anderen Mann, dessen Kleider so gut passten.

»Lady Fayre«, sagte der Mann, den sie so unverblümt gemustert hatte, mit dunkler, heiserer Stimme.

»Ich denke, es stand in den Sternen, dass wir uns begegnen sollten.«

Fayre öffnete den Mund. Sie war sprachlos über seine unerhörte Bemerkung. Doch jedwede Maßregelung, die sie im Sinn hatte, blieb ihr im Hals stecken. Seine Augen mit den dunklen Brauen und langen Wimpern hatten sie in ihren Bann gezogen.

Im vollen Bewusstsein, welche Wirkung er auf sie hatte, rutschte er im Sattel hin und her und zwinkerte sie herausfordernd an.

Fayres grüne Augen verengten sich zu Schlitzen angesichts seiner Arroganz. Er mochte wie ein Korsar aussehen, doch für eine Frau mit gebrochenem Herzen verkörperte er den Teufel.

Maccus lachte beinahe, als er Lady Fayres Reaktion sah. Als sie bei der Kutsche angekommen waren, hatte sie nicht einmal in seine Richtung gesehen, während sie mit Yemant sprach. Als sie sich endlich dazu herabgelassen hatte, ihn zu bemerken, traf ihn der Blick ihrer grünen Augen wie ein Fausthieb. Aus der Ferne hatte er sie als reizvoll erachtet, doch nun war sie die atemberaubendste Frau für ihn, der er je begegnet war. Er spürte ihren Blick auf seinem Gesicht wie eine Liebkosung. Er freute sich auf ihre bevorstehende Verbindung. Er musste ihr nur mit seinem Charme eine Zustimmung entlocken. Da sie ihn so unverhohlen bewundert hatte, zweifelte er kaum daran, noch am selben Nachmittag eine Zusage für sein Angebot zu erlangen.

»Es würde Ihnen alle Ehre machen, unsere kurze Bekanntschaft nicht zu überschätzen, Mister Brawley«, sagte Lady Fayre. Es war unheimlich, wie sie damit seinen Gedanken widersprochen hatte. Er erkannte seinen Fehler, als sie sagte: »Ihr Vorhaben war schon gescheitert, bevor sie unsere Kutsche auch nur angeritten hatten.«

Callie war empört über die Taktlosigkeit ihrer Freundin. »Fayre!«

Lord Yemant war die Situation sichtlich unangenehm. »Ich bin sicher, Mister Brawley wollte niemanden beleidigen, werte Dame. Bitte nehmen Sie unsere Entschuldigung an.«

Maccus warf dem Viscount einen verärgerten Blick zu. »Wenn nötig kann ich mich selbst entschuldigen, Yemant.« Vielleicht musste er seine Herangehensweise bei Soliteas Tochter überdenken. Normalerweise seufzten die Frauen immer und schmolzen dahin, wenn er sie mit schmachtenden Blicken und überheblichen Bemerkungen überschüttete. Lady Fayre hielt ihren Sonnenschirm so fest, als wollte sie ihn damit attackieren.

»Das Sitzen macht mich müde«, sagte Lady Fayre zu ihrer Begleiterin. »Wenn du nichts dagegen hast, Callie, würde ich gerne zum Haus zurückkehren.«

»Natürlich«, stimmte ihre Freundin hastig zu. Doch der kurze schüchterne Blick, den sie Lord Yemant zuwarf, verriet ihr Verlangen, dazubleiben und ihr Gespräch mit ihm fortzusetzen.

Maccus war sich nicht zu schade, diese Tatsache zu seinem Vorteil zu nutzen. Er rief dem Kutscher zu, er solle anhalten. Er ignorierte Yemants verwirrte Miene und Lady Fayres Einwände, führte sein Pferd neben die Kutsche und stieg ab. Dann machte er die Zügel an der Kutsche fest.

Lady Fayre stand unsicher auf, um ihren Kutscher und Maccus zu rügen. Anscheinend konnte sie sich nicht entscheiden, wem sie zuerst die Leviten lesen sollte. Maccus entschied die Sache für sie, als er die Tür der Kutsche öffnete.

»Was erlauben Sie sich eigentlich, Mister Brawley?«, fragte sie wütend.

»Ich bin ein Gentleman, der einer Dame in Not hilft.« Maccus nahm ihre Hand. Lady Fayre war zu aufgebracht, um den Anschein aufrechtzuerhalten. Sie zog ihre Hand zurück und wischte sich den Handschuh am Rock ab. Diese vielsagende Geste schürte seinen Zorn. Sie kreischte, als er ihr den Arm um die Hüfte legte und sie aus der Kutsche hob.

»Lassen Sie mich sofort los!« Zitternd unterdrückte sie ihre Wut. Sie trat ihn, sobald er sie abgesetzt hatte.

»Meine Güte, Brawley! Sind Sie verrückt geworden? Sie können doch nicht einfach eine Dame so grob behandeln, an der Sie Gefallen gefunden haben!«, rief Yemant und stieg von seinem Pferd. »Und das auch noch im Park!«

»Fayre, bist du verletzt?«, fragte Callie und rutschte näher an die Tür. Sie war unsicher, welche Rolle sie in dem Spiel hatte, und bat hilflos den Viscount um Führung.

Lady Fayre war nicht so verwirrt wie ihre Freundin. Die Dame wusste, was sie wollte. Sie wollte ihn leiden sehen. »Nein.« Lady Fayre starrte Maccus wütend an.

Wenn sie ihn noch einmal treten würde, dann, würde Maccus nicht nur seine Hände benutzen. Ein Teil von ihm mochte die Gegenwehr. Doch das Geschäft ging vor. »Yemant, beruhigen Sie sich. Es gibt keinen Grund, der Dame zur Seite zu springen. Sie hat selbst gesagt, dass sie nicht verletzt ist. Ich war nur etwas übermütig, Lady Fayre den Wunsch zu erfüllen, sie bei einem Spaziergang zu begleiten.«

Ihre Wangen nahmen eine dunkelrote Färbung an vor Entrüstung.

»Diesen Wunsch habe ich nicht geäußert!« Sie blickte sich verängstigt um. Hatte jemand sie bemerkt? Unglücklicherweise hatte das schöne Wetter viele Menschen ins Freie gelockt.

»Viele betrachten Schüchternheit als Tugend einer feinen Dame.« Maccus unterdrückte den Drang, laut zu lachen. Nichts an der Tochter des Herzogs deutete darauf hin, dass sie ein ängstliches Wesen war. Doch sollte sie seiner Bemerkung etwas entgegensetzen, würde sie zugeben, keine echte Dame zu sein. »Meine Dame, Sie sind jetzt unter Freunden. Kein Grund, Ihr Unbehagen zu verbergen. Ich begleite Sie gerne, während Miss Mableward und Lord Yemant ihr Gespräch fortsetzen.« Er flüsterte ihr ins Ohr. »Wenn Sie mich verunglimpfen, wird Yemant gezwungen sein, mich herauszufordern. Er ist zu anständig, als dass er es zuließe, dass ich die Ehre einer Dame beschmutze. Kann Ihr Ruf einem weiteren öffentlichen Angriff standhalten?«

Ihre Freundin griff nach der Tür und sagte wenig überzeugend: »Ich komme mit, wenn du es möchtest.« Sie blickte Lord Yemant sehnsüchtig an. Dieser bemerkte es jedoch nicht, da er immer noch Maccus verärgert anstarrte. Lady Fayre hatte den verzehrenden Blick aber gesehen.

Sie musste sich eingestehen, dass es keinen eleganten Weg aus der Misere gab, ohne eine Szene zu machen. Sie sagte: »Nein, Callie, kümmere dich nicht um mich. Bleib bei Lord Yemant. Ich werde Mister Brawleys großzügiges Angebot annehmen, mich zu begleiten. Ich denke, ein Spaziergang könnte mir guttun. Er wird nicht lange dauern.«

Miss Mableward reichte Lady Fayre den Sonnenschirm. »Lass dir Zeit. Meinetwegen musst du dich nicht beeilen.«

Lord Yemant war noch immer missgestimmt wegen Maccus' Selbstherrlichkeit. Er war ein ehrbarer Gentleman und würde es sich niemals verzeihen, wenn Lady Fayre unter Maccus leiden musste, weil er die Situation falsch eingeschätzt hatte.

Maccus reichte ihr den Arm in einer spöttischen Geste falscher Höflichkeit. Mit einem feurigen Blick hob sie das Kinn und ging an ihm vorbei. »Kommen Sie, Mister Brawley, bevor mich meine Not überwältigt«, sagte sie und wandte seine eigenen Worte gegen ihn.

Ein Streit lag in der Luft.

Maccus verbeugte sich vor Miss Mableward und nickte kurz in Yemants Richtung, bevor er Lady Fayre folgte. Sein Blick war fest auf die Dame in dem weißen Batistkleid mit dem blauen Samtspenzer gerichtet. Selten erlaubte er sich, Vergnügen und Geschäftspläne zu vermengen. Doch Maccus vermutete, die Dame würde ihn wohl dazu verleiten, seine eigenen Regeln zu brechen.

Fayre überquerte die freie Fläche und ging auf eine Baumgruppe zu. Sie wollte sich so weit wie möglich von der Kutsche entfernen. Mister Brawley hatte ihr etwas zu sagen, und sie wollte keine Zuhörer haben. Schaudernd dachte sie an die Begegnung mit Lord Standish und Lady Hipgrave. Nein, keinesfalls wollte sie ihr Leben noch einmal vor der Öffentlichkeit ausbreiten.

Sie spürte ihn, noch bevor er sie am Ärmel berührte. Fayre blieb plötzlich stehen. »Mister Brawley, lassen Sie mich los! Meine Güte, haben Sie schlechte Manieren! Ein Gentleman berührt eine Dame nicht, es sei denn, er wurde darum gebeten«, sagte sie streng.

Mister Brawley lockerte den Griff nicht. Er stellte sich vor sie, um sie an einer Flucht zu hindern. Fayre blickte sich um, doch niemand schien sich besonders für sie zu interessieren. Trotzdem bedeutete das nicht, dass man sie nicht beobachtete. Sie wandte sich ihm zu. Doch sie misstraute dem Leuchten in seinen Augen.

»Meiner Erfahrung nach sendet eine Dame, die ohne Begleitung durch den Park geht, alle möglichen interessanten Signale aus«, sagte er, fasziniert von dieser Idee.

Eingebildeter, unzüchtiger Schuft, dachte sie. Er hatte sie absichtlich von ihrer Freundin weggelockt. Jegliche Neugier auf diesen Mann oder seine Beweggründe schwanden langsam zusammen mit ihrer Geduld dahin. Sie formte die Lippen zu einem kämpferischen Lächeln, was die meisten Männer bisher dazu veranlasst hatte, einen Schritt zurückzutreten.

»Immer recht freundlich, meine Dame«, schalt Mister Brawley. »Denken Sie an unser Publikum. Außerdem bevorzuge ich es weniger öffentlich, wenn sich eine Dame auf mich stürzen möchte.« Er blickte auf ihre Lippen.

Es störte sie, dass er sie so genau betrachtete. Die düstere, versonnene Sinnlichkeit zog sie an, doch sie würde der Verlockung widerstehen. Sie hatte es schon einmal ihrem Herzen überlassen, die Entscheidungen zu treffen und teuer dafür bezahlt. »Wer sind Sie wirklich? Lord Yemant ist ein hochanständiger Mann. Ich kann mir nicht vorstellen, was ihn mit jemandem wie Sie verbindet.«

Ihre abfällige Bemerkung beleidigte ihn keineswegs. Stattdessen fragte er: »Und wie sehen Sie mich, süße Lady Fayre?«

»Sie sind ein kriminelles Element, würde ich wetten.« Ihre Augen verengten sich, als sie sich den ersten Eindruck von ihm ins Gedächtnis rief. »Oder ein Pirat, vielleicht.«

Mister Brawley grinste. »Hübsch und intelligent.« Er schüttelte den Kopf und lachte innerlich. »Und eine lobenswerte Vorstellungskraft. Als ich Sie das erste Mal sah, wusste ich, dass Sie diejenige sind, die ich suchte.«

Fayre kräuselte die Stirn. Irritiert sagte sie: »Das erste Mal? Mein Herr, wir haben uns gerade erst kennengelernt. Sie müssen mich mit einer anderen Dame verwechseln.« Bei dem Gedanken verspürte sie Erleichterung.

Mit rätselhafter Miene streichelte er ihr sanft über die Wange. »Das Schicksal ist nie so einfach gestrickt oder so gütig, meine Dame«, sagte er beiläufig. »Kommen Sie, wir setzen unseren Spaziergang fort.« Er legte ihre Hand in seinen Arm, tätschelte sie kurz und zog sie mit sich mit.

Unsicher über ihre nächsten Schritte, ging sie still neben ihm her. Mister Brawley behandelte sie, als seien sie gut miteinander bekannt. Doch sie konnte sich nicht erinnern, ihm auf einem der zahllosen Bälle oder Feste in den letzten Jahren begegnet zu sein. Ihn hätte sie sicher wieder erkannt. Er war ein Mann, der einen unauslöschlichen Eindruck bei einer Frau hinterließ. Fayre war es gewohnt, dass Menschen auf sie zukamen und behaupteten, eine lose Verbindung zu ihrer Familie zu haben. Deren vorgetäuschte Offenheit verriet sie meistens. Mister Brawley gab nicht vor, ihre Familie zu kennen. Er beteuerte, *sie* zu kennen. Er blickte sie spöttisch von oben herab an, als wisse er von all ihren Geheimnissen, selbst von jenen, welche sie nicht mal ihrer Familie erzählt hatte.

Er machte ihr langsam Angst.

Sie konnte ihn allein nur dafür verachten. Fayre war kein wehleidiger Feigling. Sie hatte sich gegen Lord Standish gewehrt, während ihr Herz zersplittert am Boden lag. Mister Brawley mit seinen neckischen grauen Augen war nichts dagegen. »Keine Ausflüchte mehr, mein Herr, sonst kehre ich sofort zu meiner Kutsche zurück. Kenne ich Sie, Mister Brawley?«

Er überlegte kurz und zuckte dann sorglos mit den Schultern. »Nein. Nicht so, wie ich Sie habe glauben lassen.« Als sie auf einen tief hängenden Ast voller weißer Blüten zukamen, hob er ihn an, so dass sie darunter durchgehen konnte. »Aber das werden Sie noch.«

Welch eine Vermessenheit! »Ich bin nicht daran interessiert, Sie näher kennenzulernen, mein Herr.«

»Oh, ich weiß genau, was Sie von mir halten, Lady Fayre. Ihr hübsches Gesicht ist manchmal sehr durchschaubar«, gab er lachend zur Antwort.

»Dann sollten Sie bemerkt haben, dass Sie Ihre Zeit verschwenden. Ihre charmante Art mag manchen Damen imponieren, doch mich lässt sie unberührt.«

»Sie verführen mich, Ihnen das Gegenteil zu beweisen.« Er seufzte. »Leider müssen wir diese reizvolle Herausforderung auf später verschieben«, sagte Mister Brawley und zwinkerte ihr durchtrieben zu. »Wir kommen bald darauf zurück, meine Dame, das verspreche ich. In Ihrer Gesellschaft verliere ich meine sonst so unermessliche Geduld. Doch heute möchte ich Ihnen lediglich ein Geschäft vorschlagen.«

In der einen Minute versprach er, sie zu küssen, und plötzlich wollte er mit ihr übers Geschäft reden. Sie hatte nie einen Mann getroffen, der sie so irritierte – und ein wenig beleidigte. »Ein Geschäft, Mister Brawley? Wenn Sie mit meiner Familie geschäftliche Beziehungen aufnehmen möchten, dann schlage ich vor, dass Sie sich an unseren Anwalt wenden. Um diese Angelegenheiten kümmere ich mich nicht.«

Er fasste sie fester am Arm. »Ich benötige weder Ihre Familie noch Ihren Anwalt. Sie sind es, die ich brauche.«

Seine seltsame Äußerung verursachte ihr ein aufgeregtes Gefühl im Magen. Abwesend legte sie die Hand auf den Bauch. Fayre räusperte sich, ihr Hals war plötzlich sehr trocken. »Nun, Sir, mich bekommen Sie nicht.«

»Haben Sie das auch zu Standish gesagt, nachdem Sie ihn mit seiner Geliebten erwischten?«, fragte er sanft und beobachtete ihre Gesichtszüge.

Fayre neigte nicht zur Gewalt. Sie hatte vor Standish nie einen Mann geohrfeigt, doch er hatte es verdient. Ob Mister Brawleys berechnender Frage, könnte er der Zweite sein. Fayre ballte zwar die Faust, doch sie hielt an sich.

»Sehr gut, meine Dame. Ihre Selbstkontrolle ist wirklich bemerkenswert. Ich bin beeindruckt.« Er applaudierte ihr leise.

»Was wissen Sie über Standish? Hat er Sie zu mir geschickt?«, fragte sie. Der Gedanke, dass Standish und Lady Hipgrave ihr noch immer um einige Schritte voraus waren, erschreckte sie. Welch eine Närrin sie doch war! Sie drehte sich um und sah sich nach Menschen auf Picknickdecken und Spaziergängern um. Wo war der kürzeste Weg zu ihrer Kutsche?

Er versuchte nicht, sie davon abzuhalten, umzukehren und die freie Fläche zu überqueren. Die langen Röcke behinderten sie, also konnte er schnell aufschließen. »Standish hat mich nicht zu Ihnen geschickt. Ich kümmere mich um meine Interessen. Die Nase in anderer Leute Probleme zu stecken, ist meist langweilig, es sei denn, ich kann dabei etwas gewinnen.«

»Ich habe Ihnen nichts zu bieten, Mister Brawley.«

»Da muss ich Ihnen widersprechen.«

Sein anmaßendes Benehmen war einfach unerträglich. Außer sich fragte sie: »Was wollen Sie von mir?«

»Eine Abmachung zwischen uns, Lady Fayre. Eine, von der wir beide profitieren.«

Sie konnte es nicht glauben. »Ihre Großzügigkeit überwältigt mich, mein Herr. Doch leider muss ich ablehnen.«

Mister Brawleys attraktives Gesicht verlor etwas von dem trägen Charme, als er die Zähne aufeinanderbiss. »Sie haben meinen Vorschlag doch noch nicht einmal angehört.«

»Selbst wenn ich ihn gehört hätte, würde ich ihn trotzdem ablehnen.« Sie blinzelte ins Sonnenlicht und wünschte, sie wäre der Kutsche näher.

»Rache.« Er fing sie auf, als sie stolperte. »Das wollen Sie doch. Sie kommen mir nicht wie eine Person vor, die einfach nur tatenlos dasitzt, während Standish und seine Geliebte Sie zum Gespött der Saison machen. Ich könnte Ihnen helfen, Vergeltung an Ihnen zu üben.«

Sie zögerte einen Moment. Mister Brawleys Kenntnis von ihrer Affäre mit Standish schien über die üblichen Gerüchte hinauszugehen. Ein Schamgefühl durchwogte sie heiß. Dann folgte hochmütiger Ärger darüber, dass ein Fremder etwas so Persönliches über sie wusste. Sie brauchte niemandes Hilfe, und schon gar nicht die eines rüpelhaften, überheblichen Piraten! »Nein.«

Ihm war der Verdruss an den Augen anzusehen. Er war wohl Zurückweisung nicht gewohnt. »Ich habe einen Fehler gemacht, Sie im Park anzusprechen. Das verstehe ich nun.«

»Es geht nicht darum, dass …«

Er brachte sie mit einer Geste zum Schweigen.

»Nein, schlagen Sie mein Angebot nicht ab. In mir haben Sie einen Verbündeten, Fayre. Denken Sie über meinen Vorschlag nach. Wir können uns später treffen.« Er bedachte ein vorübergehendes Paar mit einem finsteren Blick. »An einem ruhigeren Ort.«

»Und, Mister Brawley, was verlangen Sie von mir, wenn ich Ihr großzügiges Angebot annehme?«

»Ich brauche eine Dame mit einem Ruf.« Er wischte das Zugeständnis mit einer Handbewegung beiseite, so als habe er schon zuviel gesagt. »Wir können die Einzelheiten später besprechen. Denken Sie darüber nach, wie ich Ihnen behilflich sein kann.« Sie schien zu zweifeln. »Ungeachtet Ihres ersten Eindrucks von mir kann ich Ihnen versprechen, dass das, was ich von Ihnen möchte, nicht illegal ist.«

Als sie der Kutsche näher kamen, riskierte sie einen Blick auf ihn. Woher hatte er gewusst, dass sie Lord Standish und Lady Hipgrave die Demütigung heimzahlen wollte? Nicht einmal ihre Familie und Freunde ahnten etwas davon. Welchen Preis würde sie für seine Hilfe oder sein Schweigen bezahlen müssen? Sie wagte es nicht, daran zu denken, was ein Mann wie Brawley von ihr fordern könnte. Wahrscheinlich wollte sie es ohnehin lieber nicht wissen. »Ich bezweifle, dass ich meine Meinung ändern werde.«

Sie ließ ihn auf dem Rasen stehen und ging den Rest der Strecke zur Kutsche alleine. Sie lächelte fröhlich.

Maccus beobachtete, wie Lord Yemant Lady Fayre in die Kutsche half. Als sie sich niedergelassen hatte, warf sie ihm einen kurzen argwöhnischen Blick zu.

Lady Fayre sah ihn an, als ob sie herauszufinden versuchte, ob er eine verbotene Versuchung oder der Teufel höchstpersönlich war. Maccus hätte ihr sagen können, dass beides zutraf.

Viertes Kapitel

Acht Tage waren vergangen, seit Mister Brawley ihr das unerhörte Angebot gemacht hatte. Sie brauchte seine Hilfe in der Sache mit Lord Standish und Lady Hipgrave nicht. Das Pärchen war ihr eigenes Problem. Sie würde sich schon noch mit den beiden befassen. Doch jetzt wollte sie erst einmal London genießen. Fayre saß an ihrer Frisierkommode, legte den Kopf schief und bewunderte ihr Spiegelbild.

»Amelie, Sie haben wie immer hervorragende Arbeit geleistet«, sagte sie. Sie war sehr zufrieden damit, wie ihre Zofe ihr hüftlanges Haar in eine komplizierte Frisur mit Zöpfen und zerzausten Löckchen hochgesteckt hatte.

»Ihr Haar macht die Arbeit leicht«, sagte die Zofe fröhlich und führte noch kleine Korrekturen an ihrem Werk aus. »Ich habe einmal für eine ältere Dame gearbeitet. Deren Haar war so dünn wie das meines Großvaters. Sie wollte immer ausgefallene Locken, die einfach nicht hielten. Ich war ganz besorgt, dass sie am Ende der Saison kahl sein würde vom ständigen Krausen.«

Fayre lachte und fragte sich, wie viele Arbeitgeber Amelie wohl gehabt hatte, bevor sie im Solitea-Haus angestellt wurde. Sie konnte nicht älter als sechzehn sein. »Und war sie kahl?«

»Sie sah aus wie ein frisch geschlüpftes Küken, das sage ich Ihnen. In der nächsten Saison trug sie Turbane und große Hüte mit Federn«, sagte Amelie und holte das Schmuckkästchen vom Tisch.

Fayres Haar mit seiner lebhaften Farbe brauchte wenig Verzierung. Doch Fayre hatte eine Schwäche für Schmuck, der ihr Vater nur zu gerne nachgab. An diesem Abend hatte Amelie eine goldene Kordel in die Haare im Nacken eingeflochten, was der dichten Lockenmähne einen leuchtenden Kontrast verlieh. Fayre wandte sich vom Spiegel ab und ließ sich von ihrer Zofe ein kleines, mit Diamanten, Smaragden und winzigen Perlen besetztes Diadem ins Haar stecken.

»Sie sehen aus wie eine Königin, Mylady.«

»Das fehlte mir noch«, murmelte Fayre und nahm den zum Diadem passenden Halsreif aus dem Kästchen. Sie hatte nicht die Absicht, in die königliche Familie einzuheiraten. »Ich mache den Rest selbst, Amelie. Sie könnten in die Küche gehen und zu Abend essen.«

»Sind Sie sicher, Mylady? Es macht mir nichts aus, noch zu bleiben.«

Amelie war so jung und immer bereit, sie zufriedenzustellen. Verglichen mit ihrer Vorgängerin war sie die reinste Freude. Als ihre ehemalige Zofe sie verlassen hatte, war das kein Grund zur Trauer für Fayre gewesen. Die Frau war eine griesgrämige Kreatur gewesen, die die scheußliche Angewohnheit hatte, sie mit Nadeln ins zarte Fleisch zu stechen, wann immer sich die Gelegenheit ergab. Fayre lächelte Amelie zu. »Ihre Arbeit ist getan. Nun müssen Sie nur noch die Komplimente entgegennehmen. Na los, genießen Sie den Rest des Abends.«

Als die Tür hinter Amelie ins Schloss fiel, verkümmerte Fayres Lächeln. Sie suchte ein Paar goldene Armbänder aus der Schatulle aus und schob sie auf ihre Oberarme. Sie richtete sich auf und wischte die letzten Falten aus ihrem Rock. Sie entdeckte etwas in ihrem Gesicht und beugte sich zum Spiegel hinunter. Fayre zwickte sich in die Wangen, um die natürliche Färbung zu unterstreichen. Ein Anflug von Furcht in ihren Augen beschämte sie.

»Du kannst das, Fayre«, versicherte sie ihrem Spiegelbild, als sie an den bevorstehenden Abend dachte. Die zu erwartenden Blicke und abfälligen Kommentare dämpften ihre Stimmung mehr, als sie zugeben mochte. »Du bist zu zäh, um Standish und seine eingebildete Dirne gewinnen zu lassen.«

Fayre riss sich vom Spiegel los und machte sich stark für den Kampf gegen die Londoner Gesellschaft.

»Bist du sicher?« Maccus schenkte seinem Besucher ein großzügiges Glas Brandy ein und reichte es ihm. Er selbst trank nichts. Sein Vater hatte ihm in jungen Jahren demonstriert, wie Branntwein einen Mann in die Knie zwingen konnte. Vor langer Zeit hatte er sich geschworen, das Zeug nicht anzurühren.

»Bei der guten Bezahlung, Brawley, kannst du auch Genauigkeit erwarten«, sagte Mister Cabot Dossett trocken. »Es hat etwas Mühe gekostet, aber ich habe einen Verwandten des Mannes gefunden, den ich für dich ausfindig machen soll, und auch mit ihm gesprochen.«

Ein Hochgefühl schoss durch Maccus. »Ich möchte ihn treffen.«

»Keine Garantien, aber wenn der Preis stimmt, dann wird er sicherlich dazu bereit sein.« Dossett nahm einen kräftigen Schluck aus seinem Glas.

Lady Fayre war der Wahrheit ziemlich nahegekommen, als sie ihn an jenem Nachmittag im Park als kriminelles Element bezeichnet hatte. Wie würde sie wohl reagieren, wenn sie wüsste, dass Maccus einst recht gut als Schmuggler verdient hatte? Er sprach selten von seinem früheren Leben, aber er hatte sein Handwerk beherrscht. Und zwar so gut, dass seine Feinde ihn und seine Mannschaft eines Nachts aus einem Hinterhalt heraus an einem einsamen Strand angegriffen und ihn totgeglaubt zurückgelassen hatten.

»Ich weiß, ich arbeite für dich. Aber wir kennen uns schon lange. Bist du dir sicher, dass du in der Vergangenheit herumstochern möchtest?«, fragte sein Freund und holte ihn zurück in die Gegenwart.

Dossett war ein guter Mann. Sie waren schon seit ihrer Jugend miteinander befreundet. Damals waren sie zu jung und zu arm gewesen und hatten Aufträge angenommen, für die man gehängt werden konnte, wenn man geschnappt wurde. Obwohl sie unterschiedliche Wege gegangen waren, hatten sie sich wie durch ein Wunder beide selbst aus dem Dreck gezogen. Dossett arbeitete jetzt bei der Polizei. Er war diskret, genau und immer bereit, einem alten Freund einen Gefallen zu tun.

»Ich will nur ein paar Antworten auf einige alte Fragen«, erwiderte Maccus monoton. »Ich habe nicht die

Absicht, das Leben, das ich mir in London aufgebaut habe, zu ruinieren.«

Obwohl er Fayre die Wahrheit gesagt hatte, dass er jemanden bräuchte, der ihn in die feine Londoner Gesellschaft einführen könnte, brauchte er niemandes Hilfe, um reich zu werden. Maccus war schon wohlhabend, und mit jedem Jahr wurden seine Geschäftsaussichten besser. Manche Menschen hatten ein Talent für Kunst. Seines bestand darin, riskante aber lohnende Projekte zu finden. An der Börse zu spekulieren, schien die vernünftige Wahl für einen Mann wie ihn zu sein, um sein Glück und seine Intelligenz richtig auszuspielen.

Dossett musterte ihn. »Ich kann dich nicht davon abbringen?«

»Nein. Also befassen wir uns mit etwas Interessanterem.« Dossett konnte ein Treffen arrangieren. Doch sein Freund würde nicht mehr beteiligt sein, wenn Maccus die Informationen erhalten hatte, die er suchte. »Da ich gerade von angenehmeren Themen spreche, welche Pläne hat Lady Fayre Carlisle für heute Abend?«

Dossett akzeptierte, dass er Maccus nicht von seiner Idee abbringen konnte. Er schlug die Beine übereinander und konzentrierte sich auf neue Aufgaben. »Einer der Dienstboten sagte mir persönlich, dass die Familie heute Abend ins Theater gehen wird.«

Maccus war zufrieden. Über eine Woche lang war Lady Fayre unerreichbar gewesen. Er hatte ihr Zeit gegeben, über das Angebot nachzudenken, doch seine Geduld schwand mit jedem Tag des Schweigens ein Stückchen mehr. Während er sich auf seine Geschäfte konzentriert hatte, war Lady Fayre ihm doch immer im Hinterkopf geblieben. Und da er Dossett angeheuert hatte, war er immer über ihre Unternehmungen informiert, seit dem Nachmittag im Park. Wenn das Gerede, das Standish verursachte, sie beunruhigte, dann versteckte sie es gekonnt. Maccus konnte all die verschiedenen Bälle, Vorlesungen und Kartenspiele aufzählen, denen sie beigewohnt hatte. Sie lebte in einer Welt von Stand und Privilegien, und Maccus war wie viele andere nicht dorthin eingeladen. Sein Geld konnte ihm Zugang verschaffen, aber es machte ihn nicht zu einem von ihnen. Mit Lady Fayres Hilfe würde sich das ändern.

»Soll ich jemanden schicken, der der Familie heute Abend folgt?«, unterbrach Dossett Maccus' Grübelei.

»Nein. Die Information reicht mir. Ich nehme wieder Verbindung auf, wenn ich deine Dienste brauche«, versicherte Maccus ihm.

»Entschuldige, wenn ich mich einmische, Mac, aber ich bin neugierig. Mit dem Herzog von Solitea ist nicht zu spaßen. Wenn er von deinem Interesse an seiner Familie erfährt ...«

»Das wird er nicht«, sagte Maccus. »Und außerdem bin ich nicht an seiner Gnaden interessiert.« Doch mit der Tochter zu spaßen, war eine ganz andere Angelegenheit.

»Ich kenne den Blick, Mac. Der bedeutet Ärger.«

»Du irrst dich, Cabot. Ich führe jetzt ein ehrliches Leben. Jede Nacht, wenn ich mich zur Ruhe bette, schlafe ich den tugendsamen Schlaf der Gerechten.«

»Hauptsache, das ändert sich nicht.« Bei dem Ton

verzog Dossett selbst das Gesicht und stellte den Brandy ab. Er lehnte sich vor und stützte die Ellbogen auf die Knie. Unnachgiebig begegnete er Maccus' Blick. »Hör zu, du und ich, wir sind weit gekommen seit jenen kalten, nassen Nächten, in denen wir vor berittenen Offizieren flohen. Als ein paar Gläser Bier und etwas zu essen wichtiger waren als der Teller, auf dem es serviert wurde.«

»Schwelgen wir jetzt in Erinnerungen an die gute alte Zeit, Cabot, oder hat dieser Vortrag einen Zweck?«, fragte Maccus und lehnte sich wieder gemütlich im Sessel zurück.

»Ach ja. Deine direkte Art habe ich schon immer gemocht.« Dossett stand auf und nahm seinen Hut vom Tisch. »Du hast deine Vergangenheit hinter dir gelassen und etwas aus dir gemacht, Mac. Aber nimm dich in Acht. Auch dein neues Leben birgt Gefahren. Die Schurken in dieser Welt, in die du deine ehrgeizigen Finger ausstreckst, mögen zwar weiße Hemden und silberne Schnallen an den Schuhen tragen. Aber sie können trotzdem eine Pistole auf dein niederträchtiges Herz richten und dir ein Entermesser in den Bauch rammen.«

»Du machst dir zu viele Sorgen, Cabot. Silberne Schnallen gewinnen nicht mein Vertrauen. Zum Teufel, ich vertraue niemandem«, gab Maccus zu und sah seinen Freund beflissentlich an, »nicht einmal dir. Ich habe jetzt ein ruhigeres Leben. Ich möchte einfach nur ein paar Geschäfte machen und vielleicht eine wohlriechende Nymphe finden, die mich in ihr Bett einlädt.«

Das überzeugte Dossett nicht. Und niemand hatte

jemals behauptet, er sei begriffsstutzig. »Und Soliteas Tochter?«

»Ach, reines Geschäft.« Wenn Lady Fayre der Versuchung nicht widerstehen konnte und in seinem Bett landete, dann würde Maccus so großzügig sein und sie gewähren lassen. »Lord Yemant hat uns einander vorgestellt.«

»Sollte ich die Grenzen unserer Freundschaft überschritten haben, dann bitte ich vielmals um Entschuldigung. Meine Befugnis in London ist begrenzt, Mac. Wenn du dir hier Feinde machst, dann kann ich nicht viel tun, um dich zu retten«, warnte ihn Dossett.

»Ich werde keiner Rettung bedürfen«, erwiderte Maccus fidel, obwohl ihm die Besorgnis seines Freundes naheging. Der Mann war wahrscheinlich der Einzige, der ihn für rettenswert hielt. »Ich werde der perfekte Gentleman sein.« Er bedachte Dossett mit einem sanftmütigen Lächeln.

Dossett nickte und ging zur Tür. »Dann werde ich es nicht mehr erwähnen.« An der Schwelle hielt er inne und sagte: »Ich vergaß zu erwähnen, dass Trevor ebenfalls in London ist. Ich habe von einigen Quellen gehört, dass er nach dir sucht. Ich überlasse es dir, wie leicht du gefunden werden willst.« Er legte den Finger zum Gruß an den Hut. »Bis demnächst, mein Freund.«

Still und ohne Umschweife erschien sein Diener Hobbs in der Tür und führte Dossett hinaus.

Maccus starrte nachdenklich auf seine Hände. Trevor war also in der Stadt. Maccus wischte sich müde übers Gesicht. Er hatte seinen Halbbruder seit fünf Jahren nicht mehr gesehen. Er bezweifelte, dass Trevor so unerwartet gekommen war, um die alten Familienbande wieder zu knüpfen. Es war wahrscheinlicher, dass der Junge Schwierigkeiten im Kielwasser hatte und die Vergangenheit direkt vor Maccus' Tür tragen würde.

»Sehr schön, liebste Schwester«, flüsterte Tem ihr ins Ohr, während er sie von ihrer Mutter wegführte.

Wenn ihre Gnaden es bemerkt hatte, so machte sie keine Anstalten es zu zeigen, als sie mit einer langjährigen Freundin sprach. Er nickte und lächelte zwei Schwestern charmant zu. Die jungen Damen kicherten, als Fayre und Tem an ihnen vorbeigingen.

»Wir sind alleine, oder zumindest so alleine, wie man es in der Öffentlichkeit sein kann. Warum bist du heute Abend so nervös? Du hast den ganzen Weg zum Theater herumgezappelt.«

Fayre suchte das Foyer nach bekannten Gesichtern ab. »Kein Grund.«

Tem prustete. »Blödsinn! Die gnadenlosen Tritte, die du mir auf der Fahrt an Schienbein und Wade verpasst hast, haben zahllose Blutergüsse hinterlassen.«

»Hör auf, dich wie ein Kleinkind zu benehmen«, tadelte sie. Sie ließ ihren Bruder gern die Führung übernehmen auf dem gefahrvollen Weg durch die Besucherschar. Manche sahen gelangweilt aus, andere neugierig und wieder andere hätte Fayre als böswillig eingestuft. Sie würde ihnen keine Schwäche zeigen. Ausgelassen legte sie den Kopf zur Seite und sagte: »Du verdienst noch viel Schlimmeres für deinen Unfug. Außerdem habe ich nur versucht, deine Aufmerksamkeit zu erregen.«

»Die hast du ja jetzt, auch wenn ein höfliches Hüsteln vollkommen ausgereicht hätte«, raunte Tem gereizt. Dann besann er sich ihres Vorwurfs und fügte hinzu: »Schlimmeres? Wofür? Ich habe nichts getan.«

»Du hast Miss Mableward in meinem Namen aufgesucht.«

»Ach ja.« Da er dies nicht leugnen konnte, ging er zum Angriff über. »Das dumme Ding sollte den Teil geheim halten.«

Fayres Blick spiegelte ihre Wut wider. »Was hast du denn erwartet? Callie und ich sind befreundet. Wir teilen unsere Geheimnisse und verbergen nichts voreinander.«

Tem machte ein verärgertes Gesicht. »Ich hoffe, die liebenswürdige Miss Mableward wird den Mund halten über unsere Angelegenheiten. Was muss man denn tun, wenn man eine Frau ins Vertrauen zieht? Ihr einen Blutschwur abfordern?«

Das sah Tem ganz ähnlich, dass er Callie und Frauen im Allgemeinen für seine Fehler verantwortlich machte. »Nein, Fayne, steck einfach deine Nase nicht mehr in meine Angelegenheiten.«

»Fayne«, knurrte er. »Ich hasse diesen dämlichen Namen. Was zum Teufel hat sich Mutter nur dabei gedacht?«

»Sie dachte, du wolltest das Thema wechseln«, erwiderte Fayre süß. »Und das misslingt dir fabelhaft, Bruder.«

»Um Gottes willen, Fayre, das ist ja wohl nicht der richtige Zeitpunkt, um über unsere Schmutzwäsche zu diskutieren.«

Fayre seufzte. »Zugegeben. Aber ich werde diese widerliche Sache selbst in die Hand nehmen, Tem. Wenn du dich einmischst, fühle ich mich …« Sie wandte den Blick ab, weil sie das richtige Wort nicht fand.

Ihr Bruder, der nun zusehends die Geduld verlor, fragte: »Wie? Nicht allein? Spürst du, dass deine Familie dich liebt?«

Tränen drohten zu fließen. »Nein, Tem. Ich schäme mich«, gab Fayre leise zu. Mehr konnte sie nicht sagen. Sie war sich sicher, dass die Mehrheit der Gesellschaft meinte, sie solle sich schämen, weil sie Lord Standish erlaubt hatte, sie zu verführen. Da würden sie aber enttäuscht sein. Sie verspürte kein Schamgefühl, weil sie Standish geliebt hatte, nur, weil er sich als unwürdig erwiesen hatte und sie zu sehr von ihren Gefühlen geblendet gewesen war, um die Wahrheit zu erkennen.

Erstaunt über den Glanz der Tränen in ihren Augen, zerrte Tem sie in die nächste Ecke und schirmte sie von neugierigen Blicken ab. »Na, na«, flüsterte er und drückte ihr ein Taschentuch in die Hand. »Das gibt es nicht in meiner Gegenwart.«

Tem schien so beunruhigt, dass Fayre doch wieder lachen konnte. »Oh, du solltest dein Gesicht sehen.« Der Drang zu weinen wurde mit dem Lachen vergessen. Sie tupfte sich eher aus Gewohnheit als aus Notwendigkeit die Augenwinkel trocken. »Wenn ich gewusst hätte, dass ich dir mit Tränen Angst machen kann, hätte ich das schon vor Jahren benutzt.«

»Das bezweifle ich nicht im Geringsten, du rothaariger Teufel«, sinnierte er und drückte ihr einen sanften Kuss auf die Stirn. »Sonst weinst du so selten. Allein dafür möchte ich Standish zur Strecke bringen und ihn mit meinen eigenen Händen ermorden.«

»Die Tränen einer Frau sind ein alberner Grund, einen Mann umzubringen.« Sie stopfte das Taschentuch in ihren Pompadour. »Halte einfach dein Versprechen und lass Standish in Ruhe.«

»Warum die Leine, Fayre?«, fragte Tem frustriert. »Der Mann hat dich betrogen. Du sagst, du schämst dich. Was ist nur los mit dir? Bist du denn nicht wütend? Wo ist deine Tatkraft? Willst du dich nicht rächen?«

»Natürlich«, zischte sie. Die gefasste Miene, die sie aufgesetzt hatte, löste sich auf. »Standish wird für seinen Verrat bezahlen.«

»Wann?«

Fayre schwieg.

Tem fluchte leise. »Nach allem, was er dir angetan hat, liebst du diesen Mistkerl immer noch? Ist das der Grund, warum du ihn beschützt?«

»Nein! Ich liebe Standish nicht. Welche Gefühle ich auch immer für ihn hegte, sie starben in der Nacht, als ich ihn mit Lady Hipgrave erwischte. Du kennst bloß nicht alle Einzelheiten.«

»Dann verrate sie mir, Fayre. Wenn du zu weichherzig bist, um deinen ehemaligen Liebhaber niederzustrecken, dann kann ich dein Racheschwert sein.« Er nahm ihre Hände in seine. »Zeig mir einfach, wo ich Standish finden kann, und ich schlage ihn in zwei Teile.«

»Ein verlockendes Angebot, Tem. Wirklich.« Sie hob seine Hand an ihre Wange. »Ich würde dein Leben nicht der Rache wegen aufs Spiel setzen. Standish denkt, er ist ungestraft davongekommen …«

»Das stimmt doch«, sagte Tem rundheraus.

»Nur für den Moment«, entgegnete sie. Sie mochte es nicht, die Wahrheit so ins Gesicht gesagt zu bekommen. »Das Glück wird sich wenden.«

Tem ließ ihre Hände los und verschränkte die Arme. Er musterte sie. »Was hast du vor, Schwesterchen?«

»Nichts, das dich etwas angeht«, sagte Fayre lächelnd. »Wenn du mir jedoch helfen möchtest, hätte ich eine kleine Aufgabe für dich. Du könntest mir einige Informationen verschaffen.«

»Was betreffend?«

Fayre atmete tief durch. Sie konnte nicht glauben, dass sie das Geschäft des Schurken auch nur in Betracht zog. »Es geht um einen bestimmten Herrn. Sein Name ist Maccus Brawley.«

Maccus stützte sich auf das Geländer, während er still beobachtete, was unten vor sich ging. Sein Aussichtspunkt hatte Einschränkungen, doch es gab ihm eine sehr gute Sicht auf den Eingang des Theaters. Er erkannte Lady Fayre, noch bevor er ihr Gesicht gesehen hatte. Sie betrat das Foyer mit ihrer Mutter und einem jungen Mann, von dem Maccus um der Dame willen hoffte, dass er ein nur Verwandter war. Er umfasste das hölzerne Geländer fester und beobachtete, wie der Herr Lady Fayre besitzergreifend die Hand auf den Arm legte. Sie entfernten sich von der Herzogin. Zweifelsohne tauschten sie Geheimnisse aus. Wenn Lady Fayre sich nach einem Ersatz für Lord Standish umsah, dann musste sie die Suche nach Vergnügen etwas zurückstellen. Maccus hatte nicht geplant, einen eifersüchtigen Liebhaber abwehren zu müssen. Das Paar wechselte die Richtung, was zur Folge hatte, dass Maccus Lady Fayres Begleiter im Profil sehen konnte. Dichtes, zimtfarbenes Haar umspielte seine Ohren. Das Rätsel war gelöst. Der Gentleman war ganz offensichtlich Lady Fayres Bruder, Marquis Temmes. Nach dieser Enthüllung entspannte sich Maccus.

Er trat vom Geländer zurück und ging auf die Suche nach seiner Loge. Brüder waren meist gute Wachhunde für ihre jüngeren Schwestern. Kein Mann würde sich Lady Fayre nähern, während sie in der Obhut des Marquis war. Das behinderte auch Maccus' Pläne etwas, doch er ließ sich nicht entmutigen. Er zählte darauf, dass Lady Fayres unabhängige Wesensart sie direkt vor seine Füße treiben würde.

»Wir stehen hier schon zu lange, Fayre«, sagte Tem und legte ihr die Hand auf den Rücken. »Wir sollten Mutter suchen und uns in die Loge begeben. Sonst wird uns ihr Zorn treffen, wenn wir den Anfang des Stücks versäumen.«

»Sie versteht diese Stücke nie. Mama verbringt die ganze Zeit mit Klatsch und beobachtet, was in den anderen Logen vor sich geht.« Fayre erwähnte nicht, dass ihre Mutter auch ungeniert mit den Männern in den Logen flirtete. Sie war immer zu beschäftigt, um das unwichtige Theaterstück zu verfolgen. »Wenn du ...« Plötzlich war sie abgelenkt, als sie ein bekanntes Gesicht in der Ferne sah. *Nein!* Sie streckte den Hals und wünschte, der Mann würde sich umdrehen, so dass sie ihn besser sehen konnte.

Tem stand mit dem Rücken zur Menge. Er dachte, sie sei zerstreut, und lächelte sie nachsichtig an. Er fragte sie: »Wenn ich was?«

Verschiedene Menschen schoben sich zwischen sie und den Herrn, und sie konnte ihn nicht genau erkennen. Dann war die Sicht frei, und ihre größte Angst wurde bestätigt. *Standish.* Bis jetzt war es ihr gelungen, ihm aus dem Weg zu gehen. Warum war er an diesem Abend ins Theater gekommen? Normalerweise verbrachte er seine Abende lieber im Klub.

»Was hast du gesagt?«, fragte Fayre ihren Bruder. Sie hatte nicht zugehört. Die Farbe wich aus ihrem Gesicht. Gute Güte! Was würde sie tun, wenn ihr Bruder Lord Standish sah? Tem würde dem Mann gleich hier im Foyer vor lauter Zeugen den Hals umdrehen.

Tem sah sie finster an. »Geht es dir gut? Du bist etwas zu blass für meinen Geschmack.«

Fayre richtete ihr Augenmerk bewusst auf ihren Bruder. »So etwas Schreckliches kannst du doch einer Dame nicht sagen. Umwirbst du so deine Bewunderinnen? Wenn ja, dann ist es kein Wunder, dass du noch immer nicht verheiratet bist.«

»Ich habe keine Probleme mit den Damen, Miss Unverschämt. Nicht, dass es dich etwas angeht.«

»Es ist mir vollkommen gleichgültig«, sagte sie, als sie nach ihrer Mutter Ausschau hielten. »Ich dachte nur an den Solitea-Fluch. Du hast so wenig Zeit. Du solltest bald eine Dame auswählen und einen Erben zeugen.«

»Du hast Mut, mir Taktlosigkeit vorzuwerfen«, murrte Tem.

Er war zu verärgert, um zu bemerken, dass sie sich

plötzlich unauffällig vor ihn stellte, um seinen Blick auf Standish zu unterbinden. Fayre hielt die Luft an, bis sie ihre Mutter entdeckte.

»Oh, hier seid ihr ja, meine Lieben!«, sagte ihre Mutter aufgeregt. »Vergnügt ihr euch? Ihr könnt mir später davon erzählen. Wir müssen zur Loge. Wir wollen den Anfang nicht versäumen. Lady Ranney hat mir gerade erzählt, wie wundervoll es ist.«

Fayre stieg die Treppe hinter ihrer Mutter und Tem hinauf. Sie konnte nicht widerstehen, sich umzudrehen und in der Menge nach Lord Standish zu suchen. Ihr fester Blick traf sofort auf sein überhebliches Anstarren. Fayre schaute weg und ging weiter die Treppe hinauf. Standish wusste, dass sie da war. Er hatte sich ihr absichtlich gezeigt, wahrscheinlich in der Hoffnung auf eine Szene. Sie war mit sich zufrieden. Sie hatte seinen Plan durchkreuzt. Eines war sicher. Lord Standish war noch lange nicht fertig mit ihr.

Obwohl es so kurzfristig war, hatte Lord Yemant Maccus nicht enttäuscht. Die Loge, die der Viscount ihnen verschafft hatte, bot eine vorzügliche Sicht auf die Bühne. Obwohl, wie Yemant erklärte, die wahre Unterhaltung in den zahlreichen Privatlogen stattfand. Viele der edlen Zuschauer nutzten den Theaterbesuch, um gesehen zu werden und ihr Ansehen in der Gesellschaft zu verbessern. Hier konnte ein Gentleman nach einer zukünftigen Braut Ausschau halten oder sich eine Geliebte suchen. Maccus blickte mit Respekt über den enormen Zuschauerraum, der bis auf den letzten Platz gefüllt war. Sein früheres Leben hatte ihm wenig Gelegenheit gegeben, die feineren Künste zu entdecken.

Er stellte fest, dass die Loge eine Etage unter ihm zu seiner Linken mit vier sehr attraktiven Damen besetzt war. Ihre Kleider und Juwelen kennzeichneten sie als Damen von hohem Rang. Zwei Herren betraten die Loge und stellten sich den Damen vor.

»Reizend, nicht wahr?«, sagte Yemant, der das Interesse seines Freundes bemerkt hatte.

Die zerbrechlich wirkende Blondine in der Ecke sah aus, als ob sie aus Zuckerwatte war. »Ja, allerdings. Sind sie Schwestern?«

Seinen Freund schien die Frage zu amüsieren. »Ja, ich glaube. Warum fragen Sie? Wenn Sie die Mittel haben, dann können Sie eine oder alle haben.«

»Meinen Sie das ernst?«, fragte Maccus und schaute Yemant an. »Das ist eine Familie von Kurtisanen?« Die meisten der Prostituierten, denen er über die Jahre begegnet war, hätten ihr Leben bequem vom Verkauf eines der Kleider und des zugehörigen Schmucks leben können. »Sie sehen aus wie Gräfinnen.«

»Und sie werden zweifellos besser behandelt. Diese Damen haben mehr Einfluss, als Sie oder ich uns jemals erhoffen könnten«, sagte der Viscount ironisch.

»Sprechen Sie nur für sich«, erwiderte Maccus. Er bewunderte die reizvollen Damen, die ihre Geschäfte vor den Augen der versammelten Gesellschaft betrieben, und versuchte sich eine von ihnen in seinem Bett vorzustellen. Doch leider hatte keine der verlockenden Schönheiten eine Wirkung auf ihn. Vor langer Zeit hätte er wohl gesagt, dass seine ideale Frau eine blasse Blondine mit Augen von der Farbe von Rotkehlcheneiern war. Doch sein Geschmack hatte sich geändert, gestand sich Maccus reumütig ein. Jetzt war das Haar, das er sich auf seinen Laken ausgebreitet vorstellte, tief zimtfarben. Die Augen, die ihn in gedankenverlorener Leidenschaft von unten her anstrahlten, waren dunkelgrün.

Seine Vorstellungen waren so klar, dass sie ihn sichtbar verstörten.

Lord Yemant beugte sich zu ihm, so dass die anderen in der Loge ihn nicht hörten. »Wenn Sie es wünschen, könnten wir den Damen unsere Aufwartung machen.«

Maccus hob die Brauen. »Gibt es denn niemanden in London, mit dem Sie nicht bekannt sind?«

Der Viscount grinste. Er schien etwas verlegen angesichts Maccus' Bewunderung. »Kein Gentleman gibt gerne zu, diese Damen zu kennen. In meinem Fall stimmt das jedoch. Ich dachte, dass ich Sie nach dem Vorfall im Park einigen Damen vorstellen sollte, denen es nichts ausmacht, in der Öffentlichkeit flegelhaft behandelt zu werden.«

Maccus' Gesichtsfarbe wurde eine Spur dunkler. »Ich habe Lady Fayre nicht flegelhaft behandelt, wie Sie das so taktlos ausdrücken. Die Dame fand mich charmant.«

»Die *Dame* hat Ihnen vor das Schienbein getreten«, sagte Yemant ausdruckslos. »Sie haben Glück, dass sie ihre Fassung so schnell wiedergewann, sonst hätte sie Ihren Schädel wahrscheinlich mit dem Sonnenschirm eingeschlagen.«

»Ich mag lebhafte Frauen«, sagte Maccus und ließ den Blick über die Kurtisanen streifen. Einen Rang weiter oben zu seiner Rechten entdeckte er die Dame, nach der er gesucht hatte. »Außerdem würde ich nicht hier sitzen und Sie dabei beobachten, wie Sie kostspielige Kurtisanen beäugen, wenn Lady Fayre mich nicht erwartete.« Es war keine echte Lüge. Wenn die Dame während ihrer kurzen Unterhaltung etwas über Maccus gelernt hatte, dann dass er nicht so leicht aufgab. Sie sollte erwarten, dass er sie wieder ansprechen würde.

Yemant hustete erschrocken. »Zum Teufel! Ich habe die Kurtisanen *nicht* beäugt.« Maccus sah seinen Freund nichtssagend an und fragte sich, ob der Grund für sein Unbehagen etwa mangelnde Erfahrung mit Frauen sein könnte. Es war offenkundig, dass der Mann Frauen *gerne* ansah, auch wenn er es hasste, das zuzugeben. Seine Reaktion war verdammt merkwürdig aus Maccus' Sicht. Die ältere Dame, die neben Yemant saß, bemerkte seine Qual und klopfte ihm auf den Rücken. Mit hochrotem Kopf dankte er ihr murmelnd.

Maccus witterte seine Chance, als Lady Fayre aufstand und durch den Vorhang verschwand. Er richtete sich ebenfalls auf. »Beäugen ist leichter als Besitzen. Diese befleckten Täubchen werden Sie an den Bettelstab bringen, Yemant. Ich wette, diese gütige Dame« – er nickte in Richtung der älteren Dame, die dem Viscount behilflich gewesen war – »kennt die eine oder andere süße junge Dame, die darauf achtet, dass Sie ehrbar bleiben.«

Sie blickte Yemant grübelnd an.

»Hol Sie der Teufel, Maccus Brawley! Kommen Sie sofort zurück!«

Maccus schmunzelte über den derben Fluch, den der Viscount ihm nachgerufen hatte. Flink trat er durch den Vorhang und lief den Gang entlang, um einer gewissen Dame zu begegnen.

Fayre brauchte dringend eine Pause und verließ leise die Loge. Ihrer Mutter hatte sie zugeflüstert, dass sie sich aufgrund von persönlichen Gründen entschuldigen ließe. Ein Blick auf den zusammengepressten Mund und das blutleere Gesicht ihrer Tochter hatte genügt, und sie hatte zugestimmt. Tem, der auf seinem Stuhl lümmelte, hatte sich angeschickt, sie zu begleiten, doch Fayre hatte mit einer Hand auf seiner Schulter abgelehnt.

Sie wollte allein sein. Doch leider war so etwas an einem öffentlichen Ort nicht möglich. Selbst, nachdem das Stück angefangen hatte, liefen noch immer Menschen auf den Gängen umher. Zwei Damen lächelten sie an. Fayre wäre lieber die Treppe ins Foyer hinuntergegangen, wo die Freiheit gleich hinter der zweiflügeligen Tür lag. Stattdessen ging sie auf einen der privaten Säle zu.

Dieser Abend war ein Debakel. Ihre Nerven waren bis zum äußersten angespannt. Um Haaresbreite wären sich Tem und Standish über den Weg gelaufen. Schlimmer noch, kurz nachdem sie ihren Platz eingenommen hatte, entdeckte sie, dass auch Lady Hipgrave im Theater anwesend war. Die Gräfin saß drei Logen entfernt zu ihrer Linken. Das bot ihr den Luxus, Lady Hipgrave wenigstens nicht direkt in ihr höhnisches Gesicht sehen zu müssen. Trotzdem musste sie von Zeit zu Zeit das abscheuliche Gelächter der Frau aushalten, das selbst der Lärm im Zuschauerraum nicht übertönen konnte.

Fayre ertrug es nicht mehr. Sie war sich bewusst gewesen, dass sie Lord Standish und Lady Hipgrave häufig über den Weg laufen würde, wenn sie in London blieb. Es war ein kleines Wunder, dass sie sich nicht schon früher begegnet waren. Dessen ungeachtet war sie nicht auf ihre emotionale Reaktion vorbereitet gewesen, als sie sie wiedersah. Galle stieg in ihr auf, denn plötzlich roch es nach zu vielen Menschen und beißendem Rauch. Als sie den Saal betrat, öffnete sie mit einer geübten Geste ihren Fächer. Drinnen war die Luft angenehm kühl. Der große rechteckige Raum hatte hohe Bogenfenster gegenüber dem Eingang. Auf wackligen Beinen ging Fayre zum nächsten Sessel und ließ sich nieder. Sie schloss die Augen und fächerte sich Luft zu. Matt fragte sie sich, wie lange sie wohl für ihre vermeintlichen Sünden würde bezahlen müssen.

»Vergeben Sie mir, wenn ich das sage, meine Liebe«, sagte Lady Hipgrave mit gutmütigem Humor in der Stimme, »aber diese grünliche Färbung Ihrer Wangen verdirbt ohne jeden Zweifel Ihr durchschnittliches Aussehen.«

Fayre klappte den Fächer zusammen. Die Anwesenheit der Gräfin kam einer Ohrfeige gleich. Sie schüttelte ihre Melancholie ab und blickte die Begleiterinnen der Dame verächtlich an. »Wie ich sehe, brauchen Sie noch immer Publikum, Gräfin. Wenn Sie die Treppe hinunter- und den linken Gang entlanggehen, werden Sie merken, dass die Menge ihren Hang zur Theatralik mehr zu würdigen weiß.« Sie wollte aufstehen und den Raum verlassen. Doch zu ihrer Frustration stand die Gräfin direkt vor Fayre. Sie müsste die Frau aus dem

Weg schieben, was die gemeine Hexe wahrscheinlich genau so geplant hatte.

»Sehr geistreich«, sagte Lady Hipgrave. Ihr Ton deutete an, dass sie das Gegenteil meinte. »Wir haben Sie in letzter Zeit vermisst.«

»Das ist seltsam, obwohl ich doch gar nicht fort war. Vielleicht sollten Sie ab und zu einmal aufsehen, Lady Hipgrave«, entgegnete Fayre und ließ damit durchblicken, dass sich ihre Familie in höheren Kreisen bewegte. Die Gräfin presste bei der Beleidigung die Lippen aufeinander.

»Begleitet Sie der Herzog heute Abend? Es wäre nachlässig von mir, ihm nicht meine Aufwartung zu machen.«

Die Dame hatte Wahnvorstellungen, wenn sie dachte, dass Fayre sie auch nur in die Nähe des Herzogs oder der restlichen Familie lassen würde. »Geben Sie sich keine Mühe. Ich glaube, dass ihn im Moment andere … Interessen beschäftigen. Jegliche Respektlosigkeit Ihrerseits wird ihn nicht im Geringsten locken.« Lady Hipgraves Gesicht wurde puterrot. »Oje, habe ich etwas Falsches gesagt? Vielleicht sollte eine Ihrer Begleiterinnen Ihnen eine Limonade holen. Jetzt sehen Sie nämlich etwas grün aus.«

Sie ignorierte, wie nah die Dame vor ihr stand, und erhob sich. Sie war erleichtert, als Lady Hipgrave ein paar Schritte zurücktrat. »Unsere kleine Unterhaltung hat mir Freude gemacht, doch jetzt müssen sie mich entschuldigen. Meine Familie erwartet mich zurück.«

»Wie enttäuschend, dass uns Lord Standish diesmal nicht Gesellschaft leisten konnte«, rief ihr Lady

Hipgrave nach, als Fayre sich zurückzog. »Soll ich ihn ganz lieb von Ihnen grüßen, wenn ich ihn sehe?«

Ein Diener öffnete ihr die Tür. Fayre blieb abrupt auf der Türschwelle stehen und stellte sich mutig ihrer Peinigerin. »Meine Grüße sind mir zu schade, um sie an die königliche Hure zu verschwenden.« Fayre wartete nicht auf eine Antwort, sondern machte einfach auf dem Fuß kehrt und verließ den Saal.

Fünftes Kapitel

Maccus fing Lady Fayre in seinen Armen auf, als sie aus dem Saal gestürmt kam. Wenn er sie nicht fest an seine Brust gedrückt hätte, wäre sie haltlos auf die Knie gesunken. »Ganz ruhig. Kommen Sie auf die Füße, meine Dame. Sie haben ihre Salve mit Schneid abgefeuert. Sie dürfen hier keine Schwäche zeigen«, sagte er und dachte, dass er sie jetzt wohl nicht verhätscheln sollte.

»Ich fühle mich nicht gut«, murmelte sie und stützte sich auf ihn. Es gelang ihr, auf den Beinen zu bleiben.

»Tragen Sie Standishs Kind unter dem Herzen?«

Sie versteifte sich. »Nein! Eine dauerhafte Verbindung mit dem Rohling blieb mir erspart.« Sie wurde bleich, als ihr eine andere Idee kam. »Meine Güte! Denken Sie, meine Freunde dort drinnen stellen sich dieselbe Frage?«

»Es ist nur logisch«, entgegnete er. Er war erleichtert, dass sie nicht schwanger war und überzeugte sich, dass er ihretwegen so reagierte. »Es wäre eine ziemlich gemeine Wendung in dieser elenden Geschichte. Denken Sie nicht auch?«

Gedankenverloren bemühte sie sich nicht um eine Antwort. Nicht dass er eine Bestätigung seiner Einschätzung des Charakters ihres früheren Liebhabers brauchte. Er kontrollierte den Gang in beide Richtungen und sah sich nach dem schnellsten Weg zum Foyer um. »Kommen Sie. Sie brauchen frische Luft, um Ihren Kopf freizubekommen.«

Lady Fayre blieb stehen. »Ich war schon zu lange weg. Meine Familie ...«

Ah ja. Er wollte nicht, dass ihre Familie sie zu einem ungünstigen Zeitpunkt unterbrach. »He.« Maccus ergriff den Arm eines vorbeigehenden Dieners. »Ich möchte, dass sie der Familie der Dame eine Nachricht übermitteln.« Er befahl dem Diener, Lady Fayres Familie zu finden und ihnen eine kurze Erklärung ihrer Abwesenheit auszurichten. Der Page hastete fort.

Lady Fayre trat einen Schritt von ihm zurück. Ihre Gesichtsfarbe sah jetzt wieder rosiger aus. Und das Temperament, das Maccus von ihr erwartete, blitzte auch wieder in ihren Augen. »Woher wissen Sie, wo meine Familie zu finden ist?«

»Das war nicht so schwer. Ich sah Sie zusammen.« Er zog es vor, dass sie sich an ihn lehnte, doch eine Hand auf seinem Arm würde ihm auch genügen. Maccus vermutete, dass sie eine unausgesprochene Einladung ihn zu berühren wohl zurückweisen würde, also legte er ihre Hand selbst auf seinen Arm. »Ich schlage vor, dass wir nicht zu lange verweilen. Die Gräfin und ihr Gefolge werden wahrscheinlich jeden Moment auf diesen Gang treten. Es wäre zu schade, wenn sie Ihren spektakulären Abgang ruinieren würden.«

»Sie haben gelauscht?«, fragte sie entsetzt.

»Ich habe Sie gesucht«, korrigierte er. »Das Lauschen geschah nur zufällig.« Doch es war auch informativ gewesen.

Maccus führte sie ohne weitere Widerrede ins Foyer. Doch als er die Tür ins Freie öffnete, sträubte sie sich.

»Wir können nicht nach draußen gehen.«

»Ich sehe keine Wachen, die uns aufhalten.«

»Nein, es ist unschicklich.«

Maccus folgte ihrem besorgten Blick. Er kniff die Augen zusammen, als er die heißblütige Vorstellung hinterm flackernden Licht der Straßenlaternen sah. »Ich weiß nicht«, sagte er und legte den Kopf schief, so dass er besser sehen konnte, wo genau die Dame die andere forschende Hand hatte. »Ich bin bereit, wenn Sie es sind, aber es könnte etwas unangenehm werden, wenn Ihr Bruder und Ihre Mutter uns fänden.«

Mit zusammengebissenen Zähnen sagte sie: »Das war keine Einladung, Sie Dummkopf.«

»Ach nein? Eine Schande.« Maccus wollte enttäuscht aussehen, doch ihre Reaktion auf seine Hänselei war zu köstlich. Also lachte er stattdessen. »Dann lassen Sie uns spazieren gehen. Übrigens, habe ich Ihnen schon gesagt, wie entzückend Sie heute Abend aussehen?«, fragte Maccus. Sie gingen an der langen Reihe wartender Kutschen vorbei. Er meinte das Kompliment vollkommen ernst. Lady Fayre war zum Anbeißen. Sie trug ein weißes Kleid mit runder Schleppe und doppelt gebauschten Ärmeln. Eine grüne Schärpe aus Spitze und Musselin war nach Art des Militärs über ihre rechte Schulter drapiert. Der Ausschnitt gab den Blick auf eine reizende Spur des Busens frei, doch der tief ausgeschnittene Rücken gefiel ihm am allerbesten. Verglichen mit Lady Fayre, waren die blonden Kurtisanen schlicht und wenig reizvoll.

»Ich werde nicht mit Ihnen durch Londons düstere Straßen spazieren, Mister Brawley. Wir werden jeden einzelnen Dieb im Umkreis anlocken, und ich für meinen Teil möchte diesen grauenhaften Abend nicht mit einem Messer am Hals beenden«, sagte sie und versuchte ihn zurück zum Theater zu ziehen.

Zu spät bemerkte Maccus, dass die Dame ein kleines Vermögen an Juwelen im Haar trug. »Sie strahlen wirklich wie ein Leuchtturm und ziehen damit wahrscheinlich jede Schattenkreatur an«, sagte er. Mit finsterem Blick sah er, dass selbst das weiße Kleid leuchtete. »Ich nehme an, Sie haben drinnen einen Mantel?«

Zufrieden bemerkte sie, dass er endlich die Gefahren ihrer Situation verstand. »Ja, und da sollte ich auch sein. Lassen Sie uns also zurückgehen …«

»Das ist nicht nötig. Wir haben unser Ziel schon erreicht.« Maccus salutierte dem Kutscher, der von seinem Bock hinuntersprang und ihnen die Tür öffnete. »N' Abend, George. Wir werden Lady Fayre nach Hause fahren.« Sie starrte ihn an, während er wie beiläufig die Anweisungen für den Kutscher gab.

Der Kutscher ließ seinen Blick genüsslich über ihren Körper schweifen. Etwas zu genüsslich für Maccus' Geschmack. Er starrte seinen Bediensteten unverwandt an, bis der Mann verlegen mit den Schultern zuckte.

»Äh, sehr gut, Sir«, murmelte er.

Lady Fayre schüttelte den Kopf und trat einen Schritt zurück. »Ich kann nicht mit Ihnen kommen!«

»Der Diener hat ihrer Familie schon gesagt, dass Sie sich auf den Nachhauseweg gemacht haben«, erinnerte er sie. Maccus nahm ihre Hand und half ihr in die Kutsche. »Es wäre merkwürdig, wenn Sie nicht da sind, wenn sie nach Hause kommen.«

»Sie versprechen, mich nach Hause zu bringen? Unverzüglich und ohne Umschweife?«

Das Abteil der Kutsche war zu schlecht beleuchtet, um ihren Gesichtsausdruck zu sehen, doch der Argwohn war deutlich in ihrer leisen Stimme zu hören. Er beugte sich zur Tür und kam mit seinem Gesicht ihrem wie geplant sehr nahe. Ohne den Blick von ihr abzuwenden, stellte er die Lampe heller.

»So, das ist besser«, sagte er heiser.

Lady Fayre musste sichtbar schlucken. »Besser?«

»Um unser Geschäft zu besiegeln.«

Fayre verkrampfte sich. Sie erwartete, dass Mister Brawley sie küssen würde. Er überraschte sie, als er sich wieder auf seinem Sitz zurücklehnte. Die Kutsche rollte an, und sie stemmte die Hände gegen die Wände, um nicht im Sitz hin und her zu rutschen.

»Ich habe keinem Geschäft zugestimmt, Mister Brawley.«

»Das werden Sie«, sagte er mit einer Gewissheit, die ihr Kieferschmerzen verursachte. »Sie haben Feinde, meine Dame, und die werden sich nicht in Luft auflösen, nur weil Sie das gerne hätten. Die kleine verbale Rangelei mit Lady Hipgrave beweist das nur zu gut.«

»Woher wussten Sie …« Sie unterbrach sich mit einem Kopfschütteln. Er schien einiges über ihre Angelegenheiten zu wissen. Fayre schob die Sache für den Moment beiseite. »Nehmen wir an, ich bräuchte Ihre Hilfe. Was wollen Sie dafür von mir?«

Trotz der Lampe war sein Gesicht in Dunkelheit gehüllt. Nur die hellgrauen Augen blitzten sie vergnügt an. »Und wenn ich Ihre Seele verlangte?«

Fayre hatte sich nie für abergläubisch gehalten, und trotzdem machte seine ungezwungene Frage sie ein paar Sekunden lang sprachlos. Im finsteren Abteil der Kutsche glaubte sie fast, dass er es ernst meinte. »Das würde meinen ersten Eindruck von Ihnen bestätigen, Mister Brawley.«

»Verschonen Sie mich nur nicht«, spottete er.

»Dass Sie, Sir, kein Gentleman sind. Ihre Verhöhnung meines Schmerzes ist kränkend und zeugt von einem mangelhaften Charakter.« Wenn sie klar bei Verstand wäre, sollte sie ihn auffordern, anzuhalten, um sie aussteigen zu lassen. Eher würde sie das Risiko eingehen, bestohlen zu werden.

»Sie haben Recht«, antwortete er leise und lächelte ironisch. »Zumindest teilweise. Ich bin kein Gentleman. Und darum brauche ich Ihre Hilfe.«

Er lehnte sich lässig an die rechte Kutschwand und musterte sie über seine verschlungenen Finger hinweg. Seine Miene war erwartungsvoll.

»Ich … ich verstehe nicht, was Sie von mir wollen«, sagte sie. Ihre Stimme klang matt.

»Einlass in Ihre Welt, Lady Fayre«, erwiderte er und machte eine umfassende Geste. »Sie sind der Schlüssel.«

Diese Aussage, so schmeichelhaft sie auch schien, war doch völlig fehlerhaft. »Sie sprechen mit der Falschen, Mister Brawley. Es gibt andere Personen, die viel besser für diese Aufgabe geeignet sind«, argumentierte sie. Sie beugte sich aus dem Lichtschein, so dass sie sein Gesicht sah. »Ein Gentleman? Vielleicht Lord Yemant?«

»Nein«, sagte er geradeheraus. »Yemant hat seine eigene Rolle. Sein Stand in der feinen Gesellschaft ist relativ neu. Er kann mir nicht so helfen wie Sie, Fayre.«

Er sagte ihren Namen wie eine Beschwörungsformel. Mister Brawley griff gefühlvoll nach ihrer Hand und rieb mit dem Daumen über ihr Handgelenk. »Ich habe Ihnen nicht erlaubt, mich auf diese Weise anzureden. Und selbst dann wäre es höchst unangebracht«, sagte sie atemlos. Sie staunte, wie wohlgeformt seine Hände waren.

»Sehen Sie? Sie unterweisen mich schon«, sagte Mister Brawley und zog sie auf seine Seite. »Ich brauche jemanden, der mich in die Feinheiten Ihrer vergoldeten Welt einführt und mir Türen öffnet. Als ich Sie das erste Mal sah, wusste ich, dass Sie mein Schicksal sind.«

Er schien überzeugt davon, dass sie beide von einer Zusammenarbeit profitieren würden. Gedankenverloren blickte sie auf ihre Hände in den Seinen. Mister Brawley hatte bei ihrer ersten Begegnung gesagt, dass es Fügung sei, dass sie sich kennenlernen sollten. War es Schicksal, oder hatte er sie sich absichtlich ausgesucht? »Sie haben mich vorher schon einmal getroffen – vor dem Park ...«

»Sie sind sehr schlau. Ja, ich habe sie davor schon einmal gesehen. Doch da waren Sie zu beschäftigt damit, sich mit Ihrer Mutter zu streiten.«

Fayre nickte langsam, als sie sich an den Nachmittag erinnerte, an dem sie sich auf die Suche nach ihrer Mutter gemacht hatte. »Natürlich haben Sie sich über mich erkundigt.« Zweifellos war es leicht gewesen, Menschen zu finden, die ihm den Klatsch über sie und Standish nur zu gerne erzählten.

»Nachdem ich Ihren Namen ermittelt hatte, war es ganz einfach herauszufinden, was ich über Sie wissen wollte.«

Da steckte noch mehr dahinter, vermutete sie. Seine Kleider verrieten, dass er die Mittel hatte, um jemanden zu bezahlen, der für ihn in ihrem Privatleben herumschnüffelte. »Aha.« Sie schloss die Augen. Die Klarheit seiner Argumente war unerfreulich aber offenkundig. »Es war nicht genug, jemanden mit Verbindungen und Bildung zu haben, nicht wahr, Mister Brawley? Sie brauchen jemanden, der in Ungnade gefallen ist, jemand, der …« Fayre räusperte sich leise. »Mich.«

Er machte ein verstimmtes Geräusch. »Um Gottes willen, schauen Sie mich nicht so an, als sei ich derjenige, der Sie verführte und es dann in halb London herumerzählte. Ich biete Ihnen Hilfe an, damit Sie sich aus dem Schmutz ziehen, oder wenigstens gemeine Rache an Ihrem widerlichen Galan üben können.«

»Er hat mich eigentlich nicht verführt. Ich dachte, ich sei in ihn verliebt, wissen Sie«, sagte sie traurig.

»Ersparen Sie mir die Einzelheiten«, entgegnete er. Das weckte sie aus ihrer Melancholie. »Sie sind nicht die erste arglose junge Dame, die von einem attraktiven Mann und seinen ausgemachten Lügen überredet wurde, mit ihm ins Bett zu steigen.«

Sie sträubte sich gegen die ungeschliffene Offenheit. »Ich trauere nicht meiner Jungfräulichkeit nach, Sie

Tölpel. Lord Standish hat mir etwas Wertvolleres genommen.« Fayre hatte einen Teil von sich selbst bei dem Betrug verloren. Ihre Fehleinschätzung von Standishs wahrem Charakter und seinen Motiven ließ sie all ihre Entscheidungen infrage stellen. Dafür verabscheute sie den Mann. »Ich erwarte nicht, dass Sie das verstehen.«

»Warum nicht? Weil ich ein Mann bin, und damit selbst ein widerlicher Verführer?«

Er lehnte sich zurück und starrte sie wie ein empörter gefallener Engel an. Sie konnte sich gut vorstellen, wie er junge unschuldige Mädchen verführte. »Ich wollte Sie nicht beleidigen. Als Mann können Sie nicht verstehen, wie ich mich fühle. Mehr habe ich nicht damit sagen wollen.«

Mister Brawley sah sie an. Fayre wurde unruhig unter seinem prüfenden Blick. Schließlich sagte er: »Vertrauen. Sie haben den Glauben an sich selbst verloren, an Ihre Fähigkeit, die Wahrheit von den Lügen zu unterscheiden.«

Sie blinzelte überrascht angesichts seines Einblicks. »Ja. Dann verstehen Sie die Zwickmühle, in der ich stecke, was Sie angeht, Mister Brawley.«

»Was sagt Ihnen Ihr Instinkt?«

Fayre lachte. »Ach, mein Instinkt rät mir, Ihnen nicht zu vertrauen, Sir.«

Maccus lächelte noch immer, als er sein Haus betrat. Lady Fayres Worte klangen noch in seinem Ohr nach. Es war verwirrend, dass das Misstrauen der Dame sie noch anziehender machte. Maccus' Meinung nach lebten in London zu viele dumme Gänse mit hübschen Gesichtern. Der Streit mit Lady Fayre hatte seine Stimmung ungemein gehoben.

»N'Abend, Sir«, sagte sein Diener Hobbs. »Hatten Sie eine gute Jagd?«

Maccus hatte keine Zweifel, dass Lady Fayre Hobbs als Butler in seinem Haus nicht befürworten würde. Wie er selbst war Hobbs etwas ungeschliffen. Seine direkte Art hatte den Mann in der Vergangenheit zahllose Stellen gekostet. Und auch sein Äußeres rief nicht gerade das stille Vertrauen hervor, das man von seinem Personal erwartete.

Mit seinen fünfzig Jahren ging der hoch aufgeschossene Mann gebückt. Und das graue drahtige Haar schien sich nicht zu einem Zopf bändigen zu lassen. Das gab ihm eine ungekämmte, nachlässige Erscheinung. Doch der Eindruck täuschte. Der Diener verdiente jeden Schilling, den er ihm bezahlte.

Als der Mann ein Jahr zuvor auf Maccus' Türschwelle gestanden hatte und nach einer Stelle fragte, hatte ihn Maccus wörtlich von der Straße weg angeheuert. Er wusste, dass die Manieren des Mannes zu frech für die feine Gesellschaft und seine Referenzen höchst fragwürdig waren. Aber Maccus erkannte den Ehrgeiz in seinem streitlustigen Blick. Die zivilisierte Welt war unfreundlich zu Eindringlingen, und Maccus erkannte in dem älteren Mann eine verwandte Seele. Hobbs war dankbar für die Chance, seine Position zu verbessern. Er arbeitete hart, damit sein Arbeitgeber seine Entscheidung nie bereute.

»Ja, ich habe Lady Fayre gefunden.« Dossetts Informationen waren schon immer zuverlässig gewesen. »Ich habe sie sogar nach Hause gebracht.«

»Gut gemacht«, sagte Hobbs ungläubig.

»Die Dame brauchte einen fahrenden Ritter. Ich habe mich gerne in ihre Dienste gestellt.« Er hatte vorhergesehen, dass Lady Fayre ihm unterstellte, er würde ihre Verletzlichkeit ausnutzen. Also war er bis zum Ende der perfekte Gentleman geblieben. Das war nicht leicht gewesen. Sie hatte in dem engen Abteil neben ihm gesessen. Er hatte ihren dezenten weiblichen Duft eingeatmet. Dabei waren ihm einige verruchte Gedanken gekommen. Der vorherrschendste davon war der unwiderstehliche Drang, die Dame zu küssen, bis sie von Sinnen war. Er hätte womöglich seine niederen Instinkte die Oberhand gewinnen lassen, wenn er nicht so dringend ihre Zustimmung benötigt hätte.

Hobbs nahm Maccus' schwarzen Mantel und folgte ihm in die Bibliothek. »Und was hat's junge Fräulein gesagt, als Se ihr den Preis für'n fahrenden Ritter heutzutage mitgeteilt ham?«

»Wie die meisten Frauen es wohl hätten, schreckte sie davor zurück. Sie vertraut mir nicht, Hobbs«, sagte Maccus und lächelte.

Sein Diener kicherte heiser. »Diese Dame hat 'nen Floh im Ohr, nich wahr?«

»Und eine scharfe Zunge dazu.« Maccus fragte sich, ob sie auch bei den Männern der Gesellschaft so offensichtlich eigensinnig war, oder ob er eine Ausnahme darstellte. »Sie hat sich Feinde gemacht und ist unterlegen. Wenn sie sich vorher dessen nicht bewusst war, glaube ich, dass die Erfahrung im Theater sie überzeugt hat.«

»In diesen Theatern geht's wild zu, die sind kein Ort für 'ne feine Dame.«

»Da haben Sie wirklich Recht.« Wer hätte gedacht, dass die prunkvollen Privatlogen hoch über der Masse ihre eigenen Gefahren in sich bargen? »Nun passen wir ja auf sie auf.« Ihre Familie kümmerte sich offensichtlich nicht um ihre Sicherheit. Er war Lady Fayre nahegekommen und hatte sie von ihrer Familie fortgebracht, ohne auch nur den kleinsten Alarm auszulösen. Wenn er auch nur einen Funken Anstand hätte, dann hätte er sie zurück zu ihrer Familie gezerrt und hätte sie für ihre Fahrlässigkeit gescholten. Wenn er sich ein wenig schuldig fühlte, weil er eine junge Dame ausnutzte, dann unterdrückte er es schonungslos. Denn die Nachlässigkeit der Soliteas war in Wirklichkeit ein Segen für sein Vorhaben.

Fayre sah ihren Bruder erst am nächsten Nachmittag wieder. Sie war im Garten spazieren gegangen und hatte ihn in der Nähe der Stallungen entdeckt. Sie sah sich kurz um. Der Zeitpunkt konnte nicht besser sein. Ihr Vater war außer Haus, und ihre Mutter hatte ihre Einladung zum Spaziergang wegen leichter Kopfschmerzen abgelehnt. Sie rannte den steinigen Pfad zum Stall hinab und hoffte, Tem sprechen zu können, bevor er zu seinem Ritt aufbrach.

Tem hatte sich gebückt und strich dem Pferd mit der Hand über eine Fessel. Er hob den Kopf und blinzelte in ihre Richtung. »Ich dachte, du machst heute Besuche.«

Fayres Lächeln erstarb, als ihr klarwurde, dass jemand ihn über ihre Unternehmungen auf dem Laufenden hielt. »Später. Ich habe auf dich gewartet.«

»Das dachte ich mir schon.« Ihr Bruder richtete sich

auf und rieb dem Pferd liebevoll den Rumpf. Dann wies er einen Knecht an, sich um sein Pferd zu kümmern, und gesellte sich zu ihr. »Geh ein Stück mit mir. Sind wir allein?«

»Ja. Mama ruht sich in ihrem Zimmer aus. Papa hatte Verabredungen, also werden wir ihn bis heute Abend nicht zu Gesicht bekommen«, sagte sie. Sie versuchte, mit ihm Schritt zu halten, was jedoch unmöglich war. »Meine Güte, Tem, ich bin doch nicht dein Pferd. Mach langsam. Meine Beine verheddern sich im Rock. Ich könnte jeden Moment mit dem Gesicht im Staub landen.«

Tem hielt an und gab ihr die Möglichkeit aufzuholen. Mit düsterer Miene streckte er ihr die Hand entgegen. »Ich hätte deine Handlungen der letzten Monate nicht besser beschreiben können.«

Fayre stolperte. Doch sie fing sich, als sie seine Hand ergriff. »Das ist etwas schonungslos, denkst du nicht? Wenn du mir einen Vortrag über meine Torheit halten möchtest, Tem, dann hab ich Besseres zu tun.«

»Jemand muss sich doch um dich kümmern. Wenn der Herzog wüsste, dass du mit einem Gentleman namens Maccus Brawley verkehrst, würde er dich aufs erste Schiff, das den Hafen verlässt, sperren. Ich für meinen Teil denke, du solltest mal den Hintern versohlt bekommen.«

Der Blick ihres Bruders warnte sie. Nur zu gerne würde er die Drohung wahrmachen. »Weil ich den Namen eines Mannes kenne? Oje, wie verrucht«, spöttelte sie und klimperte theatralisch mit den Wimpern. »Sperr mich in mein Zimmer ein und bring mir Brühe und altbackenes Brot.«

Er griff sie am Arm und schüttelte sie. »Ich scherze nicht, Fayre. Mit Maccus Brawley ist nicht zu spaßen. Halt dich von ihm fern.«

»Lord Yemant betrachtet ihn als vertrauenswürdigen Freund. Warum sollte er ihn mir und Callie sonst überhaupt vorstellen?«

»Wann ist das geschehen?«, fragte Tem.

»An jenem Tag, als du dich in mein Leben eingemischt und Callie überredet hast, mit mir durch den Park zu fahren. Wenn du also jemandem die Schuld dafür geben willst, dass wir einander vorgestellt wurden, dann dir selbst«, murmelte sie. Sie beugte sich hinab und brach einen blühenden wilden Johannisbeerzweig ab. Sie schnupperte an den kleinen roten Blüten.

»Warum bist du an diesem Mann interessiert, Fayre?«

Wenn sie ihm die Wahrheit sagen würde, würde ihre Familie sie einsperren, bis sie wieder zu Sinnen kam. »Ich bin nur neugierig. Lord Yemant sagte, dass Mister Brawley noch ziemlich neu in der Stadt sei.«

»Ach ja? Ich konnte tatsächlich nicht viel über den Mann in Erfahrung bringen, doch ich habe das Gefühl, dass London nicht neu für Mister Brawley ist. Doch sein Vermögen ist neu. Er wird langsam zur Legende für alle, die an der Börse spekulieren. Dieses unlängst erworbene Vermögen erlaubt ihm, sich das Stadthaus und neue Freunde wie Lord Yemant zu leisten.«

»Das ist wohl kaum kriminell, Tem. Er ist nicht der Erste, der sich den Weg in die Gesellschaft erkauft hat.«

»Vielleicht nicht, aber Brawley ist gewieft und ehrgeizig. In eine alteingesessene Familie einzuheiraten, ist der nächst logische Schritt.«

Sie war wohlvertraut mit Mitgiftjägern. »Diesen Schritt haben viele verarmte Männer der Gesellschaft getan«, erinnerte Fayre ihren Bruder trocken. »Wenn Mister Brawley jemals aus irgendeinem Grund vor mir auf die Knie geht, dann verspreche ich, sofort aus dem Zimmer zu rennen, bevor er auch nur ein Wort über die Lippen bekommt.«

»Es gibt andere Möglichkeiten, deine Zustimmung zu bekommen, du naive kleine Närrin!«, rief Tem voller Zorn. »Wenn er dich verführt, kommt er auch ans Ziel!«

Fayre sah ihren Bruder sprachlos an. Sie konnte nicht mehr denken. Zu schade, dass der Schmerz, den Tems Worte auslösten, einen Moment später einsetzte. »Wie Standish«, sagte sie mit verletzt bebender Stimme. »Ich war dumm genug, auf die Lügen eines Mannes hereinzufallen, also glaube ich jedem anderen Schuft natürlich auch.« Sie stieß ihn weg und lief blind los.

Tem folgte ihr. Er war nicht grausam, und er fühlte sich schuldig, weil er seine geliebte Schwester verletzt hatte. »Du bist nicht dumm, Fayre. Ich glaube, du warst einsam, als du Standish trafst. Eine Zeitlang warst du so geblendet von der Idee, in ihn verliebt zu sein, dass du nicht hinter die attraktive Fassade und die Lügen schauen konntest.«

»Wie wunderbar! Jetzt war ich also nicht bloß dumm, sondern auch noch verzweifelt.« Sie änderte die Richtung und versuchte, den Händen ihres Bruders auszuweichen. »Tu mir einen Gefallen, Tem. Versuch nicht, mein Abgleiten in die Naivität zu entschuldigen.«

»Wegen Brawley …«, fing Tem an.

»Vergiss Mister Brawley«, unterbrach sie ihn. »Ich hab es schon bereut, seinen Namen nur erwähnt zu haben. Die kurze Unterhaltung hatte meine Neugier geweckt. Ich wollte einfach mehr über den Mann erfahren. Du kannst also ganz beruhigt sein. Er schmiedet keine Pläne, in die Familie einzuheiraten.«

Tem war zu stur, um seinen Verdacht einfach wegen ihrer beruhigenden Worte aufzugeben. »Er will irgendetwas von dir.«

Dass ihr Bruder ihre eigenen Vorbehalte, Mister Brawleys Angebot anzunehmen, aussprach, störte sie. Fayre wusste, was der Mann wollte. Er wollte *sie*. Ihr Körper reagierte von alleine, wenn er sie mit diesen hungrigen, einnehmenden Augen ansah. Maccus Brawley würde bald seinen Anspruch anmelden.

Fayre strahlte ihren Bruder an. »Dann wird er aber enttäuscht sein.«

Sechstes Kapitel

Es war geradezu lächerlich. Es war leichter gewesen, die zufälligen Treffen mit Lord Standish zu arrangieren, als ein einziges Treffen mit einem Gentleman, mit dem sie nicht die Absicht hatte, eine Affäre zu beginnen. Es war eine echte Herausforderung, jemandem in der Öffentlichkeit zu begegnen und die wahren Absichten dahinter vor Beobachtern zu verbergen. Wenn sie das Problem bewältigt hatte, könnte sie eventuell der Krone ihre Dienste anbieten.

Der Streit mit ihrem Bruder hatte sie nicht davon abgeschreckt, das Angebot von Mister Brawley anzunehmen. Der Gockel hatte Recht. Sie brauchte Hilfe, wenn sie Lady Hipgrave bei ihrem Spiel besiegen wollte. Der Preis, den er dafür verlangte, schien belanglos, denn sie war in das privilegierte Leben mit der ganzen Etikette hineingeboren worden, nach dem er offensichtlich verlangte. Wenn er Einlass in ihre Welt wollte, dann würde sie ihn durch die trüben Wasser der feinen Gesellschaft lotsen.

Fayre ließ sich von ihrem Kutscher zur Pall Mall fahren. Vorher hatte sie Mister Brawley eine Nachricht zukommen lassen, in der sie ihn bat, sie bei der Shakespeare Gallery zu treffen. Das königliche Institut zur Förderung der feinen Künste hatte das Anwesen für seine Kunstausstellungen gekauft. Das Ziel war, eine Schule für junge Maler einzurichten. Diese wurde aus den Einnahmen der Galerie und den Jahresbeiträgen finanziert. Fayre hatte die Bestrebungen des Instituts seit der Eröffnung im Januar 1806 gefördert. Sollte ihre Familie sie noch immer beobachten lassen, dann würde es nicht ungewöhnlich erscheinen, die Galerie vor der Sommerpause noch einmal zu besuchen.

»Sie sind höchst berechenbar, Lady Fayre«, raunte Mister Brawley hinter ihr. »Als ich die Nachricht bekam, Sie zu treffen, hatte ich einen weniger öffentlichen Ort erwartet.«

Fayre musterte das Gemälde an der Wand. Der Maler hatte Rembrandts *Das Opfer Abrahams* kopiert. Es war eine angemessene Darbietung, doch der Künstler hatte es nicht geschafft, die Helldunkelmalerei des Originals zu treffen. »Weniger öffentlich, als wenn Soliteas Tochter an Ihre Tür klopft?«, fragte sie und warf ihm mit hochgezogener Braue einen Blick über die Schulter zu.

»Aha, das wäre nicht gerade diskret.«

Mister Brawley hatte ein Haus an einem der älteren, aber achtbaren Plätze gekauft. Jemand würde ohne Zweifel das Wappen der Soliteas erkennen. »Es gibt natürlich Wege, diese Dinge zu umgehen.«

»Natürlich«, stimmte er zu. Er stand so nah hinter ihr, dass sie seinen Atem an ihrem Ohr spürte. »Welch ein Glück, dass wir in solch einer schwierigen Lage auf Ihre enorme Erfahrung zurückgreifen können.«

Er stichelte wieder. Dem Mann schien es zu gefallen, sie zu erzürnen. »Sie ist nicht so enorm, Mister Brawley. Ich bin nur vernünftig.«

»Ich bin sicher, dass man daraus eine Lehre ziehen kann.« Er sah das Gemälde an, das ihre Aufmerksamkeit erregt hatte. Er schüttelte den Kopf, offensichtlich unbeeindruckt. »Doch ich bin sicher, dass es nichts mit Kunst zu tun hat. Ich bin ein schlichter Mann, meine Dame. Um der Klarheit willen, erklären Sie es mir doch in einfachen Worten.«

An dem Mann war rein gar nichts schlicht. »Na gut, Sir.« Zwei Herren traten vor den Rembrandt. Fayre und Mister Brawley gingen ungezwungen zum nächsten Gemälde, um ihr Gespräch ungestört fortsetzen zu können. »Ich habe Ihren Vorschlag angenommen. Verwechseln Sie meine Zustimmung jedoch nicht mit Vertrauen. Ich bin keine dumme Gans, die Sie mit einem charmanten Lächeln ablenken, während Sie hinter meinem Rücken ihre wahren Absichten verfolgen. Wenn Sie die Grenzen überschreiten, Sir, dann übersehe ich Sie beim nächsten Mal, und Sie können mit Ihrem großzügigen Hilfsangebot dorthin gehen, wo der Pfeffer wächst.«

Mister Brawley seufzte. »Standish hat Sie wohl schwer getroffen?«

Fayre versuchte, sich auf die Kopie von Van Dycks *Amor und Psyche* zu konzentrieren, doch der Tumult in ihrer Brust lenkte sie ab. »Meine Gefühle für Lord Standish sind kein Thema, über das ich mit Ihnen zu sprechen gedenke.«

Ihr abweisender Ton schreckte ihn nicht im Geringsten ab. »Dann habe ich vielleicht die falsche Frage gestellt. Was mich interessiert ist, wie lange Sie uns dafür bezahlen lassen wollen.«

Fayre war so verdutzt über die Frage, dass sie nicht

länger vorgab, das Gemälde zu betrachten, und ihn stattdessen erstaunt ansah. »Uns? Bezahlen? Ich habe keine Ahnung, wovon Sie sprechen.«

»Ich spreche von jedem Mann, der nach Standish kommt. Wie lange wollen Sie jeden Einzelnen von uns für die Missetaten des Mistkerls bestrafen? Wenn Sie Blut sehen möchten, sollten Sie dann nicht eher ihn verhauen statt mich?«

»Das *werde* ich«, sagte sie verärgert. Sie schämte sich, dass er ihr Verhalten in einem so niederträchtigen Licht sah.

»Mit *meiner* Hilfe«, knurrte er. »Vergessen Sie den Teil nicht.« Er neigte den Kopf, als er die vorbeigehenden Menschen bemerkte. Eine Studentin hatte neben ihnen ihre Staffelei aufgebaut und fing an zu malen. Niemand interessierte sich für ihre Auseinandersetzung.

»Das werden wir noch sehen, Mister Brawley«, sagte sie süß.

Er legte ihr den Arm um die Taille. Doch sein Griff war weder zärtlich noch verspielt. »Wir sind hier fertig. Sie haben Ihren Willen gehabt. Jetzt bin ich an der Reihe.«

Gekonnt geleitete er sie durch den gewölbten Durchgang und durch den nächsten. Sie konnte sich unmöglich von ihm losmachen, ohne Aufmerksamkeit zu erregen. »Lassen Sie mich los! Ich kann noch nicht gehen. Ich hatte die Absicht, eines der Bilder zu kaufen, bevor die Ausstellung schließt.«

»Ich denke, Sie werden sich von der niederschmetternden Enttäuschung erholen«, sagte er, als sie auf die Straße traten. Er ergriff ihr Handgelenk. Er knurrte zufrieden und schob sie nach links auf eine Droschke zu.

»Warten Sie! Ich habe meine eigene Kutsche hier. Mister Brawley, wohin fahren wir?«

Er nickte dem Kutscher zu und drängte sie in die Kutsche. »Zu einem Ort meiner Wahl, meine Dame. Ich weiß Ihren Versuch, mich mit ein paar Bildern zu erleuchten, wirklich zu schätzen. Traurigerweise bin ich bei diesem Zeitvertreib ein hoffnungsloser Fall. Ich denke nicht, dass ich ein Förderer der feinen Künste werde.«

»Ich kann hier nicht zu lange bleiben.«

Das war die vierte Bemerkung, die Lady Fayre in der letzten halben Stunde zu dem Thema gemacht hatte. Und offen gesagt fand Maccus, dass die Dame seine große Geste wohl nicht zu würdigen wusste. Er gewährte selten genug jemandem Einblick in sein Privatleben. Die Vorfreude, Lady Fayre sein Haus zu zeigen, stieg mit jeder Meile, die sie näher kamen. Es sollte keine Rolle spielen, was seine neue Geschäftspartnerin von seiner neuen Anschaffung hielt. Trotzdem entnervte es ihn unendlich, darauf zu warten, ob sie seine Wahl lobte oder missbilligte.

»Wenn unsere Zeit zusammen so begrenzt ist, schlage ich vor, sie nicht mit Kunstausstellungen zu verschwenden«, sagte Maccus sanft.

Lady Fayre lächelte ihn nervös an. »Haben Sie überhaupt kein Interesse an der Kunst?« Ehrfürchtig strich sie dem bronzenen Gladiator in der Eingangshalle über den Arm.

Er erstarrte. Wie zärtlich sie jedes Objekt berührte!

Es war sonderbar sinnlich, doch er bezweifelte, dass sie sich dessen bewusst war. In seinem ganzen Leben war er nicht eifersüchtiger auf ein Stück Metall gewesen als in diesem Moment. »Nein. Also verschwenden Sie Ihre Zeit, wenn Sie mich vom Gegenteil überzeugen wollen«, sagte er kurz angebunden und versuchte damit, sein Unbehagen zu verbergen.

»Dann lass ich es sein. Doch ich muss sagen, dass allein die Kunst hier Sie Lügen straft, Mister Brawley.«

Er geleitete sie am Ellbogen in den Salon. »Ich habe das Haus mit der Einrichtung gekauft. Das Anwesen ist noch nicht lange in meinem Besitz. Ich muss die Einflüsse des Vorbesitzers noch beseitigen.«

»Ich bin neugierig. Wie haben Sie das Haus kaufen können? Ich wusste nicht einmal, dass es zum Verkauf stand.«

Er verschränkte die Arme und lehnte sich an den Kamin. Fasziniert fragte er: »Erkundigen Sie sich nach meinen Finanzen, Lady Fayre?«

»Nicht im Geringsten«, wiegelte sie schnell ab. »Aber die Familie meiner Mutter kannte die Vorbesitzerin, Lady Chute. Ich erinnere mich, wie ich als Kind die beiden Hunde, die sie so liebte, die hufeisenförmige Treppe hinauf- und hinunterjagte.«

Maccus konnte sich die Kleine mit der Feuermähne vorstellen, wie sie entzückt kreischend den zwei Hunden nachlief, die wahrscheinlich nur in Ruhe gelassen werden wollten. »Man sagte mir, dass Lady Chute schon vor Jahren gestorben sei.«

»Ja, ihr schwaches Herz gab letztendlich auf«, sagte Lady Fayre voller Bedauern. Sie setzte sich nicht, sondern ging stattdessen zum Fenster. »Wir waren im Landhaus, deswegen gingen wir nicht zur Beerdigung. Also habe ich den Erben nie getroffen.«

»Ich auch nicht. Ich hörte, er war recht exzentrisch, und wollte lieber an der Küste leben. Ein Freund erfuhr, dass der Neffe diskrete Nachforschungen über einen möglichen Verkauf anstellte.«

»Wozu die Geheimniskrämerei? Lady Chute war eine begeisterte Kunstsammlerin. Die Objekte allein müssen von unschätzbarem Wert sein. Die Zeit hat der Erhabenheit des Hauses nichts anhaben können, selbst wenn die Fassade im Vergleich mit neueren Gebäuden ausdruckslos ist. Ich kenne einige Familien, die das Haus nur des idyllischen Ausblicks wegen gekauft hätten.«

Sie sah aus dem Fenster, während sie sprach. Die eleganten Linien ihres Profils gefielen ihm. Lady Fayre vervollständigte das klassische Interieur dieses stilvollen Salons. Er stieß sich vom Kaminsims ab und trat hinter sie. Dabei wurde ihm bewusst, dass er sie gerne in seinem Haus hatte. »Gönnen Sie mir mein Glück nicht, Mylady?« Er strich über die Vertiefung hinten an ihrem Hals.

Zu seiner Freude erschauerte sie. Die grünen Feenaugen funkelten, als sie ihn anstarrte. »Seien Sie nicht töricht. Mir kamen die Nachforschungen des Neffen merkwürdig vor, das ist alles.«

Er legte die Hand an den Fensterrahmen und versperrte ihr damit den Weg. »Mein Freund Dossett erklärte mir, dass einige von Lady Chutes Familienmitgliedern nicht gerade erfreut über die kargen Beträge ihrer Erbschaft waren. Einer der Vettern hatte eine

Schwäche für das Glücksspiel und nichts als Verluste aufzuweisen. Der Neffe stand unter dem Druck, die Beträge der anderen aufzustocken, doch er sträubte sich, seine Erbschaft abzugeben. Da er das Haus nicht wollte, war es vernünftig, es zu verkaufen, bevor einer der intriganten Verwandten es der Wertgegenstände beraubte.«

»Aha. Ich verstehe.« Plötzlich wurde sich Lady Fayre ihrer Lage bewusst. Sie wollte sich entfernen, doch sie war gefangen. »Mister Brawley«, hob sie an und fragte sich, wann sie die Oberhand verloren hatte.

»Ich heiße Maccus. Sie kommen nicht in die Hölle, wenn Sie mich beim Vornamen nennen. Tatsächlich bestehe ich sogar darauf«, sagte er. Er bewunderte ihre vollen Lippen.

»Sie haben mich um Unterweisung gebeten«, protestierte sie. Frustriert zog sie die Stirn in Falten.

»Manchmal siegt der Instinkt über Ihre Regeln. Lassen Sie mich es Ihnen zeigen«, bat Maccus. Er wollte nur einmal kosten.

Mit zwei Fingern hob er ihren Kopf und senkte seine Lippen zu ihren, die sie zusammenpresste. Er riss sich los. »Sagen Sie meinen Namen, Fayre.«

Sie schloss die Augen und schüttelte den Kopf. »Das geht so nicht.«

»Nicht, wie Sie das machen. Standish muss ein lausiger Liebhaber gewesen sein«, sagte er und hasste den Unbekannten, weil er sie berührt hatte.

Schockiert öffnete sie die Lippen, was er sofort schonungslos ausnutzte. Er versiegelte ihren Mund mit seinem und legte ihr die Hände auf die zarten Schultern. Plötzlich wollte er nicht mehr nur kosten. Unzufrieden seufzte er und zog sich zurück. Der Griff um ihre Schulter wurde fester. »Wen küssen Sie, Fayre?«

Sie hatte ihm eine Hand auf die Brust gelegt. Mit der anderen fuhr sie sich leicht über die geschwollene Unterlippe. »Sie.« Sie wusste, dass er mehr erwartete. Sie fügte hinzu: »Maccus. Doch ich denke immer noch …«

In fast schmerzhafter Erregung unterbrach er sie mit einem schnellen, harten Kuss. »Gut. Sehen wir mal, wie lange ich Sie in dieser Verfassung halten kann.«

»Zweiundzwanzig Minuten«, murmelte Fayre. Sie war sechs Stunden später noch immer berauscht von ihrer Begegnung mit Mister Maccus Brawley. Der Mann hatte sie besinnungslos geküsst. Noch schlimmer, es hatte ihr auch gefallen.

»Fayre, was ist denn los mit dir?«, flüsterte Callie und brachte sie in die Gegenwart zurück. Sie hatten an diesem Abend gemeinsam Lord und Lady Pindars Ball besucht. Die Mutter ihrer Freundin hatte sie als Anstandsdame begleitet. »Du hast Mister Lesterfeld so durchdringend angestarrt, dass sein Gesicht die Farbe von Erdbeeren angenommen hat.«

Sie hätte Mister Brawley ohrfeigen sollen, als er sie das erste Mal berührte. Stattdessen war sie dahingeschmolzen, als er mit seiner Zunge ausgelassen ihre liebkoste. »Ich stecke in der Klemme, Callie.«

Erschrocken schob ihre Freundin sie in Richtung des Balkons. »Komm mit. Die frische Luft wird dir helfen, den Kopf freizubekommen.«

Der Ballsaal war voller Gäste, doch Callie durchquerte ihn entschlossen. Nur ein paar Minuten später fühlte Fayre sich erfrischt durch die Kühle. Sie zog sich von der Tür zurück und stellte sich in den dunklen Schatten.

»Du schuldest mir etwas. Ich habe dich gerade gerettet«, sagte Callie und lehnte sich gegen die Wand. »Mister Lesterfeld wäre beinahe unter deinem leidenschaftlichen Blick zusammengebrochen. Ein paar Minuten länger und er hätte bettelnd um deine Hand angehalten.«

Die Entzückung ihrer Freundin verwirrte sie. »Lesterfeld? Was hat Mister Lesterfeld damit zu tun?«

Callie prustete vor Lachen. »Große Güte, dein Zustand ist ja schlimmer, als ich dachte. Der arme Mister Lesterfeld. Durch Tagträumerei niedergestreckt. Gott hilf ihm, solltest du ihm jemals direkt in die Augen sehen.«

»O nein«, seufzte Fayre. Es graute ihr vor dem Gedanken, dem fünfzehn Jahre älteren Mann ungewollt Hoffnungen gemacht zu haben. Er hatte seine Frau begraben und suchte nun nach einem Ersatz. »Das habe ich gar nicht bemerkt.« Das kam davon, wenn man am Nachmittag einen unziemlichen Mann küsste. »Maccus Brawley ist schuld.«

Callie wandte sich ihr zu. Sie war noch immer amüsiert über Fayres Lage. »Maccus Brawley. Du meinst den Mann, den uns Lord Yemant im Park vorstellte? Was hat er mit dem armen Mister Lesterfeld zu tun?«

Am anderen Ende der Stadt war Maccus Lord Standish zu einer der schäbigeren Spielhöllen mit dem passenden Namen *Die Begierde der Moiren* gefolgt. Das

Etablissement hieß jeden willkommen, der sein Vermögen bei einem Kartenspiel oder den Würfeln riskieren wollte. Junge Adlige, oft berauscht von der eigenen Wichtigkeit und der Überzeugung, ewig zu leben, fanden sich in der gefährlichen Gasse wieder. Wenn das Glück sie an den Tischen verließ, gab es in der Nähe einige Bordelle, wo sie sich die Taschen noch weiter leeren lassen konnten, bevor sie betrunken ins Bett fielen.

Der Gestank in der Gasse erinnerte ihn an seine Kindheit – an die schmalen, schäbigen Straßen, die durch den Schmutz, das Abwasser und den Müll vieler Jahre verdreckt waren. An jenem Ort wurde niemand alt, weil Krankheiten, Hunger und Gewalt diejenigen dahinrafften, die es über das Kindesalter hinaus geschafft hatten. Wenige fanden den Weg aus dem Labyrinth von Sackgassen. Maccus hatte es überlebt. Doch er rühmte sich nicht damit. Vielmehr wünschte er sich, die Bilder und üblen Gerüche aus seinem Gedächtnis löschen zu können.

Er betrat die Spielhölle und musste zwei Streithähnen ausweichen und den drei anderen, die die beiden auf die Straße schleiften. Die Lasterhöhle bestand aus einem großen Raum. Privaträume konnte man für einen gewissen Preis bekommen. Eine Frau, die ein Whistspiel beobachtete, lächelte ihn an.

»Guten Abend, Süßer«, schnurrte sie. Offensichtlich gefiel er ihr, und sie berechnete schon sein Vermögen. Wenn sie eine Prostituierte war, dann eine gut bezahlte. Die Qualität des grünen Kleides, das ihre kurvige Figur umfing, konnte mit denen in den meisten Ballsälen mithalten. »Lust auf Spiele?«

Maccus schüttelte verzagt den Kopf. Die dunkelhaarige Verführerin hätte vielleicht noch vor ein paar Wochen eine Wirkung auf ihn gehabt, doch nicht an diesem Abend. Eine gewisse Dame mit zimtfarbenem Haar trieb ihn um. Er schmeckte ihre Lippen noch immer. Ihr Duft war wie ein anregendes Gewürz – er sehnte sich nach mehr.

»Ich suche Xavier«, rief er über den Krach der vielen Stimmen hinweg.

Sie akzeptierte seine Abweisung freundlich. »Und möchte er von Ihnen gefunden werden, Hübscher?«

»Maccus Brawley. Ja, Xavier duldet mich«, erwiderte er charmant.

Sie deutete mit dem Kopf die Richtung an. »Versuchen Sie es an einem der hinteren Tische. Vorhin gab es eine Auseinandersetzung wegen einer Frau.« Sie rollte mit den Augen und zeigte somit ihre Verachtung über die Dummheit der Männer. »Es wurden sogar Messer gezückt. Xavier beruhigt die empfindlichen Gemüter seiner adligen Gäste.«

»Ich bin Ihnen sehr dankbar.« Maccus beugte sich über ihre ausgestreckte Hand. »Und wer sind Sie?«

Sie bedachte ihn mit einem Lächeln, das ihm den Magen zuschnürte. Sie erinnerte ihn an eine elegante schwarze Katze, die mit einer kleinen Maus in ihren scharfen, tödlichen Krallen spielte. »Wer ich bin, ist nicht wichtig, Mister Brawley. Wer ich für Sie sein kann, mag Sie mehr faszinieren … später vielleicht, wenn Ihre Hingabe abgeflaut ist.«

Sie streifte ihn mit ihrem geschmeidigen Körper, als sie an ihm vorüberschlenderte.

»Sind Sie Wahrsagerin?«, fragte er.

»Nein, Hübscher. Ihr Gesicht hat Sie verraten. Ich habe den Ausdruck unzählige Male gesehen. Und nur eine Frau kann diese Mischung aus Verlegenheit und Verdruss auf das Gesicht eines intelligenten Mannes zaubern. Viel Glück bei der Jagd.«

»Du musst schwören, dass du es keiner Seele verrätst«, beharrte Fayre. Sie fragte sich, was ihr Bruder Mister Brawley antun würde, wenn er von ihrem Treffen erfuhr.

Callie wurde ruhig, als sie merkte, dass Fayre nicht spaßte. »Natürlich. Ich schwöre bei meiner Ehre«, versprach sie. »Was macht dir Sorgen? Ist es wieder Standish?«

»Nein«, sagte Fayre. Beim Gedanken an den Widerling verzog sie die Miene. »Nicht Standish. Es ist Mister Brawley.«

»Bereitet dir seine Rüpelhaftigkeit im Park Bedenken?«, fragte Callie. Sie war sichtlich erleichtert, dass sie über Fayres Ärger sprechen konnte. »Lord Yemant hat sich mehrmals für seinen Freund entschuldigt, doch ich denke, wenn du von dem Mann etwas Liebenswürdiges hören möchtest, kannst du dich lange danach verzehren.«

Verzehren. Ja, das hatte er erreicht. »Ich habe ihn seitdem wieder gesehen. Heute Nachmittag. Wir besuchten dieselbe Kunstausstellung«, gab sie zu, doch sie bereute das unbekümmerte Geständnis sofort. Mister Brawley hatte sie nicht zur Geheimhaltung verpflichtet, doch mit Sicherheit wollte er nicht, dass die gesamte Gesellschaft erfuhr, dass er sich von ihr den letzten Schliff geben lassen wollte.

Callie gluckste vor Vergnügen und ergriff Fayres Hände. »War es ein geplantes Treffen?«, fragte sie begierig. »Ach, was sage ich denn da? Du hast Mister Brawley ja fast verabscheut. Ich fürchtete, du würdest ihm mit dem Sonnenschirm den Kopf einschlagen.«

Fayre zuckte zusammen. Sie musste zugeben, dass der Gedanke daran, Mister Brawleys harten Schädel zu spalten, ihr schon einige Male gekommen war. »Ich habe ihn nicht gehasst. Ich fand seine Impertinenz abstoßend. Nach Lord Standish habe ich genug von Männern, die glauben, jede Dame sollte sich ihren Weisungen fügen.«

»Meine Güte, Fayre, das erinnert mich an den Liebesroman, den wir letzten Herbst zusammen gelesen haben. Wie hieß es gleich …? Und der Funke der Empörung schürt langsam die Flammen der Liebe an«, zitierte Callie aufgeregt. »Es hört sich so an, als mache dir der Mann den Hof.«

Fayre konnte sich gut vorstellen, was Mister Brawley zu solch einem befremdlichen Vorschlag sagen würde. Romantik spielte beim Geschäft keine Rolle. »Ein Kuss bedeutet noch kein Liebeswerben.«

»Er hat dich geküsst!«

»Psst. Nicht so laut«, sagte Fayre und sah sich um. »Es kursieren schon genug Gerüchte über meine innige Freundschaft mit Lord Standish und Lady Hipgrave. Wir können in dem ganzen Wirrwarr nicht auch noch Mister Brawley gebrauchen.«

Die leise Erinnerung an Fayres momentane schwierige Situation dämpfte Callies natürliche Lebhaftigkeit. »Vielleicht zeigt dein Mister Brawley ja, dass viele Mitglieder der gehobenen Gesellschaft trotz Lord Standishs Verleumdungsversuchen in deiner misslichen Lage mit dir fühlen.«

Callies optimistische Sicht auf ihre Mitmenschen würde sie eines Tages schwer enttäuschen. »Meine Mutter sagt, dass Mitgefühl selten über das Wohnzimmer hinausgeht. Der einzige Grund, warum ich diese Saison nicht öffentlich geächtet werde, ist der ungemeine Einfluss, den meine Familie hat. Trotzdem hindert das niemanden daran, hinter meinem Rücken zu tuscheln.«

Erst an diesem Morgen war ihre Mutter ungehalten gewesen, weil Lady Winthrope auf der Einladung zu ihrem Kartenspiel in der nächsten Woche Fayres Namen ausgelassen hatte. Die Prinzessinnen wurden erwartet, und die Markgräfin lud nur handverlesene Gäste ein. Fayre hatte die Kränkung gelassen hingenommen, denn es kümmerte sie nicht besonders, ob sie der Vergnügung beiwohnen würde oder nicht. Die Herzogin hatte die Sache jedoch als Ohrfeige und als Anzeichen dafür angesehen, wie misslich die Lage ihrer Tochter wirklich war. Fayre hatte den Salon verlassen, bevor ihre Mutter wieder vorschlug, dass sie sich nach Arianrod zurückziehen sollte.

»Und was ist mit Mister Brawley?«

Fayre rieb sich die Stirn. »Eine Verirrung. Ich kann mir keinen Grund vorstellen, warum er mich geküsst hat.« Oder warum es mir so gefallen hat. »Es war wohl Neugier.«

Callie schürzte die Lippen und sah sie verschlagen an. »Er sieht sehr gut aus.«

Das war kein Grund, einen Mann zu küssen. Fayre erinnerte sich daran, wie Lord Standish sie beschützend in den Armen gehalten und ihr seine ewige Liebe geschworen hatte. Dann dachte sie an Mister Brawley und seinen lockeren Charme, als er ihr das Geschäft vorschlug. »Das sind die Schlimmsten.«

Xavier war nicht an einem der hinteren Tische, wie die Verführerin mit dem rabenschwarzen Haar gesagt hatte. Maccus fand ihn in einem der privaten Räume. Er stand mit drei Zuschauern auf der Türschwelle, als Xavier einen seiner Kunden am Revers packte, ihn hochhob und gegen die Wand schleuderte. Der zappelnde Mann hatte keine Chance. Xavier war blond und wie ein Hufschmied gebaut. Er hatte ein aufbrausendes Temperament. Maccus zuckte vor Mitleid zusammen, als der Spielhöllenbetreiber dem Unglücklichen die Faust in den Unterleib rammte.

»Das ist ein faires Etablissement hier. Wenn Sie die Bank wieder des Betrugs beschuldigen wollen, werden Sie mehr als nur hundert Pfund verlieren«, sagte Xavier, stellte den Mann wieder auf die Füße und schob ihn zur Tür hinaus. »Raus hier und kommen Sie erst wieder, wenn Sie Manieren gelernt haben!« Er verzog höhnisch die Oberlippe und betrachtete die anderen Männer, die sich im Raum versammelt hatten. »Und das gilt auch für euch. Raus aus dem Zimmer.« Als er Maccus erspähte, wurde seine Miene etwas freundlicher.

Die Zuschauer gingen zurück in die große Halle, als klarwurde, dass der Kampf vorbei war. Maccus verschränkte die Arme und lehnte sich mit dem Rücken an die Wand, während Xavier dem Personal Anweisungen gab. Nachdem er sie barsch abgefertigt hatte, wandte er sich mit säuerlichem Ausdruck Maccus zu. »Schwierigkeiten fegen durch mein Geschäft, und du kommst im Kielwasser daher. Ein Zufall?«

»Die Antwort überlasse ich dir. Schließlich ist es dein Geschäft, Wahrscheinlichkeiten zu berechnen.« Maccus deutete mit dem Kopf in Richtung des umgeworfenen Tisches und der zerbrochenen Stühle. »Man sagte mir, du beruhigst hier hinten empfindliche Gemüter.«

Xavier schnaubte. »Unwahrscheinlich. Es interessiert mich nicht, ob einer einen schicken Mantel anhat. Niemand beschuldigt mich der Betrügerei.«

Es lag so viel tödliche Aufrichtigkeit im Antlitz des Mannes, dass Maccus überzeugt war, niemand würde Xavier in die Quere kommen, und wenn sie es doch versuchten, dass sie den Fehler ein Leben lang bereuen würden.

»Ich hab dich schon sehr lange nicht gesehen. Was treibt dich zu mir?«, fragte Xavier, während er einen Stuhl aufhob, den er Maccus sofort anbot.

Maccus lehnte ab. Er ging auf die andere Seite des umgestoßenen Tisches und fasste ihn an der Kante an. Er war schwerer, als er aussah, doch die beiden starken Männer hatten keine Probleme damit. »Ich will eine alte Schuld einfordern. Du kannst mir einen Gefallen tun.«

Die Ankündigung beunruhigte oder überraschte seinen Freund nicht. »Es hat ja lange genug gedauert«, sagte Xavier lässig. »Was brauchst du?«

Der Wirt zauderte nicht. Er stellte keine Fragen. Er war ein Ehrenmann, der seine Schulden beglich. Maccus ging zur offenen Tür und bedeutete Xavier, ihm zu folgen. Ruhig hielt er nach dem Mann, um den es ging, Ausschau. »Kennst du Lord Standish?«

»Ja. Er und seine Kameraden sind neu hier, doch wegen ihres Goldes und ihrer Dummheit gerngesehene Gäste«, sagte Xavier voller Abscheu für jeden, der die Chancen beim Spiel unterschätzte. »Warum?«

»Also hatten die Herren ein wenig Pech?«, fragte Maccus und beobachtete, wie die Frau, mit der er vorher gesprochen hatte, auf Standishs Tisch zuschlenderte.

»Etwas.«

Standish verlor das Interesse an den Karten in seiner Hand. Maccus lächelte, als die Frau der Hand des Viscounts gekonnt auswich. »Manche haben Pech, wann immer sie sich an den Kartentisch setzen. Ich will, dass er blutet, Xavier.«

Xavier hatte das Zusammenspiel der Dame mit Lord Standish auch beobachtet und schien nicht besonders gut auf den Edelmann zu sprechen zu sein. »Für wie lange?«

»Bis er an deinen Tischen nicht mehr willkommen ist.« Die Bedeutung war glasklar. Wenn Standish so leichtsinnig war, sein Vermögen wegzuwerfen, dann sollte Xavier es entgegennehmen.

Xavier seufzte schwer. »Betrachte die Schuld als eingelöst, alter Freund. Bedauerlicherweise zieht sich eine dunkle Unglückswolke über Lord Standish zusammen. Viele, die in solch ein Unwetter geraten, erholen sich nie davon.«

Die dunkle Wolke war schon über Lord Standishs Haupt aufgetaucht, als Maccus erfahren hatte, dass er Lady Fayre verführt hatte, doch das sagte er natürlich nicht laut. Er sah Standish zu. Der Mann verließ den Tisch und folgte jetzt der Frau. Das war auch Xavier nicht entgangen. Seinem düsteren Gesichtsausdruck nach zu urteilen, würde es ihm Freude bereiten, die Taschen des Viscounts zu leeren.

»Was ich fragen wollte … wer ist die Sirene in Grün?«

Maccus hätte es nicht für möglich gehalten, doch sein Freund blickte noch finsterer drein. »Die Moiren in Person. Standish ist nicht der Einzige hier, der vom Schicksal verhext wurde.«

Siebtes Kapitel

»Ist Ihnen denn gar nichts heilig, Weib?«, fragte Maccus erschöpft, als er das Rasiermesser in Fayres Hand betrachtete.

Sie umkreisten einander in der Küche. Sie hatte es geschafft, ihn dreimal zu besuchen, seit sie Callie im Garten der Pindars den Kuss gestanden hatte. Jedes Mal, wenn sie ihn sah, zog sich ihr Magen zusammen in der Erwartung, dass er sie in seine Arme zog und ihre Lippen geradezu verschlang.

»Ehrlich«, sagte Fayre und legte ihm die Hand auf die Hüfte, als sie die Klinge vor ihm schwenkte. »Sie tun ja gerade so, als wolle ich Sie entmannen.«

Wenn man sich sein bisheriges Benehmen vor Augen führte, war Mister Brawley ein perfekter Gentleman gewesen. Es war zum Auswachsen! Er schien wirklich ihre Hilfe zu wollen. Es hatte einige Nachmittage gedauert, seine Garderobe durchzusehen und hier und da Verbesserungsvorschläge zu machen, obwohl sie an seinem konservativen Stil nichts auszusetzen hatte. Hobbs, so hatte sie festgestellt, war eine ungewöhnliche Wahl als Diener eines edlen Herrn. Der Mann besaß nicht das Naturell, das man sich von einem Angestellten erhoffte. Doch es war ersichtlich, dass Mister Brawley und Hobbs eine private Vereinbarung miteinander, wenn nicht sogar eine gewisse Zuneigung zueinander hatten. Fayre hatte Hobbs den Namen des Schneiders ihres Bruders und die Adresse eines angesehenen Hutmachers am Picadilly Square genannt. Sie wollte ihn außerdem dem Hausdiener ihres Vaters vorstellen, da der Mann sich offensichtlich verbessern wollte, um seine Fähigkeiten auch auf seinen Herren zu übertragen.

»Manche würden das so sehen!«, gab Mister Brawley zurück und blitzte seinen Diener an. »Hobbs, Sie helfen mir nicht, wenn sie nur dasitzen und wie ein altes Weib vor sich hinkichern. Tun Sie etwas!«

Mister Brawley war bisher überraschend hilfsbreit gewesen, bis sie vorgeschlagen hatte, einen Barbier aufzusuchen, um seinen unmodernen Schnurrbart zu entfernen. Das hatte er abgelehnt. Wenn sie wollte, dass er rasiert werde, dann müsse sie es schon selbst tun. Vielleicht dachte er, bei so einer intimen Handlung würde sie vor ihrem Vorhaben zurückschrecken. Ha! Da hatte er sie aber unterschätzt.

»Ich gebe zu, dass der Schnurrbart wirklich verwegen aussieht, Mister Brawley. Doch er muss ab. Kein modebewusster Herr trägt heutzutage mehr einen. Und da Sie sich wie ein Sturochse weigern, zum Barbier zu gehen, muss ich die Sache selbst in die Hand nehmen.« Fayre nickte dem Diener zu. »Hobbs, würden Sie bitte?«, sagte sie souverän.

Offensichtlich hatte Hobbs bisher nur furchtbare Erfahrungen mit der gehobenen Gesellschaft gemacht. Die Unverschämtheit lag ihm im Blut, trotz der zahlreichen Warnungen seines Herrn. Doch Fayre hatte das Gefühl, dass sich der ältere Mann langsam für sie erwärmte. Er bestätigte diese Vermutung, als er aufsprang und Mister Brawley von hinten umfasste.

»Ich hätte nie erwartet, dass Sie mich so verraten, Hobbs. Sie sitzen wieder auf der Straße!«, brummte Mister Brawley und widerstand Hobbs nur halbherzig, der ihn jetzt zu dem Hocker zog, von dem er eben aufgesprungen war.

»Hören sie auf zu toben.« Hobbs setzte ihn auf den Stuhl und hielt ihn fest. Er zog fest an Mister Brawleys Zopf. »Sie wollten von Kopf bis Fuß aufpoliert werden. Jetzt lassen Sie die Dame also ihre Sache machen.«

Fayre unterdrückte ein Lächeln. Mister Brawley sah aus wie ein trotziges Kind. Er sträubte sich nicht gegen den Hocker, doch er kapitulierte auch nicht anstandslos. »Sollen wir Hobbs nach etwas Lavendel schicken, um Ihre Nerven zu beruhigen?«

Er bedachte sie mit einem verächtlichen Blick. »Meinen Nerven geht es gut!«

»Oje, ich habe Sie beleidigt«, sagte sie in einem Ton, der verriet, dass es ihr keineswegs leidtat. »Oder möchten Sie vielleicht etwas Stärkeres? Einen Brandy?«, fragte sie ihn neckisch.

»Das Zeug rühre ich nicht an. Es verdirbt den Verstand und löst einem Mann die Zunge. Also versuchen Sie Ihr Schlimmstes, meine Dame«, sagte er herausfordernd. Sein schlanker Körper war vor Empörung angespannt.

Sie war überrascht, dass er ein einfaches Glas Brandy ablehnte. Da steckt eine Geschichte dahinter, dachte sie, doch er war zu verärgert, um seine ungewöhnliche Reaktion zu erklären. »Solch ein festes Vertrauen in meine Fähigkeit«, spöttelte sie. »Ich gebe zu, dass ich nicht den Mut dazu habe, einen Schnauzer abzurasieren, wenn Hobbs Ihnen dafür den Schädel mit einem Kupfertopf einschlagen muss.«

Fayre machte auf dem Absatz kehrt.

»Warten Sie.«

Sie hatte natürlich nicht die Absicht zu gehen, doch sein leises Gebot gab ihr eine gewisse Kontrolle über den mysteriösen Mister Brawley, die sie gerne annahm.

Sie wandte sich langsam zu ihm um und fragte höflich: »Ja?«

Er sah sie trotzig an. »Wissen Sie wirklich, wie man mit einem Rasiermesser umgeht?«

Fayre richtete sich zu voller Größe auf. »Es wird Sie vielleicht überraschen, aber ich kann eine ganze Reihe profaner Dinge erstaunlich gut.« Sie verschwieg ihm, dass sie zwei Jahre zuvor ihren Vetter, der sich bei der Jagd den Arm gebrochen hatte, täglich rasiert hatte. »Außerdem sagt mir der Gedanke, Ihnen ein Messer an den Hals zu halten, überaus zu.«

Mister Brawley stemmte die Hände auf die Oberschenkel und lachte lauthals. »Das glaube ich sofort.« Er winkte sie näher heran. »Sie können das nicht richtig machen, wenn Sie dort drüben stehen.«

Sie nahm die kleine Schüssel vom Tisch und ging zu ihm. Sie hatte die Rasiercreme aus Seife, Honig, Ambra und Bergamottöl selbst gemischt. Das Rezept hatte sie vom Hausdiener ihres Vaters. Sie legte das Messer weg und nahm den Rasierpinsel. Sie tauchte die Borsten in eine Tasse lauwarmen Wassers und dann in die Paste.

Mister Brawley sah Hobbs an und rollte mit den Augen. Er sagte: »Fesseln sind nicht nötig, Fayre. Ich verspreche, mich zu benehmen.«

Erst jetzt sah sie, dass Hobbs die Schultern seines Herrn noch nicht losgelassen hatte. »Sie haben gute Arbeit geleistet, Hobbs. Doch da er es versprochen hat, können Sie sich anderen Dingen zuwenden.«

Hobbs zupfte an einer Strähne, die ihm in die Stirn gefallen war. »Ja, Mylady. Wenn Sie mich brauchen, rufen Sie einfach«, sagte er und verließ die Küche.

Mister Brawley stöhnte. »Fayre … Fayre … Sie verderben mir mein Personal.«

»Ich habe Ihnen schon hundertmal gesagt, dass es sich nicht ziemt, wenn Sie mich beim Vornamen nennen«, schimpfte sie ihn, doch in Wahrheit gefiel es ihr, wie er ihren Namen aussprach. »Und ich verderbe niemanden. Hobbs war einfach nur höflich.«

»Hobbs ist sonst mürrisch und respektlos«, sagte Mister Brawley. Er legte den Kopf in den Nacken, sodass sie besser arbeiten konnte. »Ein Lächeln, und er tanzt nach Ihrer Pfeife.«

Fayre trug etwas Rasiercreme auf sein Kinn auf. »Unwahrscheinlich«, höhnte sie und tauchte den Pinsel wieder in die Schüssel ein.

»Wenn Sie nicht näher kommen, wird das nie etwas.« Mister Brawley zog sie an der Hüfte zu sich. Jetzt stand sie zwischen seinen Beinen. Sie zuckte zusammen, als ihr Bein die Innenseite seines Schenkels streifte.

Schwäche machte sich in ihren Gliedern breit, und sie kam sich plötzlich ziemlich albern vor. Sie rasierte den Mann, um Himmels willen. Das war doch kein

Liebesspiel. Sie stellte die Schüssel ab. Diese Intimität dieser Rasur würde sie nicht beeinflussen. Fayre bestrich den Rest seines Gesichts mit Rasiercreme. Es war ein Geschäft, sonst nichts.

Sie ließ den Rasierpinsel in die Wassertasse fallen und nahm das Rasiermesser auf. Hobbs hatte es geschärft. Mit einer falschen Handbewegung könnte sie ihm also eine Narbe verpassen oder ihm den Hals durchschneiden.

»Seien Sie vorsichtig«, warnte er ruhig, als hätte er ihre Gedanken gelesen. Er legte den Kopf in den Nacken und schloss die Augen.

Sie biss sich konzentriert auf die Unterlippe. Sie legte ihm das Messer an den Hals und machte den ersten Strich. Zu ihrer Erleichterung floss kein Blut. Sie spülte das Messer ab und fuhr mit ihrer Aufgabe fort.

»Ich wurde noch nie von einer Frau rasiert«, sagte Mister Brawley und fuhr ihr mit der linken Hand über die Hüfte. »Eine angenehme Erfahrung, die ich gerne wiederholen würde.«

Seine Hand verweilte einen Moment. Sie spürte sie bis tief in den Schoß. Um nicht zu zittern, stützte sie die Hand auf seine Schulter. »Sie werden es nicht mehr so angenehm finden, wenn ich Ihnen aus Versehen die Nase abschneide. Halten Sie still!«, befahl sie ihm und versuchte, die aufschäumenden Gefühle zu unterdrücken. »Diese Faxen dulde ich nicht länger, Mister Brawley.«

»Maccus«, verbesserte er sie versonnen. »Ihre Zunge wird nicht schwarz werden und verfaulen, wenn Sie meinen Namen laut aussprechen. Tun Sie mir diesen Gefallen, und ich tue Ihnen den Ihren – und noch mehr.«

Mit einem fragenden Blick hob sie die elegant geformte Augenbraue bei dieser Beteuerung. *Und mehr*. Das verhieß eine ganze Reihe unausgesprochener Sehnsüchte.

»Na gut, Maccus«, willigte sie ein. Sie hatte nicht die Kraft, ihm zu widersprechen, weil ihre Nerven völlig von ihrer Aufgabe und seiner Nähe in Anspruch genommen waren. Mit kleinen Strichen entfernte sie seinen geliebten Schnurrbart und rasierte dann unter dem Kinn weiter.

»Ich mag, wie mein Name über Ihre Lippen kommt, Fayre«, gab er zu, während sie den Schaum und die kleinen Härchen vom Rasiermesser spülte. »Ihre Stimme klingt so weich, wenn Sie ihn sagen. Und das leichte Zögern ist so reizend.«

So sprach sie nicht! Nur eine Frau, die sich verlie… Nein, sie war nicht so lachhaft. Er übertrieb, um sie aus dem Gleichgewicht zu bringen. Grob drehte sie seinen Kopf zur Seite und dann nach oben. Nach zwei weiteren Strichen war sie fertig. »Sie irren sich, Maccus«, sagte sie. Sie benutzte seinen Namen absichtlich, um dies zu untermauern. »Die Weichheit und Zögerlichkeit, die Sie gehört haben, sind einfach nur Ausdruck der Empörung über Ihre Arroganz.«

»Ich habe Sie in Verlegenheit gebracht.«

Fayre warf das Rasiermesser auf den Tisch. »Nein.« Sie nahm ein Handtuch, das Hobbs in warmes Wasser gelegt hatte, und wrang es aus. Maccus Brawley hatte mit seiner Arroganz erreicht, was ihr nicht gelungen war. Die Unsicherheit, die sie in seiner Nähe spürte, schien erstickt. Sie wischte ihm die Reste der Rasiercreme vom Kinn.

»Genug! Ich würde meine Haut gerne behalten.« Er nahm ihr das Handtuch weg und warf es in die Schüssel. »Was sagen Sie?«

Fayre wollte einen Schritt zurücktreten, doch Maccus war schneller. Er griff nach ihrem Rock und hielt sie fest. Sie blickte ihn finster an. Sie war versucht zu lügen. Sein Gesicht hatte nach ihrer Fürsorge eine leicht rosa Farbe angenommen, doch das tat seiner männlichen Schönheit keinen Abbruch. Sie starrte in seine schelmischen Augen und musterte den zarten blauen Rand, der fast von dem ruhelosen grauen Ozean verschluckt wurde. Er sah wirklich gut aus. Sie verfluchte ihn innerlich dafür!

Gedankenlos liebkoste sie seinen Kiefer. Maccus' Lächeln wurde breiter. »Seh ich noch verwegen aus?«, fragte er neckisch, als er sich an ihre frühere Bemerkung erinnerte.

»Nicht im Geringsten«, gab sie zurück und zog ihre verräterische Hand weg. Sie musste etwas Abstand zwischen sich und ihn bringen, bevor sie zu stammeln anfing.

»Sie reizen mich, Ihnen das Gegenteil zu beweisen«, sagte er. Ihre zunehmende Aufgewühltheit amüsierte ihn. »Doch vielleicht hatten Sie das die ganze Zeit im Sinn.«

»Nein. Nein. Nein! Das verbitte ich mir.« Da war wieder dieser Ausdruck in seinen Augen. Das letzte Mal, als er sie so hungrig angestarrt hatte … .

Er zupfte kurz an ihrem Rock, und sie fiel auf seinen Schoß. Bevor sie sich aufrappeln konnte, spürte sie seine Lippen schon auf ihren. Der Duft von Bergamotte stieg ihr in die Nase, als seine flinke Zunge zwischen ihre Zähne schlüpfte und sie liebkoste. Fayre stöhnte. Sie versuchte, es als Qual auszulegen. Doch seine Hand auf ihren Rippen verursachte, dass ihre Brust sich in Erwartung einer Berührung schmerzhaft hob. Sie schmiegte sich näher an ihn. Sie erwiderte seinen Kuss mit unerwarteter Inbrunst. Diese Reaktion überraschte sie ebenso wie ihn. Maccus strich anerkennend über ihren Körper. Sie mochte, wie er schmeckte. Während ihre Zunge sich in seiner verfing, fragte sie sich, ob man vom Extrakt eines Kusses berauscht werden konnte.

Mit Mühe besann sie sicher wieder auf die Vernunft, als er ihren Fuß kitzelte.

Fayre riss sich von seinem Mund los. »Was tun wir denn hier? Hobbs könnte jeden Moment zurückkommen.«

»Hobbs wird uns nicht stören, bis wir ihn rufen«, sagte Maccus und küsste ihre Nasenspitze. »Außerdem mag er Sie. Wie ich ihn kenne, würde er selbst versuchen, einen Kuss von Ihnen zu erhaschen, wenn ich Sie mir nicht in weiser Voraussicht zuerst auserkoren hätte.«

Er wollte sie wieder küssen. Doch sie ließ sich nicht ablenken. »Auf gar keinen Fall! Wir haben eine geschäftliche Absprache. Und *mehr* nicht.«

Maccus war es leid, Fayre diese nüchternen Wörter benutzen zu hören. Da ihre Lippen aber gerade geöffnet waren, nutzte er dies aus und erstickte jeglichen weiteren Widerspruch im Keim. Er küsste sie unnachgiebig, bis sie wimmerte. Er hatte eine Vorliebe für ihre Unterlippe, die so voll und weich war und nur danach schrie, angeknabbert und gelutscht zu werden. Da gab er nur zu gerne nach.

Die Maske eines Gentlemans war zerbrechlich, und die Dame in seinen Armen hatte einen Hang dazu, seine guten Absichten zu ruinieren. Ihr erster Kuss, der ihn noch Stunden später erregt hatte, warf für Maccus die Frage auf, ob es klug gewesen war, sie zu verführen. An dem Nachmittag in dem Restaurant war sie ihm auf den ersten Blick als willkommene Ablenkung von den ermüdenden aber notwendigen Dingen erschienen, die in London vor ihm lagen. Als er von den unglücklichen Umständen mit Standish erfahren hatte, war Maccus bewusst geworden, dass ihre Verbindungen zur gehobenen Gesellschaft ihn ebenso anzogen wie ihre eindringliche Schönheit. In seiner Überheblichkeit hatte er gedacht, dass tiefere Vertrautheit ihm ein Maß an Kontrolle über die feurig-sture Dame geben könnte. Es war ihm nie in den Sinn gekommen, dass er mit einer Berührung einen Teil von sich selbst an sie abgab. Der Gedanke hatte ihn aufgewühlt. Absichtlich hatte er höflich Distanz gehalten, seit er bei dem Kuss die Beherrschung verloren hatte.

Maccus hatte sich auf die geschäftliche Seite ihrer neuen Freundschaft konzentriert. Es war nicht alles einseitig. Er hatte begonnen, seinen Teil der Abmachung zu erfüllen, indem er die Samen des Unfriedens säte, die letztendlich zu Standishs Untergang führen würden. Alles lief nach Plan.

Einige Einzelheiten, die er nicht beeinflussen konnte, beunruhigten ihn. Zum Beispiel sein Halbbruder.

Trevor suchte noch immer nach ihm. Dem jungen Mann folgte stets das Unglück. Maccus witterte es in der Luft. Wenn er vernünftig war, würde er nach Trevor suchen und die Lage unter Kontrolle bekommen.

Kontrolle.

Die Frau in seinen Armen biss ihn in die Lippe und erinnerte ihn, was ihm fehlte, zumindest was sie anging. Seine Männlichkeit war schon geschwollen und drückte gegen ihr rundes Gesäß. Fayre verkörperte Leidenschaft und Verletzlichkeit. Maccus strich ihr sanft über die Wade und das Knie. Er sollte wirklich ihren Rat beherzigen und die Abmachung einhalten, dachte er und biss ihr leicht ins Kinn. Doch andererseits schreckte er vor keinem Wagnis zurück. Sein Instinkt sagte ihm, dass die Tändelei mit Lady Fayre sein heikelstes privates Unterfangen werden könnte.

Fayre kicherte und schlug ihm auf die Schulter. »Lassen Sie den Unsinn und lassen Sie mich runter.«

Für einen Mann in Gefahr war er bereit, das Vergnügen voll auszukosten. »Warum sollte ich?« Er ließ die Hand höher gleiten und spielte mit ihrem bestickten Strumpfband. »Sie mögen doch diesen ... Unsinn.« Maccus tätschelte ihren Hals.

Sie wand sich, versuchte einem Ansturm der Lust zu widerstehen. »Vielleicht.« Fayre zischte, als er auf seiner Entdeckungstour auf einen besonders empfindlichen Nerv traf. »Trotzdem kann man im Leben nicht jeder Laune nachgeben.«

Sie versteifte sich in seinen Armen. Wahrscheinlich dachte sie an das Debakel mit Standish. Solche Gedanken taugten nicht als Aphrodisiakum. Er zog es vor, wenn sie lächelte und nachgiebig war.

»Sich etwas zu verweigern bedeutet, sich neuen Erfahrungen zu entziehen. Das ist nicht mein Verständnis vom Leben.« Um dies zu untermalen, wanderte er mit seinem Finger an der Innenseite ihres Oberschenkels hinauf.

Fayre umklammerte seine Hand unter ihrem Rock. »Die Erfahrungen, die Sie mir bieten, sind älter als Methusalem, Mister Brawley«, sagte sie ironisch.

»Und ich hielt Sie für eine Verfechterin von Tradition«, sagte Maccus und küsste sie inniglich. Wenn sie sich auf schönere Dinge konzentrierten, vergaßen sie stets miteinander zu streiten. Er ließ die Hand noch ein Stückchen weiterwandern.

Diese kühne Berührung ließ für beide beinahe Sternschnuppen regnen. Erschrocken rang Fayre nach Luft und bäumte sich auf. Ihr Kopf stieß mit seiner Stirn zusammen. Der plötzliche Schmerz über seinem linken Auge betäubte ihn. »Ich wusste ja, dass Sie eine gefährliche Frau sind«, ächzte er und legte den verletzten Kopf auf ihre Schulter.

»Es ist Ihre eigene Schuld«, murmelte sie. Sie war so verwirrt, dass sie nicht merkte, dass seine Hand nun zwischen ihren Schenkeln lag. »Au, mein Kopf. Da bleibt sicher ein blauer Fleck von Ihrem harten Schädel zurück.«

»Nun, mein Schatz, wenigstens passen wir dann zusammen«, sagte Maccus, dessen gute Laune nun langsam zurückkehrte, als der Schmerz nachließ. »Hier, ein Kuss wird es wieder gutmachen.« Er drückte ihr zärtlich die Lippen auf die rötliche Stelle auf der Stirn.

»Küsse heilen nicht.«

Sie klang so verärgert, dass Maccus grinste. »Meine

schon.« Er küsste ihre Lider und ihre kleine Stupsnase und rieb seine gut rasierte Wange an ihrer.

»Überheblicher, höllisch durchtriebener … *Mmf*!«

Maccus unterbrach die Tirade mit einem neuerlichen hitzigen Kuss. Er schmunzelte, als Fayre versuchte, in seine Zunge zu beißen. Sie wand sich, um seinem geschickten Griff zu entkommen, doch ihre Mühe war vergeblich.

»Was ist denn das?«, fragte er, als er das flaumige Haar zwischen ihren Beinen teilte und die weibliche Ritze flüchtig berührte.

Fayres Antlitz spiegelte sowohl Panik als auch aufkeimende Erregung wider. »Hobbs … jemand wird kommen«, sagte sie gepresst.

»Hm.« Maccus wagte sich tiefer vor. Es war, als entdeckte er eine geheime Bucht. Trotz ihres Widerstands ersehnte Fayre seine Berührung. Diese Erkenntnis trieb das wallende Blut in seinen Schwengel. Er sehnte sich danach, sein steifes Glied aus der Hose zu befreien und weit in ihre einladenden Tiefen vorzustoßen.

»Maccus.« Sie flüsterte seinen Namen, und heißer Atem strich über seine Wange.

Bei jeder anderen hätte er seine Hose geöffnet, ihren Rock hoch geschoben und ihre langen Beine um sich gewunden. Es war ihm gelungen, sie dermaßen zu erregen, dass Fayre ihm erlauben würde, sie eilends in der Küche zu nehmen. Doch später, wenn die Leidenschaft abkühlte, würden Verlegenheit und Wut zutage treten. Wenn er sie jetzt ungeschickt behandelte, würde er sie nie wieder anfassen dürfen. In seiner derzeitigen unbehaglichen Verfassung war der Gedanke unerträglich.

»Ruhig. Ich habe den Schmerz in Ihnen hervorgerufen, ich kann ihn auch lindern.« Er griff sie am Hinterkopf und zog sie zu sich heran, und gab ihr einen langen Kuss. »Schließen Sie die Augen, liebliche Fayre.« Mit den Fingern massierte er die Liebesspalte. Ihr Verlangen äußerte sich feucht und schlüpfrig, und er konnte dieser Einladung einfach nicht widerstehen. Maccus fuhr mit dem Finger in ihre enge Grotte. Sie war so anschmiegsam und weich, dass er vor Freude Tränen vergießen wollte. Er rieb ihren Po an seinem Schoß, der nach Befriedigung verlangte, auch wenn er so etwas Gewagtes nie von ihr erwarten würde.

»Ich war noch unberührt, als Standish …« Fayre errötete bei dem Geständnis, was sich als ironisch darstellte, wenn man bedachte, wo seine Hand sich gerade befand. »Er war mein erster Liebhaber«, fuhr sie fort. »Und es passierte nur ein einziges Mal.«

Sie sah so unglücklich aus, dass er sich ihrer erbarmte. Sie hatten ihre hübsche Frisur ruiniert. Maccus strich ihr ein paar Strähnen aus dem Gesicht. »Denken Sie, es macht mir etwas aus, dass Standish Ihr Liebhaber war? Das tut es nicht.« Nur eine winzige Lüge. Nicht ihre mangelnde Jungfräulichkeit kränkte ihn, sondern Standish. Maccus entbrannte vor Zorn, wenn er daran dachte, wie gefühllos er Fayre behandelt hatte.

Sie schüttelte den Kopf, doch sie war offensichtlich erfreut über seine Worte. »Ich wollte nur, dass Sie verstehen, was auch immer man über mich sagt – was mit Standish geschah –, ich bin nicht besonders erfahren in diesen Praktiken der Leidenschaft.«

Ihm wurde deutlich, dass sie so unschuldig wie ein Lämmchen war, und er fühlte sich wie ein Barbar, weil er sie verführt hatte. Niemand hatte jemals so gegensätzliche Gefühle in ihm hervorgerufen. In der einen Minute musste er diese unermessliche Lust kontrollieren und in der nächsten wollte er sie sogar vor sich selbst beschützen. Das war ziemlich verwirrend. Langsam zog er die Hand zwischen ihren Schenkeln zurück.

Fayre legte ihre Hand auf seine, und hielt ihn zurück. »Sollte ich nicht etwas tun? Sie haben versprochen, meinen Schmerz zu lindern, was ist mit Ihrem? Zeigen Sie mir, was ich tun muss?«

Verständnis zeichnete sich auf seinem Gesicht ab. »Nein, Fayre«, sagte er, als sie über die Knöpfe an seiner Hose strich. »Es gibt unterschiedliche Wege, jemandem Genuss zu bereiten. Ich zeige es Ihnen.« Maccus küsste sie leidenschaftlich und fühlte sich recht nobel bei seiner Entscheidung. »Öffnen Sie sich mir, ich werde Ihnen nicht wehtun.«

Sie starrte ihn direkt an. Sie sprach ihre Zweifel zwar nicht aus, sie waren aber in den Untiefen ihrer grünen Augen zu lesen. Nach kurzem Zögern machte sie die Beine breit. Maccus stöhnte. Er war nun so hart wie Stein, und ihre kleinen Bewegungen untergruben seine guten Absichten.

»Schließen Sie die Augen und konzentrieren Sie sich auf die Berührungen«, raunte er und schlüpfte mit den Fingern wieder in sie hinein. Seine Bauchmuskeln zogen sich erwartungsvoll zusammen. »Ich bin in Ihnen, Fayre. Wie tief können Sie mich aufnehmen?« Er beantwortete seine Frage selbst, indem er ihr zeigte, wie tief er vordringen konnte.

Er schlug einen langsamen und präzisen Rhythmus an. Maccus verschlang sie beinahe, als seine Zunge beim Kuss den Takt seiner Finger nachahmte. Bei jedem Stoß drückte er mit dem Daumen gegen ihren Kitzler und reizte den kleinen Knopf mit einer kreisenden Bewegung. Fayre stöhnte überrascht auf und öffnete die Schenkel noch weiter.

»Ist das gut?«

Sie schnurrte ihm ins Ohr. »Ja.« Als er schneller wurde, straffte sie ihre Umarmung.

»Das ist nur der Anfang«, murmelte er heiser. Sie rieb mit ihrem Hinterteil an seiner Männlichkeit, was seinen Höhepunkt beschleunigte. Das Verlangen, in ihr zu sein, war so stark, dass er fürchtete zu sterben, wenn es ihm verwehrt blieb.

»Maccus … warten Sie!« Sie grub die Finger in seine Schultern.

Fayre schien die Regungen nicht zu kennen, die in dem Höhepunkt der äußersten Lust gipfeln würden, die ein Mann seiner Geliebten verschaffen kann. War Standish so unfähig und selbstsüchtig gewesen, dass er sie nicht einmal richtig geliebt hatte? Bei dem Gedanken war Maccus nur noch mehr darauf bedacht, dass Fayre in seinen Armen das erste Mal die Freuden der Weiblichkeit erfuhr.

»Sehen Sie mich an«, forderte er und schaukelte sie beide schonungslos immer höher. Ihr Blick fand seinen, als sei er die einzige Zuflucht in diesem wilden Sturm der Leidenschaft. Fayre schrie auf, und Maccus presste den Mund auf ihren. Er schmeckte Blut, doch es war ihm in diesem Moment nicht wichtig, ob es seines oder ihres war.

Beim ersten Pulsieren des Höhepunkts drängte sie die Hüfte gegen seine Hand, was die süße Erlösung noch verlängerte. Die Verquickung ihres herben Duftes und ihrer hauchenden Schreie war zuviel für Maccus. Er zog die Hand aus der Wärme zurück und schob sie in seine Hose. Mit einem Arm hielt er Fayre, und mit der anderen Hand, an der noch ihr feuchter Extrakt hing, ergriff er seinen Schwengel. Ein leises Stöhnen entfuhr ihm, und sein Kopf fiel auf ihre Schulter, als der Höhepunkt ihn übermannte.

Fayre streichelte über Maccus' feuchtes Haar. Sie beobachtete wie er den freien Arm auf den Schenkel aufstützte und die Luft einsog, als sei er außer Atem. Er sah sie an und lächelte kläglich. »Ich wusste ja, dass Sie gefährlich sind. Gott, ich glaube, mein Herz ist kurz stehen geblieben.«

Sie erwartete, dass die Verlegenheit einsetzte und die innere Ruhe störte. Der Mann hatte sie vor ein paar Minuten ganz intim berührt. Wie war aus der einfachen Handlung der Rasur nur diese vergnügungssüchtige Darstellung in der Küche geworden? Jeder Beliebige hätte einfach hereinspazieren können, um Himmels willen! Anstatt sich davonzuschleichen wie ein braves Mädchen, überraschte sie sie beide mit einem Lächeln.

»Beflügelt Sie eine Rasur immer in dieser Weise?«, fragte sie.

»Nein. Nur Sie, meine reizende Fayre.« Langsam hob er sie von seinem Schoß und setzte sie auf den

Hocker. Da er sich nun schon gebückt hatte, strich er ihr auch gleich die Röcke glatt. »Ich bin wie gelähmt.« Er stöhnte und legte sich die Hand auf den Rücken, als er sich aufrichtete. »In meinem ganzen Leben habe ich noch nie eine Frau und mich auf einem Hocker befriedigt. Sie haben meinen Horizont für neue kreative Möglichkeiten erweitert.«

Fayre stand auf und stellte fest, dass auch ihre Glieder steif waren. Sie zog skeptisch die Augenbrauen hoch. »Möglichkeiten wofür? Was wir gerade getan haben, lässt mich an unser beider Urteilsvermögen zweifeln. Gute Güte, wie peinlich, wenn Hobbs zurückgekommen wäre!«

Maccus ließ der Gedanke kalt. »Ich zahle Hobbs einen beträchtlichen Lohn, und er gehorcht meinen Anordnungen. Bisher war das immer eine dienliche Vereinbarung.«

Fayre versuchte bei dem Wort *Vereinbarung* nicht zusammenzuzucken. Doch er hatte es bemerkt. Es gab nicht viel, das ihm entging, vermutete sie.

»Ich hab das nicht geplant«, sagte er so aufrichtig, dass sie ihm einfach glauben musste. »Trotzdem möchte ich annehmen, wenn die Gefahr bestanden hätte, dass uns jemand entdeckt, dann hätte ich es nicht so weit kommen lassen, dass uns die Dinge außer Kontrolle geraten.«

Sie dachte an alles, was er mit ihr in der Küche gemacht hatte, und widerstand dem Drang, ihm einen verärgerten Blick zuzuwerfen. Stattdessen fragte sie: »An welchem Punkt gerieten die Dinge denn außer Kontrolle?«

Maccus ergriff ihr Kinn und zwang sie so, ihn anzusehen. Sie spürte die Wärme seines Lächelns bis in die Zehenspitzen. »Als Sie mir sagten, dass mein unmodischer Schnurrbart verwegen aussieht«, erwiderte er.

Achtes Kapitel

Othilia, Lady Hipgrave, putzte sich heraus. Doch ihre Aufmerksamkeit schenkte sie nicht ihrem Spiegelbild, denn sie war sich ihrer Schönheit bewusst. Vielmehr blickte sie auf den Mann, der sie beobachtete. Seit Jahren wusste sie, dass Männer gerne den rätselhaften Ritualen folgten, die Frauen an sich verrichteten, wenn sie sich auf einen Liebhaber vorbereiteten. Nicht dass sie ihren Liebhabern jemals erlaubte, sie zu sehen, bevor sie ihre natürliche Schönheit nicht noch gesteigert hatte. Eine Dame durfte Geheimnisse haben. Außerdem bezweifelte sie, dass ein Mann seine Geliebte mit aufgedunsenen Augen und dem frischen Abdruck der Bettdecke im Gesicht sehen wollte.

»Komm ins Bett«, bettelte Lord Standish auf dem Bett sitzend. Er hatte die Schuhe und Strümpfe schon ausgezogen in Erwartung einer fieberhaften Liebesnacht.

Sie sah die nackten Füße und seufzte. Der Mann war attraktiv und ganz annehmbar im Bett. Doch er hatte es immer eilig. Er verstand einfach nicht den Reiz, den Moment hinauszuzögern. Sie hatte einmal einen Liebhaber gehabt, der sich eine Stunde Zeit nahm, sie zu entkleiden. Jeder Moment einer Enthüllung wurde ausgekostet. Wie sie den Herzog von Solitea in ihrem Bett vermisste. Es gab keinen vergleichbaren

Liebhaber. Der Gedanke, dass er ihr Lady Talemon vorzog, lag außerhalb ihrer Vorstellungskraft. Othilia nahm eine kleine Dose und tauchte den Finger ein. Mit geübtem Strich trug sie etwas Lippenfett auf. Dann schürzte sie die Lippen und bewunderte das Ergebnis im Spiegel.

Für ihre achtundzwanzig Jahre sah sie noch ziemlich gut aus, obwohl ihr blondes Haar mit der Zeit dunkler geworden und nun mit Gold und einem Kastanienton durchsetzt war. Ungebändigt war es wirklich eindrucksvoll. Wenn sie etwas kritisieren würde, fand sie, dass ihre unauffälligen blauen Augen zu klein für ihr Gesicht waren. In ihrer Jugend hatte ihr ein fahrender Schauspieler sie mit Schminke vertraut gemacht und sie gelehrt, wie man die Stellen verschönerte, die die Natur vernachlässigt hatte. Das Bild, das sie nun im Spiegel sah, gefiel ihr. Es war, als betrachtete ein Künstler sein Kunstwerk.

»Ich möchte lieber mit dir reden, als ins Bett zu gehen, Thatcher«, sagte Othilia launisch.

Er griff nach seiner Krawatte und zog in einer nachlässigen Art an dem modischen Knoten. »Ein Kompromiss: Wir reden im Bett.«

Es war ihre eigene Schuld. Sie hatte ihn verwöhnt. Der Großteil der Pläne bezüglich Soliteas zahmer Tochter war entstanden, als er sich auf ihr abgerackert hatte. Selbst ein intelligenter Mann war äußerst kooperativ, wenn sein Verstand zwischen seine behaarten Beine gerutscht war.

Auf diese Weise hatte sie auch den zurückgezogen lebenden Lord Hipgrave überredet, sie zu heiraten, obwohl er vierzig Jahre älter war. Der alte Mann hatte davon geträumt, mit ihr einen Erben zu zeugen. Und sie hatte ihn oft genug herangelassen, um ihn mit der Möglichkeit aufzureizen. Während ihr Ehemann aufs Land zog und dort ihre Rückkehr erwartete, sollte sie sich von einer Fehlgeburt erholen. In Wahrheit war sie nie schwanger gewesen, und beabsichtigte dies auch in Zukunft nicht zu werden. Die Lüge erfüllte ihren Zweck. Lord Hipgrave konnte weiter von der eigenen Unsterblichkeit träumen, und sie konnte London und das Geld des Grafen genießen.

Standish schätzte sie nicht als besonders klug ein. Es gefiel ihm einfach, Frauen ins Bett zu bekommen. Wenn sie auf seine Launen eingingen, dann gab er ihren Forderungen nach.

Othilia blickte über die Schulter und schnaubte geringschätzig. »Ich würde lieber sitzen. Was ist mit unseren Plänen, Thatcher? Ich habe Lady Fayre seit dem Abend im Theater nicht mehr gesehen. Ich muss zugeben, die Arme sah nicht gut aus. Ihre Gesichtsfarbe hatte so einen grünlichen Ton. Denkst du, sie brütet etwas aus?« Der Gedanke, dass Lord Standishs Saat die Figur der jungen Dame aufblähte wie einen drallen Kürbis, verursachte ihr fast ebenso viel Freude wie mit dem früheren Liebhaber der Dame zu schlafen. Soliteas Tochter zu schwängern war nie Teil des Plans gewesen. Immerhin hegte sie keine boshaften Gefühle gegen die Kleine. Doch im Nachhinein fragte sie sich, ob sie etwas voreilig gewesen war, als sie Lady Fayre Lord Standish vor der Nase weggeschnappt hatte. Wenn sie ihn davon überzeugen konnte, zu der Kreatur mit dem gebrochenen Herzen zurückzukehren, dann könnte er sie womöglich diesmal so lange trösten, bis Standishs Bastard in ihr wuchs. Sie stellte sich die Entrüstung des Herzogs lebhaft vor, wenn er damit konfrontiert wurde, seine einzige Tochter auf dem Land zu verstecken oder sie mit ihrem herzlosen Verführer zu verheiraten.

»Keine Frau wurde je mit meinem Samen befruchtet«, sagte Standish und knöpfte sein Hemd auf. »Ich hatte nur das eine Mal mit Fayre, bevor sie uns zusammen erwischte.«

Sie verabscheute seinen wehleidigen Ton und die jämmerlichen Ausflüchte. Ein schwacher Mann hatte unfruchtbaren Samen folgerte sie und gab den Plan ganz auf. »Mach dir nichts daraus, Liebster. Lady Fayre ist zu unbeweglich in ihrem Denken, um einen Mann wie dich zu schätzen«, sagte sie. Sie drehte sich etwas, damit sie bewundernd sah, wie das dünne Hemdchen flüchtige Blicke auf ihre Nippel freigab. »Ich wette, ihre Erziehung ist daran schuld, doch wie ein lüsterner Mann wie Solitea diese kleine prüde Göre aufziehen konnte, entzieht sich mir.«

»Fayre ist nicht prüde. In ihrer Gesellschaft bemerkte ich, dass sie denselben Sinn für Abenteuer wie ihre heißblütige Familie besitzt. Nur weil sie eine unverheiratete Frau ist, hat die Familie versucht, sie zu beschützen. Das ist nicht ungewöhnlich. Solitea hat sie zweifelsohne auf eine einträgliche Heirat vorbereitet. Bei ihrer Schönheit hätte ich dasselbe getan.«

Othilia entblößte die Zähne, ihr Lächeln geriet zu einer Parodie. Es hatte sie beunruhigt, dass Standish von Soliteas Tochter bezaubert werden könnte.

Damit sein Sinneswandel nicht kippte, hatte sie ihn in ihren sinnlichen Bann gezogen und ihn somit völlig an sich gebunden. Eine schüchterne Jungfrau hatte keine Chance, sie zu übertrumpfen. Trotzdem war es ihr ein Dorn im Auge, dass Standish die Dame verteidigte und ihre Schönheit pries.

Sie erhob sich von der gepolsterten Bank und streckte den Rücken durch. Ihre Brüste standen hoch und fest, eine gute Haltung hob sie hervor. Sie schlenderte zu ihm hinüber und bemerkte selbstzufrieden, dass Standishs Aufmerksamkeit auf ihre Nippel gerichtet war.

»Warum ist Lady Fayre noch immer in London? Du solltest sie verfolgen, sie heimsuchen. Jedes Mal, wenn sie sich in einem Ballsaal oder einem Theater umblickt, sollte sie dein spottendes Lächeln sehen. Alle sollten darüber reden, welche ruchlosen Dinge ihr miteinander getrieben habt.«

Standish versuchte, ihre Brust zu packen, doch sie drehte sich weg. Er gab auf und sagte: »Sie und die Familie halten zusammen. Ich denke, sie tut so, als habe die Affäre nie stattgefunden. Viele schenken ihr Glauben.«

Bei Gott, musste sie denn alles selbst machen? Sie änderte ihre Taktik und kniete sich vor ihm nieder. »Dann müssen wir beide eben überzeugender werden«, sagte sie und blickte ihn mit Rehaugen an. »Provoziere sie. Wenn sie nur einen Hauch vom Temperament ihres Vaters geerbt hat, dann müsstest du sie leicht zu einer öffentlichen Konfrontation anstacheln können. Wenn wir mit ihr fertig sind, wird sie gerne die Koffer packen und London in Schande verlassen.«

Othilia öffnete gekonnt seinen Hosenstall und zog den Hemdszipfel heraus. Kühn ergriff sie seine Hoden.

»Du solltest weniger Zeit in Spielhöllen zubringen«, sagte sie und küsste seine Eichel.

»Das wäre auch gut«, sagte er geknickt. »Ich hatte in letzter Zeit scheußliches Pech.«

»Du musst nur meinen Anweisungen folgen, und ich garantiere dir, dein Glück wird sich wenden«, versprach sie und nahm seinen harten Penis in den Mund. Othilia fand keinen großen Gefallen daran, doch Standish musste daran erinnert werden, wer die Zügel in der Hand hielt.

Maccus stand neben Yemant und blickte sich in dem Raum um, in dem sich die Vornehmen und Adligen tummelten. Fayre hatte darauf bestanden, dass sie sich ihr und ihrer Freundin Miss Mableward anschließen und ein abendliches Konzert besuchen. Er hätte wenigstens sechs andere Unternehmungen aufzählen können, die er lieber getätigt hätte mit Lady Fayre an seiner Seite. Doch sie ehrte seinen Wunsch, in ihre Welt eingeführt zu werden.

»Da ist sie«, raunte Yemant. Seinem freudig erregten Ausdruck nach zu schließen, wusste Maccus nicht so recht, ob er Fayre oder Miss Mableward meinte.

Beide Damen trugen an diesem Abend weiße Kleider. Maccus erkannte nur wenige Unterschiede, außer dass Fayre Schlitze in den Ärmeln hatte und einen eckigen Ausschnitt und Miss Mablewards einen runden und mit einem silbernen Band und Quasten geschmückt.

»Guten Abend, Lord Yemant«, sagte Fayre, und ihre Augen funkelten mit der Diamanthalskette um die Wette. »Mister Brawley. Erinnern Sie sich an meine Freundin Miss Mableward?«

»Jawohl«, sagte Maccus und nahm ihre Hand und beugte sich galant darüber. Die Geste erntete einen nachdenklichen Gesichtsaudruck von Lord Yemant. »Es ist mir stets eine Freude, den Abend mit zwei hübschen Damen zu verbringen.«

»Ich sehe diesem Konzert schon lange freudig entgegen«, sagte Miss Mableward und näherte sich dem Viscount. »Mein Herr, haben Sie schon das Privileg genossen, die heutige Gastsolistin, Miss Maria Kidd, zu hören?«

»Nein, ich gebe zu, dass meine Verpflichtungen mir diese Freude bis heute verwehrt haben«, bekannte Lord Yemant bescheiden.

Miss Mableward vergaß sich für einen Moment und berührte Lord Yemant in ihrer Aufregung am Arm. Dann zog sie die Hand hastig zurück. Um den Fauxpas zu überspielen, schnatterte sie weiter: »Oh, dann bin ich ja froh, dass Sie heute gekommen sind. Man sagte mir, Miss Kidd sei ursprünglich aus Salisbury.«

Maccus war nicht interessiert an Miss Kidds Familiengeschichte. Während er überlegte, wie er Fayre von ihrer mitteilsamen Freundin weglotsen könnte, unterbrach Lord Yemant sie glücklicherweise schon.

»Miss Mableward, vielleicht könnten wir mit Ihrer Erlaubnis zusammensitzen, dann können Sie mir während des Konzerts Ihre Einblicke mitteilen.« Yemants Kammerdiener schien dem armen Mann die Krawatte zu eng gebunden zu haben. Sein Gesicht wurde bei der geringsten Anstrengung puterrot, und sein Gesichtsausdruck war schmerzvoll. »Ich bin bedauerlich unkundig und würde Ihre Unterweisung sehr willkommen heißen.«

»Oh … oh.« Miss Mableward ersuchte Fayre mit einem Blick um Zustimmung. Maccus war bereit, Yemant zu unterstützen, wenn Fayre ablehnen sollte. Doch zu seiner Erleichterung nickte sie. Glücklich wandte sich Miss Mableward dem Viscount zu. »Mein Herr, ich würde sehr gerne neben Ihnen sitzen. Wenn Sie möchten, können wir unsere Plätze sofort suchen und unser Gespräch beginnen.«

»Gehen Sie schon, Yemant«, sagte Maccus, der bemerkt hatte, dass der Viscount zwischen seiner Anständigkeit und seinem Verlangen hin und her gerissen war. Dieses Verlangen galt eindeutig Miss Mableward. »Ich leiste Lady Fayre Gesellschaft.«

»Ich stehe in Ihrer Schuld, mein Herr«, sagte Yemant glücklich. »Wir halten Ihnen zwei Plätze neben uns frei.« Er verbeugte sich respektvoll und führte Miss Mableward zu den Stühlen.

Fayre schien es nicht zu stören, dass ihre Freunde sie zurückgelassen hatten. Sie sah sogar etwas süffisant aus. Trotz der Vorkommnisse in der Küche vor ein paar Tagen war Maccus nicht so arrogant zu glauben, sie sei erfreut, mit ihm allein zu sein.

»Versuchen Sie sich als Heiratsvermittlerin?«

Seine Frage brachte ihm einen kurzen Blick ein. »Das wäre Zeitverschwendung. Die beiden machen das schon selbst ganz gut.«

Ohne Zögern nahm sie den Arm, den er ihr anbot. »Ein Spaziergang ist eine vernünftige Idee. Das Konzert wird lang sein, und diese Stühle sehen unbequem aus.«

Der Konzertsaal war groß, und doch war es etwas stickig. Dreihundert Menschen konnten dort

Platz nehmen. Maccus führte Fayre durch die kleinen Grüppchen, die auf den Beginn des Konzerts warteten. Er schätzte, dass das Publikum die Kapazität des Saals überstieg.

Fayre öffnete ihren Fächer. »Dieser Raum könnte größere Fenster vertragen.«

»Möchten Sie sich zu Ihrer Freundin und Yemant gesellen?«, fragte Maccus und überlegte, ob es wohl noch freie Plätze für sie geben würde. Die Vorstellung, stundenlang stehen zu müssen, war nicht gerade reizvoll. Er war versucht, Fayre aus dem Gedränge zu erlösen, wie er es getan hatte, als Lady Hipgrave und ihr Gefolge Fayre bedrängt hatten.

»Nein. Lord Yemant hat versprochen, uns Plätze zu reservieren. Er wird uns nicht enttäuschen«, sagte sie und machte vor einem Fenster Halt.

Maccus bemerkte sofort, dass etwas nicht stimmte. Zwei Frauen in Fayres Alter fächerten sich vor dem Fenster Luft zu. Zwischen ihnen stand ein Gentleman, der so gelangweilt aussah, wie Maccus sich fühlte. Die drei unterbrachen ihr Gespräch, als sie Fayre erkannten. Maccus sträubte sich innerlich gegen die durchtriebene Mutmaßung, mit der der Mann sie ansah.

»Guten Abend, Miss Sheaf, Miss Piggot und Mister Farelle«, grüßte Fayre höflich. »Haben Sie schon Mister Brawley kennengelernt?« Da alle verneinten, stellte Fayre sie einander vor.

Miss Sheaf blickte ihn durch die Brillengläser hinweg an. »Mister Brawley, sind Sie neu in London?« Die dralle Blondine lispelte leicht.

Die unterschwellige Stichelei, dass er ein Außenseiter war, beunruhigte Maccus nicht im Geringsten. Ein wenig Gegenwehr wurde erwartet. »Nun, Miss Sheaf, ist denn ein Engländer jemals *neu* in London?«, fragte er mit kalkuliertem Charme und dem entsprechenden Lächeln. Fayre drückte ihm tadelnd den Arm. Offenbar billigte sie es nicht, wenn er sich vereinnahmend gab.

Mister Farelle grinste und klopfte sich mit dem Spazierstock an den rechten Fuß. Wohl eine Angewohnheit, denn die Innenseite des Schuhs war abgewetzt. »Gut gesagt, Brawley.« Er sprach zwar mit Maccus, doch er schien fasziniert von Fayre zu sein. Zu fasziniert. Maccus schätzte sein Alter auf Anfang dreißig. Sein Haar war schwarz und kurzgeschnitten. Maccus stellte sich vor, dass er genau die Art von Mann war, die sich gerne in Fayres Nähe aufhielt, um ihr Lächeln wetteiferte und Sonette auf ihre Schönheit verfasste.

Maccus verachtete ihn schon jetzt.

Miss Sheaf betrachtete beide Männer mit wachsender Ungeduld. »Vergeben Sie mir meine Unverfrorenheit, Mister Brawley. Sie sind neu in unserem kleinen Kreis. Ich frage mich, wie Sie Lady Fayre kennengelernt haben.«

Die neugierige Miss Sheaf regte Maccus mit ihren verdeckten Anspielungen langsam auf. Er wollte ihr schon auf höfliche Art und Weise sagen, sie solle sich zum Teufel scheren, als Fayre antwortete: »Mister Brawley ist mit Lord Yemant befreundet. Er hat uns einander vorgestellt.«

»Aha«, sagte Miss Sheaf mit Augen, die so groß waren, wie ihre Brillengläser. »Wie interessant. Und ich dachte, Sie seien gerade erst in der Stadt angekommen, Lady Fayre.«

Miss Piggot, die die ganze Zeit über geschwiegen hatte, kicherte hinter ihrem Fächer. Sie war die größte der Damen und hatte krauses, dunkelbraunes Haar und riesige Schneidezähne, die ihn an einen Biber erinnerten. Maccus kniff die Augen zusammen und fragte sich, was die Dame wohl so komisch an der Aussage fand und warum Miss Sheaf so selbstgefällig lächelte.

Er sah Fayre besorgt an. Ihr Griff an seinem Arm fühlte sich wie ein Schraubstock an.

»Nein …«, hob Fayre an.

»Sei doch nicht so dumm, Hattie!«, schimpfte Miss Piggot. »Wir haben sie doch letzte Woche gesehen, bei … Oje, wo waren wir letzte Woche?«

»War es beim Morgenempfang der Gräfin? Oder war es im Park?«, fragte Miss Sheaf und wandte sich ihrer Freundin zu.

»Keines davon, meine liebe Miss Sheaf«, unterbrach Mister Farelle und blickte ununterbrochen Fayre an. Maccus hätte schwören können, dass er während des ganzen Gesprächs nicht einmal geblinzelt hatte. »Es war an dem Abend im Theater.«

»O ja, Sie haben Recht, Mister Farelle.« Miss Piggot drehte sich zu Fayre. »Wir kamen zu Ihrer Loge, doch Sie waren schon gegangen. Ihr Bruder sagte uns, Sie fühlten sich nicht wohl.«

»Nichts Ernstes. Nur leichte Kopfschmerzen«, erklärte Fayre. Sie drückte wieder seinen Arm, doch Maccus war sich nicht sicher, ob sie ihm ein Zeichen gab oder nur erregt war.

»Wie schade«, lamentierte Miss Sheaf. »Wir hätten gerne Neuigkeiten mit Ihnen ausgetauscht.«

Plötzlich wurden sie verdächtig still. Die beiden Damen wechselten Blicke. Mister Farelles verzückte Aufmerksamkeit grenzte nun schon an Beleidigung. Maccus wollte ihm am liebsten den Stock wegnehmen und ihm damit eins überziehen. Das Trio hatte offensichtlich die Gerüchte gehört. Maccus war erstaunt, dass jemand Fayre so offen damit konfrontieren würde.

Fayre fächerte sich Luft zu und begegnete den sensationslüsternen Blicken. »Welche Neuigkeiten? Ich fürchte, die Monate auf dem Land waren eintönig, Miss Sheaf. Es gibt keine einzige Anekdote, die ich zum Besten geben könnte.«

Keinem von Ihnen jedenfalls, fügte sie nicht hinzu.

Maccus war stolz auf Fayre. Mit ihrem starren Blick forderte sie die drei geradezu heraus, sie eine Lügnerin zu nennen. Dafür dass sie so vornehm auftrat und sprach, zeigte sie Beherztheit und Mut. Dies war ihm als Erstes an ihr aufgefallen, und er bewunderte sie dafür. Er näherte sich ihr und sagte: »Lady Fayre, ich denke Lord Yemant und Miss Mableward erwarten uns.« Wenn er der Grund für die genaue Prüfung war, konnte er sie so wenigstens retten.

Fayre drückte ihm dankbar den Arm. »Ja, wir haben uns schon zu lange aufgehalten.« Sie machte einen Knicks. Die anderen folgten ihrem Beispiel. »Ich wünsche Ihnen allen einen vergnüglichen Abend.«

Maccus verbeugte sich und führte Lady Fayre von den dreien weg, bevor er sie mit seinen raueren Fassetten bekanntmachen konnte. Das würde sie sicher nicht für gut befinden. Außerdem wollte er sie nicht in Verlegenheit bringen, indem er die Aufmerksamkeit auf sie zog.

»Erst Lord Standish und nun Mister Brawley«, raunte Miss Sheaf hinter ihnen. »Lady Fayre hat viele neue Freunde in dieser Saison.«

Die Muskeln, die sich unter ihrem Griff anspannten, waren das erste Anzeichen dafür, dass Maccus Miss Sheafs hämische Bemerkung gehört hatte. Fayre blickte ihm ins Gesicht. Sie war erschrocken über den glühenden Hass in seinen Augen. Er wurde langsamer und stählte sich für einen Kampf.

»Lassen Sie es, Maccus«, bat sie. »Ich weiß, sie ist ein Kleingeist. Sie verdient, was auch immer Sie gerade denken. Aber eine Szene würde ihren Worten nur Glaubhaftigkeit verleihen.«

Endlich sah er sie an. Sein attraktives Gesicht hatte sich in eine Maske der Streitlust verwandelt, die sie erschreckte.

»Warum sollte nur Miss Sheaf Spaß haben?«, fragte er und nahm zärtlich ihre Hand von seinem Arm. Er ging los, um Miss Sheaf zur Rede zu stellen.

»Verdammt nochmal, Mister Brawley«, raunte sie leise und lief ihm hinterher. Was wollte er denn tun? Etwa Miss Sheaf zum Duell fordern?

Fayre blinzelte ungläubig, als sie Maccus einholte. Der Zorn in seinem Gesicht war einem schalkhaften Schmunzeln gewichen.

Maccus beugte sich überschwänglich über Miss Sheafs ausgestreckte Hand. »Erweisen Sie mir die Ehre, meine Holde, mit mir einmal durch den Saal zu spazieren?«

Selbst die argwöhnische Miss Sheaf fand es schwer, Maccus zu widerstehen, denn er wusste, was er wollte. »Oh ... nun ... ich denke, ja«, sagte sie und warf Fayre einen unschlüssigen Blick zu.

Die arme Miss Sheaf überzeugte sich wahrscheinlich gerade davon, dass Fayre und Maccus zu weit entfernt gewesen waren, um ihre beißende Bemerkung zu hören. Es war nun zu spät, Maccus von seinem Plan abzubringen, also blickte sie gelassen zurück und überließ Miss Sheaf ihrem Schicksal. Letzten Endes glaubte die Dame an die Aufrichtigkeit in seinem Lächeln.

Fayre, Miss Piggot und Mister Farelle beobachteten, wie Maccus die nervöse Miss Sheaf hinweg geleitete. Fayre biss sich auf die Lippe und fragte sich, ob wohl noch genügend Zeit war, um Lord Yemant zu holen. Maccus würde sehr wahrscheinlich eine Szene machen, und diesmal wollte sie damit nichts zu tun haben.

»Eine merkwürdige Wendung der Dinge«, schnaubte Miss Piggot und wedelte heftig mit dem Fächer. Sie war verärgert darüber, dass Mister Brawley ihr ihre Freundin vorgezogen hatte.

»Unerwartet«, murmelte Fayre. Sie streckte den Hals, um Mister Brawley besser zu sehen. Was sagte er zu Miss Sheaf? Von ihrem ungünstigen Standpunkt aus sah sie nichts, das aus dem Rahmen fiel. Die beiden schienen herzlich und freundlich nebeneinanderher zu gehen.

Mister Farelle klopfte mit dem Spazierstock an die silberne Schnalle seines Schuhs, was Fayre von ihrer Beobachtung ablenkte. »Miss Piggot«, sagte er in höflichem Ton. »Es kam mir gerade in den Sinn, dass wir noch keine Plätze reserviert haben. Würden Sie sich bitte darum kümmern, während Lady Fayre und ich auf Miss Sheaf warten?« Er verbeugte sich eifrig vor seiner Begleiterin. »Natürlich nur, wenn es Ihnen nichts ausmacht, Miss Piggot.«

Die Dame ließ Fayre offensichtlich nur ungern mit einem Mann allein, den sie als möglichen Verehrer betrachtete. Sie schien Mister Farelles Entscheidung, einer unmoralischen Verführerin Gesellschaft zu leisten, als unklug anzusehen. »Na gut«, sagte sie traurig. Doch Mister Farelle die Bitte abzuschlagen und damit sein Missfallen zu erregen, kam nicht in Frage. »Ich werde den Platzanweiser bitten, Ihnen einen Platz neben mir zu reservieren.« Sie knickste und sah Fayre eindringlich an, bevor sie zwischen den Gästen verschwand.

Große Güte, Miss Piggot warnte sie wirklich davor, Mister Farelle zu nahezukommen? Fayre kannte beide Damen. Sie hatte mit Miss Piggot und Miss Sheaf in der letzten Saison bei mehreren Gelegenheiten Karten gespielt. Miss Piggots Zuneigung für Mister Farelle war schon damals augenscheinlich gewesen. Selbst wenn sie Gefühle für den Mann hegen würde, hätte Fayre sie niemals weiterverfolgt, denn sie besaß Ehre. Miss Piggot und Miss Sheaf hatten Fayre ihre Redlichkeit vollkommen abgesprochen. Sie hätte am liebsten laut geschrien, weil sie das als so ungerecht empfand.

»Das Glück ist uns hold und verschafft uns diese wenigen Minuten allein. Ich entschuldige mich für Miss Piggot und Miss Sheaf«, sagte Mister Farelle mit reuevollem Blick. »Nach der Geschichte mit Standish sitzt die Londoner Gesellschaft wie auf glühenden Kohlen. Da ist es nur zu verständlich, dass Ihre Freunde aufgebracht sind.«

»Nicht halb so entrüstet wie ich, Mister Farelle, da zwischen mir und Lord Standish nichts Peinliches passiert ist«, verteidigte sie sich und versuchte, gelassen zu erscheinen.

Sie wollte Gewissheit, dass Maccus Miss Sheaf nicht erwürgte, also sah sie sich wieder nach den beiden um. Sie entdeckte sie auf der anderen Seite des Saals. Sie schienen in ein vertrautes Gespräch vertieft zu sein.

»Natürlich ist es nicht Ihre Schuld, Lady Fayre«, sagte Mister Farelle streng. Fayre hörte die feste Überzeugung in seiner Stimme und widmete ihm wieder ihre volle Aufmerksamkeit. »Sie sind noch so jung.«

»Andere Damen sind mit achtzehn schon verheiratet und haben das erste Kind auf die Welt gebracht, Sir«, widersprach Fayre, die ihre Torheit im Fall Standish nicht gerne auf ihr zartes Alter schob.

Mister Farelle nickte bedächtig. »Das ist wahr. Trotzdem sind Sie jung genug, dass Sie den Schund glauben, den liebeskranke Dichter von sich geben.«

Fayre wollte sich wehren, wenn nicht gegen den Angriff auf ihre Jugend, dann doch gegen den auf die Poeten, die Mister Farelle so ungerecht beschimpfte. Doch dann erinnerte sie sich an die wunderbaren Sonette, die Lord Standish ihr geschrieben hatte, in denen er ihre Augen, Lippen und selbst ihr Haar besang. Der Mann konnte bemerkenswert gut mit Worten umgehen. Innerlich schauderte sie bei dem unbedachten Gedanken. Sie erkannte die Falle und schwieg.

»Ich möchte Sie nicht kritisieren, anders als Miss Sheaf und Miss Piggot.« Ohne ihre Zustimmung nahm er ihre Hand und küsste sie ehrfürchtig. »Sie müssen wissen, meine Dame, dass ich es verstehe. Wenn wir das erste Mal von Amors lausbübischem Pfeil getroffen werden, sehen wir alles nur mit verliebten Augen. Wir sind zu geblendet, um Makel zu erkennen, und zu betäubt, um Warnungen zu hören.«

»Sehr poetisch. Haben Sie jemals daran gedacht, Gedichte zu schreiben?«, fragte Fayre. Dann beachtete sie Mister Farelle ein paar Minuten lang nicht mehr. Sie erkannte Miss Sheaf am Rückenausschnitt ihres hässlichen Kleides. Wer auch immer der Dame geraten hatte, sie sollte so viel Spitze tragen, müsste gelyncht werden. Menschen lustwandelten in mehreren kleinen Grüppchen vorüber, da sah sie Maccus. Er schmunzelte. Das war wenigstens ermutigend. Was konnte er Miss Sheaf mit einem lächelnden Gesicht in einem Raum voller Zeugen schon Schlimmes antun?

Fayre dachte an die verruchten Dinge, die er mit ihr in der Küche gemacht hatte, mit dem Personal in Hörweite. Sie biss sich beunruhigt auf die Lippe.

»Es bräuchte natürlich niemand etwas zu erfahren«, sagte Mister Farelle, der sich nicht bewusst war, dass sie nicht zugehört hatte.

Da sie keine Ahnung hatte, worüber der Mann sprach, fragte sie: »Ist Vertraulichkeit denn vonnöten?«

Er lachte herzlich und schüttelte den Kopf. »Die Überheblichkeit der Jugend«, sagte er. Er war zweiunddreißig. Aber er sprach mit ihr, als sei er zweiundachtzig und sie zwei Jahre alt.

»Ich weiß nicht, wo das Problem liegt«, sagte sie verwirrt.

»Mein liebes Mädchen, ich nahm an, dass Ihre missliche Lage nach der Sache mit Standish Sie ein, zwei Dinge gelehrt hat«, schalt er sie milde. »Diskretion ist entscheidend. Unsere gemeinsamen Interessen und Bekanntschaften werden uns genügend Gelegenheiten bieten, zusammen gesehen zu werden. Nur keine Angst, wir nutzen diese Augenblicke, um zu verschwinden.«

Die Tatsache, dass sie ähnliche Pläne mit Lord Standish gemacht hatte, verursachte ihr nun eine leichte Unpässlichkeit. »Halten Sie um meine Hand an, Mister Farelle?«

Er war überrascht. Er klopfte mit dem Spazierstock auf den Boden und dachte über ihre Frage nach. »Eine Heirat, he? Das können wir später noch erwägen.« Er drückte ihre Hand fester, und da bemerkte sie erst, dass er sie noch nicht losgelassen hatte. »Wir sind doch Gleichgesinnte. Wir sollten uns von unserem Bund nicht durch Väter, Anwälte und Geistliche abbringen lassen. Ich bin vollauf bereit, Ihre Fantasien und Ihre fleischlichen Gelüste zu befriedigen, meine Dame. So können sich Reife und Jugend vereinigen. Ganz anders als Standish kann ich Ihnen Beständigkeit bieten.«

Später würde Fayre es auf Tollheit schieben, doch in diesem Moment war sie entrüstet. »Kein Mann schwört seiner Geliebten die Treue, Sie … Sie Einfaltspinsel!«

Dann riss sie ihm den Spazierstock aus der schlaffen Hand und stieß ihn heftig in den Fuß. Er jaulte und humpelte davon. Sie täuschte Mitleid vor und lehnte freundlich mehrere Hilfsangebote ab. Sie folgte Mister Farelle, um ihm den Stock wieder in die Hand zu drücken. Er würde ihn an diesem Abend brauchen.

Sie war zufrieden, dass sie Mister Farelle von seinen jugendlichen Bestrebungen abhalten konnte, und ließ ihn stehen. Sie wollte Maccus finden. Mit etwas Glück würde er sich mit Miss Sheaf geeinigt haben, ohne in ihrem Namen eine Szene zu machen.

Sie stieß beinahe mit Maccus zusammen.

»Wo laufen Sie denn hin?«, fragte er.

»Ich suche Sie.« Da bemerkte sie, dass er alleine war. »Wo ist Miss Sheaf?« Fayre blickte sich um, doch seine Begleiterin war nirgendwo zu sehen.

Maccus nahm ihren Arm und geleitete sie in Richtung ihrer Freunde. »Miss Sheaf hat beschlossen, sich früh zurückzuziehen. Die Arme war, wie sich herausstellte, in einer widerborstigen Verfassung. Sie bat mich, Ihnen ihre innige Entschuldigung auszurichten.«

Aus dem Augenwinkel sah Fayre, wie sich Mister Farelle auf den Spazierstock stützte. Maccus hatte ihn auch beobachtet. Der Mann ging langsam und hinkte auf dem linken Fuß. Als er ihre Blicke bemerkte, verzog er das schmerzverzerrte Gesicht zu einer hasserfüllten Miene.

»Was zum Teufel ist denn nur in Farelle gefahren?«

Fayre spielte das Unschuldslamm. Maccus hatte schon Miss Sheaf ihrer böswilligen Worte wegen vertrieben. Was würde er Mister Farelle antun, wenn er erfuhr, dass er Fayre als Geliebte wollte? Sie mochte

Mister Farelle nicht, doch sie zog es vor, den Abend nicht in Blutvergießen enden zu lassen. Sie zuckte die Achseln und sagte: »Jemand muss ihm einen Grund gegeben haben, diesen Spazierstock zu benutzen.«

Miss Mableward hatte mit ihrer Einschätzung der Solistin Recht gehabt, befand Maccus eine Stunde später, als er die Sopranistin *Caro Mio Bene* singen hörte. Ihre Stimme kam der von Engeln gleich. Fayre saß ruhig neben ihm. Doch er spürte, dass sie Fragen bezüglich seiner Unterredung mit Miss Sheaf hatte. Er hatte seit dem Gespräch vor sich hingebrütet, und Fayre musste seine schlechte Laune gespürt haben. Manchmal sah sie ihn an, sagte aber nichts.

Eine halbe Stunde später, als Miss Kidd die Anerkennung des Publikums mit einem Hofknicks entgegennahm, überlegte Maccus immer noch, wie viel er Fayre verraten sollte. Eine Pause wurde angekündigt. Wie Maccus war auch die Mehrheit des Publikums das Sitzen leid. Die Plätze in ihrer Nähe leerten sich, da viele Menschen auf Miss Kidd zugingen, um ihr zu ihrem Auftritt zu gratulieren.

Lord Yemant kam auf ihn zu, mit Miss Mableward beschützend an seiner Seite. Der Ansturm des Publikums hatte zur Folge gehabt, dass der Viscount nicht die versprochenen Plätze neben ihnen bekommen hatte, doch sie hatten immerhin in derselben Reihe gesessen.

»Eine wunderbare Darbietung von Miss Kidd, nicht wahr?«, sagte Yemant begeistert. »Wir hoffen, kurz mit Miss Kidd zu sprechen. Würden Sie gerne mitkommen?«

Fayre sah, wie viele Leute sich um die Solistin scharten, und rümpfte die Nase. »Ich bin vollkommen zufrieden, hierzubleiben.« Maccus wollte das Angebot des Viscounts auch ablehnen, doch Fayre brachte ihn mit einer erhobenen Hand zum Schweigen. »Mister Brawley, bitte lassen Sie sich in Ihrer Entscheidung nicht von meiner Ablehnung leiten. Ich weiß, dass Sie alle neuen Bekanntschaften gerne persönlich begrüßen.«

Yemant blickte ihn finster an und fragte sich wahrscheinlich, was er getan hatte, das Fayre so ärgerlich machte. Ihre ablehnende Haltung war untypisch, auch Miss Mableward starrte sie erstaunt an.

»Ich kann darauf verzichten, Miss Kidd kennenzulernen, wenn du möchtest …«, bot ihre Freundin an, die sich plötzlich schuldig fühlte, weil sie Fayre mit Maccus alleine gelassen hatte.

Fayres Züge wurden milder angesichts der Selbstlosigkeit ihrer Freundin. »Nein, geh ruhig mit Lord Yemant. Du musst mich nicht verhätscheln.«

»Da bin ich anderer Meinung«, sagte Maccus, was ihm einen ungehaltenen Blick von Fayre einbrachte. »Machen Sie sich keine Sorgen um ihre Freundin, Miss Mableward. Ich bin heute Abend nachsichtig, und Lady Fayre ist zu gut erzogen, um meine Güte abzulehnen.«

Sie stürzte sich auf ihn, sobald Miss Mableward und Lord Yemant aus dem Blickfeld verschwunden waren. »Güte? Ha!« Fayre nahm seine Hand an und stand auf. »Sie tun nur das, was Ihrem Zweck dient.

Nun sagen Sie mir die Wahrheit, denn alle möglichen Vorstellungen gehen mir im Kopf herum. Ich werde noch verrückt. Was ist mit Miss Sheaf geschehen?«

Ihre Verdächtigungen kratzten weiter an seiner schon angeschlagenen Laune. »Sie haben doch gesehen, was sich ereignet hat. Wir haben uns unterhalten.« Ungehalten gab er ihr einen liebevollen Stups. »Was haben Sie denn erwartet, Fayre? Dass ich die unfeine Dame im Stillen erwürge und die Leiche hinter der Gardine verstecke?«

»Ich weiß es nicht«, gab sie zu, jetzt unsicher. »Sie schienen so wütend zu sein. Es war sehr unwahrscheinlich, dass Sie mit ihr unter vier Augen über das Wetter reden wollten.«

»Zu den Höflichkeiten sind wir gar nicht gekommen«, sagte Maccus, während er sie durch ein Stuhllabyrinth nach draußen führte. »Größtenteils hörte mir Miss Sheaf nur gebannt zu.« Er fügte nicht hinzu, dass der diskrete Druck, den er auf den kleinen Finger der Dame ausgeübt hatte, ihr Schweigen und ihre Willfährigkeit sichergestellt hatte. Maccus war nicht stolz darauf. Trotzdem wäre sich die rachsüchtige Pute nicht zu schade gewesen, eine Szene zu machen, nur um Fayre noch weiter in Verlegenheit zu bringen, als ihr klarwurde, warum er mit ihr sprechen wollte. Dieser Vorstellung hatte er sie schnell beraubt.

»Hm.« Fayre fuhr herum und stellte sich vor ihn. »Sind Sie sicher, dass wir über dieselbe Dame sprechen? Ich habe unzählige Stunden in ihrer Gesellschaft verbracht und weiß, wie gerne sie ihre eigene Stimme hört.«

»Vielleicht habe ich sie mit meinem grenzenlosen Charme überwältigt«, entgegnete er und bewunderte die feine Spitzendekoration auf ihrem handgemalten Fächer. »Ich erinnere mich an einen Nachmittag, an dem Sie ebenso überwältigt waren.«

Die Farbe ihrer Wangen verriet, dass Sie genau wusste, welchen Nachmittag Maccus meinte. Jede Nacht ging er alleine zu Bett und dachte daran, wie ihre Wimpern geflattert hatten, als er sie so innig berührt hatte, an den Duft ihres Haars und die leisen unterbrochenen Schreie, als er ihre Leidenschaft entfacht hatte. Das Verlangen nach ihr bereitete ihm Schmerzen und machte ihn rastlos.

»Solch eine abstoßende, ungezogene Bemerkung in der Öffentlichkeit, Mister Brawley«, sagte sie endlich, klappte den Fächer zusammen und entfernte sich. »Ich hoffe, Sie haben diese Vergleiche nicht bei Miss Sheaf benutzt.«

Es gefiel ihm nicht im Geringsten, so abgefertigt zu werden. Er lief ihr nach. Sie war entrüstet, als er sie packte und an die nächste Wand drückte. »Wollen Sie wirklich die Einzelheiten meiner Unterredung mit Miss Sheaf wissen?«

»Sie werden mich nicht einschüchtern«, sagte sie in einem ebenso ruhigen wie auch bedrohlichen Ton. Ihre Augen glitzerten wie geschnittenes Glas.

»Warum nicht?«, gab er zurück und bedrängte sie. »Es ist wirklich wirksam, wenn man kleine schwatzhafte Schnepfen zum Schweigen bringen möchte, die jedermann von ihrem hohen Ross aus beobachten.«

Der Vorwurf verärgerte sie. »Nehmen Sie das zurück. So etwas habe ich nicht getan!«

Maccus starrte sie an. Er wusste, dass er ungerecht war. Es war nicht ihre Schuld, dass ihr durch den Zufall der Geburt alles vergönnt war, das ihm so lange verwehrt geblieben war. »Nicht in letzter Zeit«, gab er mürrisch zu. »Und auch nicht so offen wie die Miss Sheafs der Welt. Trotzdem sehen Sie mich als Verirrung in Ihrem Leben an, jemanden, den Sie benutzen, wie Sie wollen, und wegwerfen, wenn Ihnen etwas Besseres begegnet.«

»Aha, vergessen Sie nur nicht, dass Sie mich angesprochen und mir Ihr anrüchiges Geschäft vorgeschlagen haben.« Sie setzte zugunsten eines vorbeigehenden Paares ein engelhaftes Lächeln auf. Sie nickten und lächelten zurück. Doch Maccus' unheilvolle Ausstrahlung schreckte sie ab, näher zu kommen.

»Trotz meiner derzeitigen Lage bin ich keine Närrin, Mister Brawley. Sie sind intelligent, gutaussehend und haben ein erstaunliches Vermögen zusammengetragen. Es gibt unzählige Damen, die gerne von Ihnen umworben worden wären. Und doch haben Sie mich ausgewählt, aber nicht zur Brautwerbung, sondern für ein *Geschäft.*« Sie spuckte das Wort förmlich aus, als sei es etwas Widerwärtiges. »Wer benutzt wen?«

Fayre schlüpfte unter dem Arm durch, mit dem er ihr den Weg versperrte. Maccus streckte die Hand aus. Er war noch verblüfft und gedemütigt von dem Bild, das sie von ihm hatte. Sie fragte sich, wie sie wohl über ihn urteilen würde, wenn sie von seiner so vorsichtig verschleierten Vergangenheit erfuhr. Er konnte sie nicht einfach gehen lassen, mit der Überzeugung, er sei ein Bösewicht. Er sagte: »Ich habe Miss Sheaf gesagt …« Er hielt inne und verbesserte sich. »Nein, ich habe ihr Vergeltung angedroht, wenn sie nicht aufhört, Gerüchte über Sie zu verbreiten. Ich habe sie auch mit einigen geschmacklosen Ausdrücken beschimpft, die Sie sicher empört hätten.«

Fayres Lippe bebte. »Seien Sie sich da nicht so sicher.«

Maccus dachte an einige der gemeinen Aussagen, die Miss Sheaf über sein widerliches Wesen getätigt hatte, und stellte verdrossen fest, dass er ungerechterweise Fayre dafür verantwortlich gemacht hatte. Unbehaglich sagte er: »Nun, sie singt keine Lobeshymnen auf uns.«

Fayre spielte mit einem weißen Schleifchen an ihrem Pompadour. Sie schien nach innen gekehrt zu sein. Maccus wünschte, sie würde ihre Gedanken aussprechen. »Ich weiß es zwar zu schätzen, dass Sie meine Ehre in der Öffentlichkeit verteidigen, Sir, aber ich fürchte, Miss Sheaf wird sich wohl lautstark über ihre falsche Behandlung beschweren. Höchstwahrscheinlich rennt sie gleich zum Friedensrichter.«

»Das bezweifle ich.« Maccus wandte den Blick ab. »Nicht jeder, der mich kennenlernt, sieht einen intelligenten, gutaussehenden und wohlhabenden Gentleman in mir«, sagte er absichtlich mit ihren Worten.

»Wen sehen sie?«

Seine Miene verfinsterte sich, die grauen Augen waren freudlos. »Einen skrupellosen Mistkerl. Einen Mann, dem man nicht zweimal in die Quere kommt.«

»Oh«, sagte sie ein wenig atemlos.

Maccus hob ihr Kinn und blickte ihr in die Augen.

Sie war so wunderschön. Sie erinnerte ihn daran, wie unwürdig er sich fühlte in ihrer Nähe. »Ich habe Sie nicht belogen, was Miss Sheafs Entschuldigung angeht. Sie wird Sie nicht mehr belästigen.«

Neuntes Kapitel

In dieser Nacht träumte Maccus von Schmerz und Finsternis. Eine kalte Schwärze verschluckte ihn. Er sah und hörte nichts mehr. Er öffnete den Mund und merkte, dass er nicht atmen konnte. Die Muskeln im Gesicht und Hals schienen zu reißen bei dem Versuch, Luft einzusaugen. Die Luft um ihn herum bewegte sich. Er wurde nach vorne geworfen. Eisiges Wasser stach ihn. Er ging unter. Es schmeckte nach Salz. Da wusste er, dass er im Meer ertrank. Er strampelte und schwamm blind in Richtung der Oberfläche. Seine Lunge brannte, brauchte frische Luft. Er durchbrach die Wasseroberfläche und prustete. Verwirrt sah Maccus den Rauch und scheinbar Hunderte winziger Feuer, die um ihn herum schwebten. Eine Welle brach über seinem Kopf und schwemmte ihn ans Ufer. Sein Körper war schmerzerfüllt, und seine Augen brannten des Rauches wegen. Er kroch etwa fünfzig Meter, bis er den Strand erreichte.

Was war denn nur passiert? Eine Explosion?

Maccus rollte auf den Rücken und wischte sich die Augen. Entsetzt starrte er das brennende Wrack an, das auf den Strand gespült worden war. Tote Körper schwammen im Wasser. Wacklig stand er auf und sah sich in alle Richtungen um. Das verschluckte Salzwasser wallte in seinem Magen. Er stützte sich auf die Knie und erbrach sich, bis er sich vollkommen hohl vorkam. Mindestens dreißig Leichen trieben im Wasser und ein weiteres Dutzend lag am Strand. Als er sich aufrichtete, bemerkte er, wie sein Gehörsinn zusammen mit der Sicht langsam wiederkam. Er war nicht der einzige Überlebende der Explosion. Weiter unten am Strand erklangen Pistolenschüsse und Kampfgeräusche.

Jemand hatte sie verraten.

Maccus wusste nicht, wie lange er da zitternd und von Toten umgeben gestanden hatte. Er war benommen von seinen Verletzungen und dem eiskalten Wasser. Er hatte nicht bemerkt, wie die Reiter auf ihn zukamen. Er war nicht zurückgeschreckt, als ein Pferd scheute, und die Hufe so nah vor seinem Gesicht ausschüttelte, dass er einen Windhauch spürte.

»Verdammt nochmal, du bist ein harter Hund«, sagte einer der Reiter bewundernd. Maccus blinzelte stumpfsinnig in das Laternenlicht. Doch er erkannte die Männer nicht. Sie hatten sich mit schwarzem Stoff vermummt. »Gut, dass wir hier noch einmal kontrolliert haben. Der hat mehr Leben als eine Katze, würde ich sagen.«

»Nicht mehr lange«, sagte ein Anderer unerbittlich. »Er sieht so aus, als würde er noch vor Sonnenaufgang sterben.«

»Du hast Recht.« Der Mann, dessen Pferd vor ihm gescheut hatte, zielte mit der Pistole auf Maccus' Brust und drückte ab.

Maccus hielt die Hand auf die Wunde und schnellte zähnefletschend in die Höhe. Hobbs schrie auf und ließ beinahe die Kerze, die er ihm ins Gesicht gehalten hatte, aufs Bett fallen.

»Geht's Ihnen gut?«

»Stellen Sie die Kerze ab, bevor sie uns beide anzünden«, brummte Maccus. Sein Alptraum war ihm noch zu frisch im Gedächtnis, als dass er höflich hätte sein können. »Warum treiben Sie sich denn hier herum?«

Der Diener war noch immer entsetzt über die wilde Begrüßung seines Herrn und stellte die Kerze auf einen Tisch neben dem Bett. »Ich wollte Sie wecken. Sie haben Besuch.«

»Jetzt?«, fragte Maccus und rieb sich abwesend die Narbe auf der Brust. Er konnte sich nicht an das letzte Mal erinnern, an dem er von diesem Traum heimgesucht worden war. »Wie spät ist es?«

»Ein Uhr morgens. Ich habe versucht, ihn wegzuschicken, doch er bestand darauf zu bleiben. Er sagt, er sei Ihr Bruder«, sagte Hobbs und reichte ihm seine Kleider. »Bruder oder nicht, Sie können Ihren Besuch nicht unbekleidet empfangen.«

Er schwenkte die Beine aus dem Bett und stieg in seine Hose. »Trevor ist hier?«

»Wie viele Brüder haben Sie?«, fragte Hobbs ungehalten, der noch immer gereizt war, weil er sich so erschreckt hatte.

Ein Uhr. Seine Vergangenheit hatte ihn also eingeholt.

Maccus folgte Hobbs. Der Alptraum ließ ihm keine Ruhe. Er war siebzehn Jahre alt gewesen und schon zehn Jahre ein professioneller Schmuggler, als der Maskierte ihn angeschossen hatte. Wenn die Männer, die ihnen in jener Oktobernacht aufgelauert hatten, Zollbeamte gewesen wären, dann hätte man sie überwältigt und verhaftet. Diese Männer hatten ihre Boote zerstört, ihre Ausrüstung verbrannt und jeden Mann niedergemetzelt. Er hatte einen Verdacht, doch er hatte nie beweisen können, wer seinen Aufenthaltsort verraten hatte, oder wer der Mann war, der ihn umbringen wollte.

»Man kann einen Mann nicht einfach seinem Bett überlassen«, murrte Hobbs und schlurfte zur Küche. »Besucher zu allen Tag- und Nachtzeiten. Beschwer ich mich?« Er spitzte die Ohren, dann beantwortete er sich seine Frage selbst. »Nein. Und dann seh ich Sie, wie Sie in Ihrem Bett wie ein Betrunkener herumrudern.« Er öffnete die Tür. Maccus folgte ihm den engen Flur entlang zur Küche. »Ich, der getreue Diener, versuchte, Sie zu schütteln. Und was krieg ich dafür? Gefletschte Zähne und 'n Hinterhalt.«

Trevor erhob sich, als sie eintraten. Maccus hatte einen Jungen erwartet. Doch da stand ein junger Mann von einundzwanzig vor ihm. Hobbs hatte wohl gedacht, der Kerl brauchte etwas zu essen. Sein Bruder hielt ein Stück Brot in der einen und einen Bierkrug in der anderen Hand. Außerdem lagen ein Stück Käse und zwei Äpfel auf einem Teller. »Hinterhalt? Welcher Hinterhalt?«, fragte er mit vollem Mund.

Maccus wartete, bis Hobbs gegangen war, bevor er seinen Bruder ausfragte. Geduldig beobachtete er, wie Trevor sein Abendbrot wie ein hungriger Wolf hinunterschlang.

Trevor hörte auf zu kauen, als er den prüfenden Blick seines Bruders bemerkte. Er schluckte und verzog das Gesicht. Dann griff er nach dem Krug auf dem Tisch. »Was? Habe ich ein krummes Ohr, oder was?«, fragte sein Bruder und nahm einen Schluck Bier.

Sie hatten unterschiedliche Mütter, waren aber beide mit dem guten Aussehen des Vaters gesegnet. Er war sechs Jahre jünger als Maccus, hatte dickes, glattes schwarzes Haar, das ihm locker bis fast auf die Schultern reichte. Aber es gab auch Unterschiede. Sein Gesicht war schmaler, sein Kinn trat weiter hervor und war von einem Dreitagebart verdunkelt. Eine dünne weiße Narbe in Form eines umgekehrten *C*, an die Maccus sich nicht erinnerte, wand sich von seinem rechten Augenwinkel über den Wangenknochen. Seine Kleider waren abgetragen und staubig. Flüchtig fragte sich Maccus, wo sein Bruder wohl gewohnt hatte, während er in London weilte. Seine Augen waren nicht grau, sondern haselnussbraun. Die Farbe und Form der Augen hatte er von seiner Mutter geerbt, obwohl ihnen die Hoffnungslosigkeit fehlte, die Maccus so oft in den Augen der zweiten Frau seines Vaters gesehen hatte.

»Es ist fünf Jahre her«, sagte Maccus einfach. »Du bist größer und stärker geworden, seit ich dich das letzte Mal gesehen habe.«

»Harte Arbeit«, antwortete Trevor und knallte den Krug auf den Tisch.

»Ehrliche Arbeit?«

Sein Bruder wischte sich mit dem Handrücken über den Mund und sah sich um, so als sehe er seine Umgebung jetzt erst richtig. »Du hast dich auch verändert, Mac.«

»Wie hast du mich gefunden?«, fragte er. Er versuchte die Verbindung zu dem Mann, der ihm an dem massiven Holztisch gegenübersaß, zu ignorieren.

Maccus erinnerte sich nicht an seine Mutter. Sie war Seamus Brawleys betrunkener Tyrannei entronnen, als er gerade erst zwei Jahre alt war. Wenn sie versucht hatte, ihren Sohn mitzunehmen, wusste Maccus nichts davon. Sein Vater sprach nie von ihr. Andere Frauen kamen nach ihr. Meistens Huren, denn Seamus war zu unnachgiebig für eine gute Frau. Manche waren lieb gewesen und waren lange genug geblieben, um dem mutterlosen Jungen einige Mahlzeiten zu kochen, bevor die Launen und Fäuste seines Vaters sie wieder vertrieben.

Wie Seamus jemals Miss Sarah McAdams, die siebzehnjährige Tochter eines Webers aus Glossop, überredet hatte, ihn zu heiraten, blieb ein Rätsel. Sein Vater war attraktiv. Und wenn er nüchtern war, hatte er eine charmante Art, die die Frauen anzog. Vielleicht hatte er gehört, dass Miss McAdams eine ansehnliche Mitgift hatte und machte ihr deshalb den Hof. Oder vielleicht hatte er sie leichtsinnig verführt, und das Kind in ihrem Bauch war der Anlass für die schnelle Zustimmung ihres Vaters gewesen.

Wie auch immer es dazu kam, Sarah hatte eine Mitgift von eintausend Pfund in die Ehe gebracht. Einige Jahre lang hatten sie ein ruhiges Leben geführt. Trevors Geburt schien die Rastlosigkeit in Seamus zu ersticken. Sarah behandelte Maccus, als sei er ihr eigener Sohn. Das geruhsame Leben ging zu Ende, als Seamus wieder schmuggelte, nachdem die Mitgift aufgebraucht war. Er fing wieder an, viel zu trinken. Fremde pochten zu allen Nachtzeiten an ihre Tür. Bald wurden sie aus dem Haus geworfen. Das Glück in Sarahs Augen stumpfte ab, entstellende Blutergüsse verblassten, und die Armut schwächte den schlanken Körper. Sarah Brawley starb an Influenza, als Trevor elf Jahre alt war.

Ohne die Mutter stand niemand zwischen dem jüngeren Bruder und den trunkenen Tiraden des Vaters. Zu dem Zeitpunkt war Maccus schon tief in die brutale und geheimnisvolle Welt des Schmuggelns verstrickt. In jenem Oktober wurden er und seine Männer angegriffen. Stunden später war er halbtot, als er in der Morgendämmerung bewusstlos am Strand gefunden wurde mit einer Bleikugel in der Brust.

»Es war nicht so leicht«, sagte Trevor und riss Maccus aus seinen Gedanken. »Wenn ich etwas höher gezielt hätte, hätte ich dich sicher eher gefunden.«

»Hat er dich geschickt?«

»Gott, hältst du mich für so niederträchtig?«, fragte Trevor verletzt. »Du hast klargemacht, was du von Seamus denkst, als du ihn vor zehn Jahren des Mordversuchs bezichtigt hast.«

»Falsch. Der Versuch war erfolgreich. Fünfzig Männer haben in jener Nacht ihr Leben an dem Strand gelassen«, sagte Maccus kategorisch. Der alte Schmerz und Zorn traten wieder an die Oberfläche. Sein Alptraum und das Auftauchen seines Bruders verschlimmerten die alte Wunde.

»Seamus bestreitet, etwas mit dem Hinterhalt zu tun zu haben«, verteidigte sein Bruder noch immer loyal seinen Vater. »Jedermann weiß, dass er seinen Hals riskiert, wenn er zu schmuggeln beginnt. Du hattest mehr Glück als andere. Du hast überlebt und warst klug genug, die Verluste einzuschränken.« Trevor erhob sich vom Tisch. Mit wachem Interesse errechnete er den Wert des Hauses und seiner Einrichtung. »Du schmiedest jetzt bessere Pläne, würde ich sagen.«

»Du hast dem Alten vor zehn Jahren beigestanden, als ich ihn beschuldigte«, sagte Maccus müde. »Du bist sogar vor fünf Jahren in seine Fußstapfen getreten. Ich werde nicht vergeblich versuchen, dich zu überzeugen.«

»Es waren auch deine Fußstapfen, Mac«, gab Trevor zurück, und Maccus erschrak. »Du warst einer der Besten. Selbst Seamus würde da zustimmen. Du hattest genug Verstand, um die Pläne auszuarbeiten, und die Kraft und Ruchlosigkeit, sie auszuführen. Du hast nie vor Gewalt zurückgeschreckt. Zum Teufel, du wusstest sogar, wann es besser war, wegzulaufen, bevor du einen Arm verlorst oder am Ende an einem Strick baumeltest.«

Es lag Bewunderung in der Stimme seines Bruders. Er dachte an all die Leichen um ihn herum, den scharfen Geruch von Schießpulver und den metallischen Geschmack seines eigenen Blutes. »Ich bin Schmuggler geworden, weil mein Vater einer war. Ich musste es tun, um dem Hunger und Seamus' Fäusten zu entkommen, obwohl Letzteres nicht immer gelang«, sagte er, als er an die unzähligen Male dachte, wenn er verprügelt worden war. »Ich hörte auf, weil ich genug Geld und ein Übermaß an Feinden hatte. Ich wusste, dass ich früher oder später einen Mann töten würde, wahrscheinlich meinen Vater, und erkannte, dass ich doch davor zurückschrecken würde.« Er blickte Trevor finster an. »Bewundere mich nicht, Kleiner.«

Trevor verzog höhnisch den Mund. »Ich bin schon lange kein Kleiner mehr.« Er verschränkte besonnen die Arme und bedachte Maccus mit einem ruhigen Blick. »Ich bin alleine. Seamus und ich sind getrennte Wege gegangen, kurz nachdem ich dich das letzte Mal sah. Meine Männer und ich arbeiten in südlichen Gewässern.«

Maccus bemerkte, dass sein Bruder nicht genau sagte, wo er operierte. Er hatte endlich gelernt, den Mund zu halten. »Hat Seamus etwas damit zu tun, dass du London auf der Suche nach mir auf den Kopf stellst?«

Sein Bruder kratzte an der Narbe. »Na ja, ich dachte, ich schulde dir was, nach allem, was du für mich getan hast, als ich vor fünf Jahren in Schwierigkeiten war.«

Cabot Dossett hatte Maccus auf den Verbleib des Sechzehnjährigen in Deptford und den bevorstehenden dreimonatigen Gefängnisaufenthalt aufmerksam gemacht. Seamus war als junger Mann zur See gefahren und hatte beschlossen, jener Welt wieder einen Besuch abzustatten, indem der als Pirat den Fluss unsicher machte.

Trevors Aussage nach hatten sich die beiden als Fährmänner ausgegeben, damit sie die vor Anker liegenden Zweimaster und Frachtkähne unbemerkt anlaufen konnten. Sie hatten wenig Glück. Es waren nur Kleider und Uhren zu holen. Also war Seamus kühner geworden. Mit Stemmeisen und Hackbeil wollten sie das Kupfer von der Unterseite der Schiffe entfernen. Das laute Klopfen hatte dazu geführt, dass die Polizei gerufen wurde. Diese hatte Trevor und Seamus festgenommen und eine große Menge Kupfer auf ihrem Boot konfisziert.

Beide saßen im Gefängnis, als Dossett Maccus unterrichtet hatte. Mit Hilfe eines angesehenen Anwalts und mehrerer bestechender Leumundszeugnisse war Trevor entlassen worden. Seamus war nicht so leicht entkommen, weil er schon vorher Zusammenstöße mit dem Gesetz gehabt hatte. Er war zu vier Monaten Haft verurteilt worden.

»Du hattest es nicht verdient, für Seamus' Missetaten im Gefängnis zu verrotten«, sagte Maccus und erhob sich. »Außerdem, wenn meine Einmischung dich von Seamus befreit hat, dann war es sie wert.«

Er hatte seinen Vater im Gefängnis besucht. Der Alte hatte ihn verflucht, weil er ihn verlassen und ihm seinen Sohn gestohlen hatte. Durch sein Alter und den Alkohol hatte Seamus nachgelassen, und er sah seinen sechzehnjährigen Sohn als Mittel zum Reichtum, den er verdiente. Trevor hatte bei Maccus in den billigen Räumen im Haymarket-Viertel gewohnt. Diese Übereinkunft hatte vier Monate angehalten. Maccus kam eines Tages nach Hause und fand seine Wohnung ausgeraubt vor. Trevor war über alle Berge.

»Ich dachte, er hätte dich entführt«, bekannte Maccus. »Wochenlang habe ich die Straßen nach einem Hinweis auf deinen Verbleib abgesucht.«

Trevor machte große Augen. Er war offensichtlich erstaunt darüber, dass sein Bruder versucht hatte, ihn zu finden. Er betrachtete die Kupfertöpfe, die über ihm hingen. »Nein, ich bin freiwillig gegangen. Ich dachte, ich schulde ihm was.«

»Wie oft hat Seamus genau dieselben Worte zu dir gesagt? Und wie lange hast du ihm geglaubt?«

Sein Bruder lachte. »Mehrmals am Tag. Es hat einen Monat gedauert, bis ich verstand, dass ich in dem Gefängnis enden würde, wenn ich mich nicht von Seamus trennte.«

»Du hättest zum Haymarket zurückkommen können.«

»Ja, hätte ich«, stimmte Trevor so schnell zu, dass sie beide grinsen mussten. »Nichts für ungut. Aber du hast mich in eine Richtung gezerrt und Seamus in die andere. Ich musste meinen eigenen Weg finden.«

»Und? Hast du ihn gefunden?«

Trevor unterdrückte ein Gähnen. »Oh, ich bin gestrauchelt und habe mich ein-, zweimal verirrt. Nenn mir einen Mann, dem das nicht passiert ist. Ich baue mir etwas auf. Letzten Endes werde ich meinen Weg finden.« Er sah Maccus wissend an. »Sieht so aus, als hättest du deinen aufgetan.«

Maccus dachte an Fayre und ihr Geschäft. »Ich arbeite noch daran.« Er verengte die Augen, als sein Bruder erneut gähnte. »Wo logierst du?«

Sein Bruder zuckte die Schultern. »Ich ziehe herum. Ich wusste ja nicht, wo du warst. Ich habe beinahe aufgegeben. Ich dachte, wenn ich dich nicht finde, dann wird es Seamus niemals gelingen.«

»Und doch hast du es geschafft.«

»Ja, und wenn ich das kann, dann kann Seamus es auch. Er hat mich nach Cornwall verfolgt und versucht, mir Probleme mit den Einheimischen zu verursachen«, sagte Trevor mit düsterer Miene. »Er sucht die Küste nach dir ab. Früher oder später wird er wie ich nach London kommen.«

Maccus wischte sich übers Gesicht. Trevor musste ihm nicht sagen, wie Seamus auf sein neues Leben reagieren würde. Ihr Vater war selbstsüchtig und zänkisch. Was er nicht für sich beanspruchte, zerstörte er normalerweise. Maccus war nicht bereit, Seamus sein ehrbares Leben, das er sich in jahrelanger mühevoller Arbeit aufgebaut hatte, von Seamus gefährden zu lassen.

»Soll er doch kommen.«

Es war tollkühn, das Böse herauszufordern. Seit Trevor vor ein paar Tagen bei ihm aufgetaucht war, hatte Maccus darüber nachgedacht, wie zielgerichtet er sich von seinem alten Schmugglerleben getrennt hatte. Es hatte natürlich eine Übergangsphase gegeben, in der er in beide Richtungen hätte schwenken können. Aber jetzt lag sein Weg klar vor ihm, und es gab kein Zurück.

Maccus betrat das Haus. Niemand begrüßte ihn. Er schüttelte die Kränkung gutmütig ab und folgte den Stimmen und dem Gelächter. Sie waren im Wohnzimmer. Eine der Stimmen gehörte Trevor, und die andere war …

»Fayre«, knurrte er. Sie wandte sich ihm zu. Sie saß hier sittsam in seinem Wohnzimmer und spielte in seiner Abwesenheit die Gastgeberin. »Was tun Sie hier?« Maccus blickte seinen Bruder an, der abwehrend die Hände hob.

Sie erhob sich verwirrt. Sie war seinen Ärger leid. »Ich hatte Ihnen gesagt, dass ich heute Nachmittag komme. Haben Sie das vergessen?«

Wut stieg in Maccus auf. Er wollte auf etwas einschlagen. Auf jemanden. Fayre und Trevor in einem Raum zu sehen, vereinte seine beiden Welten. Und er hatte sich geschworen, dass dies niemals geschehen würde.

»Trevor, lass uns allein.«

Sein Bruder verstand nicht, was los war. Er sah Fayre an, offensichtlich besorgt. »Mac, wir haben uns nur unterhalten. Das war alles.«

Die Tatsache, dass Trevor ihm zutraute, gegenüber Fayre gewalttätig zu werden, machte ihn nur noch wütender. Er war nicht sein Vater! »Ich habe noch nie eine Frau geschlagen, aber ich kann nicht dasselbe über einen Mann sagen. Geh.«

Trevor zog den Hut vor Fayre. »Es war mir ein Vergnügen, meine Dame.« Er schlüpfte durch die Tür und höchstwahrscheinlich aus dem Haus, bis Maccus sich beruhigt hatte.

Fayre runzelte die Stirn. »Sie haben nie einen Bruder erwähnt.«

Ihre Bemerkung klang wie ein hintergründiger Tadel. Er war nicht in der Stimmung für eine Standpauke. »Nein, habe ich nicht. Worüber haben Sie gesprochen?«

Sie zuckte die Achseln. »Viele Dinge. Reisen. London. Er hat sich nach meiner Familie erkundigt. Warum? Ist das von Bedeutung?«

Maccus wusste, dass er unvernünftig war. Er konnte seinen Zorn einfach nicht zügeln. Es fühlte sich wie eine Grenzüberschreitung an, sie mit Trevor zusammenzusehen. Lady Fayre hatte ein Stück seiner Vergangenheit zu Gesicht bekommen, das er nicht mit ihr teilen wollte. Denn mit jedem Schnipsel neuer Informationen kam sie der schmutzigen Wahrheit über ihn, die er vergessen wollte, näher.

Er schlug mit der Faust gegen die Tür. Fayre zuckte bei dem lauten Geräusch zusammen. »Bleiben Sie meinem Bruder fern!«

Sie presste die Lippen aufeinander. »Schön. Ich werde Ihren Wunsch respektieren, Mister Brawley. Darf ich jetzt gehen?«

Da er nichts weiter zu sagen wusste, öffnete er die Tür.

Fayre hielt auf der Schwelle inne. »Ich habe nur mit Ihrem Bruder geplaudert. Er hat mir bis zu Ihrer Ankunft Gesellschaft geleistet. Er war respektvoll und charmant, ganz im Gegenteil zu jemand anderem.« Sie bebte, doch nicht vor Angst. »Ich kann mir nicht vorstellen, warum Sie denken, Sie müssen Ihren Bruder vor mir beschützen. Oder vielleicht doch. Sie Dummkopf. Was dachten Sie denn, was ich dem jungen Trevor antun würde? Etwa, dass ich ihn gleich hier auf dem Sofa verführen würde?« Sie stampfte in Rage davon. Sie war verärgert und verletzt.

Maccus legte den Kopf an die Tür.

Fayre hatte Recht.

Er war ein Dummkopf.

Zehntes Kapitel

Die Herzogin betrat das Morgenzimmer mit dem Trara, das man bei Hofe erwartete. Fayre blickte auf und sah die beiden aprikosenfarbenen Doggen ihres Vaters ins Zimmer kommen. Die Hunde begaben sich auf unterschiedliche Seiten und beschnüffelten den Boden nach etwas Essbarem, das vom Tisch gefallen sein könnte. Dahinter folgten die Haushälterin, der Butler und die Zofe ihrer Mutter. Alle wetteiferten um die Aufmerksamkeit ihrer Herrin.

»Guten Morgen, Mama.« Fayre setzte sich und gab ihrer Mutter einen Kuss auf die Wange. »War es spät gestern?«

»Es hat den Anschein. Ich kann mich nicht daran erinnern, in meinem eigenen Bett geschlafen zu haben«, sagte die Herzogin. Der Butler rückte ihr den Stuhl zurecht. Sie mochte nicht in ihrem Bett geschlafen haben, doch sie hatte ihr Gemach lang genug aufgesucht, um ihre Kleider zu wechseln. Sie trug einen züchtigen pfirsichfarbenen gefütterten Morgenmantel mit zweireihigen Rüschen über dem Busen und an den Ärmelaufschlägen. Ihr Haar, das etwas dunkler war als Fayres, war unter einer Spitzenhaube verborgen.

»Curdey«, sagte die Herzogin zum Butler, »seien Sie so gut und bringen Sie mir etwas Leichtes für meinen Magen.« Sie schloss die Augen und winkte die Zofe heran. Das junge Mädchen legte der Herzogin einen feuchten Lappen über die Augen.

»Ach, Hilaire, Sie sind ein Engel«, seufzte ihre Mutter. »Danke sehr.«

»Euer Gnaden«, sagte die Haushälterin und trat vor. »Die Köchin und ich haben die Speisenfolge für die Woche zusammengestellt, mit Ihrer ...«

»Unmöglich, Mistress Virly.« Ihre Mutter verzerrte vor Schmerz das Gesicht. Ihre Zofe massierte ihr kraftvoll die Schultern. »Meine Augen brauchen Ruhe. Ich schwöre, dass ich vor zwei Uhr keine Zeile lesen werde.«

Fayre nippte an ihrem heißen Tee, um ihr Schmunzeln zu verbergen. Irgendwie gelang es ihrer Mutter, selbst die profansten Dinge in etwas Dramatisches zu verwandeln. Es gab Tage, an denen die Konflikte zu sehr hochgespielt wurden, doch Fayre vergötterte ihre Mutter zu sehr, um einen Wirbel darum zu machen. »Geben Sie mir die Speisezettel, Mistress Virly. Ich werde sie mir ansehen und eventuelle Änderungen später mit Ihnen besprechen.«

»Sehr gut, Mylady.« Die Haushälterin knickste kurz und wandte sich ihrer nächsten Aufgabe zu.

»Du bist so eine gute Tochter«, sagte die Herzogin und hob den Lappen vom Gesicht, als sie Curdey zurückkommen hörte.

Der Butler stellte ihr einen Teller mit zwei getoasteten Brötchenhälften hin. Sie waren ausgehöhlt und mit gebratenen Eiern gefüllt worden. Der Butler nahm einen kleineren Teller von dem Diener, der ihm assistierte, und presste den Saft einer Bitterorange über die Eier.

»Danke, Curdey. Eine sehr gute Wahl für diesen beschwerlichen Morgen«, sagte ihre Mutter, deren Lebensgeister allmählich erwachten. »Die Köchin soll noch zwei für unsere Gäste machen.« Sie schickte den Butler und die Zofe mit einer eleganten Handbewegung weg.

Fayre blickte ihre Mutter fragend an, während die Dienerschaft sich entfernte. »Wir haben Gäste?«

»Nur ein paar Freunde, die an den gestrigen Feierlichkeiten teilgenommen haben.«

Der Diener öffnete die Tür, und zwei Herren noch in Abendkleidung traten ein. Die Erschöpfung wich aus dem Gesicht ihrer Mutter, die die Gäste heranwinkte.

»Lord Hawxby … Lord Crescett, kommen Sie bitte herein. Nach all der schweren Kost, die wir gestern Abend ertragen mussten, dachte ich, Sie würden etwas Leichteres bevorzugen. Die Köchin bereitet gerade etwas Besonderes zu. Es wird sofort hier sein.«

Fayre war sprachlos angesichts der Unverfrorenheit ihrer Mutter. Sie hatte die Gerüchte schon gehört, lange bevor sie in London eingetroffen war. Lord Crescett war der Liebhaber ihrer Mutter. Er war siebenunddreißig und war genau der Typ, den die Herzogin bevorzugte. Er hatte blondes Haar, das zu Locken neigte. Deshalb hielt er es kurz. Das betonte die großen Ohren, aber selbst Fayre fand die Art, in der sie abstanden, gewinnend.

Lord Hawxby war jünger, vielleicht Ende zwanzig. Er war größer als Lord Crescett. Sein muskulöser Körper verriet, dass er gern im Freien war. Auch er war blond. Sein langes Haar war zu einem Zopf gebunden.

Er bemerkte, dass sie ihn musterte und lächelte ihr zu. Dabei entblößte er perfekte, gerade Zähne. Große Güte, dachte Fayre, wusste ihr Vater, dass die Herzogin ihre Grafen jetzt paarweise einsammelte?

Maccus hielt vor der Bank an und sah auf die Taschenuhr. Er war zu spät dran für seine erste Verabredung am Nachmittag. Es war untypisch für ihn, dachte er, als er die Threadneedle Street überquerte und die Börse durch den nördlichen Eingang betrat. Bevor Fayre in sein Leben getreten war, hatte er den Großteil seiner Tage dem Geschäft gewidmet. Doch in letzter Zeit war er absichtlich kürzergetreten und hatte Besprechungen verlegt, wenn er Fayres Gesellschaft erwartete.

Er wusste nie, was er zu erwarten hatte, wenn Hobbs sie ankündigte. Ihre Unterweisungen schienen eher launenhaft als eine festgelegte Vorgehensweise zu sein. Einen Nachmittag sprach sie über Mode und den nächsten gab sie ihm Stunden in einfachem Französisch. Er entdeckte, dass Fayre von ihrer ungewöhnlichen Erziehung profitiert hatte. Sie war nicht nur versiert in den feinen Künsten, in denen alle jungen Damen unterrichtet wurden. Ihre exzentrischen Eltern hatten ihr gewollt oder ungewollt eine Erziehung verschafft, die der ihres Bruders gleichkam. Sie sprach sowohl Französisch als auch Italienisch fließend und war bewandert in Latein und Griechisch. Sie las viel, doch bevorzugte sie es, ihr Wissen praktisch anzubringen. Also besuchte sie am Nachmittag oft Vorlesungen über die Wissenschaften, Mathematik, Politik und Geschichte.

Im Vergleich dazu war Maccus' Bildung ziemlich schäbig. Seine raue und gewaltsame Jugend hatte keine Tutoren oder Privatschulen gekannt. Als sein Vater die weltmännisch aufgezogene Sarah McAdams geheiratet hatte, war sie von der Unwissenheit seines Sohnes erschüttert gewesen und hatte sich vorgenommen, Seamus' Nachlässigkeit wieder gutzumachen. Sie unterrichtete Maccus selbst.

Als Sarah der Grippe zum Opfer fiel, konnte Maccus lesen, schreiben und rechnen. Sie hatte ihn mit dem Traum gelockt, dass er damit aus Seamus' Unterwelt der Diebe und Gewalt aufsteigen konnte. Sarah hatte ihm damit ein unbezahlbares Geschenk gemacht. Doch sie hatte nicht lange genug gelebt, um zu sehen, wie es sich auswirkte. Maccus hatte versucht, ihren Einsatz zurückzuzahlen, indem er ihren Sohn vor Seamus' herrischem Einfluss beschützte. Doch er konnte kein Vorbild sein, da er ja selbst bis zu den Ohren in der trüben Welt der Schmuggler feststeckte. Nachdem seine Mutter tot war, hatte der elfjährige Trevor keine Chance mehr, Seamus standzuhalten.

Maccus sah auf und war überrascht, schon an seinem Ziel angekommen zu sein. Er lächelte und beobachtete die Geschäftigkeit der Börse. Die Energie um ihn herum heiterte ihn immer auf.

Auf dem Platz versammelten sich täglich Händler aus aller Welt. Hier verhandelten sie und tauschten ihre Waren gegen Gold. Maccus wurde nie müde, das Getümmel zu beobachten. Die Luft war hier anders. Sie war erfüllt von exotischen Düften. Verschiedene Sprachen drangen an sein Ohr. Selbst in Zeiten des Krieges vergaß man hier die Politik für einige Stunden.

Das Wohl der Menschheit wurde besprochen. Einst war er nur ein Besucher gewesen, doch inzwischen hatte er sich einen festen Platz in diesem internationalen Handelsplatz geschaffen.

»Mister Brawley!«

Maccus ging auf die Treppe zur Empore zu. Noch bis zum frühen achtzehnten Jahrhundert war die Empore von Ladenbesitzern genutzt worden. Jetzt waren dort Büros. Mister Kennith Hodge, ein rundlicher Mann von fünfzig Jahren, hatte als Makler ein Büro in der unteren Etage. Er grüßte und ging die halbe Treppe hinunter, um Maccus die Hand zu reichen. Der hochrote Teint in seinen Wangen zeigte, dass er schon alle vier Seiten der Empore nach Maccus abgesucht hatte.

Sein Begleiter lehnte sich gegen das Treppengeländer, während er nach Luft rang. »Da sind Sie ja, Sir! Guten Tag. Ich dachte, ich hätte unsere Verabredung verwechselt.«

»Bitte entschuldigen Sie, Mister Hodge. Ich wurde in der Bank länger aufgehalten, als ich erwartet hatte«, erklärte Maccus. Er deutete nach oben. »Gehen wir zu Lloyd's weiter?«

Der Andere nickte. »Ja, natürlich. Warten Sie nur, bis Sie meine guten Neuigkeiten hören, Sir.«

»Ich freue mich schon darauf, Mister Hodge.«

Gute Neuigkeiten von seinem Makler bedeuteten meistens, dass die letzte Unternehmung einträglich gewesen war. Maccus klopfte dem Mann auf den Rücken, als sie nebeneinander die Stufen hinaufstiegen. Er überlegte, ob nachher wohl noch genug Zeit für einen Besuch bei einem der Juweliere in der Bond

Street sein würde. Ihm war nach Feiern zumute, und er wollte etwas von seinem neuen Reichtum mit jemandem teilen. Und ein Geschenk würde ihm etwas von dem Schuldgefühl nehmen, das er seit der ungerechtfertigten Reaktion auf Fayre und seinen Bruder mit sich herumtrug. Welche Dame konnte noch Groll gegen einen Mann hegen, der ihr teuren Schmuck mitbrachte?

»Ihre Duldung macht Ihnen alle Ehre«, bemerkte Lord Hawxby über ihre Schulter hinweg und lenkte Fayre vom Schaufenster des Hutmachers ab.

Sie sah ihn im Fenster an und blickte dann schnell wieder auf den Strohhut, den sie gerade bewundert hatte. Sie konnte nicht sagen, was sie im Moment mehr irritierte, der anmaßende Verweis des Grafen auf den Skandal oder die Tatsache, dass ihre Mutter darauf bestanden hatte, von den Herren auf ihrem nachmittäglichen Einkaufsbummel begleitet zu werden. »Welch sonderbare Bemerkung, mein Herr. Sowohl Lob als auch Beleidigung. Sehr ökonomisch von Ihnen.«

Der Graf hob überrascht die Augenbrauen, doch er lachte über ihre blitzschnelle Replik. »Meine Dame, zu meiner Verteidigung und angesichts meiner Bewunderung Ihres scharfen Verstandes bitte ich Sie demütig, meine Worte als uneingeschränktes Lob aufzufassen.«

»Was genau loben Sie?«, fragte sie, ohne ihren Argwohn zu verstecken.

Er zählte die Punkte an den Fingern ab. »Dass Sie Crescett und mich ertragen, obwohl wir doch Ihr Frühstück störten, und wie Sie die Herzogin und ihre Anmaßungen ertragen.« Fayre riss den Blick vom Schaufenster los und starrte den Mann ungläubig an. Es lag keine andere Regung als Aufrichtigkeit in seinem Gesicht. Der Freundeskreis ihrer Eltern war eine rauflustige und rücksichtslose Gruppe, die sich selten für irgendetwas entschuldigte. Was die Herren anging, so versuchte Fayre, sich von ihnen fernzuhalten, denn eine Verbindung zu einem der Liebhaber ihrer Mutter zu haben, war undenkbar.

Lord Hawxby fuhr fort, weil er zu höflich war, um Fayres starren Blick zu bemerken. »Unsere Anwesenheit verursachte eine heikle Situation für Sie, und die Herzogin, nun, sie kann mit ihren Kommentaren recht unverblümt sein.«

Der Graf meinte die Bemerkungen ihrer Mutter im Morgenzimmer. Zu ihrer Verteidigung war Fayre wirklich nicht darauf vorbereitet gewesen, das Frühstück mit den Liebhabern ihrer Mutter einzunehmen. Sie hatte von Crescett gehört, aber dann auch noch Hawxby? Sie konnte sich die Rauferei und den Eklat vorstellen, wenn der Herzog an diesem Morgen anwesend gewesen wäre. Fayre hatte nicht schweigen können. Als die Herren in dem lebhaften Gespräch über ein Pferderennen vertieft waren, hatte sie ihre Mutter zur Rede gestellt.

»Du gehst zu weit, Mama«, flüsterte sie der Herzogin zu.

»Ich bin zu erschöpft für Rätsel, mein Kind«, sagte ihre Mutter und legte sich den feuchten Lappen in den Nacken. »Warum bist du so aufgeregt?«

»Wegen Lord Crescett und Lord Hawxby.« Fayre hielt sich die Serviette vor den Mund, um ihre Seite der Unterhaltung zu

kaschieren. »Warum hast du sie hierhergebracht? Was wird Papa tun, wenn er sie entdeckt?«

Verwirrt fragte ihre Mutter: »Warum sollte der Herzog etwas tun? Ich nehme an, er würde sie in den Keller führen.«

Fayre versuchte nicht, ihr Entsetzen zu verbergen, als sie sich vorstellte, wie der Herzog Curdey befahl, die Leichen im Keller zu vergraben. »Warum tust du das? Dieses höfliche Tableau ist skandalös, selbst am Standard unserer Familie gemessen. Wenn du Vaters Aufmerksamkeit willst, muss es doch einen anderen Weg geben, sein Blut zum Kochen zu bringen!«

»Töchterlein, du faselst geradezu. Was ist denn so beunruhigend daran, dass uns Crescett und Hawxby Gesellschaft leisten? Wir wollen doch später einkaufen gehen. Ich sehe keinen Grund, warum uns die Herren nicht begleiten können.«

»Warum? Haben dich denn alle guten Geister verlassen, Mama?«, fragte Fayre lauter. In ihrer Stimme lag Verzweiflung. »Dass wir hier mit deinen beiden Liebhabern an einem Tisch sitzen, ist ein Spektakel, das auch der Herzog nicht einfach übersehen kann!«

Die Unterhaltung am anderen Ende des Tisches wurde unterbrochen. Beide Herren starrten Fayre mehr oder minder erstaunt und belustigt an.

Die Herzogin hatte genug von der Hysterie ihrer Tochter. »Liebhaber? Warum sollte ich denn zwei brauchen? Ich habe Hawxby für dich mitgebracht!«

Fayre erstarrte angesichts dieses Eingeständnisses. Sie war zu verblüfft und konnte kein einziges Wort sagen. Doch sie musste zugeben, dass die beiden Herren sich schnell erholten. Sie hatten versucht, die Unbehaglichkeit zu überspielen, indem sie von den Eskapaden ihres Gastgebers am vorigen Abend sprachen.

Jetzt wandte sich Fayre wieder Lord Hawxby zu.

»Mein Herr, ich verdiene Ihre Lobhudelei nicht. Im Gegenteil, ich schulde Ihnen und Lord Crescett eine Entschuldigung für die Verdächtigungen.«

»Warum? Sie haben doch die Wahrheit gesagt. Crescett und die Herzogin haben eine Affäre.« Er deutete mit dem Kopf in Richtung des Seidenhändlers, wo der Graf und die Herzogin gerade einen Stoff für ihr neues Abendkleid auswählten. »Sie sind nicht gerade diskret. Und Sie schulden mir auch keine Entschuldigung, meine Dame. Die Herzogin ist eine reizende und begehrenswerte Dame. Wenn ich nicht an der Tochter interessiert wäre, käme ich in Versuchung, Ihre Gnaden Crescett abspenstig zu machen.«

Entgeistert hob Fayre die Hand in einer abwehrenden Geste. »Lord Hawxby, Sie haben nie etwas gesagt … Das wusste ich nicht.«

Der Lord legte die Hand zärtlich auf ihre und senkte sie. »Ich weiß. Sie haben niemanden außer Standish gesehen.« Sie sah aufgewühlt aus, und er versuchte, sie zu beruhigen. Er säuselte: »Trotz der optimistischen Erwartungen Ihrer Mutter verstehe ich, dass Ihr Herz widerstrebt. Eines Tages, das ist meine Hoffnung, wenn Ihre Sorgen verblasst sind, werden Sie vielleicht sehen, es ist …«

»Fügung«, sagte Maccus mit falscher Heiterkeit. »Wenn man einkaufen geht, ist die kluge Meinung einer Dame immer von Vorzug.«

Fayre wirbelte herum. Sie hatte vergessen, dass der Gentleman noch ihre Hand hielt und zerrte ihn nach vorne. »Oh, ich bitte vielmals um Entschuldigung«, sagte sie und ließ ihn los. »Mister Brawley. Guten Tag, Sir.«

Sie stellte die Herren eilig einander vor, da Lord Hawxby auch nicht begeistert von Maccus' Anwesenheit zu sein schien.

»Ich dachte, sie gehen heute zu Cadells Vorlesung über Astrologie«, sagte Maccus und gab damit eine Vertrautheit preis, die den liebestrunkenen Mann neben ihr sicher verdross.

»Es war Astronomie«, verbesserte sie ihn kurz. Ihr Ton ließ ihr Missfallen durchblicken. »Meine Pläne haben sich geändert. Die Herzogin hatte die Idee, einkaufen zu gehen. Wir …« Sie verstummte und sah hilflos auf den Laden des Seidenhändlers auf der anderen Straßenseite. »Mama kauft gerne in Begleitung eines Gefolges ein.«

Lord Hawxby tätschelte Fayre ermutigend die Schulter, was ihm einen tödlichen Blick von Maccus einbrachte. Die beiden hatten offensichtlich Geheimnisse. »Mister Brawley, Sie sagten, Sie benötigen den Rat einer Dame«, sagte der Herr.

»Ja. Ich bin in Feierlaune. Ich habe vorhin erfahren, dass ein riskantes Geschäft einen beträchtlichen Gewinn abgeworfen hat«, sagte Maccus und wandte den Blick nicht von Fayres ausgeprägtem Gesicht ab.

Sie freute sich ehrlich über sein Glück. Er war froh, dass sie nicht mehr zornig auf ihn war. »Meinen Glückwunsch, Mister Brawley«, sagte Fayre milde.

»Gut gemacht, Mister Brawley. Welche Art Geschäft betreiben Sie?«

Maccus hörte den höhnischen Unterton in der Frage. Jemand, der *handelte*, gehörte nicht in die Welt des Grafen. Oder in Fayres Welt. »Die sehr lukrative Art, Lord Hawxby.«

Geschäftige Aufregung auf der anderen Straßenseite lenkte den Grafen von einem angemessenen Konter ab. Fayre hatte ebenfalls die kleine Gruppe bemerkt, die aus dem Laden kam. Sie brachte einen respektablen Abstand zwischen sich und die Herren.

Maccus erkannte die Dame inmitten des Trubels als die Herzogin von Solitea. Als sie ihre Tochter erblickte, lief sie über die Straße, ohne auf Reiter oder Kutschen zu achten. Zwei Diener trugen eine Vielzahl von verschnürten Paketen. Ein modisch gekleideter Mann folgte der leichtsinnigen Dame.

»Fayre, meine Liebe, da bist du ja. Ich hätte dort drinnen deinen Rat gebraucht, denn ich konnte mich nicht zwischen vier exquisiten Stoffen entscheiden. Crescett war mir keine Hilfe«, lamentierte die Herzogin und warf ihrem Begleiter einen enttäuschten Blick zu.

»Warum sich entscheiden, wenn man alle kaufen kann?«, sagte Lord Crescett, den das Gespräch offenbar langweilte. »Der Herzog kann es sich leisten, Sie zu verwöhnen.«

»Natürlich. Aber das ist nicht der Punkt, mein Lieber«, widersprach die Herzogin aufgebracht. An Fayre gewandt, sagte sie: »Die Farben werden uns beiden stehen. Wenn die Stoffe also ankommen, musst du dir zwei aussuchen. Die Aussicht auf neue Kleider sollte dich aufheitern.«

Maccus leitete daraus ab, dass es zwischen Mutter und Tochter unterschwellige Spannungen gab. Das erklärte, warum Fayre nicht mit der Herzogin in das Geschäft gegangen war und warum es ihr widerstrebte, dass Maccus die Dame kennenlernte.

»Du bist wie immer sehr großzügig, Mama«, sagte Fayre höflich und küsste die Mutter auf die Wange.

Die Herzogin blickte von Lord Hawxby zu Maccus. »Und was machen Sie mit meiner Tochter, Hawxby?«

»Nichts, Euer Gnaden«, antwortete der Graf. Maccus respektierte ihn widerwillig dafür, dass er Fayre vor ihrer extrovertierten Mutter beschützte.

Die Herzogin klimperte kokett mit den Wimpern. »Dann enttäuschen Sie mich aber, mein Herr. Und Sie, Sir.« Die ältere Dame konzentrierte sich jetzt ganz auf Maccus. Ihr unverhohlenes Interesse an ihm warf die Frage auf, ob Lord Crescett ihr wohl noch andere Dienste erwies als nur seine galante Begleitung. »Woher kennen Sie meine Tochter?«

Fayre war nervös, weil sie nicht wusste, wie Maccus antworten würde. »Mutter, das ist Mister Brawley, ein Bekannter von Lord Yemant.«

Maccus verbeugte sich. »Und ein untertänigster Bewunderer ihrer Tochter.«

Arme, tapfere Fayre, dachte Maccus. Ihre Augen verrieten, dass die unverfrorene Neugier ihrer Mutter sie verletzte. Doch wie bei allen pflichtbewussten Töchtern, schlug auch ihr Versuch, eine Ausflucht zu finden, im Beisein ihrer Mutter fehl.

»Eine Dame kann nie zu viele Verehrer haben«, sagte die Herzogin unbeschwert. »Stimmen Sie mir da zu, Mister Brawley?«

»Man hat mir beigebracht, einer schönen Dame nie zu widersprechen«, gab Maccus zurück und küsste die Hand der Herzogin. Lord Crescett und Fayre schmollten über seine Geste.

Die Dame lachte trällernd. »Oh, ich mag Sie, Mister Brawley.« Ihre Gnaden nahm seinen Arm und fügte ihn zu ihrem Grüppchen hinzu. »Welcher Glücksfall hat Sie zu uns geführt?«

»Die Vergrößerung meines Vermögens«, sagte Maccus und wurde mit einem leichten Knuff am Arm belohnt. Er riskierte einen kurzen Blick auf Fayre. Sie folgte ihnen mit Lord Crescett und Lord Hawxby, die sie wie hübsche Stützpfeiler einrahmten. Doch sie sah ihn nicht an. »Die gute Neuigkeit hat mich dazu animiert, einer guten Freundin etwas Schönes zu kaufen.«

»Von denen Sie zweifelsohne viele haben«, sagte die Herzogin. Die kalkulierte Schmeichelei beeindruckte Maccus, obwohl er sich geschworen hatte, sich davon nicht vereinnahmen zu lassen. Es überraschte ihn nicht, dass die Herzogin Männer anzog, die nur halb so alt waren wie sie. Ihre Schönheit und die geübte Keckheit waren eine wirksame Kombination. Wenn Fayre jemals beschließen sollte, ihrer Mutter nachzueifern, wäre sie eine beeindruckende Rivalin.

»Sie schmeicheln mir, Euer Gnaden.«

Die Herzogin warf einen Blick über die Schulter auf ihre zu stille Tochter. »Fayre, meine Liebe, warum hast du mir Mister Brawley nicht schon früher vorgestellt? Ist er nur höflich, oder ist er immer so bescheiden?«

Fayre zupfte unsichtbare Fusseln vom Ärmel. »Ich habe festgestellt, dass sich Mister Brawley gut auf alle möglichen Situationen einstellen kann.«

Maccus zuckte bei dem frostigen Ton zusammen. Irgendwo hatte er etwas falsch gemacht. Das verwirrte ihn, denn er hatte ja nicht nur dem Drang widerstanden, den Grafen zu erwürgen, sondern er war auch ungemein höflich zu ihrer Mutter gewesen. War er nicht gekränkt worden, als er Fayre und Hawxby händchenhaltend vorfand? Und jetzt grinste ihn dieser Halunke auch noch an. Er schien darüber erfreut zu sein, dass Maccus die Situation offensichtlich verpfuscht hatte und Fayre nun nicht mehr mit ihm sprach.

Die Herzogin von Solitea strahlte ihn an und ließ seinen Arm nicht mehr los. Lord Crescett hatte endlich die entzückte Faszination seiner Geliebten mit Maccus bemerkt. Seine Miene war nun nicht mehr so gelangweilt. Der Mann sah, ehrlich gesagt, blutrünstig aus. Wie Fayre es vorhergesehen hatte, konnte sich Maccus anpassen. Später würde er das Geschenk, das er ihr kaufen würde, benutzen, um sie zu beschwichtigen, anstatt mit ihr zu feiern.

Elftes Kapitel

Fayre war dankbar, dass es Abend war. Sie saß mit den Beinen über der Armlehne im Lieblingssessel ihres Vaters in der Bibliothek. Es war ein schrecklicher Tag gewesen. Sie hätte absagen sollen, als ihre Mutter vorschlug, mit den Grafen einkaufen zu gehen. Dann hätte sie nicht mitansehen müssen, wie vernarrt der Geliebte ihrer Mutter war, Lord Hawxby hätte ihr nicht seine Zuneigung aus der Ferne gestanden und kein Maccus Brawley.

Der Nachmittag hatte ihr alles abgefordert. Nachdem sie ihre Mutter endlich von Mister Brawleys Arm bekommen hatte, musste Fayre in der Kutsche neben Lord Hawxby sitzen und Lord Crescetts eifersüchtigen Tobsuchtsanfall wegen des empörenden Benehmens der Herzogin mit anhören.

Fayre hatte allen dreien Adieu gesagt und ihre Mutter unzufrieden zurückgelassen. Ihre eigenen Pläne für den Nachmittag waren dahin. Sie hatte Mister Cadells Astronomievorlesung versäumt. Und nachdem sie beobachtet hatte, wie Mister Brawley und ihre Mutter in der Öffentlichkeit miteinander flirteten, hatte sie jegliches Interesse daran verloren, ihren Teil der Abmachung an diesem Tag zu erfüllen. Fayre hatte sich auf ihr Zimmer zurückgezogen und Kopfschmerzen vorgetäuscht.

Stunden später hatte ihre Mutter die Zofe mit einer

Nachricht zu ihr geschickt. Sie lud Fayre ins Theater und zu einem späten Abendessen ein. Doch sie hatte höflich abgelehnt. Sie war noch nicht bereit, die Neugier ihrer Mutter über Mister Brawley zu stillen. Während sie ein Nickerchen machte, war ihr Vater nach Hause gekommen, hatte seine Abendgarderobe angelegt und war wieder verschwunden.

Fayre war allein. Der Großteil des Personals hatte den Abend freibekommen. Die wenigen Zurückgebliebenen erholten sich entweder im Arbeitsraum oder schliefen. Stoisch ertrug sie die selbst gewählte Einsamkeit. Sie dachte daran, ein Buch zu lesen oder sich dem Berg von Briefen zu widmen, die sie in letzter Zeit vernachlässigt hatte.

Fünfzehn Minuten gingen vorüber, und Fayre war noch immer unentschlossen. Das Faulenzen hatte auch etwas für sich. Sie streckte ihr rechtes Bein aus. Sie bewunderte ihren Schuh. Stirnrunzelnd fiel ihr auf, dass einige Perlen fehlten. Dies war ihr Lieblingspaar! Noch ein Zeichen dafür, was für ein hundsmiserabler Tag es gewesen war.

Sie legte den Kopf auf die Armlehne. Da bemerkte sie, dass ein Mann an der Türschwelle sie beobachtete. Sie schrie vor Angst, versuchte sich aus ihrer ungünstigen Haltung im Sessel zu befreien und fiel auf den Boden.

Maccus hockte sich neben sie. Er strich sich übers Kinn, als sann er über die unelegante Pose nach. Fayre blies sich ein paar Haarsträhnen aus dem Gesicht und blickte ihn wütend an. Zur Hölle mit dem Mann, seine Schultern bebten. »Wenn Sie lachen, dann schwöre ich, Sie werden es bereuen.«

Er brauchte eine Minute, doch er schaffte es, eine betrübte Miene zu machen. »Ich habe mich schon oft gefragt, was eine Dame so in ihren Mußestunden macht. Was war das? Haben Sie Ihre Zehen gezählt?«

Ihr Blick verhieß Gewalttätigkeiten, als sich Fayre auf Maccus stürzte. »Ihr Leben ist verwirkt!«

Er lachte lauthals über die ungestüme Drohung. Er fing sie an seiner Brust auf und fiel nach hinten um. »Das reicht, Fayre«, sagte er, als sie auf seine Brust mit den Fäusten trommelte. »Ich gebe auf!«

Fayre stoppte den Angriff, als sie die kompromittierende Stellung bemerkte, in der sich die beiden auf dem Boden in der Bibliothek ihres Vaters befanden. Maccus lag auf dem Rücken und schüttete sich aus vor Lachen, und sie saß auf ihm. Sie stieg von ihm runter und setzte sich wieder in den Sessel.

»Damit haben Sie mir drei Jahre meines Lebens geraubt, Maccus Brawley!«, sagte sie. Sie legte die Hand auf ihr pochendes Herz. »Wieso schleichen Sie denn hier im Haus herum?«

Maccus setzte sich auf und zog die Knie zur Brust. »Ich weiß, dass es etwas spät für einen Besuch ist, aber ich habe geklopft. Niemand antwortete, also bin ich durch den Dienstboteneingang hereingekommen. Eine der Zofen ging gerade mit ihrem Mann hinaus und verriet mir, dass Sie hier ganz alleine sitzen und schmollen.«

Fayre hob entrüstet den Kopf. »Niemand hat Ihnen so etwas gesagt.« Der Mann versuchte, sie absichtlich zu verärgern. Sie hatte nicht erwähnt, was jedem aufgefallen war.

Maccus sah sie ungläubig an, da sie doch die Gerüchteküche eines Hauses besser verstehen sollte als er. »Ich befürchte, ich habe alles verraten, mein Juwel. Ich habe den beiden erzählt, dass wir wie alle jungen Paare eine Auseinandersetzung hatten. Natürlich hatten sie Verständnis. Sie haben Ihr Abendessen kaum angerührt, und die Köchin war besorgt.«

Sie krächzte. Die Dreistigkeit dieses Mannes spottete doch aller Beschreibung. Die Lügen, die er erzählte! »Woher wussten Sie, dass ich …«

»Fayre … Fayre, es ist erstaunlich, welche Informationen man für ein paar Münzen bekommen kann.«

»Sie haben sich Ihren Eintritt erkauft?«

Maccus ging auf die Knie und nahm ihre Hand. »Ich sagte ihnen, ich sähe meine Schuld ein und wäre willig, um ihre Vergebung zu betteln. Der Zofe hat die romantische Geste zugesagt. Das Personal mag Sie sehr, Fayre. Keiner von ihnen hielt viel von Standish, wissen Sie«, beichtete er mit einem Funkeln in den Augen. »Sie haben mir Glück gewünscht, bevor sie losgingen.«

Ihre Familie würde es doch sicher gerne hören, dass das Personal jedem mit einer traurigen Geschichte und ein wenig Geld die Tür öffnete. »Wenn die Herzogin davon erfährt, dann werden Ihre Vertrauten ihres Streiches wegen gefeuert.«

Maccus zog die Augenbrauen hoch. »Dann werden wir Ihrer Mutter nichts sagen, oder?« Er sprang auf die Füße und hielt ihr die Hand hin. »Kommen Sie.«

Fayre nahm an und wurde kurzerhand hochgezogen. »Was machen Sie hier?« Er zerrte sie ein paar Schritte. »Wohin gehen wir?«

Seine dunkle Haut wurde noch eine Spur dunkler,

und die Augen glühten vor unterdrückter Wut, als er sich erinnerte, warum er gezwungen wurde, sie aufzusuchen. »Sie sind heute Nachmittag nicht vorbeigekommen.« »War das abgemacht? Ich kann mich an keine Klausel in unserem Abkommen erinnern, die mich verpflichtet, Sie täglich zu besuchen. Außerdem könnte ich dort ja auf Ihren Bruder treffen.« Sie hielt sich am Treppengeländer fest. Keinen Schritt würde sie weiter tun. »Und Gott bewahre, dass ich den armen Trevor in eine zivilisierte Unterhaltung verwickle.«

Er weigerte sich, die Stichelei mit einer Zurückweisung oder einer Entschuldigung zu würdigen. Es überraschte ihn nicht, dass Fayre ihn bezichtigte, sich nach der Sache mit Trevor wie ein Esel benommen zu haben. Selbst sein Bruder ging ihm nun aus dem Weg. Er war kurz nachdem Maccus sie lachend und Geheimnisse austauschend im Wohnzimmer gefunden hatte, verschwunden. Trevor würde sich wahrscheinlich verstecken, bis Maccus sich wieder beruhigt hatte. Als er Fayre ansah, spürte er, dass dieser Tag nicht so bald kommen würde. »Sie wissen genau, dass ich Sie erwartet habe«, toste er. »Zuerst einmal, weil wir gestern darüber sprachen und zweitens, weil Sie immer den Mittwoch für unsere Treffen freihalten.«

Fayre konnte seine Logik nicht anfechten, was sie rasend machte. »Meine Pläne haben sich geändert. Mama wollte einkaufen gehen. Ich weiß nicht, warum Sie so mürrisch sind. Wir haben uns ja trotzdem getroffen, nur nicht in Ihrem Haus.«

»Wir haben keine Zeit für Ihren Trotz. Lassen Sie das Geländer los«, sagte Maccus warnend.

»Nicht, bis Sie mir sagen, was das alles soll.«

»Na gut, reden wir.« Ohne zu zögern, löste er ihre Hand vom Geländer und warf sie über seine Schulter. »Später.« Er marschierte mit ihr nach oben, während sie auf seinen Rücken trommelte.

Obwohl sie sich wand, um ihn aus dem Gleichgewicht zu bringen, erklomm Maccus die Stufen, ohne zu wanken. Dossett hatte ihm einen einfachen Plan des Solitea-Hauses gezeigt. Und so konnte er seine Gefangene geradewegs und ohne große Anstrengung zu ihrem Schlafzimmer tragen. Er trat die Tür auf, durchmaß das Zimmer und warf sie aufs Bett.

»Legen Sie Abendgarderobe an«, befahl er und hoffte, einen Streit vermeiden zu können. Er ging zum Fenster und zog die Vorhänge zu.

Sie knüllte die Laken und wünschte sich wahrscheinlich, Maccus' Hals umzudrehen. »Ich habe beschlossen, heute Abend zu Hause zu bleiben.«

»O ja, ich habe gesehen, wie viel Spaß Sie hatten, vor sich hinzusummen und mit Ihren Zehen zu spielen.« Auf dem Weg zum Bett wich er dem Kissen aus, das sie nach ihm geworfen hatte.

»Zum letzten Mal, ich habe nicht mit meinen Zehen gespielt!«

Fayre war offensichtlich noch erschrocken darüber, dass er sie in solch einem intimen Moment gesehen hatte. Die beiden Bediensteten hatten Maccus nicht gesagt, was sie machte, doch er hatte sie sich vorgestellt, wie sie etwas Kultiviertes tat, etwa Taschentücher bestickte oder das Cembalo spielte. Wie der Wildfang mit entblößten Beinen seitwärts auf dem Sessel lungerte, war eine Offenbarung gewesen. Er bezweifelte, dass viele Menschen sie je so entspannt gesehen hatten, als sie ihrer stillen Albernheit nachging.

»Ich lasse Sie nicht hier, damit Sie wie ein gehetztes Gespenst Trübsal blasen können«, sagte er bestimmt. Zorn würde sie schneller gefügig machen als Mitleid. »Rufen Sie die Zofe!«

»Ich hab sie weggeschickt, weil ich heute Abend nicht außer Haus zu gehen gedenke«, sagte sie trotzig.

»Na gut. Wie Sie wünschen.« Er griff nach ihr, doch sie krabbelte rückwärts zum Kopfende des Bettes. Maccus kroch ihr hinterher, fasste sie am Fuß und zog sie unter sich.

Der Kampf war hart und dauerte bloß einige Sekunden. Er hielt sie mit seinen langen Beinen fest, so dass sie ihn nicht treten konnte. Er packte die Handgelenke und drückte sie ins Kissen über ihrem Kopf. »Ich habe daran gedacht, Sie zu küssen seit dem Tag in der Küche.«

Maccus wollte keine Weigerung hören, die ihr Temperament sicher hervorrufen würde. Er senkte den Kopf und presste seine Lippen fest auf ihre. Er hatte Widerstand erwartet. Da sie mit seiner Kraft nicht mithalten konnte, blieb sie passiv. Er grinste. Die Dame mochte ihn, auch wenn sie gerade etwas böse auf ihn war. Mit der Zungenspitze berührte Maccus leicht ihre Oberlippe. Sie legte den Kopf in den Nacken und lachte, als er daraufhin an ihrer unteren Lippe lutschte.

»Das kitzelt, Sie Schurke!«

Er löste den Griff um ihre Handgelenke und sah sie hungrig an. »Wo sind Sie noch kitzlig?« Er leckte ihr über den edlen Rand des linken Ohrs.

Sie verkrampfte sich und sog die Luft ein. »Sie sind

nicht so unwiderstehlich«, sagte sie und versuchte erbittert zu klingen.

»Oder hier?« Maccus drückte ihr Kinn mit dem Daumen nach oben, küsste sie am Hals entlang und hielt bei den üppigen entblößten Kurven ihrer Brüste inne. Er atmete den süßen Duft ihres Fleisches ein, und sein Penis wurde immer größer und begieriger. Er hatte Fantasien über Fayres Busen gehegt. Bei den aufreizenden Einblicken, die ihre Kleider boten, war er sich wie ein Raubtier vorgekommen. Er fuhr mit der Hand dorthin, wo ihm das Korsett und das Kleid den Zugang zu ihrem Fleisch verwehrten und biss ihr zärtlich in die einladende Brust.

»S… Sie wollten, dass ich mich anziehe? Sie haben gewonnen. Runter von mir, und ich ziehe ein Kleid an«, sagte Fayre. Ihre Stimme war noch angespannt nach dem Ansturm seines fordernden Mundes.

Maccus verzog das Gesicht und beendete die zärtliche Erkundung. Es war heute Abend nicht seine Absicht gewesen, Fayre in ihrem Bett zu verführen. Er hatte diesen Weg gewählt, weil er ihre Reaktion vorhergesehen hatte. Wenn sie die Wahl hatte, mit ihm im Bett zu bleiben oder auszugehen, würde sie die sichere Route nehmen. Sehr schade. Einfach nur neben ihr zu liegen und ihre Brüste zu liebkosen, hatte ihn schmerzhaft erregt.

Maccus rollte sich von ihr herunter und blieb auf der Seite liegen. Verdrießlich richtete er sein geschwollenes Glied etwas bequemer aus. Fayre stieg aus dem Bett und suchte beflissen nach einem passenden Kleid für den Abend. »Ich könnte Ihre Meinung ändern«, sagte er sanft.

»Wahrscheinlich«, sagte Fayre und schüttelte ein Kleid aus. Sie untersuchte es auf Mängel. Zufrieden legte sie es sich über den Arm und blickte ihn an. »Ich riskiere mich zu offenbaren, wenn ich Ihnen das sage, Maccus. Doch ich fühle etwas, wenn Sie mich anschauen … wenn Sie mich berühren.« Sie erinnerte sich daran, wie sie sich in seinen Armen vor Erfüllung gewunden hatte. Er sah es in ihrem Blick. »Doch ich habe eine harte Lektion über das Begehren gelernt. Wenn es erfüllt wird, ist es nicht immer vergnüglich, und die Konsequenzen sind tiefgreifend.«

»Fayre, ich würde nicht …«

»Nein! Nein! Nein!«, unterbrach sie seinen eifrigen Schwur. »Ich bitte Sie nicht um ein Versprechen.« Sie beruhigte sich etwas und glättete das Kleid auf ihrem Arm. »Und ich würde Ihnen auch nicht glauben, wenn Sie es mir machten.«

Ihre Lippen bebten. Maccus' Lust war nun gebrochen, da er den Schmerz in ihren Augen sah. Er schob seine Bedürfnisse beiseite, stand auf und legte den Arm um sie. Sie nahm die Geste an und bettete die Wange an seine Brust. Die Empfindungen, die sie in ihm hervorrief, machten ihn unruhig und launenhaft. Wenn Standish in diesem Moment das Zimmer betreten hätte, hätte Maccus ihn nur zu gerne vor ihren Augen erschlagen.

***

Fayre sah ihn erwartungsfroh an, als sie in seine Kutsche stiegen. Auf sein Zeichen rief der Kutscher den Pferden ein Kommando zu. Die Fahrt begann. »Nun, Mister Brawley, Sie sollten zufrieden mit sich selbst sein. Sie haben erreicht, was nicht einmal meine Familie geschafft hat. Sie haben mich überredet.«

Maccus seufzte übertrieben. »Wenn das stimmte, hätten wir den Rest des Abends damit verbracht, nackt in Ihrem Bett herumzutollen.«

Sie unterdrückte ein Keuchen mit der Hand und fragte sich, ob sie jemals immun gegen seine unverblümte Art sein würde. Guter Gott, nicht einmal ein Carlisle wäre so dreist. Sie konnte sich vorstellen, wie ihr Vater reagiert hätte, wenn er nach Hause gekommen wäre und einen Mann im Bett seiner Tochter vorgefunden hätte.

Trotzdem war sie versucht gewesen, gab sie leise zu. Sie drehte den Kopf, so dass ihr Gesicht ganz in Schatten gehüllt war. Maccus war zu selbstsicher, was seinen Einfluss auf sie anging. Jedes Mal, wenn er sie berührte, überließ sie ihm willig kleine Teile von ihr, Teile, die sie nicht verlieren durfte.

»Also, Sir, Sie haben einiges auf sich genommen, um mich in Ihre Kutsche zu bekommen. Verraten Sie mir jetzt unser Ziel? Und was ist in dem Sack?« Sie stieß den Leinensack mit dem Fuß an.

Maccus hatte sich geweigert, ihr zu sagen, wohin es ging, also war sie sich unsicher über ihr Kleid gewesen. Da ihre Zofe Amelie nicht da gewesen war, hatte Fayre eines ausgesucht, bei dem sie wenig Hilfe brauchte. Es war aus blauem Seidenflor. Darunter trug sie ein weißes Satinunterkleid. Eine kunstvolle Verzierung aus winzigen Perlen, Korallen und Pailletten von der Breite ihrer Hand lief an der Vorderseite vom Busen bis zu den Füßen hinunter. Weiße Satinrosen und perlenbesetzte Schleifen dekorierten die kürzen Ärmel. Sie hatte Maccus' Hilfe nur gebraucht, um ihr Kleid zu öffnen und die Bänder des neuen festzuschnüren. So war alles anständig verlaufen.

»Sie wollen also wissen, was sich in dem Sack befindet?«

Sie hatte ihn sofort bemerkt, als sie eingestiegen war. Je länger er ihn ignorierte, desto größer wurde ihre Neugier. Sie besann sich auf den Nachmittag, als Lord Hawxby und sie ihn getroffen hatten. Maccus hatte mehrmals gesagt, dass er ein Geschenk für eine gewisse Dame kaufen wollte. Obwohl er in ihrem Beisein nichts ausgewählt hatte, fragte sich Fayre, ob er ihr etwas gekauft hatte, nachdem sich ihre Wege getrennt hatten. Sie tippte ihm spielerisch mit dem Fuß ans Schienbein. »Sie haben beteuert, Ihre Unterhaltung sei aufregender als Zehen zu zählen. Jetzt bin ich mir nicht so sicher.«

»Freche Göre!« Er zog die Schnur auf. Er beobachtete sie und holte eine schwarze Dominomaske hervor.

»Ein Maskenball?«

»Ja. Ein Abenteuer, das unsere Ehrbarkeit bewahrt, wenn auch nicht unsere Anonymität.« Er zog eine Halbmaske in derselben Farbe wie die andere aus dem Sack und hielt sie sich vors Gesicht. »An dem Abend beim Konzert wünschte ich, wir hätten lieber einen Maskenball besucht. Nach der Begegnung mit Miss Sheaf und ihren Freunden war ich sicher.«

Sie erinnerte sich an die harte Zurückweisung von Mister Farelles Angebot und war überzeugt, dass die drei das Zusammentreffen ebenso bereuten. »Ich nehme an, Sie haben ein passendes Gewand für mich da drin?«

Maccus holte einen kleineren, locker sitzenden dunkelblauen Umhang hervor. Ihre Halbmaske war an den Seiten mit weißen Federn besetzt, so dass sie mehr vom Gesicht der Dame verdeckte. »Wie hübsch«, sagte sie. Sie hielt die Maske hoch und lächelte. »Begleitet uns jemand auf unserem Abenteuer?«

»Wen haben Sie denn im Sinn? Lord Hawxby?« Maccus nahm die Maske herunter und warf sie auf den Sitz.

Fayre blitzte ihn durch ihre Maske an. Sie war empört darüber, dass er über den Nachmittag reden wollte. Sie legte die Maske auf ihren Schoß. »Eifersüchtig?«, fragte sie freundlich.

»Unendlich«, gab er zurück. »Wie viele Männer versuchen, Sie zu verführen?«

»Dutzende Heerscharen«, sagte sie theatralisch. »Ein entsetzlicher Skandal in meiner Vergangenheit, und jeder Mann, den ich kennenlerne, will mein neuester Liebhaber werden. Ich hätte meinen Ruf schon in der letzten Saison ruinieren sollen. Denken Sie nur an all die Vergnügungen, die ich verpasst habe!«

Er war nicht in der Stimmung für Spielchen, besonders nicht, wenn es um ihre erfundenen Liebhaber ging. Maccus musterte seine Hand. »Was zum Beispiel? Die festen Schläge, mit denen ich Ihnen das Hinterteil versohlen möchte?«

»Das können Sie gerne versuchen, Sir«, sagte sie ruhig. Sie war überzeugt, dass er sie nur neckte. »Doch Lord Hawxby ist die Strafe nicht wert, die Ihnen droht, wenn Sie Erfolg haben.«

Er entspannte sich angesichts dieses Zugeständnisses. »Sie und Hawxby schienen dicke Freunde zu sein, als ich sie heute angetroffen habe. Er hat ihre Hand gehalten.«

»Das Einzige, was hier dick ist, ist Ihr undurchdringlicher Schädel, Maccus Brawley. Die Herzogin hing Ihnen fast zwei Stunden lang am Arm wie eine Klette. Und ich muss Sie warnen, das hat Sie ihrem derzeitigen Liebhaber, Lord Crescett, nicht gerade sympathisch gemacht. Heißt das etwa, dass Sie den Grafen in ihrem Bett ersetzen möchten?«, fragte Fayre, die der Gedanke an ihre Mutter gemeinsam mit Maccus nicht gerade erfreute.

»Ihre Gnaden war doch nicht an mir …« Maccus hielt inne und erinnerte sich an ihr Auftreten und ihr Lob. »Crescett muss keine Angst haben. Ihre Mutter ist schön und lebhaft. Doch ich mag nicht teilen, was mir gehört. Also hat eine verheiratete Frau keine Anziehungskraft auf mich.«

Fayre seufzte leise angesichts der Ernsthaftigkeit der Aussage. Sie sah aus dem Fenster. Er hatte so wenig von seiner Vergangenheit gesprochen, doch sie hatte gefolgert, dass sie von Unfrieden erfüllt gewesen war. Jeglicher Versuch, ihn über aufschlussreiche Einzelheiten auszufragen, wurde schweigend oder mit einem Themenwechsel beantwortet.

Trotzdem glaubte sie, dass sie ihn langsam verstand. Die raue Vergangenheit beherrschte ihn. Reichtum zusammenzutragen war nur Teil seines Plans und schien nun zweitrangig zu sein. Er benötigte die Akzeptanz der einzigen Gruppe von Menschen, die ihn für seine bescheidenen Anfänge zurückweisen würden. Deshalb hatte Maccus sie ausgesucht, obwohl sie ein fragwürdiges Werkzeug war. Fayre konnte ihm die Menschen vorstellen und ihn in die Kreise einführen, die er brauchte, um eine passende Braut zu finden, deren Herkunft und Stellung in der Gesellschaft seine Vergangenheit auslöschen und seinen Platz legitimieren würden, so dass seine Erben auch rechtmäßig dorthingehörten. Er suchte wahrscheinlich eine Musterdame, jemanden ohne Skandal in der Vergangenheit. Die Dame, die Fayre einst war, vor Lady Hipgraves Rache.

»Lange Pausen, besonders von Ihnen, beunruhigen mich.«

»Wenn es so einfach wäre, Sie zu foltern, dann würde ich öfter schweigen«, sagte sie neckend. Sie versuchte, sich nicht zu lange damit aufzuhalten, dass sie mehr als nur ihre Jungfräulichkeit an Standish verloren hatte.

»Fayre, es gibt noch einen anderen Grund, warum mich Ihre Mutter niemals in ihr Bett locken könnte.« In der Finsternis spürte sie seinen festen Blick. »Ich begehre die Tochter der Dame.«

Maccus hatte ihr ein Abenteuer versprochen. Ein Maskenball in Vauxhall schien die perfekte Vergnügung für eine kühne Dame zu sein. Fayre hatte seiner Wahl von Herzen zugestimmt. Nachdem die Kutsche das Ziel erreicht hatte, hatten sie ihre Umhänge und Masken angelegt und die Fähre betreten, die sie zum Lustgarten übersetzte. Auf der Überfahrt hatte Fayre zugegeben, dass sie Vauxhall Gardens noch nie abends besucht hatte, weil ihr Vater sie immer für zu jung für die wilden Vergnügungen des nächtlichen Zeitvertreibs gehalten hatte.

Als er ihr die Stufen hinauffolgte, hatte ihr Körper voller Vorfreude geradezu gebebt. An der Rotunde erwartete sie ein Abend voller Musik und Tanz. Die Fähre war voll besetzt mit anderen maskierten Feierlustigen gewesen. Maccus schätzte, dass sie relativ sicher vor Dieben waren. Als sie den Pfad entlanggingen, drückte Fayre ihr Wohlgefallen an den Hunderten bunten Lichtern in den Bäumen aus. Die eindrucksvolle Vielzahl ließ ihn an Feenlichter denken.

Sie hörten die Orchestermusik lange, bevor der Weg in einen offenen Platz mündete. Fayre lächelte ihn strahlend an, als sie den erleuchteten Rundbau erblickte. Das Orchester spielte einen Ländler. Die Maske konnte ihre Begeisterung nicht verbergen. »Oh, Maccus, der Garten hat abends etwas Magisches an sich.«

Maccus strich über eine der Federn auf der Maske und hielt dem Drang, sie zu küssen, stand. Er hatte sie vorher schon geängstigt, als er ihr sein Verlangen gestanden hatte. Er wollte diesen gemeinsamen Abend nicht ruinieren. »Wenn es hier Magie gibt, dann haben Sie sie mitgebracht, denn ich bin verzaubert.« Ohne auf eine Antwort zu warten, nahm er ihre Hand. Zusammen liefen sie auf die Menge zu und schlossen sich den anderen Tänzern an.

Zwölftes Kapitel

Fayres Schwindelgefühl hatte nichts mit dem Wein zu tun, den sie in Vauxhall getrunken hatte, sondern nur mit dem Mann, der neben ihr in der Kutsche saß. Maccus hatte ihr einen Abend geschenkt, den sie niemals vergessen würde.

»Sind Sie noch böse auf mich, weil ich Sie heute Abend entführt habe?«, fragte er und drückte ihr einen Kuss ins Haar.

Nach den Stunden, in denen sie mit Maccus getanzt, der Musik gelauscht und die Menschen um sie herum beobachtet hatte, fand es Fayre nicht mehr außergewöhnlich, dass sie nun neben ihm saß und den Kopf auf seine Schulter gelegt hatte.

»Ich war Ihnen nicht böse«, sagte sie. »Sie haben mich auch nicht entführt. Ich habe nur meine Meinung geändert. Das war alles.« Er trug noch immer die Maske, und der Umhang hüllte sie ein wie eine Decke, als sie näher an ihn heranrückte.

Maccus prustete los bei dieser eindeutigen Lüge. »Ha! Sie waren verärgert, heute Nachmittag, als ich Sie erwischte, wie Sie Hawxby schmeichelten.«

»Ich habe ihm nicht geschmeichelt … nein, ich werde an solch einem bezaubernden Abend nicht mit Ihnen streiten. Und außerdem war ich auf Mama böse, nicht auf Sie.« Na und, dann hatte die mühelose Vertrautheit zwischen ihm und der Herzogin eben ihr Gemüt erregt. Sie würde es nicht erwähnen.

Maccus führte langsam ihre Hand zu seinen Lippen und küsste jeden Knöchel. »Wird sich Ihre Familie Sorgen machen, wenn sie merkt, dass Sie das Haus verlassen haben?«

»Nein, alle bleiben lange aus. Ich bezweifle, dass überhaupt jemandem meine Abwesenheit auffällt. Aber wenn jemand fragt, weiß unser Butler über meine geänderten Pläne Bescheid.« Sie hatte Curdey ausfindig gemacht, bevor sie gegangen waren. Wenn auch die Familie nicht viel Aufmerksamkeit auf ihren Verbleib verwendete, so würden der Butler und die Zofe ihre Abwesenheit bemerken.

»Ich möchte, dass Sie mit zu meinem Haus kommen«, sagte Maccus plötzlich.

Fayre setzte sich auf und sah ihn überrascht an. »Ich denke nicht, dass das klug wäre.« Sie dachte an seine liebkosenden Hände, den Mund auf ihrer Brust und wusste, dass es nur wenig Überzeugungskraft brauchte, um sie umzustimmen.

Nach ein paar spannenden Minuten sagte er: »Ich stimme Ihnen zu. Zum Glück ist wenigstens einer von uns vernünftig.«

»Ja, nicht wahr?«, sagte sie, doch sie fühlte sich nicht sehr rühmlich oder vernünftig.

Den Rest der Fahrt schwiegen beide. Die Kutsche hielt vor ihrem Haus an, und Fayre setzte sich auf. Maccus hatte ihr einen wundervollen Abend bereitet, und Fayre wollte dankbar sein.

Sie öffnete die Schleife an ihrem Umhang. Sie nahm ihn ab und legte ihn zusammen. Dann legte sie ihn auf den Sitz gegenüber. »Ich mag mich nicht dementsprechend verhalten haben, aber ich bin dennoch froh, dass Sie gute Nachrichten über Ihre Investitionen erhalten haben.«

Maccus lächelte sie an. Es war so lieblich, dass ihr das Herz aufging. »Ich wusste heute Nachmittag schon, wie Sie sich fühlten, Fayre. Ihre Freude war offensichtlich. Sie lag in ihrem Blick. Diese markanten grünen Augen sind so ausdrucksstark. Oder vielleicht kann ich nur tiefer hineinblicken als andere.«

Der Kutscher öffnete die Tür, und Fayre bewegte sich weg von ihm. Schon jetzt vermisste sie seine Wärme. Maccus ergriff ihre Hand, bevor sie aussteigen konnte. »Ich hatte Glück, die Ehre Ihrer Gesellschaft zu haben, Lady Fayre. Gute Nacht.«

Sie war sich des Kutschers hinter ihr bewusst und zog ihre Hand behutsam aus seiner. »Gute Nacht, Mister Brawley.«

Das Haus war dunkel, als sie eintrat, was bedeutete, dass der Rest der Familie noch nicht zu Hause war. Leise ging sie nach oben in ihr Schlafzimmer. Ihre Eltern weckten meist das Personal, wenn sie nachts zurückkehrten, doch Fayre würde sich mit Freuden selbst um ihre Bedürfnisse kümmern.

Sie ging zur Frisierkommode und zündete eine Kerze an. Sie blickte kurz auf ihr Spiegelbild. Ihr Gesicht sah traurig aus. Abwesend zog sie die Handschuhe aus und dachte über ihren Abschied nach. Maccus hatte ihr keinen Gutenachtkuss gegeben. Das sollte sie nicht stören.

Aber es plagte sie.

Sie warf die Handschuhe auf die Kommode und

wollte sich entfernen, als sie ein langes, schmales Etui bemerkte. Es war ein Schmucketui, doch es gehörte ihr nicht. Während sie noch überlegte, wo es wohl herkam, übermannte sie die Neugier, und sie öffnete es. Darinnen lag eine Brosche. Sie nahm sie heraus und hielt sie näher an die Flamme. Die Brosche war wertvoll. Sie war aus Silber und Diamanten gemacht. Gestaltet war sie als Ansammlung von Blüten und Blättern. Sie war wunderschön.

Maccus.

Er war als Einziger in ihrem Schlafzimmer gewesen. Sie war so durcheinander gewesen, weil sie sich vor ihm ankleiden musste. Er hätte ganz leicht die Schachtel aus seiner Jackentasche holen können, sie hätte es nicht gemerkt.

Mit der Brosche in der Hand rannte sie aus dem Zimmer. Es war doch nutzlos, schalt sie sich, als sie die Treppe in einer lebensgefährlichen Geschwindigkeit hinunterrannte. Nachdem sie das Haus betreten hatte, gab es keinen Grund für ihn, noch länger zu verweilen. Keinen möglichen Grund zu glauben, er warte auf sie.

Fayre stieß die Tür auf. Das Herz schlug ihr bis zum Hals, und sie starrte ausdruckslos die leere Straße entlang. Die Kutsche war fort.

»Suchen Sie mich?«, fragte Maccus leise, weil er sie nicht erschrecken wollte.

Sie hatte sich so sehr auf die Straße konzentriert, dass sie ihn erst bemerkte, als er sie ansprach. »Sie sind hier. Wo ist Ihre Kutsche?«

»Ich habe sie nach Hause geschickt.«

Als sie sich noch vor Augen führen musste, dass er

sie nicht verlassen hatte, erinnerten sie die scharfen Kanten der Brosche daran, warum sie überhaupt nach unten gerannt war. »Sie haben mir eine Brosche gekauft.«

Maccus fluchte leise ungeduldig vor sich hin. »Ich habe Ihnen doch gesagt, dass ich mein Glück mit einer guten Freundin teilen möchte.«

In ihren Augen standen Tränen, die von überwältigendem Entzücken herrührten. »Nun, es wäre arrogant gewesen, wenn ich angenommen hätte, das Geschenk sei für mich. Sie hätten mir ja einen Wink geben können.«

»Vor der Herzogin und Hawxby? Ich würde Verabredungen in der Morgendämmerung lieber vermeiden«, sagte er und wischte ihre Tränen mit seinem Daumen weg. »Außerdem schuldete ich Ihnen noch eine Entschuldigung, weil ich Sie wegen Trevor so angeschrieen habe. Werden Sie die Brosche tragen, holde Fayre?«

Fayre blickte auf und küsste ihn auf den Mund. Bis zu diesem Zeitpunkt war er immer die treibende Kraft gewesen, die jede innige Berührung angeregt hatte. Maccus hatte ihr wiederholt gesagt, dass er sie begehrte. Sie hatte standgehalten, weil sie sich vor ihm und ihren Gefühlen fürchtete. Im Kopf wusste Fayre, dass Maccus ganz anders als Standish war. Er machte ihr keine Versprechen von ewiger Liebe, die er nicht einhalten würde. Sie zog das ehrliche Verlangen tausend falschen Liebesschwüren vor.

Sie hatte sich entschieden. Sie trat einen Schritt zurück und zog ihn in Richtung der Tür. »Kommen Sie mit nach oben.«

Maccus unterbrach ihren Rückzug. Er war sich nicht sicher, dass er sie richtig verstanden hatte. »Ihre Familie?«

»Sind alle noch aus. Wir sind alleine.« Sie zog nachdrücklicher an seinem Arm.

»Sie müssen sich sicher sein, Fayre«, sagte er. Er fürchtete, dass sie ihre Einladung aus fehlgeleiteter Dankbarkeit ausgesprochen hatte und weniger aus Verlangen. »Wenn das mit der Brosche zu tun hat …«

Fayre legte ihm die Finger auf die Lippen. »Psst. Sie reden Quatsch und beleidigen meine Intelligenz. Vorhin haben Sie mich gebeten, mit zu Ihnen zu kommen. Wenn Sie weniger ehrenhaft gewesen wären, hätten Sie erfahren, wie wenig Überredungskunst es bedurft hätte, um mich umzustimmen.«

Fayre ging ins Haus, und Maccus folgte ihr. Er schloss die Tür hinter sich. Die Stille im Haus war spürbar.

»Hier entlang«, flüsterte sie. Sie nahm seine Hand, und sie erklommen die Stufen, von der Dunkelheit umhüllt.

Maccus fragte sich zu spät, ob Fayre wollte, dass er sie hinauftrug. Er gab die Idee schnell auf. Als er sie am frühen Abend die Treppe hinaufgetragen hatte, war die Halle beleuchtet gewesen. In der Dunkelheit und durch sein wachsendes Begehren würde er sicherlich stolpern und ihnen beiden den Hals brechen.

Sie führte ihn den Korridor entlang und hielt vor ihrer Schlafzimmertür an. »Zu riskant«, flüsterte er ihr ins Ohr. Doch er verweigerte sich nur unwillig die Freude, sie vollkommen zu besitzen.

»Niemand kümmert sich um mich«, sagte sie und öffnete die Tür. »Wir werden nicht gestört werden.«

Er fragte sich flüchtig, als er in ihr Schlafgemach eintrat, wie viele junge Damen ihrem Geliebten die gleichen Versicherungen gemacht hatten, nur um später von einem erzürnten Vater oder Gatten gefunden zu werden. Fayre lächelte ihn schüchtern an. Maccus' Blut brodelte. Eine Schönheit wie Fayre in seinen Armen zu halten, war das Risiko einer Pistolenkugel wert. Sie griff hinter ihn und drehte den Schlüssel im Schloss. Auf der Frisierkommode brannte eine Kerze. Er ging zum Licht.

Fayre trat zu ihm. Sie öffnete die Hand und fuhr mit der Fingerspitze am Rand der Blüten auf der Brosche entlang. »Es ist ein prachtvolles Stück, Maccus.« Selbst im schummrigen Licht funkelten die Diamanten fröhlich. »Ich werde sie immer gut hüten.«

Seine grauen Augen leuchteten wie die Diamanten in ihrer Hand. Er war froh, dass ihr das Geschenk so gut gefiel. »Es schien mir etwas zu sein, das Sie tragen würden. Und außerdem habe ich bemerkt, dass Sie glänzende Stücke mögen.«

Sie hielt die Brosche an den Busen und suchte nach dem Verschluss. Maccus stellte sich hinter sie und legte seine Hand auf ihre, um sie zu beruhigen. »Sie müssen sie an einem anderen Abend für mich tragen.«

Er nahm ihr die Brosche aus der Hand und legte sie behutsam ins Etui. Die Andeutung, dass sie ihr Kleid nicht lange anbehalten würde, hatte er ihr wie eine Herausforderung hingeworfen.

Fayre wirbelte herum und blickte ihm in die Augen. Langsam zog sie das blaue Kleid über ihren Kopf und ließ es fallen. Bei dem weißen Satinunterkleid brauchte sie Hilfe, also wandte sie ihm ihren Rücken zu. Überraschenderweise zitterten Maccus' Hände, als er die Nadeln, die den Stoff hinten zusammenhielten, entfernte und die Bänder darunter freilegte. Er war unsicher, was er mit den Nadeln machen sollte, also legte er sie zu der Brosche. Er zog zweimal kurz, und die Knoten waren gelöst.

Als sie sich vorher für den Maskenball angekleidet hatte, hatte sie darauf bestanden, dass er sich wegdrehte. Jetzt, im Kerzenlicht, ließ sie tapfer die kurzen Ärmel nach unten gleiten und schob das Unterkleid über die Hüften. Maccus hielt ihr seine Hand hin, als sie aus dem wogenden Stoff heraustrat.

»Welch glücklicher Zufall, dass Sie kein Korsett tragen«, flüsterte er, dankbar dafür, dass er sich nicht mit den Schnüren befassen musste. Fayre hatte kein einzwängendes Mieder getragen, als er eingetroffen war, und das Kleid, das sie sich ausgesucht hatte, brauchte keins. Sie löste die Bänder ihres Unterrocks. Er fiel nach unten. Nun hatte sie nur noch Strümpfe und ihr Unterhemd an.

Sie wusste nicht recht, was sie als Nächstes tun sollte. Sie verschränkte die Arme vor der Brust und ließ sie wieder fallen. »Ich habe in dieser Sache nicht viel Erfahrung, mein Herr«, sagte sie und knöpfte die letzten Knöpfe seiner Jacke auf. Sie befreite erst einen Arm aus der Jacke und dann den anderen. In seinem Eifer, sie zu berühren, löste er die Knöpfe an seiner Weste. Fayre ließ die Jacke auf ihr Kleid fallen, die Weste, die Krawatte und das Hemd folgten sogleich.

Maccus verkrampfte sich, als er darauf wartete, dass

Fayre die vielen Narben bemerkte. Sein Leben war hart gewesen, und sein Körper war von Gewalt gezeichnet. Ihre Hand schnellte zum Mund, und sie sog die Luft ein. »Oh Gott, man hat auf Sie geschossen!«

»Nicht in der letzten Zeit«, beruhigte er sie in der Hoffnung, sie zum Lächeln zu bringen. Als das Entsetzen nicht aus ihrer Miene wich, versuchte er ihr die Angst zu nehmen. »Ich weiß, es sieht schlimm aus, aber es liegt Jahre zurück. Ich schwöre, es tut nicht mehr weh.«

Sie streichelte sanft die zackige, kraterförmige Narbe unter seiner linken Brustwarze. »Wie Sie gelitten haben müssen. Wer hat Ihnen das angetan? War es ein Duell?«

Er schüttelte den Kopf. »Nein, es war ein erfolgloser Mordversuch. Sie verstehen, warum ich mich nicht lange damit beschäftige. Wenn es Sie anwidert, meine Narbe zu betrachten, ziehe ich mein Hemd wieder an.« Maccus beugte sich hinunter, um es aufzuheben. Er hätte es um ihretwillen anlassen sollen. Für die Frauen, mit denen er bisher verkehrt hatte, waren Gewalt oder deren Spuren auf dem Körper eines Mannes nicht fremd gewesen.

»Nein. Halt«, protestierte sie und riss ihm das Hemd aus der Hand. Sie warf es zu Boden. »Es ist *schrecklich*.«

Fayre setzte sich auf die kleine Bank vor der Frisierkommode und starrte ihn mit unverhülltem Kummer an. »Schrecklich, dass jemand auf Sie geschossen hat. Schrecklich, dass Sie diese Qualen erleiden mussten und beinahe gestorben wären. Und Sie denken, die

Narbe, die ein Zeichen ihres Überlebens ist, könnte mich abstoßen?«, fragte sie fassungslos.

Sie drückte ganz liebevoll ihre Lippen auf die Narbe. Er war so bewegt von ihrer Geste, den Schmerz einer alten Wunde lindern zu wollen, dass er bärbeißig sagte: »Fayre, Sie müssen mir nichts beweisen. Keine Dame will einen vernarbten Körper küssen.«

»Ich möchte es.« Sie hielt ihn mit der Hand zurück und leckte die Narbe, als wolle sie diese kosten. Die Bauchmuskeln zuckten unter ihren Lippen. Auch sein geschwollenes Glied wollte von ihr verwöhnt werden.

»Fayre, Sie bringen mich um«, sagte Maccus mit zittriger Stimme.

Seine Erregung war unübersehbar und nur wenige Zentimeter von ihrem Gesicht entfernt. Fayre biss sich unsicher auf die Lippe. Er schwor, dass er sich vor die nächste Kutsche werfen würde, wenn sie ihn ablehnte. Er zuckte zusammen, als sie seine Hose öffnete und zärtlich seinen geschwollenen Penis in die Hände nahm. Sie blickte verwirrt auf seine begierige Männlichkeit. Obwohl sie nicht mehr unberührt war, war sie doch noch unerfahren in der körperlichen Liebe. Er hielt einige Sekunden den Atem an, als sie ihn liebkoste. Sie ließ ihn behutsam los und sagte: »Komm ins Bett, Maccus.«

Fayre trat von Maccus zurück und legte sich aufs Bett. Der Größe seiner Männlichkeit nach zu urteilen, würde er ihre Bitte wohl kaum ablehnen. Nachträglich überlegte sie, ob sie die Kerze hätte mitnehmen sollen.

»Warte. Vergrab dich nicht in den Laken. Ich möchte dich sehen«, bat Maccus und zog die Hose aus, bevor er zu ihr ins Bett stieg.

Vielleicht war es töricht, doch sie vermutete, dass Männer die Leidenschaft ähnlich empfanden wie die Frauen. Standish hatte kein Interesse daran gehabt, ihr beim Ausziehen zuzusehen wie Maccus. Lord Standish hatte ihr allein im Schlafzimmer Zeit gegeben, sich bis aufs Hemd auszuziehen. Sie hatte unter den Laken auf ihn gewartet.

»Du verhältst dich anders als Lord Standish«, murmelte sie gedankenlos und verzog das Gesicht.

»Gott, das hoffe ich aber«, sagte er energisch. »Der Mann ist ein kalter Hund. Es würde dir auch nichts Gutes verheißen, mein Juwel, wenn ich mich als sein Zwilling entpuppen sollte.«

Er war nicht sonderlich beunruhigt durch ihren Vergleich mit Standish oder die Tatsache, dass er nackt vor ihr stand. Er schlüpfte mit der Hand unter ihr knielanges Hemdchen und löste die Strumpfbänder. Er nahm sich Zeit und streichelte ihre Waden, als er ihr die Strümpfe auszog.

Er warf ihr einen hungrigen Blick zu, und ihre Zehen verkrampften sich. »Jetzt das Hemdchen.«

»Du willst mich vollkommen nackt?«, fragte sie verlegen.

»Ja. Ich will es mir doch nicht entgehen lassen, dich in deiner natürlichen Schönheit zu sehen.« Er atmete tief ein. »Ah, ich verstehe. Standish mal wieder. Der Mann ist nicht nur ein Mistkerl, sondern ein unfähiger dazu.« Er ergriff das Hemdchen und zog es ihr über den Kopf. Fayre war versucht, sich zu bedecken, doch sie konnte sich seinen Blicken nicht entziehen. »Keine Frau sollte so perfekt für einen Mann aussehen!«

Maccus starrte sie so begierig an, dass sie dachte, er würde sie mit Haut und Haar verschlingen. Es war würdelos von ihr, doch sie konnte die Augen nicht von seiner Lende losreißen. Aus dem spröden Haar heraus stand seine Männlichkeit aggressiv hervor und seine Größe war für ihre unschuldigen Augen überwältigend. Bei der Vorstellung, dass er in sie dringen würde, verließ sie ihr Enthusiasmus.

»Wird es wehtun?«, fragte sie und richtete den Blick auf den Körperteil, der ihr Sorgen machte.

Maccus setzte sich neben sie aufs Bett. Zwanglos nahm er die restlichen Nadeln aus ihrem Haar, die beim Ausziehen noch nicht entfernt worden waren. Das lange, zimtfarbene Haar wallte über ihren Rücken. »Habe ich dir damals in der Küche wehgetan?«

Sie errötete bei der Erinnerung daran. Es war für sie unbegreiflich, wie sie hier so nackt neben ihm sitzen und diese vertraute Unterhaltung mit ihm führen konnte. Was hatte es nur mit Maccus Brawley auf sich, dass sie alle Regeln vergaß und ihren Ruf für einen Mann riskierte, der nicht gerne über seine Vergangenheit redete? »Nein. Aber da hast du nicht … ich meine, das war deine Hand«, sagte sie schüchtern. Sie wollte das schamlose Gespräch nicht fortführen.

»Beim ersten Mal tat es nur weh wegen deiner Jungfräulichkeit. Doch da du keine Jungfrau mehr bist, verspreche ich dir, dass du nur noch reine Lust verspüren wirst.« Er hob ihr Kinn und küsste sie sanft. »Wir werden gut zusammenpassen. Komm, ich zeig es dir.«

Wieder überraschte er sie, indem er sich auf den Rücken legte und sie mit sich riss. »Ganz ruhig, du musst keine Angst haben«, raunte er. »Es gibt Möglichkeiten für die Dame, die Kontrolle zu übernehmen. Ich möchte, dass du dich auf mich setzt.«

»Wie bitte?«

Er grinste über ihre Geziertheit. »Wie auf ein Pferd, Lady Fayre. Betrachte mich als dein edles Ross.«

»Da ich einen Wallach habe, mein Herr«, sagte sie und kicherte, als er zusammenzuckte und instinktiv seine Männlichkeit schützend bedeckte, »denke ich nicht, dass dieser Vergleich treffend ist.«

»Muss ich dich erinnern, dass ich noch immer der Ansicht bin, ein paar Klapse auf dein nacktes Hinterteil würden dir die Frechheit austreiben?« Maccus strich ihr liebevoll über den Po. Er packte sie an der Hüfte und zog sie auf sich. »Das ist eine großartige Aussicht.«

Sie lächelte über seinen milden Ton. Die Aussicht, die er bewunderte, waren ihre Brüste. »Ich verstehe jetzt, warum diese Position die bessere für dich ist.« Sie zuckte kurz, als er mit der Eichel an ihren nackten Po stieß.

Etwas Wildes blitzte in seinen grauen Augen auf. Die Verspieltheit war gewichen, und ein hungriges Verlangen brodelte an die Oberfläche. Er teilte mit den Fingern die Spalte zwischen ihren Beinen. Dann fuhr er mit dem Handrücken an der verborgenen Scham entlang. Es war, wie er es vermutet hatte, sie wollte ihn auch!

»Du kannst mich aufnehmen, Fayre. Wie viel von mir, kannst du bestimmen.« Er legte ihr die Hände auf die Hüfte und hob sie leicht hoch. Dann setzte er sie auf sein steifes Glied. Sie erwartete, dass er eindrang, und ihr Körper war bereit. Wärme und ihre feuchte Erregung umspielten seine Männlichkeit. Er schien förmlich in sie hineinzugleiten. Fayre blinzelte ungläubig. Die Fülle, vor der sie sich gefürchtet hatte, drang ohne Schwierigkeiten tiefer in sie vor.

»Das ist gut«, presste Maccus zwischen den Zähnen hervor. Er bekämpfte den Drang, die Kontrolle zu übernehmen. »Beweg dich vor und zurück. Lass deinen Körper Gewöhnung finden.«

Fayre nickte. Sie nahm seine Hinweise ernst. Sie nahm mehr von ihm in sich auf. Machte Versuche. Sie verschob die Hüfte und bändigte ihre Bewegungen mit den Beinen. Er hatte nicht gelogen, als er ihr die Kontrolle versprochen hatte. Aus dieser dominanten Position konnte sie entscheiden, wann sie sich zurückziehen wollte, oder wie tief sie ihn in sich eindringen ließ. Maccus lag geduldig unter ihr. Doch sein angestrengter Blick verriet ihr, dass er damit kämpfte, sie ihre neu entdeckte Macht entdecken zu lassen. Es war herrlich! Sie war nicht überrascht, dass Standish, dieser egoistische Stümper, ihr diese Seite der körperlichen Liebe nicht offenbart hatte.

»Tiefer, Fayre«, bettelte Maccus. »Du kannst mich tiefer hineinlassen.« Er packte ihren Hinterkopf und zog sie zu sich hinunter. Er stieß mit der Zunge in ihren Mund. Seine Lenden zuckten gegen ihre. Sein Körper forderte mehr.

Sie begegnete seinem Stoß. Etwas tief in ihr ließ los, und sie nahm ihn ganz auf. Fayre stöhnte leise. Sein pralles Glied fühlte sich wunderbar an. Sie sehnte sich nach mehr. Sie unterbrach den Kuss und konzentrierte sich auf die Bewegung ihrer Hüften. Sie erinnerte sich an den Moment, als sie seine Finger in sich gespürt hatte.

»Schneller, Liebling«, beschwor er sie. Er knetete ihre Brüste. Von Zeit zu Zeit wanderten seine Hände zu ihren Hüften, denn es reizte ihn, wie eine leicht veränderte Stellung oder ein anderes Tempo ihre Lust erhöhten.

Das war also körperliche Liebe, dachte Fayre. Sie spreizte die Finger über seiner Brust und fuhr nach oben über seine Schultern. Als sie sich auf ihm wiegte, füllte seine schlüpfrige, gleitende Männlichkeit sie vollkommen aus. Die beständigen Stöße in ihrem Schoß linderten nicht das erbarmungslose Verlangen nach mehr von ihm, stattdessen vergrößerten sie ihren wilden Hunger.

Maccus war ebenfalls vom berauschenden Rhythmus ihrer Leidenschaft gefangengenommen und lag mit ungezügelter Lust unter ihr. Er rieb sein Becken mit kurzen Stößen an ihr. Er ersehnte die feuchten Tiefen ihrer Grotte.

Ein Kribbeln durchfuhr Fayre. Ihre Haut juckte. Sie rieb ihren Busen an seiner haarigen Brust. Maccus knurrte. Ungeduld und Lust zerschmetterten die selbst auferlegte Zurückhaltung. Er grub seine Finger in ihr Gesäß, als er die Kontrolle übernahm und sie in einem fieberhaften Tempo auf seine Männlichkeit niederdrückte. Das Kribbeln tauchte jetzt auf der rechten Seite ihres Gesichts auf und setzte sich am Hals fort. Wie Honig rann es über ihre Brüste und sammelte sich im Bauch.

»Teile es mit mir, Fayre!« Er saugte kräftig an ihrem Nippel und stieß seine Männlichkeit schonungslos in ihre heiße Grotte.

Fayre verstand seinen barschen Befehl nicht, doch ihr Körper wusste es. Der Honigstrom strömte wie ein Feuerball durch sie. Sie warf den Kopf zurück und verwandelte ihren Schrei in ein entzücktes Wimmern, als sie eine Welle der heißen Lust nach der anderen erlebte.

Ihre Leidenschaft erfüllte Maccus. Sein Gesicht verzerrte sich, weil er so lange an sich gehalten hatte. Er spürte ein verzweifeltes Verlangen und stieß tief in sie. Sein Körper war angespannt. Er stöhnte wortlos und umarmte sie so fest, dass sie nach Luft rang. Die Wärme seines Samens erfüllte sie. Sie drückte sich an ihn, denn sie brauchte diese Vereinigung. Sein feuchter Höhepunkt löste noch einmal eine Woge der Lust in ihr aus. Sie glitt noch ein letztes Mal auf ihm herab und vergrub dann ihr Gesicht an seiner Schulter.

Fayre war durch und durch kompromittiert. Sie war zwar bereit gewesen, sich den fleischlichen Gelüsten hinzugeben, doch sie hatte nicht erwartet, auch ihr Herz zu verschenken. Ohne ihr Wissen hatte sie sich in Maccus Brawley verliebt.

Wenn sie nicht so außer Atem gewesen wäre, hätte Maccus angenommen, sie sei eingeschlafen. Sie hatte sich mehrere Minuten lang nicht bewegt. Ihr Kopf lag noch immer auf seiner Schulter. Von dem ausnehmend wilden Akt war er erschöpft und berauscht. Er fragte sich, ob Fayre das ungehemmte Verhalten peinlich war. Wenn ja, dann musste sie es überwinden. Was sie gemeinsam erlebt hatten, war einzigartig. Und er würde es nicht zulassen, dass sie das ignorierte, weil es nicht in ihre Pläne passte. Maccus wollte sie wieder lieben, immer wieder.

Er massierte sanft ihren Nacken. »Wenn ich gewusst hätte, wie unglaublich schön es mit uns sein würde, hätte ich es riskiert, dass das Personal uns erwischt, und hätte dich gleich auf meinem Küchenboden genommen.«

»Wenn ich es gewusst hätte, hätte ich es zugelassen«, raunte sie lächelnd. Sie gab ihm einen Kuss und zog sich zurück, so dass sie sein Gesicht sah.

Maccus nahm an, dass er zufrieden aussah, denn so fühlte sich sein Körper an. In der Vergangenheit hatte er sich gerne dem Körper einer willigen Frau hingegeben und sich in den Wogen der Erlösung verloren. Er hatte seine Liebhaberinnen so sehr gemocht, dass er in ihren Betten verweilt hatte. Es erfüllte ihn mit Demut nun zu wissen, dass er vor Fayre noch niemals wahre Leidenschaft erfahren hatte.

Behutsam trennte sie sich von ihm und kroch zum Fußende des Bettes, um ihr Hemdchen zu suchen. Maccus grinste, als er das einladende Hinterteil sah. Er hatte gewollt, dass das erste Mal mit ihr zärtlich war. Doch zum Glück hatte sie das nicht erlaubt, und dafür war er sehr dankbar. Er konnte ihr noch so viel in Liebesdingen zeigen, so viele Stellungen und Wege, sie zum Höhepunkt zu bringen. Er wollte sie alle mit ihr erleben.

»Was machst du denn?«

Sie saß auf den Fersen und suchte nach der Öffnung in dem Hemd. »Ich ziehe mich an. Wenn meine Zofe am Morgen hereinkommt und mich nackt vorfindet, wird sie sicher Schlimmes vermuten.«

Diese praktischen Erwägungen waren sicher lobenswert, doch nicht das romantische Gesäusel, das er von einer Geliebten hören wollte. »Wenn wir zu mir gefahren wären, hättest du die ganze Nacht bleiben können.« Er riss ihr das Hemdchen weg und hielt es hinter seinem Rücken verborgen. Er erwog spontan, sie mit nach Hause zu nehmen.

»Gib es mir wieder!« Fayre fiel auf ihn, und er stöhnte übertrieben. Sie versuchte, das Hemdchen wiederzubekommen. »Bei dir hätten wir eine Stunde mehr gehabt, doch auch da hätte ich nicht die ganze Nacht bleiben können«, sagte sie und nahm ihm das Hemd weg.

Maccus setzte sich auf und schüttelte die Kissen auf, bevor er sich wieder hinlegte. »Warum nicht?« Er holte sich das Hemdchen zurück. Er zerknüllte es und warf es durch das Zimmer.

Ein verärgertes Geräusch entfuhr ihren Lippen. »Warum nicht? Weil es so etwas wie Diskretion gibt. Das Personal steht in beiden Häusern vor der Dämmerung auf. Wenn wir nicht vorsichtig sind, wird es jemand bemerken und es gibt Gerede.«

Maccus dachte daran, wie er Fayre in der Bibliothek vorgefunden hatte. Er war für die Bediensteten der Soliteas ein Fremder gewesen. Doch trotzdem hatten sie ihm willig Informationen über Fayre gegeben und ihm für einen kleinen Lohn Zutritt gewährt. Das Personal der Soliteas war umfangreicher als sein eigenes, und einige wurden speziell nur während der Saison eingestellt. Maccus fühlte sich noch immer nicht so recht wohl, wenn Fremde sich um ihn kümmerten. Deshalb hatte er wenig Angestellte. Doch sie waren loyal. Das war einer der Gründe, warum er seinem Personal einen Lohn über dem Durchschnitt zahlte.

Fayre kroch vom Bett, um das Hemd wiederzuholen. Unwillig, sie gehen zu lassen, ergriff er ihr Handgelenk. »Ich bereue unsere Liebesnacht nicht. Ich nehme an, ich sollte wohl die Hände ringen und mein ungewisses Schicksal beklagen«, sagte sie und machte sich über ihre missliche Lage lustig. »Ich kann nicht, Maccus. Ich werde mich nicht dafür schämen, dich zu begehren.«

»Eine gesunde Einstellung. Komm her, und ich belohne dich«, lockte er sie. Er zog sie heran. Sie ergab sich und legte sich neben ihn. Aus Rücksicht auf ihre Sittsamkeit von vorher zog er die Decke bis zur Taille über sie. Ihre Brüste ließ er aus rein egoistischen Gründen unbedeckt.

Die schläfrige Zufriedenheit war aus ihrem Gesicht gewichen, als sie aufgeregter wurde. »Wenn du hierbleibst, gefährdet dies die Haltung, die ich bezüglich Lord Standish und Lady Hipgrave eingenommen habe. Bis jetzt glauben nicht alle, dass Standish die Wahrheit sagt. Viele hoffen es, weil meine Familie sich über die Jahre einige Feinde gemacht hat. Aber beide Seiten sind auf Details aus. Ich kann nicht einmal daran denken, was passieren würde, wenn Standish herausfände, dass wir eine Affäre haben.«

Wenn sie sich weiterhin ständig Sorgen machte, was Standish tun könnte, dann würde Fayre wahrscheinlich das Verhältnis noch vor dem Morgengrauen beenden. Maccus war fest entschlossen, das nicht zuzulassen. »Fayre«, sagte er und streichelte ihr übers Haar. »Wir können diskret sein. Standish wird nichts von uns erfahren. Außerdem habe ich etwas unternommen, das ihn ablenken sollte.«

Der Gedanke, dass Standish leiden musste, schien sie wahrhaft schadenfroh zu machen. »Was hast du gemacht?«

»Ich kann noch keine Einzelheiten preisgeben.« Sie würde sicher nicht alle Aspekte seines Plans gutheißen. »Und sei sicher, ich habe die Gräfin auch nicht vergessen. Ich arbeite noch an einem passenden Racheplan für sie.«

Fayre runzelte unzufrieden die Stirn. »Wir wollten das doch gemeinsam machen.«

»Manche Dinge müssen unabhängig voneinander geschehen. Es wäre unhaltbar, wenn du sie öffentlich angreifen müsstest. Lass sie denken, sie sind davongekommen.«

Sie biss sich auf die Unterlippe und dachte über seinen Rat nach. »Vielleicht sollten wir uns in der Öffentlichkeit voneinander fernhalten?«

Maccus verstand ihre Ängste, aber er würde sie nicht so leicht entkommen lassen. Sie hatten eine Abmachung und die würde sie einhalten. Um sie abzulenken, rollte er sie auf den Rücken. »Später mag das vielleicht ratsam sein, damit mein Plan aufgeht. Aber niemals«, sagte er mit einem Kuss auf ihr Kinn, »wenn wir unter uns sind.« Er streichelte ihren Bauch und glitt mit der Hand nach unten zu den geschmeidigen Löckchen zwischen ihren Beinen. Maccus rieb die geschwollene Knospe, die in der Scham versteckt lag und noch empfindlich vom Liebesakt war. Unter seiner Berührung bebten ihre Hüften. Sein Glied, das sich noch nicht wieder ganz beruhigt hatte, pulsierte auf seinem Schenkel und schwoll an. Seine neugierige Hand wurde feucht empfangen, als er den Eingang zu ihrer Grotte erkundete. »Kannst du mich noch einmal aufnehmen?«

»Ich weiß es nicht.«

Maccus bezweifelte es nicht. Er schob die Bettdecke weg, drückte ihre Schenkel auseinander und brachte sich über ihr in Stellung. »Mal sehen.«

Er hatte sie mit einem Stupser zwischen die Beine nur necken wollen, um zu sehen, ob sie bereit war. Fayre reagierte beglückt und hob ihm den Schoß begierig entgegen und öffnete die Schenkel weiter. Ihre Höhle war noch feucht und machte den Vorstoß einfach und vollkommen.

Maccus verhielt sich ruhig und schwelgte in dem Gefühl, wie sie sich an ihm festklammerte. Er wünschte, ihnen bliebe die ganze Nacht, um einander zu erkunden. Doch der Anstand verlangte, dass er ihr Bett bald verließ, bevor ihre Eltern seine Anwesenheit entdeckten. Trotzdem, die Morgendämmerung war noch Stunden entfernt, und Maccus konnte nicht widerstehen, noch ein Weilchen zu bleiben.

»Also, meine ungezügelte Nymphe, möchtest du noch ein Abenteuer bestehen?«

Fayre antwortete, indem sie seinen Kopf auf ihren Busen legte. Sie verloren sich in der Magie des Augenblicks und dachten nicht wieder daran, dass er gehen musste, bis das erste Licht den Himmel erhellte.

Dreizehntes Kapitel

Ein Diener aus dem Solitea-Haus klopfte am nächsten Morgen an Maccus' Tür. Er reichte Hobbs einen versiegelten Umschlag und erklärte, er würde auf Mister Brawleys Antwort warten. Hobbs ließ ihn in der Eingangshalle stehen und fand seinen Herrn in der Bibliothek.

Maccus saß am Schreibtisch, als Hobbs eintrat. Er schüttelte verdutzt den Kopf über das seltsame Verhalten seines Dieners. Er wusste nicht, dass Hobbs die überhöfliche Art und den steifen Gang des Solitea-Dieners nachahmte. Hobbs reichte ihm ein silbernes Tablett mit einer Nachricht. Maccus fuhr mit dem Daumen über das Siegel der Soliteas. Letzte Nacht hatte er erfahren, dass Fayre eine abenteuerlichere Natur hatte, als er es jemals für möglich gehalten hatte. Wie auch immer, einen Diener ihres Vaters zu schicken, kam einer öffentlichen Bekanntmachung in der Zeitung gleich. Er bezweifelte, dass sie das wagte.

Er brach das Siegel und bemerkte sofort, dass die Nachricht von der Herzogin stammte.

Mein lieber junger Mann!

Ich hoffe, Sie haben unseren Einkaufsbummel ebenso wie ich genossen. Um unsere neue Freundschaft fortzusetzen, würde ich mich freuen, wenn

Sie mich morgen Nachmittag, um zwei Uhr, als mein persönlicher Gast zu Lady Denings *fête champêtre* begleiten würden. Meine Tochter wird ebenfalls anwesend sein. Und wenn Sie mit uns in unserer Kutsche fahren würden, was wären wir doch für ein heiteres Grüppchen. Enttäuschen Sie mich nicht, Mister Brawley!
Die Ihre,
S

Das S für Solitea war gewagt und extravagant, wie die Dame selbst. Maccus lächelte und fragte sich, ob Fayre wohl von der Einladung ihrer Mutter wusste. Sie war nicht gerade erfreut über das Interesse der Herzogin an ihm. Fürwahr, es schien, als sei Lady Fayre Carlisle besitzergreifend. Es war schmeichelhaft.

»Also, Mister Brawley«, unterbrach Hobbs Maccus' Tagträume von Fayre. »Was soll ich der feinen Tracht im Flur sagen?«

Maccus grinste Hobbs betreten an. »Sagen Sie ihm, dass ich mich geehrt fühlen würde, die Einladung Ihrer Gnaden anzunehmen. Außerdem« – Maccus zwinkerte seinem Diener munter zu und schlenderte zum Schreibtisch – »habe ich eine weitere Nachricht, die an das Solitea-Haus überbracht werden muss.«

»Sie arroganter Halunke! Was hat Sie nur dazu getrieben, einen Diener meines Vaters zu benutzen, um eine persönliche Nachricht an mich zu senden?«, fragte Fayre einige Stunden später, als sie sich mit ihm im Park traf.

Sie ritt auf ihrem Grauen mit vier weißen Füßen neben ihm her. Sie sah umwerfend aus in ihrem dunkelblauen Reitkostüm und der weißen Feder, die modisch vom Hut abstand. Maccus hatte gute Laune, obwohl seine Begleiterin so wütend über seinen Hochmut war.

»Beruhigen Sie sich, meine Dame. Niemand wird merken, wenn Ihr Diener mit zwei Nachrichten statt mit einer von meinem Haus zurückkehrt. Außerdem wurde der Bote gut für seine Dienste belohnt«, erwiderte er gelassen. »Er scheint auch ziemlich gut befreundet mit der süßen Zofe zu sein, die mich neulich Abend hereingelassen hat, als Sie mich so köstlich verführten.« Seine Grübchen wurden tiefer, als er ihren Unwillen spürte. »Sie sollten wissen, dass mehrere Bedienstete unser Verhältnis gutheißen. Ich würde mir also keine Gedanken darüber machen, dass sie unsere Freundschaft zerstören könnten.«

»Mister Brawley, mit jedem der Angestellten meines Vaters Freundschaft zu schließen, ist nicht besonders diskret. Die Schweigegelder werden Sie innerhalb einer Woche zum Bettler machen.«

»Ich kann es mir leisten«, antwortete er unbekümmert und genoss ihre Verärgerung. Er musste zugeben, dass er diskreter hätte vorgehen können, als einen ihrer Diener als Boten einzusetzen. Doch wenn er in Fayres Nähe war, dann schien immer seine waghalsige Seite die Oberhand zu gewinnen, die er sonst meist erfolgreich unterdrückte.

»Ach ja, Mac Brawley, der berüchtigte Schmuggler.«

Maccus zuckte zusammen. Offensichtlich hatten Fayre und Trevor an jenem Nachmittag nicht nur über das Wetter gesprochen. Er hatte sie wissen lassen, dass er kein Interesse daran hatte, ihr von seiner Vergangenheit zu erzählen. Bis jetzt hatte sie seinen Wunsch respektiert. Ihr Ausrutscher legte ihren Zorn über seine Verwegenheit. Um ungestört zu sein, hatte er einen Pfad gewählt, der von der Hautevolee weniger beritten wurde, doch ein gewisses Risiko, dass man das Gespräch belauschte, blieb. »Meine Dame, ich möchte nicht, dass mein Name mit dieser ruchlosen und *ungesetzlichen* Beschäftigung in der Vergangenheit in Verbindung gebracht wird. Meine Geschäfte sind jetzt respektierlich.«

»Investitionen, sagten Sie.« Sie zog fragend die Augenbraue hoch.

»Lukrative Investitionen«, verbesserte er. Als er begonnen hatte, an der Börse zu spekulieren, war sein Augenmerk eher auf Profit als auf Aufrichtigkeit gerichtet. Es hatte ihn überrascht, dass seine naturgegebenen Fähigkeiten auch für legitime Unternehmungen gewinnbringend eingesetzt werden konnten. »Ich würde das gesamte Personal Ihres Vaters bestechen, wenn ich dadurch eine weitere Nacht in Ihren Armen verbringen könnte, Fayre.«

In ihren Augen glänzte Wonne. Fayre wandte eifrig den Blick ab und bewunderte die Landschaft. »Davon sollten wir nicht sprechen. Nicht hier. Niemals.« Sie klopfte mit der Reitgerte auf den Rumpf des Pferdes, und es machte einen Satz nach vorn.

Maccus spornte sein Pferd zum Galopp an, um zu ihr aufzuschließen. Sie war eine ausgezeichnete Reiterin. Sie hielt das Rückgrat gerade wie eine Lanze, trotz des holprigen Schritts des Pferdes. »Wir können nicht so tun, als sei nichts geschehen.«

Fayre blickte zu ihm hinüber. »Das habe ich auch nicht gesagt. Doch unsere Freundschaft verkompliziert die Dinge zwischen uns. Sie lenkt uns davon ab, Ihr Ziel zu erreichen«, wand sie ein. »Und meines.« Ihr Grauer bemerkte die Aufregung und zog unwillig am Zügel.

»Reiten wir um die Wette?«, fragte Maccus ruhig. Sie seufzte und gab ihrem Pferd das Signal, eine ruhigere Gangart anzuschlagen. »Ich habe mehrere Ziele. Mit welchem beschäftigen wir uns heute?«

»Einen Gentleman aus Ihnen zu machen. Wenn Sie sich erinnern, haben Sie mich in der Sache um Hilfe gebeten«, sagte sie. Sie wurde langsam zornig darüber, dass seine Stichelei sie so erbitterte. Sie war bedacht darauf, seine ausgelassene Art zu ignorieren. Fayre wollte jetzt das Geschäftliche bereden. »Die Herzogin mag Sie ohne Frage …«

»Ich bin sehr liebenswert«, sagte er. Sie warf ihm einen eisigen Blick zu. »Die Einladung zu den Denings macht Ihnen keine Sorgen?«

»Warum sollte sie das?«, fragte sie verwirrt zurück.

Er ließ sich nicht täuschen. »Gestern Nachmittag hätte ich schwören können, dass die Bewunderung der Herzogin Sie ein klitzekleines bisschen eifersüchtig gemacht hat.«

»Ebenso eifersüchtig wie Sie auf Lord Hawxby.«

»Ach, *so* eifersüchtig waren Sie also«, fragte er und grinste, weil sie mit der Gerte ausholte und ihn nicht erreichen konnte.

»Seien Sie bitte ernst, Mister Brawley«, bat sie streng. Sie legte die Stirn in Falten. Der Schicklichkeit wegen sprach sie ihn in der Öffentlichkeit förmlich an, um Ausrutscher zu vermeiden. »Sie haben sich meine Hilfe erbeten, damit Sie sich in der gehobenen Gesellschaft bewegen können. Mein Einfluss ist sehr begrenzt im Gegensatz zu dem meiner Mutter. Mit ihrem Gütesiegel,« – Fayre klimperte hämisch mit den Wimpern – »und die Herzogin war offensichtlich von Ihrem unerschöpflichen Charme beeindruckt, werden Sie die Aufmerksamkeit vieler Mitglieder der Londoner Gesellschaft auf sich ziehen. Bald werden Sie aus einer Vielzahl unverheirateter Damen, die alle von Ihrer äußeren Erscheinung ebenso leidenschaftlich wie von Ihrem Einkommen begeistert sind, auswählen können.«

»Das klingt so geldgierig«, brummte er. Sie musste ja nicht ganz so begeistert sein, wenn sie davon sprach, ihn an eine Unbekannte zu verheiraten. Fayre feierte wahrscheinlich schon ihre Freiheit von ihrer Abmachung. »Es klingt auch so zynisch.«

»Vielleicht, weil ich in dieser Welt aufgewachsen bin, wollen Sie herausfinden, wie sie funktioniert. Ich bin die einzige Tochter des Herzogs von Solitea«, sagte sie gleichgültig. »Ich könnte wie eine alte Schachtel aussehen, und die Mitgiftjäger würden sich trotzdem gegenseitig zertrampeln, um mich zu heiraten.«

Maccus hatte beobachtet, wie die Männer der Gesellschaft auf Fayre reagierten. Sie wuselten um sie herum wie treue, lästige Drohnen, die ihr Glas mit Punsch füllten und ihre Ohren mit Komplimenten berieselten. Sie war erst achtzehn Jahre alt und wurde schon geschmäht. Er konnte ihr für ihre zynische Einschätzung keinen Vorwurf machen. »Aber, meine liebe Fayre, niemand könnte Sie jemals für eine alte Schachtel halten. Ich habe gesehen, welche Wirkung Sie auf die Männer haben, mich eingeschlossen. Und Sie können mir nicht erzählen, dass der Mann, der Sie einmal heiraten wird, dies nur der Mitgift und der Beziehungen Ihrer Familie wegen täte.«

»Solch einen Herrn muss ich erst noch treffen. Wenn es so weit ist, können wir bei Gunter's feiern«, neckte sie. Doch der Humor in ihrem Ton sprach nicht aus ihren Augen.

»Und das ist das Schicksal, auf das Sie mich vorbereiten?«

»Sie haben sich Ihren Weg gewählt schon lange, bevor wir uns kennenlernten, Sir.« Sie reckte den Hals und spähte nach etwas vor ihnen. »Es ist meine Aufgabe, Ihnen dabei zu helfen, ihn zu begehen. Und mit der Hilfe meiner Mutter …« Etwas erregte ihre Aufmerksamkeit. »Oje! Kann dieser Tag denn noch schlimmer werden? Ich hätte Ihre Nachricht ungelesen verbrennen sollen.«

Zwei Reiter kamen auf sie zu. Der Kleidung nach zu urteilen, saß auf einem Pferd eine Frau. »Freund oder Feind?«

Fayre sah ihn ungläubig an. »Das können Sie selbst entscheiden. Lord Standish und Lady Hipgrave haben sich auch für einen Ausritt entschieden.« Sie straffte versehentlich die Zügel. Ihr Pferd wieherte. »Ich schwöre, sie verfolgen mich. In der letzten Zeit kann ich nirgendwohin gehen, ohne die herablassende Miene der Gräfin ertragen zu müssen.«

Ihre Qual ging ihm unter die Haut und schnürte ihm das Herz zusammen. »Sie sind nicht allein.«

»In dieser Sache schon«, war ihre unhörbare Antwort.

Fayre unterdrückte den Wunsch, ihrem Pferd in die Seiten zu treten und davonzugaloppieren, bevor das Pärchen sie erreichte. Sie wollte Maccus anschreien, ihm die Schuld dafür geben, dass die beiden eine Gelegenheit hatten, sie zu demütigen. Doch ihre derzeitige Lage hatte sie selbst verschuldet. Als sie Maccus' Nachricht gesehen hatte, war sie zuerst sehr erfreut gewesen. Die Nacht mit ihm hatte alle Erwartungen überstiegen. Die Wonne, die er in ihrem Körper entfacht hatte, war der Beweis, dass Lord Standish ihr zwar das Jungfernhäutchen durchstoßen hatte, doch sie als Jungfrau zurückgelassen hatte. Maccus war ihr erster wahrer Liebhaber.

»Guten Tag, Lady Fayre«, sagte Lord Standish. Sein Blick voll unpassender Zuneigung ruhte auf ihr. Der Dummkopf lächelte sie an, als habe er nichts falsch gemacht.

Fayre war versucht weiterzureiten, ohne das Paar zu beachten. Doch sie gebot ihrem Pferd, neben Maccus' Rotbraunem anzuhalten. Sie weigerte sich, ihnen weiteren Stoff für Gerüchte zu liefern. »Guten Tag, mein Herr. Lady Hipgrave.«

Die Gräfin trug ein rotes Reitkostüm mit goldenen Posamentenverschlüssen. Neidvoll gab Fayre zu, dass die Dame in der lebhaften Farbe blendend aussah. »Es ist so erfreulich, Sie wiederzusehen, Lady Fayre. Ich habe Standish gerade gebeichtet, wie langweilig mir ist. Sie zu sehen, hat mir wirklich den Tag versüßt.«

»Das ist reizend von Ihnen«, sagte Fayre unaufrichtig und musste einen Würgereflex unterdrücken. Die spekulativen Blicke auf ihren Begleiter veranlassten sie, hinzuzufügen: »Darf ich Ihnen einen Freund meiner Mutter vorstellen? Mister Maccus Brawley.«

»Ich bin auch *Ihr* Freund, meine Dame«, erinnerte Maccus sie.

Lady Hipgrave streckte ihm die Hand entgegen. »Ach bitte, werden Sie doch auch mein Freund.«

Gekonnt manövrierte er sein Pferd neben das der Gräfin und nahm ihre Hand. »Ich schließe gerne neue Freundschaften.«

»Ich auch«, schnurrte Lady Hipgrave, woraufhin sowohl Fayre als auch Lord Standish finster dreinblickten. »Sollen wir ein Stück gemeinsam reiten?«

»Ich fürchte, wir müssen ablehnen«, antwortete Fayre mit falschem Bedauern. »Es ist niemand in der Nähe. Der Versuch, mich zu einem Streit aufzustacheln, wäre also Zeitverschwendung und würde unseren herrlichen Ausritt verderben.«

Lady Hipgrave sah Maccus an. Sie war sichtlich überrascht, dass Fayre ihre Feindseligkeit ihnen gegenüber vor einem Fremden so offen erwähnte. »Sie haben Ihre Krallen geschärft, mein Kätzchen«, sagte sie anerkennend.

»Denken Sie daran, wenn sie mich das nächste Mal herausfordern wollen. Sie könnten sich zu viel zumuten, Gräfin.« Fayre sah endlich Maccus an. Es war schwer zu sagen, was er von ihrem kurzen Zusammentreffen hielt, doch ein Lächeln umspielte seine Lippen. »Wir sollten nicht trödeln, Mister Brawley. Die Herzogin erwartet uns«, sagte sie. Die Lüge verhalf ihr zu einer besseren Entschuldigung, sich zu verabschieden, als ihre Angst.

»Es war ein Vergnügen, Sie kennengelernt zu haben, Mister Brawley«, rief ihm Lady Hipgrave zu. »Die nächste Begegnung wird hoffentlich nicht so kurz sein.«

Maccus versuchte nicht, Fayres gereizte Nerven mit wertlosem Lob zu beruhigen. Sie ritten still nebeneinander her, während sie sich wieder fasste. Fayre war dankbar, dass er an ihrer Seite gewesen war. Er hatte ihr Kraft gegeben. Sie ließ sich die Szene noch einmal durch den Kopf gehen und kam zu dem Schluss, dass sie als Siegerin aus dem gehässigen Schlagabtausch hervorgegangen war.

»Ein reizendes Pärchen«, sagte Maccus, der sie wahrscheinlich damit necken wollte. »Ich fand Lady Hipgraves Reitkostüm höchst eindrucksvoll.«

Fayre hatte dasselbe gedacht, doch mit einem abwertenden Gesichtsausdruck sagte sie: »Das Kleid war abscheulich. Die Farbe hat die Vögel erschreckt.«

Maccus schwieg, doch sie spürte, dass er sie mit den Augen verlachte. Seine nächsten Worte bestätigten den Verdacht. »Kommen Sie, meine Dame. Wir dürfen nicht zu spät zur Teestunde der Herzogin erscheinen.«

Ihre Gnaden, die Herzogin von Solitea, umarmte Maccus, bevor er sich neben sie setzte. Herzoginnen stellte er sich als humorlose, gebrechliche Kreaturen vor, die sich selten dazu herabließen, mit jemandem zu sprechen, es sei denn, um Befehle zu erteilen. Diese Herzogin überraschte ihn. Sie war fünfundvierzig und temperamentvoll. Ihre Schönheit war ein Abklatsch von Fayre. Mit diesen Attributen blendete sie einen Mann und ließ ihn vergessen, dass sie alt genug war, seine Mutter zu sein. Selbst Maccus konnte ihrer warmen, ungezwungenen Art nicht widerstehen. Er sah seine Begleitung an und war sicher, dass die Fahrt zur *fête* der Denings höchst unterhaltsam sein würde. Wie versprochen hatte sich Fayre zu ihnen gesellt. Er wäre sehr enttäuscht gewesen, wenn sie ihr Zusammentreffen mit der Gräfin als Ausflucht genommen hätte, das Fest nicht zu besuchen. Wenn er mit ihrer Gnaden alleine gewesen wäre, hätte es heikel werden können. Der Liebhaber der Dame, Lord Crescett, hätte es nicht gebilligt, ganz zu schweigen von ihrem Gatten.

Maccus fragte sich, ob nicht seine Anwesenheit Lord Temmes dazu veranlasst hatte, sie plötzlich doch zu begleiten. Er schätzte den jungen Mann auf etwa dasselbe Alter wie seinen Bruder. Da endeten die Gemeinsamkeiten aber schon. Er verkörperte alles, was man von einem Gentleman, der in eine Welt aus Reichtum und Privilegien hineingeboren wurde, erwartete. Der junge Marquis saß neben seiner Schwester. Sein gutgeschnittenes Gesicht spiegelte Langeweile wider. So nebeneinander waren die Geschwister ein eindrucksvolles Paar. Die Verbindung war am Farbtyp ersichtlich. Seine Kinnlinie und die Augen hatten es dem jungen Mann erspart, zu attraktiv zu sein. Immer, wenn Lord Temmes ihn anstarrte, kam es ihm so vor, als schaue er auf Scherben grünen Eises. Fayres Bruder mochte ihn nicht und verhehlte es auch nicht.

»Fayre, meine Liebe, bist du nicht entzückt, dass

Mister Brawley uns bei unserem Abenteuer begleitet?«, fragte die Herzogin, die das Schweigen ihrer Begleiter nicht mochte.

Maccus spürte das stille Vergnügen Fayres angesichts der Wortwahl ihrer Mutter. Er hatte ihr auch Abenteuer versprochen. Das Licht, das auf ihre Wangen fiel, ließ erkennen, dass sie wahrscheinlich gerade an das Abenteuer in ihrem Bett dachte.

»Ja, Mama.« Zu Maccus sagte sie: »Lord und Lady Dening haben ein Anwesen außerhalb Londons. Ihre Gartenfeste sind sehr beliebt und können mehrere Tage dauern.«

Es schien eine Warnung in ihrer Erklärung zu liegen, doch Maccus verstand nicht, was sie beunruhigte. Es schien ihm nur höflich, das fehlende Familienmitglied zu erwähnen. Also fragte er: »Wird Seine Gnaden dem Fest der Denings beiwohnen?«

Er bekam ein merkwürdiges Spektrum an Reaktionen von dem Trio. Das Lächeln der Herzogin schwankte, und sie interessierte sich plötzlich für die vorbeihuschende Landschaft. Lord Temmes ballte die Hand, auf die er den Kopf gestützt hatte, zu einer Faust. Seine mürrische Miene verdunkelte sich mit offener Feindseligkeit. Wenn Maccus da seinen schweren Fehler noch nicht bemerkt hätte, dann hätte Fayres Reaktion es ihm klargemacht. Sie trat ihm ans Schienbein, als ihre Mutter nicht hinsah.

»Seine Gnaden hatte andere Verpflichtungen«, erklärte die Herzogin. Maccus bereute es, ihre Lebhaftigkeit mit seiner unschuldigen Frage getrübt zu haben.

»Mein Vater versäumt normalerweise die *fête* der Denings«, sagte Fayre und blickte ihre Mutter an. Maccus spürte Mitgefühl in ihren Augen.

Ihr Bruder, der sich bislang in den Sitz gefläzt hatte, richtete sich auf. »Nun, es ist eine Tatsache, dass Lord Dening unseren Vater nicht vermisst«, murmelte der Marquis.

Fayre warnte ihren Bruder mit einem Blick und belohnte seine hartherzige Bemerkung mit einem nicht sehr diskreten Ellbogenstoß in die Seite. Für Maccus war es schön zu sehen, dass sie auch mal einen anderen drangsalierte. Für einen lustigen Ausflug ins Grüne fing das Abenteuer aber recht trostlos an.

»Also, erklären Sie mir, warum die Herzogin auf meine Frage nach Ihrem Vater wie eine verwelkte Blume reagiert hat und Ihr Bruder meine Ermordung plant«, richtete Maccus fordernd das Wort an Fayre, als sie an einem Gasthof haltgemacht hatten, um den Pferden eine Pause zu gönnen.

Fayre war nicht mit der Mutter und dem Bruder in den Gasthof gegangen. Sie hatte ihnen gesagt, sie würde lieber im Hof umhergehen, um die steifen Glieder zu lockern. Sie wusste, dass Maccus sie nicht ohne Begleitung zurücklassen würde. Tem hätte widersprechen müssen, doch er konnte vor lauter Ärger gerade nicht klar denken.

»Niemand gibt Ihnen die Schuld«, versicherte sie ihm. »Na ja, Tem vielleicht doch. Aber er war schon mürrisch, bevor wir auch nur bei Ihrem Haus ankamen.«

Sie gingen am Zaun entlang. Der Boden des Hofes war jahrelang von Menschen, Pferden und Kutschen zertrampelt worden und war bedeckt mit einer Mischung aus Staub und Dung. Neben den hölzernen Pfählen des verrotteten Zauns wuchsen ein paar Gräser und Wildblumen.

»Es ist eine Familienangelegenheit. Wenn Sie also jemals wiederholen, was ich Ihnen erzähle, verpasst Ihnen Tem noch so eine Narbe wie die auf Ihrer Brust«, warnte sie. Er musste begreifen, dass dies ein schmerzvolles Thema für ihre Familie war.

»Ihr Bruder braucht keine Ermutigung. Aus irgendeinem Grund hasst er mich«, sagte Maccus, der wirklich verwundert darüber war, dass jemand ihn nicht mögen konnte.

»Er erkennt wahrscheinlich, wer Sie wirklich sind«, sagte sie achselzuckend. Fayre schien nicht besonders beunruhigt, dass Tem ihm auflauern würde. Ihr Bruder hatte genug Verstand, Maccus nicht vor den Augen der Herzogin zu ermorden.

»Und wer ist das?«, fragte er. Seine heisere Stimme klang ungeduldig. Auch das noch. Sie hatte ihn beleidigt.

Hilflos machte sie ausladende Gesten. »Ein Halunke. Ein Verführer unschuldiger junger Damen.«

Fayre sprach die Herabsetzungen so milde aus, dass er schallend lachte. »Mein Juwel, ich bin getroffen«, mokierte er sich und fasste sich an die Brust.

»Ach ja, und ein Lügner«, fügte sie hinzu, nachdem sein vorgetäuschter Brustschmerz sie an diesen gewissen Makel erinnerte. »Trotzdem haben Sie nichts von ihm zu befürchten. Tem plustert sich nur auf, weil die Solitea-Frauen Sie mögen. Wenn er Sie ohne die Einmischung der Familie kennengelernt hätte, wären Sie wahrscheinlich beste Freunde geworden.«

Maccus schielte zum Gasthof. Er schüttelte den Kopf. »Da bin ich anderer Meinung.«

»Doch wirklich. Wie kann er Sie verurteilen? Tem ist auch ein Halunke. Der Fluch der Soliteas hängt über ihm, und doch hat ihn das leider nicht ermutigt, sich gut zu benehmen.«

»Flüche gibt es nicht«, sagte Maccus ohne Umschweife.

Er glaubte ihr nicht. Wahrscheinlich hörte es sich für einen Außenstehenden seltsam an. »Ich gebe zu, ich habe den Ursprung des Fluches nicht erforscht. Aber die Carlisles glauben seit Generationen an seine Existenz.«

Maccus hielt sie auf und fasste sie an den Oberarmen. »Fayre, wenn Sie mir nicht sagen wollen, warum Ihre Mutter von einer harmlosen Frage so mitgenommen wird, dann verraten Sie es mir eben nicht. Sie müssen sich keine Geschichte ausdenken, um mich abzulenken.«

Aufgebracht schob sie seine Hände beiseite und ging weiter. »Na gut. Vergessen Sie den Fluch.« Vielleicht gab es ihn ja auch nicht. Ihr Vater schien ihm entkommen zu sein. Und Tem war jung und sehr verkommen. Sie hatte es immer für vernünftig gehalten, nicht zu anhänglich zu sein. »Wegen meines Vaters …«

Sein Antlitz spiegelte Sorge wider. »Fayre, wenn es Sie zu sehr aufregt …«

Sie schüttelte den Kopf. »Das hat nichts mit mir zu tun. Wirklich. Tem und ich sind nur widerwillige Zuschauer.«

Maccus wusste es besser, doch er konnte nicht widerstehen, ihr den Arm um die Schulter zu legen und sie kurz zu drücken. »Wobei, Liebste?«

»Die Carlisles und die Denings haben eine gemeinsame Vergangenheit«, sagte sie und wählte ihre Worte mit Bedacht. »Ich weiß nicht, wie ich es besser ausdrücken soll. Mein Vater und Lady Dening hatten eine Affäre.« Als sie sein Gesicht sah, wiegelte sie schnell ab. »Ich weiß, was Sie sagen wollen. Mein Vater hatte viele Geliebte, und jeder in London weiß, dass es ihn nicht kümmert, ob sie verheiratet sind. Meine Mutter ist toleranter, als ich es je sein könnte.« Sie schmollte und dachte an Lord Standish.

Er kitzelte sie unter dem Kinn und erinnerte sie damit an seine Anwesenheit. »Aber bei Lady Dening war es etwas anders?«

Fayre nickte. Sie fühlte sich erbärmlich. »Papa hat sich in sie verliebt. Das war Jahre vor meiner Geburt. Tem war ein paar Monate alt, und Mama erholte sich noch von der schweren Geburt. Ich kann Ihnen keine Einzelheiten erzählen, wie sie zusammenkamen oder warum Lady Dening das Herz meines Vaters gewann, was andere Liebhaberinnen nicht schafften.«

»Ich nehme an, Lord Dening entdeckte den Verrat und beendete das Verhältnis?«

Sie hob die Hand und blinzelte in die helle Sonne. Die Wärme fühlte sich gut auf an ihrem Gesicht. »Es war etwas komplizierter. Mein Vater wollte meine Mutter verlassen und mit Lady Dening durchbrennen. Es kam nicht dazu. Vielleicht hat Lord Dening sie erwischt, oder Lady Dening erkannte nachträglich, dass sie unmöglich zwei Familien zerstören konnte.«

Fayre atmete tief durch. Natürlich war sie neugierig gewesen, was sich abgespielt hatte. Aber darüber konnte sie nicht mit ihrer Familie sprechen. »Lady Dening blieb bei ihrem Mann. Sieben Monate später kam ihr Sohn zur Welt. Er wird Ihnen als Lord Jerrett vorgestellt werden.« Sie hielt inne und ließ die Worte ihre Wirkung tun.

Maccus war schnell. »Das Kind wurde von Ihrem Vater gezeugt. Gott, welch ein Wirbel!«

Fayre nickte erleichtert. Sie hatte nicht einmal gewusst, dass ihr das Geheimnis so schwer auf der Seele lag, bis sie es mit Maccus geteilt hatte. »Jetzt verstehen Sie, warum mein Vater den Festen bei Lord und Lady Dening nicht beiwohnt. Ich nehme an, meine Eltern und die Denings haben sich geeinigt. Lord Dening hat das Kind als seines anerkannt. Jedes Jahr, so lange ich denken kann, bringt uns meine Mutter zu diesen Gartenfesten. Alle sind freundlich miteinander! Und niemand spricht über die Vergangenheit.«

Fayre spürte, dass Maccus ihre Mutter mochte. Er war um ihrer Mutter willen erzürnt über den Gram, den die Sorglosigkeit des Herzogs ihr verursacht hatte. »Warum setzt sich die Herzogin einer Frau aus, die ihr Schmerzen bereiten muss, wenn sie sie nur ansieht?«

»Für den Herzog. Sie liebt ihn. Trotz ihrer ungewöhnlichen Gepflogenheiten, funktioniert die Ehe für die beiden. Diese alljährlichen Besuche geben ihr die Gelegenheit, den Sohn zu sehen, auf den ihr Mann niemals Anspruch erheben darf. Ich wäre nicht überrascht, wenn sie meinem Vater über die Veränderungen, die sie an Jerrett bemerkt, oder die Geschichten der Denings über ihn berichten würde.«

»Es scheint grausam, Sie und Ihren Bruder in die Sache mit hineinzuziehen.«

Sie nahm seinen Arm, weil sie die aufwallende Spannung in ihm bändigen wollte. »Ich bezweifle, dass sie das so sieht, Maccus. Lord Jerrett ist unser Halbbruder. Trevor ist ihr Halbbruder, ihre Familie. Wir werden den Viscount nie Bruder nennen dürfen. Trotzdem war es unseren Eltern wichtig, dass wir ihn kennen.«

Maccus drückte Fayre einen Kuss auf die Stirn. »Fayre …«

»Nehmen Sie die Finger von meiner Schwester!«, befahl Tem in kühlem Ton hinter ihnen.

Vierzehntes Kapitel

»Mister Brawley«, sagte Fayre und hielt dem wütenden Blick ihres Bruders stand. »Ich weiß Ihre Begleitung zu schätzen. Dürfte ich Sie bitten, mir vor der Weiterfahrt einige Erfrischungen zu holen?«

Maccus zögerte. Er war nicht begeistert, sie allein dem Zorn ihres Bruders auszusetzen. »Fayre, ich stelle mich nicht hinter eine Frau«, sagte er, wobei er sie aus Besorgnis bei ihrem Vornamen nannte.

»Und ich brauche keinen sturen Herren, hinter dem ich mich verstecken kann!«, gab sie verärgert zurück. »Bitte. Sie können der Herzogin Gesellschaft leisten, während mein Bruder seinen Wutanfall hat.«

Tem wartete, bis Maccus den Hof verlassen hatte.

»Was geht zwischen dir und Brawley vor?«, wollte er wissen.

Sie war schon so lange durch den Hof gegangen, dass sie sich nun nach der Kutsche sehnte. »Wir haben uns nur unterhalten«, sagte sie unbekümmert.

»Er hat dich angefasst, Fayre. Dich beim Vornamen genannt.«

»Was für ein Verbrechen!«, spottete sie. »Das machst du auch, und ich hab dich noch nicht aufgeknüpft.«

Ihr Bruder erkannte, dass er nicht weiterkam, wenn er sie anschrie. Also versuchte er es auf die mildere Art. »Euer Gespräch schien … sehr in die

Tiefen gegangen zu sein. Worüber habt ihr geredet?«

Fayre machte eine vage Andeutung. »Verschiedenes. Er wusste, dass seine Frage über Papa uns verstimmte, also hat er sich entschuldigt.« Oder das hätte er, wenn Tem sie nicht unterbrochen hätte.

»Du hast es ihm doch nicht erzählt«, fragte Tem ungläubig. »Bitte sag mir, dass du ihm nicht den Grund für Mutters Traurigkeit verraten hast.«

»Na gut. Ich spreche es aus. Ich habe ihm nichts gesagt.« Dummerweise durchschaute ihr Bruder ihre Ränke immer.

»Verdammt nochmal, Fayre!«, schrie er sie an und scheuchte zwei dürre Hühner auf, die im Schmutz herumpickten. »Was bedeutet dir dieser Mann denn, dass du ihm Familiengeheimnisse anvertraust?«

»Ach bitte, Tem. Das ist ja wohl kaum ein Geheimnis. Es gibt Menschen, die Mama und Papa vor zwanzig Jahren kannten, die von Papas Affäre mit Lady Dening wussten«, sagte sie, des Vorwands überdrüssig. »Lord Jerrett selbst dürfen wir auch nicht vergessen. Der Mann mag ja vielleicht Lady Denings rabenschwarzes Haar geerbt haben, aber die Augen hat er von den Carlisles. Niemand kann ihn ansehen und verleugnen, dass er unser Bruder ist!«

»Halb«, brummte Tem.

»Ja gut. Halbbruder. Mister Brawley ist nicht beschränkt. Er würde es sich letztendlich alles selbst zusammenreimen, wie alle anderen auch.« Fayre sah Tem flehentlich an. »Bist du die Täuschung nicht langsam leid? Die Denings und Carlisles sind die Einzigen, die vorgeben, die Wahrheit nicht zu kennen.«

Tem zog sie ruppig in seine Arme und drückte sie fest. »Schwesterlein, du kannst nicht einfach die Regeln ändern, nur weil dir das Spiel nicht zusagt.«

Fayre seufzte. »Ich weiß. Wir sind nur Zuschauer. Ich würde nichts sagen oder tun, das einem von ihnen wehtun könnte.«

Sie dachte an ihren Versuch, ihren Vater vor Lady Hipgraves Racheplänen zu bewahren. Manchmal war es schwer, eine gute Tochter zu sein. Die gewohnheitsmäßige Unvorsichtigkeit ihres Vaters hatte schon zu viele Menschen verletzt. Fayre fühlte sich gefangen zwischen der Liebe für einen treulosen Mann und dem Gefühl der Untreue, weil sie seine Fehler als Schwäche betrachtete.

»Was ist mit Brawley?«, fragte Tem über ihren Kopf hinweg. »Vertraust du ihm?«

Sie lehnte sich zurück, so dass ihr Bruder die Wahrheit in ihrem Gesicht erkannte. »Ja, ich vertraue ihm.

Maccus sah den Grafen von Dening und seine Frau in einem anderen Licht, jetzt da Fayre ihm eins ihrer dunkelsten Familiengeheimnisse anvertraut hatte. Lord Dening war ein großer, imponierender Mann mit einer kahlen Stelle in seinem dünnen braunen Haar. Maccus schätzte ihn auf Anfang fünfzig

Im Gegensatz zu ihm war Lady Dening zierlich. Sie sah so schmächtig aus, dass es wie ein Wunder schien, dass ihr kräftiger Ehemann sie nicht zerquetschte. Die Herzogin hatte Maccus auf der Fahrt erzählt, dass die Gräfin sieben Kinder in ebenso vielen Jahren zur Welt gebracht hatte. Doch nur vier hatten das Säuglingsalter überlebt. Er musterte unauffällig die kleine Dame mit silbernen Akzenten in ihrem schwarzen Haar und dachte, die Stärke einer Frau wird weit unterschätzt.

Man hätte niemals vermutet, dass es jemals Feindseligkeiten zwischen den Carlisles und ihren Gastgebern gegeben hatte. Der Graf und die Gräfin hatten die Herzogin von Solitea herzlich umarmt, als die Kutsche vor dem großzügigen Landsitz vorgefahren war. Das Paar war ebenso warmherzig mit Lord Temmes und Fayre. Die Herzogin stellte den Denings Maccus vor. Er spürte ihre unausgesprochene Neugier darüber, welche Verbindung er wohl zur Familie hatte. Die beiden hielten ihn vermutlich für den Liebhaber der Herzogin. Dann zerstreute die ältere Dame diesen Verdacht, als sie die Geschichte von ihrem Einkaufsbummel zum Besten gab, in der auch Fayre eine Rolle spielte. Sehr zu Fayres Leidwesen hatte ihre Mutter nun die Aufmerksamkeit aller auf ihre Tochter gelenkt.

Jetzt, da Maccus die Wahrheit kannte, wollte er Fayres Bruder, Lord Jerrett, kennenlernen. Lady Dening hatte mit Bedauern erklärt, dass der junge Viscount nicht bis zur *fête* zurück sein würde. Ihre Gnaden drückte ihre Enttäuschung aus, doch die erleichterten Mienen ihrer Kinder entgingen Maccus nicht.

Als Lady Dening die beiden Damen weggeführt hatte, damit sie sich nach der langen Reise erfrischen konnten, begleitete Maccus Tem und Lord Dening auf einen kurzen Rundgang. Das Anwesen war so groß, dass sie eigentlich Pferde bräuchten, um es vollständig zu besichtigen. Da stündlich neue Gäste im Haus eintrafen, zeigte ihnen der Graf gerne den großzügig angelegten Garten. Dahinter führte ein Pfad durch den Wald zu einer Lichtung, die man dort nicht vermutete. Das Gras war kurz in kreisförmigen Mustern geschnitten, die die neueste Attraktion des Grafen hervorhoben. Er nannte es einen gotischen Tempel.

Tem musterte das exotische Gebäude. »Das ist keine Gotik«, raunte er. Maccus hatte keine Ahnung, ob der Marquis zu ihm gesprochen hatte oder zum Gastgeber.

Maccus hielt sich nicht für einen Fachmann in Sachen Architektur, doch er stimmte zu, dass Lord Denings Tempel nicht gotisch war, auch wenn solch ein Einfluss erkennbar war. Da er aber der Gast war, schwieg er lieber.

Der Tempel war aus Marmor gehauen worden, und der Grundriss war quadratisch. Zwischen die massiven Säulen, die paarweise an jeder Seite standen, hatte der Architekt hohe Fenster eingesetzt, die Maccus mit den dreieckigen Spitzen oben und den geraden Grundlinien an Kirchenfenster erinnerten. Die Struktur des Daches war das Verblüffende. Es war an den Ecken gebogen, und die Spitzen wölbten sich wie türkische Pantoffel. Daran hingen Laternen. Metallene Brüstungen rahmten den oberen Teil des seltsamen Daches ein und ragten an den Ecken gen Himmel.

»Er ist ein Exot«, erklärte Lord Dening seinen verwunderten Begleitern zufrieden. »Meine Gattin und ich wählten Elemente der Architektur aus, die uns gefielen, und baten den Bauherrn, sie zu vereinen. Das Gebäude ist eine Mischung aus gotischen und chinesischen Ornamenten. Nachts, wenn die Laternen leuchten, fühle ich mich, als hätte ich England verlassen und wäre an einen exotischen Ort gereist.«

Tem war unbeeindruckt. Er schüttelte den Kopf und wandte sich von der Monstrosität ab. Er ging zurück zu dem Teil des Gartens, dessen Gestaltung ihm gefiel. Lord Dening schmunzelte, er war sichtlich zufrieden mit seinem Tempel.

Maccus betrachtete das Gebäude gedankenverloren.

Ein exotischer Ort.

Er nickte seinem Gastgeber zu, denn Maccus verstand Lord Denings Wunsch, seiner profanen Welt zu entfliehen. Er blickte noch einmal zurück auf den Tempel und fragte sich, ob er Fayre wohl zu einem weiteren Abenteuer überreden konnte.

»Was machen Sie denn hier draußen?«, fragte Fayre später, als sie Maccus im Garten entdeckte. Er stand allein mit hinter dem Rücken verschränkten Armen auf einem der vielen Wege. Er betrachtete die Landschaft mit einem selbstzufriedenen Gesichtsausdruck, der sie alarmierte. Maccus hatte etwas ausgeheckt. »Sie sind vor beinahe zwei Stunden verschwunden. Die Herzogin fragt schon alle nach ihrem *preux chevalier*«, sagte sie und klimperte übertrieben mit den Wimpern.

Maccus stöhnte. »Unvergleichbarer Ritter? Es hat den Anschein, dass die Lebensfreude der Herzogin wiedererweckt wurde. Fayre, ich bitte Sie, retten Sie mich aus ihren Klauen.«

Er sah so jungenhaft aus. Sie musste schmunzeln. »Zu spät, Mister Brawley. Die Herzogin hätte es gerne, dass wir uns unter die anderen Gäste mischen. Ich weiß schon jetzt, dass Mama Sie nicht gerne teilen wird. Aber ich habe sie überredet, Sie einigen der angesehenen Familien vorzustellen, die Töchter im heiratsfähigen Alter haben.«

Er legte ihr sanft die Hand an die Wange. »Versuchen Sie, mich loszuwerden?«

Diese Geste ließ ihr Innerstes immer prickeln. Wenn sie es nicht besser wüsste, würde sie schwören, dass sie einige der Schmetterlinge in dem Garten verschluckt hatte. Ihr Magen fühlte sich jedenfalls recht flatterig an.

»Ich halte nur meinen Teil der Abmachung ein, Sir«, sagte Fayre kaum hörbar. Wenn er sie so reizte, fragte sie sich immer, ob er ihr Engagement auf die Probe stellte. Für einen Mann, der davon sprach, sich ein respektables Leben mit einer passenden Braut an der Seite aufzubauen, zögerte er doch stark, diese mysteriöse Frau auch zu finden.

Es war ein Wunschdenken, wenn sie annahm, dass er ihre Gesellschaft zu sehr genoss, um sie durch eine andere zu ersetzen.

»Wohin gehen wir?«, fragte Maccus und folgte ihr.

»Lady Dening hat auf dem Rasen vor dem Haus verschiedene Aktivitäten vorbereitet. Die Gäste haben die Wahl, einfach nur zuzuschauen oder sich zu beteiligen.« Fayre bekämpfte den Drang zu schmollen. »Wenn es nach Mama geht, werde ich mein Geschick im Bogenschießen zum Besten geben.«

Maccus tätschelte ihr mitleidig die Schulter. »Sind Sie miserabel und fürchten sich, sich zu blamieren?«

Sie presste beleidigt die Lippen aufeinander. »Aber,

Mister Brawley, danke für Ihr grenzenloses Vertrauen in meine Fähigkeiten. Nein, um ehrlich zu sein, bin ich ganz kompetent mit dem Bogen. Sie müssen wissen, dass ich ein ehrgeiziges Kind war. Was auch immer Tem machte, musste ich auch ausprobieren. Zum Glück hat mich Papa gelassen.« Sie biss sich aufgeregt auf die Unterlippe.

»Nun, etwas bereitet Ihnen doch Kopfschmerzen.« Er musterte sie, als könne er die Antworten in ihren Augen lesen. »Ist Ihr Bruder noch verärgert, weil er uns alleine hinter dem Gasthof vorfand?«

Da sich Tem beruhigt hatte, beschloss Fayre, dass es keinen Grund gab zu erklären, dass er wütender über das Gesprächsthema als über irgendwelche möglichen Unanständigkeiten gewesen war. »Nein, Tem und mir geht es gut.« Sie wollte ihm nicht sagen, was sie wirklich bedrückte. Sie kam sich so feige vor.

»Es könnte ein Problem geben. Aus dem Fenster habe ich gesehen, wie Lady Hipgrave ihrer Kutsche entstieg. Hier sind viele Menschen unterwegs, die sie ablenken werden. Das Haus und das Anwesen sind groß, aber ich werde ihr nur für kurze Zeit ausweichen können.«

Sie benahm sich jämmerlich. Wie konnte sie dieser schrecklichen Frau nur erlauben, sie derart durcheinander zu bringen? Maccus ertrug es nicht länger. Es kümmerte ihn nicht, wer sie zusammen sah. Er hob sie in seine Arme. Fayre schloss die Augen und schwelgte im Gefühl seiner Kraft und Körperwärme.

»Sie sind nicht allein«, versprach er und streichelte ihr über den Kopf. »Lady Hipgrave ist gerissen. Sie wird Sie nicht angreifen, wenn Ihre Familie in der

Nähe ist. Fassen Sie Mut. Sie achtet auf ihre Selbsterhaltung.«

Fayre nickte. Er hatte Recht. Also klammerte sie sich an sein Versprechen wie an einen Talisman.

»Ich habe Ihnen ja gesagt, dass die Meinung der Herzogin etwas gilt«, sagte Fayre, als sie nach mehreren Stunden mit einem triumphierenden Gesichtsausdruck auf ihn zukam. »Ich sah, dass Miss Knight und Miss Greffin recht angetan von Ihnen waren. Wie fühlen Sie sich, wenn jede Frau, der Sie begegnen, Ihnen in die grauen Augen blickt und Ihnen an den Lippen hängt, so als rezitierten Sie Lyrik.«

Maccus hätte es nichts ausgemacht, wenn Fayre etwas eifersüchtiger wäre. Wenn es sie störte, dass er die letzte Stunde umringt von vier begeisterten jungen Damen zugebracht hatte, ließ sie es sich nicht anmerken.

»Woher wissen Sie das? Immer wenn ich mich nach Ihnen umgesehen habe, tanzten sie entweder oder waren umgeben von glühenden Verehrern«, erwiderte er und ignorierte den Ton in seiner Stimme, der tatsächlich nach Eifersucht klang.

Das Gartenfest am Nachmittag war nicht zu Ende gegangen, als das Licht schwand und es dämmerte. Die Vergnügungen im Freien wurden weggeräumt und alle Türen und Fenster des Hauses weit geöffnet für einen Abend voll Musik, Tanz und Stehgreifdarbietungen zahlreicher Gäste.

Bevor sie losgefahren waren, hatte Fayre ihm nahegelegt, einen kleinen Koffer zu packen. Das Ersuchen war ihm lächerlich vorgekommen für einen Nachmittag. Doch er vertraute Fayre, und er hatte sich gefügt. Seine Truhe hatte man an einer zweiten Kutsche festgemacht, die ihnen mit dem Gepäck und den Zofen der Solitea-Damen folgte.

Nachdem sie die Gastfreundlichkeit der Denings den Großteil des Tages genossen hatten, verstand er nun, warum die Feste so beliebt waren. Alle hatten so viel Spaß, dass einfach niemand nach Hause fuhr. Es gab genügend Schlafzimmer für die Gäste, von denen manche für die *fête* von sehr weit hergekommen waren. Angesichts der späten Stunde hatten sich viele ältere Besucher schon zurückgezogen, damit sie für die Vergnügungen des nächsten Tages ausgeruht waren.

»Was haben Sie denn von mir erwartet, während sie inmitten dieser rehäugigen Verehrerinnen standen?«, fragte sie gereizt. »Wir haben uns geeinigt, dass Sie ohne mich die Runde machen. Wo Lady Hipgrave hier herumstreift, wollen wir doch keinen Hinweis darauf geben, dass wir miteinander vertraut sind. Es gibt keinen Grund zur Besorgnis, Sie haben die Unterstützung der Herzogin.«

»Ich möchte Sie wissen lassen, dass Ihre Mutter es sich zur Aufgabe gemacht hat, mich zu verheiraten.« Die Hingabe der Dame war furchterregend. Falls ihm keine der Damen, die er an diesem Nachmittag kennengelernt hatte, zusagte, versicherte sie ihm, dass es noch Dutzende gab, die sie ihm vorstellen könne.

Fayre wandte den Blick ab und zuckte gelassen mit den Schultern. »Meine Mutter kann sehr hartnäckig sein, wenn sie sich auf eine Aufgabe konzentriert. Sie können beruhigt sein. Im Herbst werden Sie mit ihrer Unterstützung das Aufgebot bestellen.«

Maccus hielt seine Miene betont neutral. »Dann bin ich in der unangenehmen Lage, zwei der Solitea-Frauen etwas schuldig zu sein.«

Sie lächelte wehmütig. »Die Herzogin würde nichts anderes zulassen.«

Sie lauschten still der Musik und dem Gelächter, die die Abendluft erfüllten. Sie waren aus dem Ballsaal zur Eingangshalle geschlendert. Maccus sah auf Fayre hinunter. Die Schar koketter Schönheiten, die ihm die Herzogin zur Auswahl vorgeführt hatte, verblasste in seiner Erinnerung, als sein Blick den Ihren traf. Wenn jemand sie so vorgefunden hätte, wäre er sicher errötet, weil Maccus ihr so liebevolle Beachtung schenkte.

Fayres Abendkleid war meeresgrün. Der Stoff war sehr fein und flatterte, wenn sie sich bewegte. Es hatte ihn schon den ganzen Abend lang abgelenkt. Es war sehr schwer gewesen, sie nicht ständig unter den Gästen zu suchen. Das Haar hatte sie gelockt und hochgesteckt. Sie trug einen Kranz aus Efeu und Heckenkirsche wie eine Krone. Maccus atmete tief ein, als er ihr Aroma wahrnahm. Die Mischung aus ihrem weiblichen Duft und der Süße der Heckenkirsche machte ihn ganz begierig vor Verlangen. Er würde sie am liebsten in die nächste Ecke zerren und verschlingen.

Fayre wusste nicht, dass Maccus nicht den ganzen Nachmittag mit Kokettieren verbracht hatte. Heimlich hatte er seinen Plan, sie von dem Fest zu entführen, in die Wege geleitet. Er hielt es für möglich, dass sie ihm einen Strich durch die Rechnung machen würde, da sie ebenso versessen darauf war, eine geeignete Braut für ihn zu finden, wie ihre Mutter. Er schüttelte den Kopf. Er war ihr dankbar für alles, was sie für ihn getan hatte. Doch sie hatte keine Ahnung, was er wirklich wollte.

»Sie tragen meine Brosche, Lady Fayre«, sagte er und widerstand dem Drang, ihr zartes Ohr zu liebkosen.

Sie berührte die diamantene Blumenbrosche, die sie in die Mitte ihres Mieders gesteckt hatte. »Sie war ein großzügiges Geschenk, Mister Brawley.«

Maccus beugte sich näher zu ihr und flüsterte ihr ins Ohr: »Wenn Sie mich lassen, würde ich Ihnen noch viel mehr schenken.«

Fayre kicherte, als er sie übertrieben anzüglich angrinste. »Benehmen Sie sich.« Sie schob ihn scherzhaft von sich. Er nahm die Uhr aus der Tasche und sah nach der Zeit. »Niemals.« Maccus hatte sie vorsätzlich von den anderen weggeführt. Da gerade niemand in Sichtweite war, beschloss er, sofort zu handeln. »Es ist Zeit.« Er nahm sie an der Hand. Er öffnete die Haustür und zog sie nach draußen.

Sie starrte ihn an, so, als habe er plötzlich zwei Köpfe. »Zeit? Zeit wofür?«

»Ein neues Abenteuer«, erwiderte er geheimnisvoll.

Maccus führte etwas im Schilde. Sie konnte nicht glauben, dass er sich so verwegen benahm, da sie doch den ganzen Tag einen respektablen Abstand eingehalten hatten. Er hatte sie nicht einmal um einen Tanz gebeten. Er führte sie ums Haus herum zum Garten. Die Terrasse wurde von Fackeln erleuchtet. Der Rest des Gartens lag in völliger Dunkelheit.

Er hielt ein Stück Stoff hoch. »Was beabsichtigen Sie denn mit diesem Lappen?«, fragte Fayre.

»Ich sagte es doch. Es wird ein Abenteuer. Nun fügen Sie sich schon«, sagte er fordernd und wirbelte sie herum, so dass sie mit dem Rücken zu ihm stand.

»Und wenn ich mich weigere?« Sie legte den Kopf an seine Schulter und klimperte mit den Wimpern.

Maccus brummte ihr ins Ohr: »Dann bekommen Sie eins auf das Hinterteil.« Er gab ihr einen leichten Klaps, um zu zeigen, dass er es ernst meinte.

»Barbar«, sagte sie mit einem Lächeln auf den Lippen. »Was soll ich tun?«

Er kniff ihr ins Ohrläppchen. »Schließen Sie die Augen.«

Fayre hob die schlanken Schultern und seufzte tief. »Na schön.«

Sie tat wie ihr geheißen. Sofort legte ihr Maccus den Stoff über ihre Augen und band ihn hinten zusammen. Fayre kicherte über seinen leisen Fluch. Er tätschelte ihr noch einmal leicht den Po. Sie wusste, was ihn frustrierte. Ihre Frisur machte es schwierig für ihn, seine Augenbinde zu verknoten.

»Bereit?«, raunte er und küsste sie auf den Hals.

»Ist das ein Spiel?«, fragte sie. Jetzt zweifelte sie etwas und fühlte sich verletzlich. »Sie werden mich doch nicht in einen Raum voller Menschen führen, die mich leise auslachen, während ich versuche, ausgefallene Gegenstände durch Tasten zu erkennen?«

Maccus lachte. »Was für eine seltsame Idee!« Er drückte ihre rechte Brust liebevoll. »Heute Abend nicht, mein Juwel. Heute möchte ich Sie ungern mit jemandem teilen.«

Das Gefühl von Verwundbarkeit ließ nicht nach, als er sie über die Terrasse hinaus in den dunklen Garten führte. Er musste eine der Laternen mitgenommen haben, denn sein Schritt war sicher, während sie zögerlich an seiner Seite ging.

»Sie werden nicht stolpern«, besänftigte er sie und lockte sie weiter vom Haus weg. Sie witterte den leichten Duft von Blumen und Laub. »Sie können mir vertrauen, Fayre.«

»Ist dies das Spiel?«, fragte sie, ohne seinen Zuspruch zu beachten.

Plötzlich hielt Maccus an, was sie ihm in die Arme trieb. Mit einem Finger unter dem Kinn hob er ihren Kopf. »Zum Teil«, sagte er. Das war nicht gerade deutlich. Wie unbefriedigend!

Sie erwartete zwar, dass er sie in diesem Augenblick küssen würde, doch sie hatte nicht die Unbändigkeit, mit der er sie begehrte, vorhergesehen. Er verbarg die Hände in ihrem Gewand und presste seinen Körper an sie. Sie öffnete den Mund, um etwas zu sagen, doch Maccus war nicht an Worten interessiert. Er fuhr mit der Zunge zwischen ihre Lippen und küsste sie mit einem Hunger, so, als könne er sich stärken. Fayre wurde schwindelig, als Maccus den Kuss plötzlich abbrach. Er nahm ihren Arm und zog sie tiefer in die Dunkelheit hinein.

Minuten vergingen, und die Strecke, die sie gelaufen waren, störte ihren Orientierungssinn. Sie konnte nichts sehen und war vollkommen verloren. Sie fragte sich, ob Maccus auf den Pfaden absichtlich im Kreis gegangen war, so dass sie ihr Ziel nicht erraten konnte.

Sie war froh, als er endlich stehen blieb. Ihre leichten Pantoletten waren nicht für einen nächtlichen Spaziergang im Garten geschaffen. »Wir sind gleich da«, sagte er, und sie stöhnte.

Sie hörte, wie er etwas auf einen Stein stellte. Die Laterne? Ein peinliches Juchzen entfuhr ihr, als er sie unerwartet hochhob. Ihr wurde schwindelig, als sie das Gleichgewicht verlor. Er trug sie fünf Stufen hoch. Selbst mit der Binde über den Augen bemerkte sie, dass es hier heller war.

Maccus setzte sie langsam ab. Fayre griff nach dem Knoten der Augenbinde, doch er hielt ihre Hand zurück. »Mmh, das ist also Ihre Vorstellung von einem Abenteuer. Faszinierend.« Sie hielt inne und versuchte zu erraten, wo sie waren. Sie stampfte mit dem Fuß auf. Der Boden war fest. Es war ein Gebäude, doch die frische Brise und das Summen der Insekten verrieten ihr, dass sie noch draußen waren.

»Hat Ihnen schon einmal jemand gesagt, dass Sie eine vorlaute Göre sind?« Er ließ ihr Handgelenk los und stellte sich rechts neben sie. Sie hörte das Rascheln von Stoff.

»Ich glaube, Sie sind der Einzige, der diese unhöfliche Bemerkung je in meinem Beisein gemacht hat«, sagte sie und legte den Kopf schief. Das leise Geräusch von fallenden Kleidern ließ sie verstummen.

Maccus stellte sich hinter sie und streifte ihren Rücken mit der Brust. »Der Spaziergang war nur die Ouvertüre. Nun fängt unser Abenteuer erst richtig an.« Er fasste von hinten ihre Brüste. Sie würde ihn töten, wenn jemand seine Kühnheit beobachtete. Ein unzufriedener Laut drang aus seiner Kehle, als sie nach der Augenbinde griff. »Lassen Sie sie an.«

»Sie macht mich rastlos«, beschwerte sie sich. Doch es war komplizierter. Der Kontrollverlust und die Abhängigkeit von Maccus verstärkten ihre Beklommenheit. Verdammt! Der selbstgefällige Kerl wusste das auch!

»Rastlosigkeit kann auch angenehm sein«, murmelte er und fuhr ihr mit dem Fingernagel am Rückgrat entlang.

Er kam zur Mitte ihres Rückens und zu den silbrigen Haken und Ösen, die ihr Kleid zusammenhielten. Geschickt hakte er zwei oben und zwei an der Taille aus. Fayre schauderte. Nachdem sie den ganzen Tag im Korsett eingeschnürt gewesen war, fühlte sich die Nachtluft kühl auf ihrer Haut an. Sie zuckte zusammen, als Maccus' warme Hand sie am Rücken streichelte. Er riss an der inneren Kordel und zog sie fest an sich. Selbst durch ihre Kleider spürte sie seine Erregung.

»Bitte sagen Sie mir, wo wir sind«, flüsterte sie aus Furcht, ihre Stimme könnte jemandes Aufmerksamkeit erregen.

»Wir sind allein. Ich würde jeden Mann umbringen, der dich so sieht«, sagte er mit fester Überzeugung. Maccus erweiterte die Öffnung ihres Kleides und schnürte das Korsett auf. Nachdem er es gelöst hatte, zog er das Satinkleid zusammen mit dem Korsett über ihren bebenden Körper nach unten.

»Willst du mich aller meiner Kleider berauben?«, fragte Fayre. Der hohe Ton ihrer Stimme verriet ihre Beunruhigung, als er nach den Bändern des Unterrocks griff.

»Ja. Und auch deiner Tugendhaftigkeit«, sagte er.

Er drehte ihr Gesicht zu sich und besiegelte sein Versprechen mit einem heißblütigen Kuss.

Maccus wusste, dass die Augenbinde Fayre ängstigte. Standishs kaltschnäuzige Behandlung hatte ihren Stolz verletzt. Trotz der Liebesnacht in ihrem Bett war sie noch immer skeptisch, sich jemandem hinzugeben. Maccus störte es nicht, wenn sie andere Männer auf Abstand hielt, doch er ließ es nicht zu, dass sie sich ihm verweigerte.

Fayre erinnerte ihn an einen zarten Schmetterling. Sie flatterte herum und bezauberte ihn mit ihrer Schönheit und Eleganz, bis er ganz verrückt nach ihr war, doch entfleuchte ihm, wenn er sie einfangen wollte. Er hatte sie geküsst und gestreichelt, bis sie vor Wonne besinnungslos war. Und doch konnte sie ihm in die Augen sehen und von seiner Heirat mit einer anderen sprechen. Es war zum Auswachsen! Sie hielt noch immer etwas zurück, obwohl er doch nach ihrem ganzen Wesen verlangte.

Machte ihn das unnachgiebige Verlangen, sie zu besitzen, etwa wahnsinnig? Er hatte sich etwas ausgedacht, um ihr Vertrauen zu gewinnen, das sehr untypisch für ihn war. Mehr als einmal hatte er versucht, sich das erotische Abenteuer, das er mit Fayre bestehen wollte, wieder auszureden. Denn er wollte sie nicht drängen. Jetzt, da sie allein und nackt vor ihm stand, würde er sich nicht abhalten lassen, obwohl beide ein wenig das Unbehagen beschlichen hatte.

Sie benetzte ihre Lippen. »Wenn du mir die Augenbinde abnimmst, könnte ich dich entkleiden.«

Er hörte den fragenden Ton. Der Gedanke, dass sie

ihn auszog und er die Lust in ihrem Blick sah, war verlockend. Sein Glied pulsierte unerträglich. Maccus schüttelte den Kopf. Er hatte gerade vergessen, dass sie ihn nicht sehen konnte.

»Nicht dieses Mal. Ich versuche, dir etwas zu zeigen.«

Fayre verzog ihr Gesicht. »Ich kann nichts *sehen* mit diesem Lappen über den Augen«, maulte sie.

»Man kann auch auf andere Arten sehen.« Das Unterkleid fiel zu Boden. Maccus beugte sich hinunter und nahm den Saum des Hemdchens.

»Warte!«

Die unerwartete Anweisung hallte in dem marmornen Gebäude wider. Fayres Atem ging schneller. Er war sicher, dass es nicht die Leidenschaft war, die ihr Herz pochen ließ, sondern ihre Beklommenheit. »Keine Angst. Ich werde dir nicht wehtun.« Es war gnädiger, schnell zu sein. Also schob er ihr das dünne Hemdchen über den Kopf und warf es auf den Haufen seiner abgelegten Kleider.

Er hatte nur noch die Hose an. Maccus kniete sich vor sie. Er nahm ihr eine Pantolette ab, dann die andere. Zärtlich löste er die Strumpfbänder über den Knien und zog ihr die Strümpfe aus. Wie sie so inmitten des Raumes stand und auf seine Anweisungen wartete, erinnerte ihn Fayre an eine Marmorstatue, wie er sie in einem der Museen gesehen hatte, die er auf ihr Beharren hin mit ihr besucht hatte. Eine nackte griechische Göttin.

Fayres Körper war es wert, dass man ihm huldigte. Ein Mann konnte alles opfern, um solche Schönheit zu besitzen. Er war noch immer auf den Knien und strich ihr nun an den Waden entlang. Die Finger glitten an den Beinen hinauf und erforschten jede sinnliche Kurve. Fayre seufzte leise.

»Ich liebe es, dich zu berühren«, raunte er, lehnte sich vor und küsste ihre Kniekehle. Er konnte nicht widerstehen, die Falte mit der Zunge nachzufahren.

Fayre verlagerte ihr Gewicht aufs andere Bein. »Das kitzelt. Willst du mich peinigen?« Sie sog die Luft ein, als Maccus einen Pfad der Küsse auf ihrem Schenkel hinterließ und an ihrem Po knabberte.

»Ja«, sagte er. Er drehte sie um, so dass sie ihm gegenüberstand. Das gepflegte weiche Dreieck lockte ihn. Der süße Duft ihrer Erregung wirkte wie eine Zuckerfalle. »Aber du bist da nicht alleine.« All seine Triebe verlangten, dass er sie auf den Rücken warf und sich die Hose aufriss. Maccus brach in Schweiß aus. Im Geiste erlebte er das Gefühl, wie es war, als er seinen Schwengel in ihren willigen Körper stieß. Wie die Muskeln ihrer feuchten Scheide sich seines Eindringens erwehrt hatten, bevor sie nachgaben und ihm erlaubten sich wieder und wieder in ihr zu vergraben.

»Maccus?«

Obwohl er noch immer ihre Pobacken liebkoste, wusste er nach ihrer zögerlichen Frage, dass er zu lange geschwiegen hatte. »Noch nicht«, sagte er. Sie wollte endlich die Augenbinde abnehmen. »Du brauchst eine Ablenkung.« Ohne ihr einen Hinweis auf seine Absicht zu geben, fuhr Maccus mit der Hand zwischen ihre Beine.

Er stöhnte, so als habe er Schmerzen. »Du wartest schon auf mich«, sagte er. Unglaublich, dass sie ihn trotz ihrer Angst so sehr wollte. Seine Finger fanden ihr Innerstes. Er schob sie tief in sie hinein. Dann befeuchtete und reizte er ihren Kitzler. Die Knospe schwoll unter seiner Berührung an. Fayre bog sich seiner Hand entgegen und schob die Füße weiter auseinander.

»Ich halte das nicht mehr lange aus, Maccus«, flehte sie. Sie fuhr ihm mit den Fingern ins Haar, wollte ihn an sich ziehen. »Ich muss dich in mir spüren.«

Seine Augen wurden dunkel, als er ihre leidenschaftliche Bitte hörte.

Er küsste sie auf ihren Bauch und stand auf. Er öffnete die Hose. Als er sie hinunter geschoben hatte, war sein Glied voller Erwartung auf den Liebesakt, nach dem sich beide sehnten. Maccus schüttelte die Hose ab und trat vor Fayre hin.

»Du bist unübertrefflich«, sagte er und nahm ihre rechte Brust in seine Hand. Mit dem Daumen strich er über den Nippel. Die rosige Knospe wurde dunkler und größer unter seiner Berührung. Ihre Haut war makellos und fühlte sich wie warme Seide an.

»Ich kann einfach nicht aufhören zu zittern«, sagte Fayre, die versuchte stillzuhalten.

Maccus' ganzer Körper war von der Erregung ergriffen. Er beugte sich hinunter und saugte an ihrer Brust. Er verging vor Lust, als er ihr ins Gesicht blickte. »Das geht mir ganz genauso. Und diesmal hat es nichts mit Angst zu tun.«

❀❀❀

Zum zweiten Mal hob Maccus sie hoch. Ihre nackte Haut rieb sich an seiner behaarten Brust, und Fayre merkte, dass er sich auch entkleidet hatte. Es war töricht, aber die Erkenntnis beruhigte sie. Er wirbelte sie herum und trug sie einige Stufen hinauf. Ein Schwindelgefühl bemächtigte sich ihrer und sie klammerte sich fester an seine Schultern. Er setzte sie ab. Sie sank auf ein weiches Bett, das er auf dem Boden hergerichtet hatte.

»Ich möchte dich sehen«, sagte Fayre. Sie flehte ihn an, sein Spiel zu beenden. Er hatte einen schönen Körper, dessen muskulöse Landschaft sie erkunden wollte.

»Später«, raunte er und liebkoste ihre Brüste.

Sie hätte eigentlich starr vor Scham sein sollen, dass er ihre Brüste so ungehemmt berührte und an ihren Nippeln saugte. Standish hatte sie nicht so ungezwungen angefasst. Doch Maccus schien von jeder Kuhle und jeder Erhebung besessen zu sein. Fayre dachte, dass die Augenbinde sie von den Geschehnissen distanzieren sollte. Doch Maccus ließ sie nicht passiv auf dem Laken liegen. Seine Hände und sein Mund waren überall gleichzeitig und lockten sie, seine fleischlichen Freuden zu teilen. Sie drückte leicht das Rückgrat durch, als er an ihrer Brust sog.

»Magst du es, wenn ich dich streichle?« Er fuhr mit der Zunge über jede einzelne der gewölbten Rippen und bahnte sich den Weg zum Nabel. Sie spürte seinen Blick auf ihrem Gesicht. Er wartete auf eine Antwort.

»Ja«, säuselte sie. Als seine Zunge in ihren Nabel stieß, wand sie sich. Seine geschwollene Männlichkeit strich ihr übers Bein. Maccus war bis zum Äußersten erregt, und trotzdem wartete er noch ab. Er schien nicht den absoluten Drang zu verspüren, von dem sie dachte, dass ihn alle Männer haben, wenn eine willige Frau unter ihnen liegt. Seine Unberechenbarkeit erhöhte die Anspannung, die sich in ihre Glieder schlich.

»Und wenn ich dich küsse?« Er bewegte sich nach unten und leckte ihre Hüftknochen.

Führten sie etwa ein Gespräch? Sie versuchte, sich zu konzentrieren, aber er machte das unglaublich schwer. Mit den Zähnen strich er über die empfindliche Haut gerade über dem kleinen Büschel weicher, krauser Haare zwischen ihren Beinen. Ein Kribbeln breitete sich über Bauch und Beine aus.

»W … was willst du?«

Maccus legte ihr die Hände auf die Oberschenkel. Seine Handflächen waren so warm, dass sie Angst hatte, er könnte sie versengen. »Deine Wonne kosten«, antwortete er. Die Hände glitten höher, bis er das süße Fleisch fand und es mit den Fingern teilte.

Fayre verkrampfte sich etwas, als sie erwartete, dass er mit den Fingern in sie eindringen würde. Sie war nicht darauf gefasst, seinen Mund an dieser Stelle zu spüren. Sie ballte die Fäuste. Die Vertrautheit eines solchen Kusses schockierte sie, und sie boxte ihm erfolglos gegen die Schultern. Maccus reagierte darauf, indem er mit der Zunge vorstieß. Hinter ihren Lidern rieselten Tausende Sterne zur Erde.

»Du … du musst damit aufhören. Kein Mann kann das …« Die Kraft ihrer Stimme ließ nach, als sich die Worte wie vertrocknete Blütenblätter im Frühlingswind zerstreuten. Maccus badete und reizte die kleine Knospe an der Spitze ihrer Weiblichkeit. »Wollen!« Das Wort brach aus ihr hervor, als sich die Wonne im Becken sammelte.

»Mit jeder Stelle deines Körpers, die ich liebkose, entfaltest du dich weiter für mich«, sagte Maccus und schob seine Finger in sie hinein. Sie war bereit. »Deine großzügige Reaktion macht mich gierig. Ich will dich ganz.«

Plötzlich zog er die Finger zurück und schoss nach oben, wo sie seinen heißen Atem an ihrer Wange spürte. »Ich kann mich nicht länger verleugnen«, sagte er.

Die breite Eichel drückte beharrlich gegen ihre Öffnung, aus der ein warmer, einladender feuchter Quell hervorströmte. Er tauchte tief in sie ein. Sie keuchte, als er sie vollkommen ausfüllte. Ein kehliger Laut entfuhr ihm, den Fayre als Erlösung deutete. Sein herber Geruch wallte ihr entgegen, und ihre Körper überzogen sich mit Schweiß, als Maccus sich unermüdlich auf ihr wiegte.

Er hatte sich vollkommen in der Wonne ihres Körpers verloren, doch er säuselte ihr keine charmanten Worte der Liebe ins Ohr, wie Standish es zu ihrer Beruhigung getan hatte, und sie brauchte sie auch nicht. Fayre fuhr durch sein langes schwarzes Haar, zog ihn zu sich und küsste ihn. Maccus gab den Kuss stürmisch zurück. Eine unausgesprochene Dringlichkeit trieb ihn an, und die Raffinesse, die er sonst bei seinen Küssen anwandte, hatte ihn im Stich gelassen.

Maccus ließ ihr Lippen los und gab ihr kleine Küsse entlang des Unterkiefers. »Spürst du mich, Fayre?«, flüsterte er ihr heiser ins Ohr. Er verlangsamte den Rhythmus, stieß vor und zog sich wieder zurück, so dass sie die Leere spürte. »So tief.« Er betonte die Worte, indem er sie wieder erfüllte. Jeder erlesene Stoß vibrierte durch ihren Körper.

»Ja«, wimmerte sie. Es staute sich ein Bedürfnis in ihr an, das nur er stillen konnte. Sie fühlte sich, als verliere sie die Kontrolle über ihren Körper. Jeder Zentimeter ihrer Haut war reizempfindlich und verzehrte sich nach seiner Berührung. Sie streckte ihm mit jedem Stoß die Hüften entgegen, und verlangte still, dass er ihr mehr von sich schenkte. »Maccus, bitte.«

Fayre war die Augenbinde nun egal. Ihre anderen Sinne hatten den Verlust des Sehens aufgefangen. Maccus' Duft und die vereinten Essenzen ihres Liebesakts klebten an ihrer Haut. Es war ein reifer, erdiger Geruch, anregender als jedes Parfüm, das sie je getragen hatte.

Sie glitt mit den Händen über seinen schweißnassen Rücken und packte die muskulösen Pobacken. Fayre genoss seinen Körper auf ihr. Sein Gewicht beruhigte sie. Das krause Brusthaar rieb köstlich über ihre Brustwarzen. Die Brüste fühlten sich schwer und geschwollen an. Maccus nahm ihr unausgesprochenes Verlangen wahr und senkte den Kopf und richtete sein Augenmerk auf jede Brust.

Ein genüssliches Geräusch entfuhr ihm tief aus der Kehle. Sie hörte ihn sehr gerne. Er hatte eine tiefe, sinnliche Stimme, die vor Schwelgerei träge oder vor unterdrückter Wut scharf klingen konnte. Wenn er sie liebte, dann wurde seine Stimme belegt. Er sprach über seine Begierden, und er schien alles an ihrem Körper zu würdigen.

Fayre liebte inzwischen alles an ihm.

»Jetzt«, sagte Maccus, als sie leise wimmerte. »Öffne dich mir.«

Die wachsende Anspannung sammelte sich in ihrem Magen. Sie klammerte sich an ihm fest und suchte blind nach Erlösung aus diesem Chaos, das er in ihr entfacht hatte. Maccus wusste, was sie brauchte und stieß wild in sie. Beide wurden noch ungezähmter. Fayre grub die Fingernägel in seinen Rücken und bog sich ihm entgegen, bis ihr Rückgrat fast zerbrach. Als sie losschrie, brach ein Sturm der Wonne aus ihr hervor, der ihren Leib mit blendenden Blitzen hin und herwarf. Die Wogen schienen nicht aufhören zu wollen. Maccus musste sie auch gespürt haben. Die Muskeln unter ihren Fingern verkrampften sich. Er küsste ihre rechte Brust und ging dann schnell zur linken über. Er saugte heftig daran, um ihr Vergnügen zu verlängern. Er vergrub seine Männlichkeit tief in ihr, und sie hörte das hohe Winseln der Erlösung. Sekunden später spürte sie das warme Pulsieren seines Samens in ihrem Schoß.

Maccus bettete die Wange an Fayres weichen Busen. Er öffnete die Augen und zwang seinen Atem zu einem normaleren Rhythmus. Sein Herz, oder vielleicht war es ihres, pochte laut. Er steckte noch immer tief in ihr. Doch er war zu entspannt, um sich zu regen.

»Willst du meine Augen den ganzen Abend lang verbunden lassen?«, fragte Fayre träge. Die Angst, verletzt zu werden, war längst gewichen.

»Nein, Liebste. Ich glaube, das können wir jetzt ändern.« Mit den Daumen schob er ihr die Augenbinde über den Kopf.

Fayre blinzelte, als sich ihre Augen an das Licht gewöhnten. Maccus wusste es sofort, als sie erkannte, wo sie waren. Sie hätte sich aufgesetzt, wenn er nicht noch auf ihr gelegen hätte.

»Du hast mich hierher gebracht«, sagte sie ungläubig. »Wir haben uns in Lord Denings exotischem Tempel geliebt?«

In der warmen Scheide hatte sein Schwengel die Standhaftigkeit trotz des außerordentlichen Höhepunkts noch nicht verloren. Maccus sah das Komische an der Sache. »Das scheint doch sehr passend zu sein.«

Er stützte sich auf die Ellbogen. Er hasste es, sich aus ihr zurückziehen zu müssen, so, als ob dadurch die Magie des Abends durchbrochen würde. Er wollte nicht, dass ihre gemeinsame Zeit zu Ende ging. Was er mit ihr geteilt hatte, bedeutete ihm viel.

Vor Fayre hatte es andere Frauen gegeben. Alle waren harmlose Techtelmechtel gewesen. Er hatte sich immer zurückgezogen, sobald seine körperlichen Begierden befriedigt waren. Dann waren seine Gedanken stets zu seinen Zukunftsplänen zurückgekehrt. Nie wollte er verweilen, nachdem die Leidenschaft versiegt war. Und noch nie hatte er sich so danach gesehnt, wieder von vorne anzufangen.

»Ich kann es nicht fassen, dass du mich hierhergebracht hast«, grollte Fayre. Dann wich die Zufriedenheit in ihrem Gesicht einem entsetzten Ausdruck. »Bitte sag mir, dass niemand davon weiß.«

»Nur unsere Wache …«

»Was?«, schrie sie so laut auf, dass er zusammenzuckte.

»Psst, Liebste«, flehte er und hielt sie fest, als sie versuchte, sich loszumachen. »Ich wollte nicht mit dir schlafen und dich dann denken lassen, ich sei wie Standish. Ich habe sofort gemerkt, dass man den Tempel vom Haus aus wegen des dichten Wäldchens nicht sehen kann. Dening hatte die Fackeln im Garten nicht angezündet. Also machte ich mir über die Gäste keine Sorgen. Doch es bestand noch die Gefahr, vom Personal erwischt zu werden. Während du mit Lady Dening gesprochen hast, habe ich mir einen Verbündeten gesucht und den Diener sehr gut für seine Diskretion bezahlt.«

»Du bestichst schon wieder Bedienstete«, presste sie zwischen den Zähnen hervor.

Trinkgelder waren höchst wirksam. Er würde die Methode nicht aufgeben, nur weil Fayre es nicht guthieß. »Während wir zu Abend aßen, hat der Mann die Bettlaken hergebracht und die Laternen angezündet.« Maccus fügte nicht hinzu, dass sie nicht die Ersten waren, die den exotischen Tempel für ihr romantisches Treffen benutzten.

Fayre sah noch immer blass aus. »Ist der Mann in der Nähe?«, fragte sie in einem verunsicherten Flüsterton.

Maccus heiteres Lachen schallte von den Marmorwänden zurück. »Er beobachtet das Haus, Fayre, nicht uns. Wir sind vor neugierigen Blicken sicher, vertrau mir.«

Ein Teil der Angst verschwand aus ihrem Blick. »Seltsamerweise tu ich das.«

Ihr zögerliches Geständnis berührte ihn sehr. Er verstand besser als jeder andere, wie schwierig es für sie gewesen war, ihm zu erlauben, sie an einem Ort zu lieben, der sie an ihre berechnende Entjungferung durch Standish erinnerte.

Fayre machte große Augen, als sein Glied in ihr zuckte. »Ich dachte, du seist …« Sie war zu schüchtern, um den Gedanken zu Ende zu bringen.

Er schmunzelte schelmisch. Gott, mit ihr fühlte er sich so gut. »Das bin ich. Es scheint, ich kann noch einmal.«

»Ehrlich?«

Maccus stieß zu und zog sich wieder zurück, um ihr zu beweisen, dass er imstande war, fortzufahren. »Mit dir«, – er küsste einen rötlichen Fleck, den er mit seinen Zähnen auf ihrer Brust hinterlassen hatte –, »endet mein Verlangen nie, Fayre.«

Sie schaute weg.

Maccus suchte seinen Unmut zu verbergen. Er überlegte, ob Standish vielleicht etwas Ähnliches gesagt hatte, bevor er ihr so gnadenlos das Herz gebrochen hatte. Er wollte sich nicht länger mit dem Mistkerl beschäftigen. Maccus überraschte sie, als er sie herumrollte, so dass sie auf ihm saß.

Er bewegte sich in ihr und gab den Rhythmus vor. Er kniff sie verspielt in die Brustwarze. Maccus freute sich schon auf das, was geschehen würde. »Du weißt, was du tun musst. Nun reite schon, meine Liebe.«

»Erzählst du mir davon?«, fragte Fayre etwa eine Stunde später schläfrig in seinen Armen.

Nachdem sie sich noch einmal heftig geliebt hatten, hatte sie sich an ihn gekuschelt, und sie waren gemeinsam eingedöst. Sie konnten nicht die ganze Nacht dort bleiben, doch Maccus war so zufrieden, dass er die gemeinsame Behaglichkeit nicht unterbrechen konnte.

»Was soll ich dir erzählen, du unersättliche Hexe?«

Maccus biss ihr leicht in die Schulter. »Ich habe dich vom Kopf bis zu den Füßen gepriesen, und all die wunderbaren Stellen, die ich so liebe. Ich bezweifle, dass ich einen einzigen Körperteil ausgelassen habe.«

Sie wackelte mit dem Po, um ihn zu necken. Er stöhnte und nahm Besitz von ihren Brüsten. Er war überwältigt, dass sich sein Glied schon wieder regte und er sie so schnell wieder begehrte, doch Lady Fayre Carlisle war eine betörende Verführerin.

»Nicht darüber«, sagte sie und wandte ihm ihr Gesicht zu. »Ich meine, erzähl mir über die Narben auf deiner Brust. Mir ist aufgefallen, dass du auch einige auf dem Rücken hast.« Gewöhnlich schob er solche Fragen beiseite und lenkte seine Gespielinnen mit etwas Interessanterem ab. Zuerst wollte er dasselbe für Fayre tun, doch als er zögerte, rollte sie herum. Sie bettete den Kopf auf seinen Arm und sah ihn kummervoll an.

»Ich habe dir ja erzählt, dass ich eine harte Vergangenheit hatte«, sagte er schroff und wollte sie wieder warnen.

»Das habe ich mir schon gedacht. Die Narben beweisen es ja.«

»Ich kann dir nicht viel über meine Mutter sagen. Seamus hat nie von ihr gesprochen«, fing er an. Er sortierte seine Erinnerungen und versuchte zu entscheiden, wie viel er preisgeben wollte.

»Seamus?«, fragte sie.

»Ja, Seamus Brawley, mein Vater. Zu der Zeit war er ein Seemann. Wenn man bedenkt, mit welcher Sorte Frauen er verkehrte, als ich klein war, nahm ich an, dass meine Mutter einfach eine Hure war, die er geschwängert hatte.«

»Aber er hat dich aufgezogen«, sagte sie nachdrücklich.

»Ja. Seamus sagte, er habe die See für mich aufgegeben. Ach, ich weiß nicht, es könnte stimmen. Doch er war ein egoistischer Mann, der gerne trank. Mit dem Alkohol wurde er gewalttätig.«

Ihre zarten Gesichtszüge verzogen sich erschrocken. »Er hat dich geschlagen?«

»Wenn der Alkohol ihm die Sinne vernebelte, und das war meist an der Tagesordnung, dann konnte Seamus niemanden berühren, es sei denn mit seinen Fäusten oder einem Lederriemen.«

Fayre drückte die Finger auf jede verblasste Narbe, die sie erwischte. Sie schloss die Augen, als ihr ein verstörender Gedanke kam. »Die Narben auf dem Rücken. Die sind auch von ihm?«

Maccus lachte leise und hinderte sie daran, sich aufzusetzen. »Beruhige dich, meine Liebste. Es ist schon lange her.«

»Er hat seinen eigenen Sohn ausgepeitscht?«, fragte sie voller Zorn auf einen Mann, den sie nie getroffen hatte. »In welchem Alter?«

»Fayre«, sagte er gerührt über ihre Besorgnis. »Ich wurde so oft verprügelt, dass ich dir nicht sagen kann, welche Narben wann entstanden sind.« Tränen standen ihr in den Augen. »O nein, weine nicht meinetwegen. Da tut mir das Herz weh. Hör zu, es ist nicht mehr wichtig.«

»Er hatte kein Recht, dich zu schlagen«, sagte sie erbittert.

Fayre war so behütet und unschuldig aufgewachsen. Maccus bezweifelte, dass es ihm schlimmer ergangen war, als jedem anderen Jungen in dem verfallenen Viertel. »Ich habe ihn dafür gehasst, aber ich dachte nie, dass er kein Recht dazu hatte, mich zu züchtigen. Später, als er Sarah McAdams heiratete und sie Trevor zur Welt brachte, schien mein Vater endlich zur Ruhe zu kommen. Leider hielt das nicht an. Seamus fing wieder an zu schmuggeln, denn er verdiente gut dabei. Doch deshalb trank er auch wieder und besuchte Huren. Sarah starb, als ich siebzehn war. Sie war nur noch ein Schatten der süßen liebevollen Frau von einst. Mein Vater hatte es geschafft, sie zugrunde zu richten, genau wie alles andere auch«, sagte Maccus mit einer Spur Bitterkeit.

Fayre schmiegte ihr Gesicht an seinen Arm. »Du hast sie lieb gehabt.«

»Ja. Das habe ich wohl«, gab er zu und erkannte, dass er sich nie zuvor Gedanken über seine Gefühle für sie gemacht hatte. »Eine Zeitlang war sie wie eine Mutter für mich.«

Sie fuhr an der zerfurchten Narbe der Schusswunde entlang. Maccus spannte sich unter ihren zarten Berührungen an. Sie hielt sich etwas zurück. »Du fragst dich, wie ich angeschossen wurde.«

»Ich sehe ein, dass es schmerzvoll sein muss, daran zu denken. Wenn du es mir also nicht erzählen willst, dann verstehe ich das«, versicherte sie ihm hastig.

Maccus nahm die Finger, die seine Narbe liebkosten. »Als du mich im Park Mac Brawley, den Schmuggler, nanntest, nahm ich an, dass Trevor dir schon ein bisschen über meine Vergangenheit erzählt hatte.«

Fayre seufzte. Da er ihre Stichelei nach ihrer Begegnung mit Lord Standish und Lady Hipgrave nie mehr erwähnt hatte, dachte sie, dass er den Vorfall vergessen hatte. »Ein wenig.«

Sicher war sein Ärger mit Trevor an jenem Nachmittag der Grund für ihr Schweigen. »Du musst dir ein Loch in die Zunge gebissen haben, um mir nicht Dutzende von Fragen zu stellen, die in deinem wissbegierigen Kopf herumschwirren.«

Sie musterte ihn ruhig und versuchte, den unerwarteten Humor zu verstehen. »Hunderte. Besser meine Zunge als der Körperteil, den du mir vielleicht abgerissen hättest. Maccus, du hast mir von Anfang an klargemacht, dass Fragen über deine Vergangenheit unerwünscht sind.«

Er hatte sich ihr Vertrauen erbeten. Es war nur gerecht, dass er ihr dasselbe gewährte. »Ich habe erwähnt, dass mein Vater ein Schmuggler war. Ein Sohn neigt dazu, ins Geschäft seines Vaters einzusteigen. Ich war sechs, als ich meinen Vater das erste Mal begleitete.«

»Du warst in dem zarten Alter schon ein Schmuggler?« Sie blickte ihn ungläubig an.

Er zuckte die Achseln. »Ein ganz annehmbarer, als ich älter wurde. Ich hatte ein Talent dafür und habe mich schnell hochgearbeitet.« Er dachte an Seamus' eifersüchtige Wutausbrüche, als er ihn beschuldigte, Maccus benutze seinen Einfluss, um seinen Vater klein zu halten. »Nachdem ich einen guten Gewinn erzielt hatte, beschloss ich, dass das Geld nicht mein Leben wert war. Also zog ich mich mit siebzehn aus dem Geschäft zurück.«

Etwas an seinem Ton musste ihr verraten haben, dass er noch nicht alles gesagt hatte. »Nein. Da war noch mehr. Da wurdest du angeschossen, nicht wahr? Jemand hat auf dich geschossen, weil du ein Schmuggler warst.«

Es war noch komplizierter. Er vermutete, dass sie Wahrheit nicht gerne hören würde, also wich er aus und erzählte nur einen Teil von dem, was am Carew Strand geschehen war. »Meine Mannschaft wurde in einen Hinterhalt gelockt. Ich erinnere mich an manches nur schemenhaft, aber ich spürte die Erschütterungen mehrerer Explosionen, und brennende Wrackteile schwammen im Wasser. Überall waren Tote, erschlagen und blutig. Ich war von der Explosion so durcheinander, dass ich die Reiter nicht sofort bemerkte, die nach Überlebenden suchten. Wer nicht wegrennen konnte, wurde erschossen oder mit einem Schwert erstochen.«

Ihre Augen reflektierten das Kerzenlicht. Der Schrecken über seine vage Beschreibung der Geschehnisse in jener Nacht stand ihr ins Gesicht geschrieben. »Diese Männer haben einfach auf dich geschossen und dich totgeglaubt zurückgelassen?«

Maccus streichelte die sanfte Kurve ihrer Hüfte, um sie zu beruhigen. »Ich hatte Glück, dass sie mich für tot hielten. Ich bezweifle, dass ich ein Schwert im Bauch überlebt hätte. Es war so schon schlimm genug. Der Blutverlust und die folgende Infektion hätten mich beinahe umgebracht.«

»Wurden die Männer, die dich angegriffen haben, jemals bestraft?«

Er fuhr sich ungehalten durchs Haar. Es war heikel, die Wahrheit und verschiedene Versionen der Geschichte herauszufiltern, um ihre Neugier zu befriedigen. »Drei Männer wurden Monate später festgenommen. Fünfzig Männer starben in jener Nacht an dem Strand. Der Gerechtigkeit war genüge getan. Sie wurden für ihr Verbrechen gehängt.« Maccus setzte sich plötzlich auf. Ungeachtet seiner Nacktheit, griff er nach ihrem Unterhemd. »Wir sollten zum Haus zurückgehen. Wir waren zwar vorsichtig, doch jemand könnte unsere Abwesenheit bemerken, wenn wir hier noch länger bleiben.«

Fayre nahm ihr Hemdchen entgegen und setzte sich auf. »Ich wollte dich nicht verstimmen, Maccus.«

»Das hast du nicht, mein Juwel«, sagte er und suchte die verstreuten Kleider zusammen. »Ich belaste mich normalerweise nicht mehr damit. Eine Zeitlang hatte ich Alpträume.« Fayre drückte ihr Mitgefühl aus. »Wegen meiner Schuldgefühle darüber, was geschehen war; es war eine Gelegenheit, die Geschichte neu zu schreiben und die Männer zu retten. Und die Männer, die für ihren eigenen Profit skrupellos mordeten.«

Verwirrt legte sie ihm die Hand auf den Arm. »Aber du sagtest, dass die Männer festgenommen und aufgeknüpft wurden.«

Er fluchte innerlich über seinen Ausrutscher und nahm ihr Gesicht in seine Hand. »Das habe ich.« Er bedeckte ihre Lippen mit seinen und kostete ihren Geschmack voll aus. Dann ließ er sie los und sagte: »Das ist einer der Gründe, warum ich nicht über Carew Strand rede. Dann grüble ich über Dinge, die ich nicht mehr ändern kann.«

»Du bist ein guter Mann, Maccus Brawley«, sagte sie. Die Augen leuchteten im Kerzenlicht wie grüne Teiche. Er hatte sie so nahe an sich rankommen lassen, dass sie seine Narben und die Schatten der Vergangenheit in seinen Augen sehen konnte. Doch anstatt davon abgestoßen zu werden, wollte sie ihn heilen.

Ein kleines Grübchen ließ sich blicken, als er grinste. Er wollte den düsteren Gesichtsausdruck vertreiben. »Ach, hübsche Fayre, wenn das dein schelmischer Versuch ist, mich dazu zu bringen, mich wieder mit dir niederzulegen, dann muss ich widerstehen.«

Sein erregter Körper war mit seinen Worten unvereinbar. Maccus machte keinen Versuch, sein Interesse zu leugnen. Er liebte es, wie sie ihn mit ihrem hungrigen Blick verschlang.

Fayre begriff und ließ das Hemdchen fallen. Sie schlenderte zu ihm hinüber und ließ den Blick langsam zu seiner geschwollenen Männlichkeit schweifen. »Du widerstehst also?« Er zuckte unter ihrem begierigen Blick zusammen.

»Um deinetwillen«, sagte er und schauderte, als sie langsam an ihm hinunterglitt, bis sie vor ihm kniete.

»Dann sollte ich den Gefallen zurückzahlen.« Fayre streifte die Unterseite seiner Rute mit der feuchten Zunge.

Maccus verdrehte vor Wonne die Augen, als ihr süßer, unerfahrener Mund die geschwollene Eichel umfing und vorstieß, um mehr von ihm aufzunehmen. Er hätte nie gedacht, dass Fayre ihn auf diese Weise lieben wollte. Der Akt schien zu gewagt für eine wohlerzogene Dame, doch da sie ihn nun mit dem Mund liebkoste, würde er sterben, sollte sie aufhören.

»Eine Stunde«, hauchte er. Jeder vernünftige Gedanke daran, zum Haus zurückzukehren, bevor sie vermisst wurden, verblasste bei ihrer Liebkosung. Ihre bewegliche Zunge stählte seine Festigkeit. »Nur ein, zwei Stunden.« Maccus ließ Fayre ihren Willen, dieses eine Mal.

Fünfzehntes Kapitel

Maccus schlich sich leise in das Zimmer, das ihm sein Gastgeber zugeteilt hatte, auch wenn es für den größten Teil der Nacht unbenutzt geblieben war. Nachdem sie sich geliebt hatten, war es schwierig gewesen, Fayre nicht selbst ins Bett zu bringen, aber sie hatten zu lange im Tempel verweilt. Als sie zum Garten kamen, hatten sie sich noch einmal zärtlich geküsst und waren dann getrennte Wege gegangen. Er hatte irgendwo im Haus gedämpftes Gelächter gehört, also genossen einige der Gäste noch Lord Denings Brandy und seine ausgeschmückten Geschichten. Immerhin hatte ihn niemand gesehen, als er zurück ins Haus kam, und auch auf dem Weg zum Schlafzimmer war er niemandem begegnet. Maccus hoffte, dass Fayre ebenso viel Glück gehabt hatte.

Er löste die Krawatte. Dabei legte er den Hemdkragen frei und merkte, dass er in der Eile vergessen hatte, die Knöpfe zuzumachen. Den schwierigen Knoten zu binden, war reine Zeitverschwendung gewesen, doch es schien vernünftig, vollständig bekleidet zu sein, falls jemand ihn zufällig gesehen hätte. Maccus sah sich bestürzt seine Krawatte an. Sie war hoffnungslos verknittert von seiner nachlässigen Behandlung. Er nahm sie vom Hals und warf sie auf einen Stuhl.

Ein Klopfen an der Tür ließ ihn erstarren. Er verengte die Augen zu Schlitzen und ging zur Tür. Es war zu spät für Besucher. Er konnte sich nicht vorstellen, wer ihn jetzt noch beehren könnte, außer Fayre. Wenn sie seine Anweisung, zu ihrem Zimmer zurückzukehren, ignoriert hatte, würde er ihr den Hintern versohlen. Seit er mit ihr zusammen war, benahm er sich seltsam. Da er sie nicht öffentlich für sich beanspruchen konnte, waren seine kreativen Manöver, die ihnen zur Zweisamkeit verhalfen, mehr als leichtsinnig. Er war schon langsam besessen von ihr. Und sie war auch keine Hilfe, da sie ihn jedes Mal aufstachelte, wenn sie in seiner Nähe war.

Maccus öffnete die Tür. Er schickte sich an, die Schelmin zu belehren. Die Dame, die auf dem Flur auf ihn wartete, war eine Überraschung, und keine gute. »Lady Hipgrave. Haben Sie sich verirrt?«

»Nein, Mister Brawley.« Sie trug noch immer ihr Abendkleid, das sie schon beim Essen angehabt hatte. Die blauen Augen wanderten listig von seinem verdutzten Gesicht zu dem leeren, unberührten Bett. »Das wollte ich Sie eben auch fragen. Darf ich hereinkommen? Es ist kühl hier draußen.«

Er stützte den Arm an den Türrahmen und versperrte ihr so den Weg. »Ich möchte nicht unhöflich sein, meine Dame. Aber es ist spät, und Sie sind in der Tat verheiratet.«

Bei dem quirligen Gelächter der Gräfin erschrak er und suchte den Flur nach Zeugen ab. »Mein Hübscher, wie wunderbar provinziell von Ihnen. Mir ist bewusst, dass Sie sich noch nicht lange in unseren Kreisen bewegen. Ich kann Ihnen jedoch versichern, dass es Lord Hipgrave nicht kümmert, was ich tue oder mit wem, solange ich diskret bin.«

Ihr Ton deutete auf eine Belehrung hin, doch ihr Lächeln verriet, dass sie gekränkt war. Maccus sah sie ausdruckslos an. Die Gräfin war wunderschön. Alles an ihr, von ihrem Gang über ihre Kleider bis hin zu ihrer Sprache war nur auf ein Ziel ausgerichtet: Verführung. Nach dem, was er über sie erfahren hatte, handhabte sie diese wie eine Waffe.

Wie eine Fliege im schönen, diffizilen Spinnennetz, war der Mann in ihren Klauen verdammt, und er wusste es noch nicht einmal.

Maccus sah die Gräfin klar und deutlich und wusste genau, wozu sie fähig war. »Ihr Gatte ist ein großzügiger Mann. Bedauerlicherweise bin ich das nicht. Also, sage ich Ihnen Gute Nacht!«

»Warum die Eile, Mister Brawley? Ist es zu beängstigend oder zu verlockend, mit mir allein zu sein?« Sie trat auf ihn zu, so dass er ihre Wärme spürte.

Nach der Liebesnacht mit Fayre kam für ihn die Nähe einer anderen Frau der Untreue gleich. Er täuschte Belustigung vor und sagte: »Sie haben zu lange mit Knaben gespielt, Gräfin. Ich habe die richtigen Instinkte, doch ich habe gelernt, sie zu kontrollieren.«

Sie blickte ihn mit großen Augen an. »Ich freue mich auf den Augenblick, wenn wir Ihre eindrucksvollen Instinkte beurteilen dürfen. Doch leider möchte ich nur mit Ihnen reden.«

»Morgen vielleicht«, antwortete er abweisend.

»Nicht einmal, wenn unser Gespräch sich um Lady Fayre Carlisle dreht?« Sie lächelte triumphierend, als er den Arm fallen ließ. »Ich bewundere vernünftige Männer.«

Fayre war froh, nach London zurückzukehren. Nachdem sie ihrer Zofe Anweisungen bezüglich ihrer Sachen gegeben hatte, begrüßte sie den Butler. »Wie geht es Ihnen, Curdey? Macht Ihnen das Bein noch zu schaffen?« Der Rheumatismus hatte Curdey im rechten Bein geplagt. Sie hatte vor der Abreise bemerkt, dass er hinkte.

»Sie sind so freundlich, sich zu erkundigen, Mylady. Die Köchin hat mir ein spezielles Elixier gebraut. Das hat die Beschwerden etwas gelindert«, erwiderte Curdey.

Sie schürzte die Lippen und fragte sich, wie viel Whisky dem Wundergebräu wohl beigemischt worden war. »Die Herzogin wird auch gleich hereinkommen, nachdem sie sich von Lord Temmes verabschiedet hat.« In Wahrheit hatten sich die beiden gestritten, als sie aus der Kutsche gestiegen war. »Ist mein Vater zurück?«

»Ja, Mylady«, sagte der Butler zu ihrer Überraschung. Ob es Absicht war oder nicht, sie hatte nicht viel Zeit in Gesellschaft ihres Vaters verbracht, seit er von dem Debakel mit Standish erfahren hatte. »Seine Gnaden hat sich für den Nachmittag in die Bibliothek zurückgezogen.«

»Danke, Curdey. Vielleicht sollten Sie nach meiner Mutter sehen.« Vielleicht konnte er Tem vor dem zänkischen Abschied der Herzogin bewahren.

Fayre durchquerte die Eingangshalle. Sie war sich nicht sicher, warum sich Tem und ihre Mutter eigentlich stritten. Sie war zu sehr damit beschäftigt, sich über Maccus' Schweigen zu wundern. Als sie ihm am Morgen begegnet war, hatte sie erwartet, etwas von dem Mann zu erhaschen, mit dem sie in der Nacht zuvor Stunden in ungezügelter und heißhungriger Leidenschaft verbracht hatte. Stattdessen war Maccus mit den Gedanken woanders gewesen. Und aus irgendeinem Grund war er ihrem Blick ausgewichen. Seine Höflichkeit schmerzte sie, wenn sie an all die Zärtlichkeiten dachte, mit denen er ihren Körper beglückt hatte.

Sie waren nur anderthalb Tage bei den Denings geblieben. Wenn Lord Jerrett anwesend gewesen wäre, hätte die Herzogin darauf bestanden, dass sie mindestens vier Tage länger ihren Besuch ausweiteten, nachdem die Mehrheit der Gäste abgereist war.

Sie klopfe an die Tür zur Bibliothek. Ihr Vater bat laut einzutreten. »Kenne ich Sie nicht, Sir? Sie kommen mir so bekannt vor«, neckte Fayre ihn von der Türschwelle aus.

»Meine liebe Fayre«, sagte er und stand mit offenen Armen auf. Sie rannte auf ihn zu. Der Herzog lachte über die stürmische Umarmung in sich hinein. »Wann seid ihr zurückgekommen?«

»Vor ein paar Minuten«, sagte sie und ließ ihn wieder Platz nehmen. Fayre setzte sich in einen der Sessel.

»Aha. Und deine Mutter?«, fragte er mit finsterer Miene, während er seine Papiere ordnete.

»Sitzt noch in der Kutsche. Sie und Tem, äh, hatten eine kleine Meinungsverschiedenheit«, sagte sie diplomatisch.

Der Herzog ließ sich durch ihre Wortwahl nicht täuschen. Er zog die Augenbrauen hoch und sagte: »Sie streiten sich wie zwei halbverhungerte Straßenköter um ein Stück Fleisch, ja?«

Fayre hielt sich die Hand vor den Mund und lachte. »Papa, was würde Mama sagen, wenn sie hörte, wie du sie mit einem Straßenköter vergleichst?«

Ihr Vater zwinkerte ihr zu. »Dann behalten wir den Vergleich lieber für uns, oder?« Er legte die Papiere zufrieden beiseite. »War der Besuch bei Lord und Lady Dening angenehm? Ich dachte, ihr bleibt länger.«

Sie streckte die Beine, um die Schmerzen nach der langen Fahrt zu lindern. »Natürlich. Das Gartenfest war wie immer wunderbar. Wir sind nur eher abgefahren, weil Mama einen Gast eingeladen hatte, der mit uns gefahren ist. Ich denke, sie wollte Mister Brawley keinen längeren Aufenthalt aufbürden.«

Ihr Vater reagierte nicht unverhohlen auf die Information, dass ein Herr mit ihnen gereist war. »Wer ist dieser Mister Brawley?«, fragte er und zeigte nur mildes Interesse.

»Ein Freund von Lord Yemant. Ich wurde ihm vorgestellt ... ach, egal«, sagte sie, weil die Erklärung nicht mit dem Einkaufsbummel und Lord Crescett enden sollte. »Es genügt zu sagen, dass Mama Gefallen an ihm fand, als sie erfuhr, dass Mister Brawley in London auf Brautschau gehen möchte. Du weißt ja, wie Mama sein kann, wenn sie eine Aufgabe hat. Ich bezweifle, dass auch nur eine unverheiratete Dame auf dem Fest ihrer Aufmerksamkeit entging.«

Der Herzog grinste, denn er wusste aus erster Hand, wie hartnäckig seine Frau sein konnte. »Ich nehme an, die Herzogin wird Mister Brawley bis zum Ende der Saison verloben.«

Fayre lächelte auch, doch ihre Fröhlichkeit war nur oberflächlich. »Ich habe den Herbst vorausgesagt.« Sollte Maccus die ideale Frau finden, würde ihre Freundschaft enden. Selbst wenn er die körperliche Verbindung nach seiner Hochzeit fortsetzen wollte, würde sie das großzügige Angebot ablehnen. Fayre wollte nie die Mätresse eines verheirateten Mannes werden.

»Nun, ich bin froh, dass du doch mit deiner Mutter zur *fête* gefahren bist. Nach dieser Affäre mit Standish fragte ich mich schon, ob du dich die ganze Saison über im Haus verkriechen wolltest.«

»Ich gehe aus, Papa«, sagte sie. Seine Unterstellung, sie verstecke sich in ihrem Zimmer, gefiel ihr nicht. »Du bist nur nie daran interessiert, dieselben Veranstaltungen wie ich zu besuchen. Ich frage mich schon, ob du vielleicht nicht mit mir gesehen werden möchtest.«

Fayre wusste, dass sie ungerecht und trotzig war. Ihr Vater benahm sich nicht anders als sonst. Diese Saison wurde er von der Witwe Lady Talemon abgelenkt. Davor war es Lady Hipgrave gewesen und so fort. Es gab zahllose hübsche Gesichter, bei denen ihr Vater Zuneigung und Trost suchte. Und währenddessen vergaß er manchmal seine Familie.

Ihre Mutter hatte sich diese Saison Lord Crescett zugewandt. Es hatte auch andere Männer gegeben. Fayre schloss die Augen. Sie war so angewidert, dass sie über ihre Eltern wütend wurde. Sie benahmen sich nicht untypisch. Sie hatte sich aber verändert. Ihre kleine Welt war auf den Kopf gestellt worden, weil sie es gewagt hatte, den falschen Mann zu lieben.

Sie war sich nicht sicher, ob sie ihr Schicksal verfluchen oder dafür dankbar sein sollte. Durch einen Fehler war Maccus in ihr Leben getreten, doch der hatte seine eigenen Träume. Die Einblicke, die er ihr in sein Leben vor London gewährt hatte, waren furchteinflößend. Sie würde sich nicht wie die böswillige Lady Hipgrave benehmen, die ihrem Liebhaber nicht vergeben konnte, dass er sich eine andere gesucht hatte. Fayre würde Maccus nicht im Weg stehen. Wieder besann sie sich auf sein Schweigen. Vielleicht war das Ende näher, als sie es sich vorgestellt hatte. Möglicherweise wusste er nicht, wie er es ihr sagen sollte.

Der Herzog runzelte die Stirn. »Was soll denn dieser Unfug, mein Kind?«

Er drehte den Stuhl vom Schreibtisch weg und winkte sie heran. Fayre sprang aus ihrem Sessel auf. Sie setzte sich auf seinen Schoß, wie sie es früher getan hatte und legte den Kopf auf seine Schulter.

Der Herzog umfing sie. »Geht es um Standish? Hat jemand etwas Verletzendes gesagt?«

»Papa, manchmal ist es so schrecklich. Lord Standish und Lady Hipgrave tauchen überall auf, wohin ich gehe.« Ihre Nase kribbelte, weil sie die Tränen unterdrückte. »Ich kann meiner Torheit anscheinend nicht entfliehen.«

Die Hand, mit der er ihr übers Haar streichelte, hielt inne. »Othilia hat sich mit Standish zusammengetan?«, fragte ihr Vater, erstaunt über die Neuigkeiten.

Fayre verzog das Gesicht. Allem Anschein nach war der Herzog so bezaubert von seiner neuen Geliebten, dass er sich mit Gerüchten nicht auf dem Laufenden gehalten hatte. Fayre unterdrückte einen Seufzer. Sie hätte es lieber gehabt, wenn er nichts von der Verbindung seiner Ex-Geliebten zu Standish erfahren hätte. Doch leider gab es zu viele Menschen in der Stadt, die ihn darüber informieren würden, wenn er Erkundigungen anstellte. Vielleicht war es das Beste, das sie es ihm gesagt hatte.

»Lord Hipgrave ist nicht in London. Lord Standish hat sich ihr als Begleiter angeboten«, sagte sie leise. Er hatte ihr auch noch andere Dienste angeboten, über die sie nicht nachdenken wollte.

»Hipgrave verabscheut die Stadt«, sagte der Herzog und tat damit die unzureichende Erklärung für Standishs Anwesenheit ab. »Othilia hätte keinen Mann heiraten können, der gegensätzlicher ist als sie. Ich kann mir nicht vorstellen, dass ihre Ehe glücklich ist.«

Ihr Vater klang nicht eifersüchtig auf den Gatten oder neuen Liebhaber der Dame. Die Gräfin hatte ihren Einfluss auf den Herzog unterschätzt. »Ich glaube nicht, dass Lady Hipgrave jemals dieses Gefühl erlebt hat. Sie kam mir sehr unsympathisch vor«, sagte sie vorsichtig.

Er seufzte. »Da stimme ich dir zu, mein Kind. Hat der Mistkerl Standish sie etwa angestachelt, dich schlecht zu behandeln?«

Die Gräfin hat Standish angespornt, dachte sie. »Nicht ganz«, wich sie aus. Wirst du mir von deiner Vergangenheit mit Lady Hipgrave erzählen, Papa? Sie hasst dich so sehr, dass sie den gesellschaftlichen Ruin deiner Tochter geplant hat, um dich zu verletzen.

Ihre Eltern sprachen nicht offen über ihre Seitensprünge. Also war es nicht überraschend, dass der Herzog nicht erklärte, warum die Gräfin persönliche Gründe hatte, seine Tochter zu hassen.

»Othilia ist eine schwierige, bekümmerte Frau«, sagte ihr Vater, ohne tiefere Einblicke in den amoralischen Charakter der Frau zu geben, die Fayre vielleicht weiterhelfen würden. »Wenn sie etwas Ungehöriges sagt, möchte ich, dass du mich sofort davon unterrichtest.«

»Das werde ich, Papa«, log sie leise. Sie konnte sich nicht von dem Geheimnis befreien, das sie hütete, seit sie Lord Standish in die Galerie der Mewes gefolgt war.

Er tätschelte ihr die Schulter. »Ich wünschte, ich könnte etwas gegen den Halunken unternehmen. Ich habe mich mit Pennefeather über seinen Sohn unterhalten …«

Fayre setzte sich auf und sah ihren Vater verwundert an. »Du hast mit dem Marquis gesprochen? Papa, wie konntest du? Ich habe dir doch gesagt, dass ich Lord Standish keineswegs heiraten werde, selbst dann nicht, wenn du ihn bis auf die Haut ausziehen, ihm eine goldene Schleife umbinden und einen faustgroßen Diamanten in seinen Mund stopfen würdest!« Zuvor hatte sie ihn aus Stolz nicht heiraten wollen, jetzt wollte sie ihn einfach nicht mehr.

»Beruhige dich«, bat der Herzog und amüsierte sich über das Bild, das sie heraufbeschworen hatte. »Ich habe schon vor Monaten eingesehen, dass du ihn nicht nehmen würdest. Er hat dich auch nicht verdient. Ich konnte nur nicht tatenlos zusehen, obwohl du vorgibst, dass er dich nicht verletzt hat. Pennefeather ist schon seit einiger Zeit mit seinem zweiten Sohn unzufrieden. Er wird Standish den Hahn etwas zudrehen, in der Hoffnung damit das ungezügelte Benehmen seines Sohnes zu bändigen.«

Ihr Vater sah sie erwartungsfroh an und hoffte, sie sei zufrieden mit Standishs Bestrafung. Doch das war sie nicht: »Aber Papa, Lord Pennefeather will seinem Sohn schon seit Jahren die Zuwendung kürzen. So weit ich weiß, hat der Marquis seine Drohung nie wahrgemacht.«

Es war wirklich schade. Standish wäre sicher ziemlich unglücklich, wenn er gezwungen wäre, am Abend seine finanzielle Lage zu überdenken, anstatt die Nächte mit Glücksspielen und der Verführung unschuldiger junger Damen zu vertrödeln.

Der Herzog nickte widerwillig. »Ich nehme an, Pennefeather hegt immer noch die Hoffnung, dass du mit Standish zusammenkommst. Nichts ließe die Gerüchte schneller verstummen als eine Heirat.«

Sie drückte ihre Wange an die wettergegerbte ihres Vaters. »Nein, ich werde ihn nicht heiraten. Nicht einmal, um das Geschwätz zu beenden.«

»Sture Göre. Du lässt mich den Mistkerl nicht herausfordern, und du willst ihn auch nicht heiraten. Was soll denn ein Vater noch tun, frage ich dich?«

»Nichts.« Standish würde für seinen Verrat bezahlen. Sie würde dafür sorgen, mit oder ohne Maccus' Hilfe. Fayre drückte ihren Vater noch einmal fest. »Ich hab dich lieb, Papa.«

Er tätschelte sie unbeholfen. »Ich habe dich auch lieb, meine gute Fayre. Gräm dich nicht. Es wird uns schon etwas anderes einfallen, wenn Pennefeather sein

Versprechen, ihm die Mittel zu beschneiden, nicht einlöst.«

Fayre zweifelte nicht im Geringsten daran, dass Standish seine Sünden büßen würde.

***

Maccus' Standpunkt ähnelte dem des Herzogs von Solitea. Er beobachtete Standish am Spieltisch. Sein Bruder hatte ihn zur *Lust der Moiren* begleitet. Zusammen hatten sie zugesehen, wie der Mann drei Stunden lang nur verlor.

Seine Gedanken wanderten wieder zu Fayre. Sie waren wie Fremde auseinandergegangen, und das war seine Schuld gewesen. Auf der Fahrt zurück in die Stadt hatte sie ihn mehrmals angesehen, das hatte er gespürt. Er hatte das stille Flehen gehört: *Was habe ich getan?* Die Nachricht, mit der er Hobbs zu ihr schicken wollte, würde ihre Verwirrung nur verstärken. Maccus verkrampfte die Faust, auf die er sein Kinn gestützt hatte. Er hatte sie nie verletzen wollen, doch es war alles so schnell gegangen. Maccus musste seine Chance nutzen.

»Was machen wir hier, Mac?«, fragte Trevor. Er trank das frische Bier, das die Bardame vor ihn hingestellt hatte. Maccus tat so, als nippe er erst einmal nur an seinem. »Es scheint ein feines Etablissement zu sein, wo man sich mit seinen Kumpanen entspannen kann. Aber ich sehe hier kein Zeichen von Seamus. Sollten wir nicht weitersuchen?«

Xavier hatte Maccus vorhin erzählt, dass er durch Standishs Dummheit schon ein kleines Vermögen verdient hatte. Sein Freund fühlte sich fast schuldig, das

Geld des Mannes zu nehmen, zumindest bis Maccus ihm erklärt hatte, warum dieser Mann seinen Gewinn nicht genießen durfte. Die Verluste hatten Standish nicht gebremst. Anstatt aufzuhören, hatte er immer größere Summen immer leichtsinniger aufs Spiel gesetzt.

Maccus ersparte seinem gelangweilten Bruder einen ungehaltenen Blick. »Seamus ist nicht mein einziges Opfer.« Er hatte geduldig auf diesen Abend gewartet, und nach Xaviers Meinung war es Zeit, den Plan ins Rollen zu bringen.

Trevor wandte sich um und musterte die Herren an dem Tisch, den Maccus so aufmerksam beobachtete. »Welcher ist es?«

»Grüne Weste«, raunte er. »Ich kann seine Verzweiflung bis hierher spüren. Du auch?«

Als Maccus nach dem Gartenfest in sein Haus zurückgekehrt war, hatte Trevor schon auf ihn gewartet. Sein Bruder erinnerte ihn manchmal an eine streunende Katze, die tagelang verschwand und die nur der Hunger nach Hause trieb.

»Ja, ich schätze«, antwortete Trevor ohne Überzeugung. »Warum jagst du ihn? Was hat er dir getan?«

Maccus nahm einen Schluck von seinem Bier. Er hatte noch nichts über seine Abmachung mit Fayre preisgegeben, oder warum sie seine Hilfe brauchte. Schade, aber er konnte Trevor nicht Fayres Geheimnisse anvertrauen.

»Nichts.«

Sein Bruder gaffte ihn ungläubig an. »Nichts? Der Mann hat nichts getan, und du tust was? Du bedrohst ihn mit deinem finsteren Blick?«

Derselbe Blick, über den er sich gerade lustig gemacht hatte, brachte Trevor zum Schweigen. »Ich habe nicht gesagt, dass er nichts getan hat; er hat *mir* nichts getan.« Da gab es einen Unterschied.

Trevor schnaubte. »Was wirst du mit ihm machen?«

Maccus stellte den Krug ab. Seine Augen leuchteten vor Vorfreude. »Ihn ruinieren.« Die Frau, die er erwartet hatte, sah in seine Richtung. Er winkte sie herbei.

Die verführerische Brünette nahm sich Zeit, sich den Weg zu ihrem Tisch zu bahnen. Keiner der beiden hatte Einwände, denn egal, ob sie kam oder ging, der Anblick war es wert.

»Guten Abend, Hübscher«, schnurrte sie mit rauchiger Stimme. »*Die Lust der Moiren* hat sie gern zu Gast.«

Maccus schmunzelte. »Sie müssen Xavier verhexen.«

Während Trevor ihre Brüste anstarrte, beugte sie sich hinunter und flüsterte Maccus ins Ohr: »So oft ich kann.« Sie richtete sich auf und lächelte Trevor an. »Und wer ist das?«

»Vergessen Sie's. Sie würden ihn bei lebendigem Leibe verschlingen«, sagte Maccus, woraufhin Trevor auf den Tisch klopfte.

»Sag mal, Mac, wenn die Dame mich verschlingen möchte, ist das doch wohl meine Sache«, wand Trevor ein.

»Nein. Du möchtest nicht die Art von Scherereien erleben, in die man bei Xavier kommt«, gab Maccus zurück und wandte sich wieder der Frau zu. »Sie könnten mir einen Gefallen tun.«

»Alles«, säuselte sie und machte jeden Mann in Hörweite eifersüchtig.

»Nicht die Art von Gefallen. Ich möchte dem Mann dort drüben vorgestellt werden«, sagte Maccus und nickte in Lord Standishs Richtung.

Neun Tage später ging Fayre beklommen auf Maccus' Haus zu. Etwas war auf dem Fest der Denings geschehen, und zwar nachdem sie sich im Tempel geliebt hatten. Maccus hatte am Tag nach ihrer Rückkehr nach London zwei Nachrichten überbringen lassen. Die erste war an ihre Mutter adressiert. Darin bedankte er sich für die Einladung, sie zu dem Fest zu begleiten. Die andere trug Fayres Namen. Sie hatte sich auf ihr Zimmer zurückgezogen, um sie ungestört zu lesen. Erwartetet hatte sie eine Entschuldigung für seine seltsame Laune an jenem Morgen oder einen Liebesbrief, in dem er ihre Schönheit pries. Das Herz pochte ihr vor Vorfreude, und sie öffnete den Umschlag. In seiner markanten Handschrift dankte er ihr für ihre Liebenswürdigkeit, entband sie aber von der Verpflichtung, ihn weiter in seinem Haus zu besuchen. Er hatte erklärt, dass seine Geschäfte vernachlässigt worden seien und er ihnen nun seine Nachmittage widmen müsse.

Alle?

Maccus log.

Er dankte ihr für ihre *Liebenswürdigkeit*. Was hatte sie denn getan, dass sie ein solch einfallsloses Kompliment verdiente? Sie zog sein Temperament dieser höflichen Gleichgültigkeit vor. Seine Taten erinnerten sie zu sehr an Standish.

In ihrem Groll über die Nachricht hatte sie ihm weder geantwortet noch versucht, ihn zu besuchen. Fayre nahm an, dass ihr Schweigen ihn dazu bringen würde, zu ihr zu kommen. Maccus hatte nicht an ihre Tür geklopft.

Zwei Tage später hörte Fayre, wie ihre Mutter dem Herzog erzählte, dass sie Maccus im Theater begegnet sei. Zuerst hatte sie ihn in Miss Greffis' Loge gesehen, wo er mehr als eine halbe Stunde an der Seite der Dame verweilte. Die Herzogin war erfreut darüber gewesen. Fayre war am Boden zerstört.

Am darauffolgenden Nachmittag ging sie zum Kartenspiel zu den Spraggs. Sie hatte sich dazu gezwungen, denn sie wollte unter keinen Umständen einem weiteren unwürdigen Mann nachtrauern. Ihr Herz schlug ihr bis zum Hals, als Maccus sich zu ihnen gesellte. Als er ihre Beachtung bemerkte, nickte er ihr flüchtig zu. Fayre wandte sich irritiert ab. Sie konnte nicht mehr einschätzen, ob er höflich war oder sich über sie lustig machte. Zu ihrer Erleichterung sprach er sie nicht an. Diskret beobachtete sie ihn, wie er mit Miss Knight und einigen ihrer Freunde plauderte.

Am fünften Tag bewegte ihre Mutter sie ungewollt zum Handeln, als sie beim Frühstück eine Anekdote vom Vorabend über Maccus, Lady Glasse und den Terrier der Marquise zum Besten gab. Der Mann war zu weit gegangen. Fayre warf die Serviette hin und stürmte aus dem Zimmer. Zwei Stunden darauf stand sie vor Maccus' Tür. Sein Diener begrüßte sie herzlich, sagte aber, Mister Brawley sei nicht da. Sie kehrte ernüchtert nach Hause zurück. Maccus hatte sie verlassen, und sie konnte sich keinen Grund dafür denken.

Sie hatte vier Tage gebraucht, bis sie den Mut fasste, es erneut zu versuchen. Fayre hielt sich nicht mit Benimmregeln auf, die vorschrieben, dass sie einen Diener zur Tür schickte. Sie ging selbst. Hobbs öffnete sofort. Vielleicht hatte er die Straße vom Fenster aus beobachtet.

»Na, Lady Fayre Carlisle, Sie sehen heute aber hübsch aus«, begrüßte er sie.

»Guten Tag, Hobbs. Ist Maccus zu Hause?«, fragte sie, und wünschte sich schon, sie wäre einfach am Haus vorbeigefahren.

Hobbs machte ein langes Gesicht. Er sah sich schnell im Haus um, bevor er sie wieder ansah. Das Lächeln wich ihr aus dem Gesicht, als sie seine betrübte Miene sah. »Der Herr ist nicht da. Er verbringt dieser Tage viel Zeit außer Haus.«

Fayre benetzte die Lippen. »Ich weiß. Na schön, danke sehr, Hobbs. Sie sind ein Gentleman.« Sie wandte sich zum Gehen.

»Ich weiß, dass Brawley betrübt sein wird, dass er Sie verpasst hat«. Hobbs wollte sie aufheitern.

»Nein, Hobbs, bestimmt nicht.« Sie versuchte, dem Diener ein Lächeln zu schenken. »Sagen Sie Mac … nein, sagen Sie Mister Brawley, dass ich mich nicht wieder in seine privaten Angelegenheiten einmischen werde.«

Hobbs stand steif an der Türschwelle, während Lady Fayres Kutsche davonfuhr. »Haben Sie gehört, was sie gesagt hat?« Sein Ton war respektlos, doch Hobbs war es gleichgültig.

Maccus trat aus dem schattigen Innern ins Licht hinaus. Seine Augen waren freudlos. »Ja, ich habe es gehört.«

Sechzehntes Kapitel

Fayre verabscheute Maccus Brawley.

Immer wieder dieselbe Frage kreiste durch ihren Kopf. Wie konnte ein Mann so überwältigend zärtlich zu ihr sein, die Nacht mit ihr verbringen, ihrem Körper so vollkommen mit seinem huldigen, und dann, so als schlug er eine Tür zu, tags darauf so tun, als seien sie Fremde? Es gab eine hässliche Antwort auf die Frage, die sie bis jetzt nicht wahrhaben wollte.

Maccus hatte sie benutzt. Er hatte sie wie eine Hure behandelt, und sie war so geblendet gewesen, dass sie es auch noch genossen hatte. Sie legte die Hand vor den Mund. Plötzlich war ihr übel. Seine Zurückweisung war um so vieles schlimmer als die von Lord Standish, dachte sie, als sie im Schlafzimmer auf- und abging. Um Himmels willen, warum hatte sie sich nur in ihn verliebt?

Wenn sie jemals wieder mit ihm sprechen sollte, konnte sie sich nicht sicher sein, dass sie höflich bleiben würde. Sie hörte ein leises Klopfen an der Tür. Ihr Gesicht war tränenüberströmt. Ihre Eltern waren außer Haus und genossen den Abend ohne einander. Es war wahrscheinlich Amelie. Sie hatte die Zofe vorher aus dem Zimmer geschickt, bevor sie die Vorbereitungen zum Zubettgehen beendete

»Sie können sich zurückziehen, Amelie«, krächzte

sie und schniefte traurig. »Ich habe mein Haar selbst gebürstet.« Als Beweis nahm Fayre die Bürste in die Hand.

Die Zofe ignorierte Fayres Anweisung und öffnete die Tür. Oje, sie hatte sich geirrt. Nicht Amelie, sondern Maccus Brawley stand in der Tür.

Seine Anwesenheit in ihrem Schlafzimmer riss ihr gnadenlos das verletzte Herz auseinander. »Bestechen Sie wieder die Dienerschaft, Mister Brawley? Wenn Sie so weitermachen, wird mein Vater das gesamte Personal feuern müssen.« Sie besann sich ihrer Tränen und wischte sie schnell fort.

Maccus wehrte sich nicht. Er machte eine Geste der Kapitulation. »Ich dachte mir, dass du vielleicht verärgert bist. Ich habe versucht, dir fernzubleiben, aber ich schaffe es nicht.«

Es spielte keine Rolle, dass er jeden Zentimeter ihres Körpers berührt und geküsst hatte. Er würde ihre Tränen nicht sehen. »Raus!«

Als er sich nicht regte, warf sie ihm die Haarbürste an den Kopf. In ihrer Wut zielte sie schlecht und traf stattdessen die Schulter. Maccus versuchte nicht einmal, dem Wurf auszuweichen.

»Die Tage, die wir getrennt waren, schienen endlos«, gab er zu. Schatten unter seinen Augen zeugten davon, dass seine Nächte ebenso rastlos wie ihre waren. Er trat ins Zimmer. »Ich träume oft von unserer letzten Nacht zusammen im Tempel.« Er schloss die Tür.

»Lügner!«, schrie sie. Sie nahm die Hand vor den Mund und krümmte sich vor Schmerz.

Maccus sprang ihr schnell zur Seite. In dem Moment, als er sie berührte, richtete sie sich auf und griff an. Ihr Schlag ins Gesicht traf ihn hart. Eine weitere Gelegenheit zuzuschlagen, blieb ihr verwehrt. Grob packte er ihre Handgelenke. Ihre Kraft wurde durch ihre wachsende Wut genährt. Sie wand sich und trat zu, kämpfte freizukommen.

»Zum Teufel! Das reicht!«, blaffte er sie an.

Maccus zerrte sie durchs Zimmer zum Bett. Sie wehrte sich stärker. Ein paar verzweifelte Sekunden lang fürchtete sie, er wolle sie gegen ihren Willen nehmen. Sie landeten auf dem Bett. Fayre wand sich unter ihm, doch er hielt sie durch sein Gewicht fest.

»Beruhige dich«, sagte er unwirsch. »Ich will dir nicht wehtun.«

Ihr Gesicht war nur Zentimeter von seinem entfernt. »Zu spät. Das hast du schon!«, rief sie zurück und verkrampfte sich unter ihm. »Und dafür hasse ich dich.«

Maccus' harte Züge erblassten. »Fayre, das meinst du nicht so.«

Sie war zufrieden, dass ihr Geständnis ihn verletzte. »Doch, du herzloser, hinterhältiger Schurke. Runter von mir. Wenn du einen willigen Körper suchst, musst du woandershin gehen. Ich werde nicht länger deine Hure sein!«

Entsetzen blitzte in seinem Gesicht auf und dann heftiges Leugnen. Er schien den erschrockenen Ausdruck abzuschütteln. Dann überraschte er sie, indem er ihre Arme losließ. Er stieg von ihr herunter und gab ihr den Abstand, den sie gefordert hatte.

Er starrte blind aus dem Fenster und sagte: »Du bist keine Hure. Ich habe dich nie als eine betrachtet, als … als wir zusammen waren.« Seine Stimme schwankte, was auf seine Aufrichtigkeit hindeutete.

Fayre setzte sich auf. Sie weigerte sich, ihm Trost zu spenden. Er hatte Unfrieden zwischen sie gebracht. »Du hast mich benutzt, Maccus. Als du meiner überdrüssig wurdest, hast du mich weggeworfen. Selbst Hobbs musste für dich lügen und sagen, du seist nicht zu Hause.« Seine Miene verriet ihn und bestätigte ihren Verdacht. »Vielleicht haben wir einfach unterschiedliche Vorstellungen davon, was eine Hure ist.«

Maccus machte mit der Hand einen Schnitt. »Verdammt nochmal, hör auf, dich eine Hure zu nennen!« Er atmete durch, darauf bedacht, sein Temperament zu beherrschen. »Du wirst es mir wahrscheinlich nicht glauben, aber du liegst mir am Herzen. Was wir zusammen erlebten, bedeutet mir etwas.«

Besiegt sank Fayre in sich zusammen. »Du hast Recht.« Sie sprang vom Bett und lief durchs Zimmer, um die Haarbürste aufzuheben. »Ich glaube dir nicht.« Sie sah sich flüchtig im Spiegel an und zuckte zusammen. Die Tränen hatten in ihrem Gesicht Verwüstungen angerichtet, und Maccus hatte mit seiner schroffen Behandlung ihr Haar vollkommen durcheinandergebracht. Sie sah furchtbar aus. Das hielt sie nicht aus. Sie setzte sich aufs Bett und bürstete ihr Haar.

»Du musst nichts sagen. Ich möchte nur, dass du zuhörst.« Er deutete ihr Schweigen als Zustimmung und fuhr fort. »Ich weiß, dass dies meine Schuld ist. Ich habe alles vermasselt. Richtig. Das weiß ich, seit ich beim Kartenspiel der Spraggs dein Gesicht sah. Du wirktest so verletzt, doch ich hatte diesen Weg schon eingeschlagen. Es gibt kein Zurück mehr.«

Er ging vor dem Fenster auf und ab. »Nein!« Maccus schüttelte den Kopf als Antwort auf etwas, das er im Innern mit sich selbst beredet haben musste. »*Wir* haben dies begonnen. Fayre, wir waren uns einig, dass wir vorgeben, uns kaum zu kennen. Wir haben das schon beim Fest der Denings so gehandhabt. Weil der Zeitpunkt kommen musste, an dem Lord Standish und die Gräfin glaubten, dass es keine ernste Verbindung zwischen uns gab.«

Fayre musste zugeben, dass alles, was er sagte, der Wahrheit entsprach. Sie zog die Bürste durchs Haar. »Nun, da du in Gesellschaft jeder unverheirateten jungen Dame gesehen wurdest, bin *ich* sogar überzeugt, dass ich dich nicht kenne.«

Maccus murmelte einige ausgefallene Flüche, und Fayre zog die Augenbraue hoch. Er schloss die Augen und drückte die Finger auf die Lider. »Wenn du wegen der Damen böse bist, gib der Herzogin die Schuld. Sie ist dank dir erpicht darauf, mich unbedingt zu verheiraten.«

»Was habe ich denn getan?«, jammerte sie.

Er zeigte mit dem Finger auf sie. »Du warst doch die Närrin, die ihr sagte, ich suche eine Braut.«

»Das stimmt doch auch«, warf sie ein.

Seine Augen funkelten vor Erstaunen darüber, dass sie ihn so zur Weißglut brachte. »Nicht in dieser verdammten Minute!«

Maccus hockte sich nieder und sah sie fest an. »Hör zu, ich weiß, ich hab dir wehgetan, weil ich weggeblieben bin. Ich dachte, ein scharfer Schnitt wäre besser. Fayre, ich hatte Unrecht. Ich blute innerlich. Ich denke jeden Tag an dich. Jedes Mal, wenn ich dich in der Öffentlichkeit sehe, trifft mich der Schmerz in deinen Augen wie ein Schmiedehammer. Vielleicht war es feige von mir, nicht vorher mit dir zu besprechen, dass ich mich distanzieren würde. Zu meiner Verteidigung kann ich nur vorbringen, dass ich es nicht gewohnt bin, meine Gefühle zu erklären. Und es ist mir auch nicht ganz wohl dabei, mich dir jetzt anzuvertrauen.«

»Wenn das eine Entschuldigung sein soll, Maccus, dann ist es aber eine ziemlich erbärmliche.« Fayre hob herausfordernd das Kinn, als er sich plötzlich aufrichtete.

»Dein Gesicht ist so ausdrucksstark, mein Juwel. Ob du liebst oder hasst, jeder, der dich ansieht, erfährt deine wahren Gefühle«, erklärte er. Frustriert stellte er fest, dass er ihren Zorn nicht brechen konnte. »Für meine List schien es besser zu sein, wenn du mich hasst.«

List? Meinte er ihre Abmachung? Seine Erklärung verwirrte sie nur noch mehr. Noch immer streitend sagte sie: »Herzlichen Glückwunsch! Das ist dir gelungen!«

»Schon möglich, aber ich halte es nicht aus. Fayre, ich liebe dich«, sagte er und stählte sich für ihre Zurückweisung.

Wie konnte er jetzt diese kostbaren Worte zu ihr sagen? »Zum Teufel, mein Herr. Du spielst nie fair!« Sie legte die Bürste aufs Bett.

Ermutigt dadurch, dass sie ihm die Bürste nicht wieder an den Kopf geworfen hatte, trat er näher. »Ich habe dir mal gesagt, ich sei ein schonungsloser Halunke. Da habe ich nicht gelogen. Und ich lüge auch nicht, wenn ich dir sage, dass ich dich liebe.«

»Hör auf, diese Worte zu sagen«, flehte Fayre. Ihre Entschlossenheit wurde schwächer. Sie liebte ihn so sehr, dass sie ihm glauben wollte. »Du bist gut darin, Menschen zu täuschen. Ich bin durcheinander, Maccus. Woher weiß ich denn, dass dies nicht auch eine Lüge ist?«

»Du musst mir vertrauen.« Mit einem durchdringenden Blick flehte er sie an, ihm zu glauben.

Fayre griff sich an die Stirn. Sie hatte Kopfweh. Wenn er geplant hatte, ihre Gefühle vollkommen zu verwirren, dann hatte er sein Ziel erreicht. »Ich muss über das nachdenken, was du gesagt hast.«

Maccus war eindeutig enttäuscht darüber, dass er ihr Vertrauen nicht gewinnen konnte. Doch sie hatte kein Mitleid mit ihm. Er verdiente es wie sie, durch die Unsicherheit zu leiden. »Du hast gesagt, meine Empfindungen lägen für alle offen. Riskierst du dann nicht deinen Plan, wenn du mir die Wahrheit sagst?«

»Ja.« Seine Züge wurden weicher. Er streckte die Hand aus, um ihr die Wange zu streicheln. Fayre wich zurück, denn sie war noch nicht bereit, ihm zu vergeben. »Na gut. Das habe ich verdient. Ich werde dich nicht berühren.« Er nickte und akzeptierte, dass er einen weiten Weg vor sich hatte, bis sie ihm verzieh. »Es ist besser, wenn ich jetzt noch nicht alle Einzelheiten preisgebe. Ich riskiere schon sehr viel mit dem, was ich dir gesagt habe. Aber ich hielt die Missstimmung zwischen uns einfach nicht aus.«

Aufgebracht rollte sie mit den Augen. »Du hast mir gar nichts gesagt.«

Maccus ging zur Tür und öffnete sie. Kleine Grübchen formten sich auf seinen Wangen, als er lächelte. »Doch, ich habe dir das Allerwichtigste verraten. Ich liebe dich.«

Fayre dankte ihrem Tanzpartner und sagte ihm Adieu. Er war nicht willens, schon entlassen zu werden und folgte ihr. Er bot ihr von seinem Herzen bis hin zu einem Glas Limonade alles an. Lächelnd lehnte sie alle Angebote ab. Es gab nur einen Mann, dessen Herz sie begehrte, und der hofierte die anderen Damen der Gesellschaft.

Sie benahm sich wie eine Xanthippe, doch sie konnte nicht anders. Nachdem sich Maccus vor vier Nächten in ihr Schlafzimmer geschlichen hatte, konnte sie sich nicht klarwerden, ob er die Wahrheit gesagt hatte, oder ob er so böse war, ihr nicht nur das Herz zu brechen. Er musste auch noch ihre Seele zerstören.

Wo war Maccus?

Fayre hatte seit jener Nacht nicht wieder mit ihm gesprochen. Ihre Mutter erzählte immer noch, dass sie ihn bei Empfängen sah, also hatte seine vertrauliche Erklärung nichts an seiner Brautschau geändert. Maccus hatte sie angefleht, ihm zu vertrauen. Sie versuchte es, doch es war schwierig.

Gestern hatte er ihr eine Nachricht zukommen lassen, unbedingt auf diesem Ball zu erscheinen. Fayre wollte ohnehin kommen, doch da er so darauf bestand, widerstrebte es ihr. Warum war ihre Anwesenheit so wichtig? Sie nahm an, dass er mit ihr reden wollte. Trotzdem hatte er sich ihr bisher entzogen, und sie war zu vorsichtig, um ein Wagnis einzugehen.

Sie fühlte sich entmutigt und gestand sich ein, dass Maccus ihren Rat oder die Beziehungen nicht mehr brauchte. Das Gütesiegel der Herzogin und sein gutes Aussehen stellten sicher, dass jeden Tag zahlreiche Einladungen bei ihm eintrafen. Das war zwar immer Teil des gemeinsamen Plans gewesen, doch es war schwieriger, als sie es sich jemals vorgestellt hatte, ihm zuzusehen, wie er mit Dutzenden anderer Damen flirtete und tanzte, die darum wetteiferten, ihm vorgestellt zu werden.

»Lady Fayre«, begrüßte Lord Yemant sie, als sie ganz gedankenverloren an ihm vorüberging.

»Guten Abend, mein Herr«, sagte sie. Ihre Unaufmerksamkeit machte sie nervös. »Ich war in Gedanken.« Sie trat näher und sprach leise. »Haben Sie vielleicht Mister Brawley gesehen?«

Der Viscount runzelte nachdenklich die Stirn. »Ich habe ihn mit Miss Knight bei der Tür zum Garten gesehen. Was hat der Strolch angestellt? Hat er vergessen, dass er Ihnen einen Tanz versprochen hat?«

Seine Frage bot ihr eine gute Ausrede. »Ich fürchte ja. Vielleicht ist er zu angetan von Miss Knight, um sich an sein Versprechen zu erinnern.«

Sie hatte auch gesehen, wie Maccus mit der listigen Achtzehnjährigen sprach. Eine Verbindung mit Miss Knight wäre günstig. Sie war hübsch, gut erzogen und brachte ihrem Bräutigam eine Mitgift von zehntausend Pfund mit. Wenn Maccus eine Liste aller Kandidatinnen machte, dann hätte Fayre an seiner Stelle die junge Frau hinzugefügt.

»Angetan oder nicht, Maccus hat Sie zu gern, um sie zu kränken.«

Seine Bemerkung überraschte sie. »Seine Arroganz ist manchmal unerträglich, aber wir haben gelernt, die Gesellschaft des anderen zu ertragen.«

Lord Yemant hob skeptisch eine Braue. Er musste den nachlässigen Umgang seines Freundes mit ihren

Gefühlen in ein besseres Licht rücken. »Diese Veranstaltungen sind für uns unverheiratete Männer wahrlich eine Tortur. Die Mütter, die ihre Töchter an den Mann bringen wollen, hecken kühne und kreative Pläne aus. Ich sage Ihnen, eine dieser teuflischen Kreaturen hat ihn in die Enge getrieben, und es fällt ihm keine höfliche Ausrede ein, sich zu verabschieden. Das passiert mir praktisch jedes Mal, wenn ich es wage, mein Gesicht zu zeigen. Es ist kein Wunder, dass Männer ihre Klubs bevorzugen.«

Der Viscount war wirklich ein guter Fang für eine ehrgeizige Mutter oder Tochter. Fayre hatte Mitleid mit ihm. »Ich bin mir sicher, dass Miss Mableward Ihren Mut zu schätzen weiß.«

Sein attraktives Gesicht errötete beim Namen ihrer Freundin. »Ach ja. Ich glaube, das tut sie. Ihr bei diesen Veranstaltungen zu begegnen, macht die Abende erträglich.« Er besann sich auf seine Umgangsformen und fügte hinzu: »Genau wie Ihre Anwesenheit, meine Dame. Wenn Sie Brawley nicht finden, wäre ich geehrt, seinen Platz einnehmen zu dürfen.«

»Sie sind sehr großzügig, Lord Yemant«, antwortete sie. Er wäre der perfekte Ehemann für Callie. »Doch ich möchte nicht mehr tanzen. Ich werde im Garten nach Mister Brawley suchen. Wenn Miss Knights Mutter ihn wirklich in die Ecke getrieben hat, dann wird er mir für meine Hilfe etwas schuldig sein.«

Paare fanden im Garten oft noch andere Vergnügungen als frische Luft oder die Schönheit der Landschaft. Plötzlich war Lord Yemant besorgt, Fayre könnte Maccus in einer kompromittierenden Lage vorfinden. Er sagte: »Wenn Sie möchten, kann ich Sie begleiten.«

»Das ist nicht nötig. Ich werde nur einen Blick nach draußen werfen. Wenn ich ihn nicht finde, dann überlasse ich es ihm, nach mir zu suchen.«

Sie knickste und nickte kurz. Dann ging sie auf die Flügeltür zu, die zum Garten führte. Fayre versuchte, das Mitleid in Lord Yemants Blick nicht zu beachten. Er bedauerte es erwähnt zu haben, dass er Maccus mit Miss Knight gesehen hatte. Wenn Maccus und Miss Knight nach draußen gegangen waren, gab es die Möglichkeit, dass sie etwas sehen würde, was sie nur betrüben konnte.

Fayre wünschte, sie hätte den Viscount von ihrer Stärke überzeugen können. Sie würde nicht zusammenbrechen, wenn Maccus wirklich Miss Knight den Hof machte, oder einer der anderen Damen. Fayre liebte ihn und bedauerte dies nicht. Sie wusste immer, dass sie nicht das war, was er in einer Braut suchte.

Viele Gäste standen in der Nähe der Tür und genossen die kühle Luft nach einem Tanz. Fayre sah weder Maccus noch Miss Knight, also entfernte sie sich weiter vom Haus. Überall waren Laternen angezündet worden. Die Kieswege führten die Abenteuerlustigen zu einsameren Aussichten in den Garten. Sie glaubte nicht, dass Maccus dort in der Dunkelheit Miss Knight mit seiner Schmeichelei und den betörenden Berührungen verführte.

Ganz bestimmt nicht.

Ihr Vertrauen in ihn hielt sie aber nicht zurück, am östlichen Ende des Gartens entlang weiter in den hinteren Teil zu gehen. Hier gab es weniger Laternen. Sie zitterte in der Nachtluft und war jetzt besorgter darüber, dass sie sich zu weit vom Haus und den anderen Gästen entfernte als über Maccus' und Miss Knights Verschwinden.

Männerstimmen ließen sie innehalten. Sie spähte in die Dunkelheit. Sie kam an einer ausgelöschten Laterne vorbei und ging einen Weg entlang, den sie vorher gemieden hatte.

»Was haben Sie der Göre gesagt?«

Fayre erstarrte, als sie Lord Standishs Stimme erkannte. Sie verließ den Weg und versteckte sich hinter einem kleinen Baum. Er hatte viel getrunken. Das merkte sie, denn er neigte zu einem angestrengten Ton in der Stimme, wenn er zu tief ins Glas geschaut hatte. Der andere Mann antwortete, doch sie hörte nur leises unverständliches Gemurmel. Vom Kiesweg abzukommen, war tückisch. Doch sie konnte es nicht riskieren, Lord Standish oder seinem Begleiter in die Arme zu laufen.

»Hübsches Gesicht, aber zu demütig für meinen Geschmack. Manche bevorzugen die Sorte ja«, sagte Standish missbilligend.

Fayre benutzte diesen Wortschwall, um sich näher an die beiden heranzutasten.

Ihre Hand fand eine dichte Hecke, die ihr fast wie eine Wand vorkam. Ein schwaches Licht fiel an einigen Stellen hindurch, also suchte sie nach der Öffnung.

Ein paar Minuten später war das Rätsel der Wand gelöst. Ein Lichtstrahl lockte sie zur Rückseite. Die Hecke war die Begrenzung einer kleinen gotischen Ruine. Fayre spähte durch eine große Lücke, wo ein

Teil der Hecke verwelkt war. Jemand hatte eine Laterne auf dem Sockel einer verfallenen Säule abgestellt. Eine weitere stand auf dem Boden ein paar Meter von ihr entfernt. Sie hockte sich hin und schrie beinahe auf, als ein Mann direkt vor ihr anhielt. Er hatte ihr den Rücken zugewandt, doch sie erkannte ihn als Lord Standish.

»Wir haben dich eher erwartet. Gab es ein Problem?«, fragte er einen Neuankömmling. Im Moment hatte sie nur die Aussicht auf das beachtliche Hinterteil des Mannes.

»Nicht ganz.« Der Klang von Lady Hipgraves sinnlich affektierter Stimme bohrte sich in sie wie eine rostige stumpfe Klinge. »Ich habe lediglich die Vergnügungen genossen«, sagte sie hintersinnig.

Standish scharwenzelte nun um seine Geliebte herum und gab die Sicht auf ihre Erzfeindin frei. Wie immer stand die Gräfin dort, wo das Licht ihre kurvige Figur begünstigte. Sie trug ein weißes Samtkleid mit einer violetten Crêpe-Robe. Ihr dunkelblondes Haar war hochgebunden und wurde von einem langen Crêpeschal zusammengehalten.

Die Gräfin streckte Lord Standishs Begleiter anmutig die Hand entgegen. Fayre reckte den Hals, um ihn besser zu sehen. Sie verlor das Gleichgewicht und strauchelte, als Maccus ins Licht trat. Er nahm die Hand der Gräfin und beugte sich höflich über sie.

»Ungeachtet der Verspätung freue ich mich immer auf unsere vertraulichen Treffen, meine Dame«, sagte Maccus und verschlang die Frau mit den Augen.

In ihrem Versteck schüttelte Fayre den Kopf. Sie wollte es nicht wahrhaben. Maccus hatte sich Lord

Standish und Lady Hipgrave absichtlich vorstellen lassen, so dass er ihre Feinde beobachten konnte. Nicht ein Mal hatte er erwähnt, dass er die Gräfin auch anderweitig traf.

»Ich auch, Sir«, sagte Lady Hipgrave. Ihr Ton deutete an, dass zwischen ihnen mehr vor sich ging als nur oberflächliche Höflichkeit. »Ich habe vorhin im Ballsaal gesehen, wie Sie mit Miss Knight flirteten. Eine ganz passable Wahl für einen Mann in Ihrer Stellung.«

»Zu zahm, sage ich«, warf Lord Standish ein. »Wenn Sie Ihren Erben gezeugt haben, werden Sie die Nächte mit einem lebhafteren Musselin verbringen wollen.«

»Ich habe nur mit der Dame gesprochen«, sagte Maccus sanft.

»Ich muss Standish zustimmen«, sagte Lady Hipgrave und setzte sich auf die Reste einer eingefallenen Mauer. »Miss Knight verkörpert die fade Kost der Londoner Saison auf dem Heiratsmarkt. Es ist nichts dagegen einzuwenden, sich das Mädchen zur Braut zu wählen, wenn man eine pflichtbewusste und unkomplizierte Kreatur möchte.«

»Ich würde denken, dass so eine Dame ideal als Ehefrau wäre.«

»Für manche, ja«, gab die Gräfin zu. »Sie sind jedoch ein Mann, der mit so einem einfachen Fräulein unzufrieden wäre. Die Zeit in Ihrer Gesellschaft hat mir gezeigt, dass Sie ehrgeizig sind und einen auserlesenen und kraftvollen Appetit haben. Glauben Sie mir, dass eine Heirat mit jemandem, der Ihnen nicht ebenbürtig ist, tragisch wäre.«

Fayre ballte immer wieder die Faust über dem Herzen. Lady Hipgrave dachte wahrscheinlich an ihre eigene Ehe. Der Graf wurde selten in London gesehen, doch sie erinnerte sich daran, was ihr Vater über Lord Hipgrave gesagt hatte. Seine Frau war das genaue Gegenteil von ihm. Fayre verstand nicht, warum Maccus zu dem nächtlichen Treffen gekommen war, doch sie konnte ein ungutes Gefühl nicht abschütteln.

»Außer wenn sie siebzigtausend Pfund im Jahr wert ist«, sagte Lord Standish und lachte über seinen Scharfsinn.

Lady Hipgrave sah ihn an und lächelte. »Ja, wenn es ums Geld geht, sieht man über viele unschmeichelhafte Makel hinweg. Stimmen Sie da nicht zu, Mister Brawley?«

Maccus zuckte gleichgültig die Achseln. »Reichtum ist ein guter Ausgleich. Er öffnet einem verschlossene Türen, schafft Loyalität und Respekt, bevor man sie sich verdient. Edle Damen, die mich zuvor als nicht würdig befunden hätten, betteln um einen Platz an meiner Seite.«

Standish nahm einen Flachmann aus der Tasche und trank. Dann gestikulierte er damit herum, während er sagte: »Und in Ihrem Bett, möchte ich wetten.«

Maccus sah den Mann wissend an. »Und an anderen Orten.«

Fayres Magen zog sich zusammen. War das eine Anspielung auf die Liebesnacht im Tempel? Sie hatte Maccus einmal gesagt, dass sie Angst hatte, Lord Standish und Lady Hipgrave könnten von ihnen erfahren. Hatte er sie verraten, ihren Feinden ihre Geheimnisse preisgegeben?

Lady Hipgrave stand auf und legte ihm anmaßend

die Hand auf den Jackenärmel. »Nun, Mister Brawley, mit Ihrem Reichtum und den richtigen Freunden, sage ich Ihnen, können Sie Ihre Ziele höher stecken als die Miss Knights der Welt zu erobern.«

Maccus blickte auf ihre Hand. »Mit Ihrer Hilfe?«

»Oh, ich denke unser Bündnis wird eine bereichernde Erfahrung sein«, versicherte ihm die Gräfin. Sie sah ihn aus ihren wässrigen blauen Augen an. »Lady Fayre Carlisle ist nur das erste von vielen gemeinsamen Projekten.«

»Alberne kleine Zicke«, murmelte Lord Standish zu sich selbst. »Leichtgläubig ist sie auch. Schöpft sie Verdacht?«

»Ich kann sehr überzeugend sein, wenn die Motivation stimmt«, sagte Maccus selbstsicher. Fayre hatte schon immer befürchtet, dass er von diesem ruchlosen Ehrgeiz beherrscht wurde, der seine Züge zu einer zynischen Maske erstarren lassen konnte. »Soliteas Tochter gehört mir. Sie vertraut mir völlig.«

Fayre berührte die Brosche, die er ihr geschenkt hatte. Jedes Wort, das er äußerte, strafte ihn Lügen. Er traf sie tief, so dass sie vom Schmerz ganz betäubt war.

»Dann ist es Zeit zum Feiern. Standish, würdest du bitte?« Der Mann reichte ihr den Flachmann. »Einen Toast auf uns, Mister Brawley … und auf dich, Lord Standish, für deine Opferbereitschaft und List.« Sie nahm einen großen Schluck von dem Brandy. Dann reichte sie ihn weiter und umarmte Standish.

Maccus starrte den Flachmann an, während Lady Hipgrave und Lord Standish sich küssten. Fayre wusste, dass er starken Alkohol mied wegen des großen Einflusses, den er auf seinen Vater gehabt hatte. Sie hatte nie gesehen, dass er etwas Stärkeres als Bier trank. Lady Hipgrave trat von Lord Standish zurück und sah Maccus erwartungsfroh an. Mit einem teuflischen Grinsen nahm er einen tüchtigen Schluck.

Anerkennend bewegte sich die Gräfin von Lord Standishs Umarmung zu Maccus. »Lady Fayre sollte mir danken, weil ich zwei meiner liebsten Freunde mit ihr teile«, sagte sie und bot ihm ihre Lippen. Maccus nahm die unausgesprochene Einladung an.

Sie waren noch immer in einer leidenschaftlichen Umarmung vereinigt, als Fayre leise zurückwich. Das Bild von Maccus, wie er hungrig Lady Hipgrave küsste, war in ihr Hirn eingebrannt. Langsam bahnte sie sich den Weg zurück zu dem fröhlichen Ball im Haus.

Nach seinem Aufenthalt im schwach beleuchteten Garten war das Licht der funkelnden Kronleuchter im Ballsaal gleißend, und Maccus blinzelte. Er ging durch die Menge. Die Musik und das Gelächter um ihn herum standen in starkem Kontrast zu dem scheinheiligen, vertraulichen Treffen, an dem er soeben teilgenommen hatte.

Seine Laune war unbeständig. Er drängte sich durch die Gäste und forderte im Stillen jeden heraus, sich ihm in den Weg zu stellen. Sie waren alle so fromm wie Lämmer, dachte er verächtlich, als sie alle beiseitetraten. Dies war die Welt, nach der er sich gesehnt hatte, aber er gehörte nicht hierhin. Maccus hatte den halben Raum durchmessen, bevor er begriff, dass er nach Fayre suchte. Er hatte sie bei seiner Ankunft gesehen.

Also hatte sie eingewilligt, ihn in der Öffentlichkeit zu treffen. Sein Verlangen, ihr zu begegnen, gefährdete seine Pläne. Trotzdem konnte er nicht widerstehen, auch wenn er sie noch nicht angesprochen hatte. Den Regeln der Schicklichkeit musste Genüge getan werden. Um ihretwillen hatte er versucht, das komplizierte Spiel zu spielen, das er nicht verstand.

Als genug Zeit vergangen war, wollte er sie suchen, doch Miss Knight hatte ihm aufgelauert. Danach hatte er persönliche Verpflichtungen. Jetzt, da er frei war, fand er sie nirgendwo. Zum Teufel, konnte sie denn nicht an Ort und Stelle bleiben?

Er erspähte Fayres Freundin Miss Mableward und änderte die Richtung. Es überraschte ihn nicht, dass Yemant ganz in ihrer Nähe war. Der Viscount war so liebestrunken, dass es unglaublich war, dass er sich in seiner Zielstrebigkeit nicht verletzte.

Miss Mableward lächelte erfreut, als sie ihn erkannte. Sie deutete einen Knicks an. »Guten Abend, Mister Brawley.«

»Das wäre er vielleicht, wenn ich Lady Fayre finden könnte«, sagte Maccus geduldig, wie er hoffte. »Haben Sie sie gesehen?«

»Als ich mit ihr sprach, suchte sie nach Ihnen«, sagte Yemant hilfsbereit. »Die Dame war böse, weil Sie den Tanz vergessen haben, den Sie ihr versprochen hatten. Hat sie Sie denn im Garten gefunden?«

Er sah den Viscount streng an und machte einen bedrohlichen Schritt vor. »Sie war im Garten?«

Yemant sagte: »Vergeben Sie mir, Brawley. Es ist möglich, dass ich es verpfuscht habe. Ich sagte ihr, dass ich Sie und Miss Knight bei der Tür zum Garten gesehen hätte. Als wir uns trennten, ging sie auf diese Tür zu. Als Lady Fayre nicht zurückkehrte, nahm ich an, sie hätte Sie gefunden.«

Maccus zwang sich zur Ruhe. Fayre war vielleicht im Garten umhergewandert. Doch der Ort, wo er sich mit Lord Standish und Lady Hipgrave getroffen hatte, war weit vom Haus entfernt. Und sie hatten einige Laternen ausgelöscht, damit die anderen Gäste sie nicht stören würden.

Er fragte Miss Mableward: »Haben Sie sie gesehen?«

Sie war durch seine Anspannung verunsichert und stammelte: »N … nein. Es tut mir leid, dass ich Ihnen nicht helfen kann.«

Maccus nickte brüsk. Er verabschiedete sich von dem Paar und machte sich auf den Weg, um das gesamte Haus nach Fayre abzusuchen, angefangen mit dem Ballsaal. Sie war sicher in der Nähe, und er würde die erstickende Nervosität nicht abschütteln können, bis er sie fand.

»Was machen Sie denn hier draußen?«

Fayre nahm ihren Mantel von einem Diener entgegen und ließ sich Zeit damit, ihn anzuziehen, bevor sie Maccus antwortete. Sie richtete sich gerade auf und sah ihm in die Augen.

»Seien Sie nicht so begriffsstutzig, Mister Brawley. Ich gehe.«

»Warum?«, fragte er, sie bedrängend.

Fayre wich von ihm zurück. Nachdem sie aus dem Garten wiedergekehrt war, hatte sie ein leeres Zimmer gesucht, um sich zu sammeln. Obwohl es schwer gewesen war, konnte sie mit Stolz sagen, dass sie keine einzige Träne für den wertlosen Verbrecher vergossen hatte. Sie war stärker, als Lord Standish, Lady Hipgrave und Mister Brawley sich jemals vorstellen konnten.

Sie blickte ihn kühl an. »Warum? Das ist nicht der einzige Ball, den ich heute Abend besuchen wollte. Ich hatte Mama versprochen, mich auch bei den Hakewells zu zeigen.«

Maccus senkte die Stimme und sagte: »Dann werde ich Sie begleiten. Die Herzogin wird meine Unverschämtheit zu schätzen wissen.«

Fayre lächelte fast. Seine Dreistigkeit würde ihre Mutter wirklich amüsieren. Zu schade, dass er sich als niederträchtiger Schurke erwiesen hatte. Ohne ihn eines Blickes zu würdigen, sagte sie kurz angebunden: »Ich hätte es lieber, wenn Sie davon Abstand nähmen. Sie haben viel dafür getan, sich in der Gesellschaft zu etablieren. Sie sind angesehen. Bravo, Sir.« Sie wandte sich zum Gehen, doch er hielt sie am Zipfel ihres Umhangs fest.

»Wenn es um Miss Knight geht …«, fing er an. Er flehte mit den Augen um Vergebung.

Fayre zog den Stoff aus seiner Hand. »Seien Sie beruhigt, Mister Brawley. Es hat nichts mit Miss Knight zu tun.« Sie verschwand in die Nacht, ohne sich umzudrehen.

Purer Stolz hielt sie davon ab, zusammenzubrechen, als sie in die Kutsche stieg. Erst als die Tür geschlossen wurde, sank sie in sich zusammen. Das Zuknallen der Tür symbolisierte den Schlussstrich unter ihre Verbindung zu Maccus Brawley. Sie war dankbar. Das Ende ihrer Beziehung hatte in der Luft gelegen. Dieser Tatsache war sie sich schon bewusst gewesen, bevor sie Maccus' Geliebte wurde.

Sie war erleichtert darüber, dass sie sich nun nicht mehr damit quälen musste. Wegen der Lügen hätte sie ihm keinen Vorwurf gemacht, wenn er sie hinter sich gelassen hätte. Das Leben, in das er hineingeboren war, hatte ihn beinahe getötet. Sein früheres Dasein hatte sie nicht abgestoßen, es hatte sie vielmehr beeindruckt. Sein Kampf darum, etwas aus sich zu machen, hatte sie beflügelt. Sie wollte ihm wirklich helfen, auch wenn sie ihn am Ende verlieren würde.

Doch Maccus an Lady Hipgrave zu verlieren, war ein Doppelspiel, das sie nicht vorhergesehen hatte. Wie sie sie alle ausgelacht haben mussten, als sie sich Maccus völlig hingegeben hatte. Zweimal von Männern betrogen worden zu sein, die sie geliebt hatte. Sie war wirklich ein abschreckendes Beispiel für jedes dumme Mädchen, das wagte, sich in einen Schurken zu verlieben.

Die Kutsche rollte an und brachte so genügend Abstand zwischen sie und den Mann, dessen schonungsloser Ehrgeiz ihr Leben zu einem Debakel gemacht hatte. Fayre bedeckte ihr Gesicht und weinte. Sie sah nur noch Maccus, wie er die Gräfin charmant anlächelte und sie dann gierig küsste. Wie hatte sie ihn nur so falsch einschätzen können? Sie war am Boden zerstört und wusste nicht, ob sie sich jemals wieder von den Qualen erholen würde.

Etwas Großes polterte von außen gegen die Tür. Erschrocken stieß sie einen Schrei aus. Während die Kutsche sich noch bewegte, riss jemand die Tür auf. Maccus steckte den Kopf durch die Öffnung.

»Halten Sie die Kutsche an!«, brüllte er und starrte sie wütend an.

»Bitte halten Sie an«, krächzte sie, die Stimme durch ihre Tränen entstellt. Sie wollte die Anweisung gerade wiederholen, als das Gefährt langsamer wurde.

Maccus kletterte hinein. Mit seinem großen Körper füllte er die Kutsche aus und ängstigte sie damit und mit seinem Zorn. Er setzte sich ihr gegenüber, wobei er seine Bewegungen bewusst unter Kontrolle hielt. Dann musterte er sie gedankenvoll. Er nahm ein Taschentuch aus der Innentasche seines Jacketts und reichte es ihr.

Fayre tupfte sich damit die Wangen trocken. Sie stopfte es in ihren Pompadour, weil sie ihm unmöglich das nasse Tuch zurückgeben konnte. Seine Anwesenheit hatte ihren Tränenstrom erfolgreich versiegen lassen, wofür sie dankbar war. Sie wollte seiner Selbstverliebtheit nicht noch Nahrung geben, indem sie ihn merken ließ, wie sehr sein Verrat sie mitgenommen hatte.

»Hatten Sie etwa gedacht, ich sei schon fertig mit Ihnen?«, fragte Maccus sanft.

Nach dem gewaltsamen Eindringen hatte sie erwartet, dass er ihr lautstark Vorwürfe machen würde. Das hätte ihr einen Anlass gegeben, ihrem Ärger ebenfalls Luft zu machen. Doch wie sollte sie auf diese sanfte Art reagieren? »Ja. Ich bin müde Maccus. Ein ganzer Ballsaal voller Damen wartet darauf, von Ihrem guten Aussehen verzaubert und mit Schmeicheleien überhäuft zu werden. Sie sollten zurückkehren.«

»Sie sind eifersüchtig«, sagte er, und sie streckte bei dem Vorwurf das Rückgrat durch. »Sie wollen gar nicht zur Herzogin fahren. Sie gehen, weil etwas sie heute Abend gekränkt hat.«

Sie sah ihm mit spöttischer Bewunderung an. »Unglaublich! Sie wollen das also wirklich bis zum Ende durchspielen.«

»Wovon reden Sie, Fayre?«, fragte er und legte den Kopf schief.

Sie rieb sich die Schläfe. Die Aufregung bereitete ihr Kopfschmerzen. Der Lügner sah sie an, als sei ihr Benehmen unverständlich. Aber Maccus wusste ja nicht, dass sie die drei zusammen gesehen hatte. Sie fragte sich, wie lange er wohl mit der Farce fortfahren wollte, bevor er ihr den Todesstoß versetzte.

Maccus wurde ungeduldig, weil sie nichts sagte. »Ich habe mit Yemant gesprochen. Ich weiß, dass er Ihnen von Miss Knight erzählt hat. Sie haben uns im Garten gesucht.«

War der Viscount etwa in Maccus' Geheimnisse eingeweiht? Fayre tat den Gedanken sofort ab. Er schien ein ehrenwerter Gentleman zu sein. Trotzdem vertraute sie ihrem Urteilsvermögen nicht mehr, was die Männer betraf. Doch sie traute Callie. Sie bezweifelte, dass ein Mann, den ihre Freundin bewunderte, sich mit Schlangen zusammentun könnte.

»Macht sich Lord Yemant Vorwürfe wegen seiner losen Zunge? Das würde ihm ähnlich sehen, denn er ist ein *ehrlicher* Mann«, sagte sie, unfähig, den bissigen Ton zu vermeiden. »Geben Sie ihm nicht die Schuld. Wie alle anderen im Saal habe ich Ihre vertrauliche Unterhaltung mit der Dame selbst beobachtet.«

Maccus schien über das Bekenntnis erleichtert zu sein. Er zog fragend die Braue hoch. »Und Sie haben im Garten nach uns gesucht?«

»Hat Lord Yemant erwähnt, dass ich das vorhatte?«, fragte sie listig zurück. Sie verschränkte die Arme und wartete auf seinen nächsten Zug.

»Antworten Sie mir, Fayre. Sind Sie in den Garten gegangen?«

»Ja.« Es gab keinen Grund, es zu leugnen.

Maccus nickte und zog seine eigenen Schlüsse daraus. »Und da haben Sie mich nicht gefunden und haben das Schlimmste angenommen.«

Er hatte Nerven, so enttäuscht von ihr zu sein! Wäre Fayre ein Mann gewesen, hätte sie ihn aus der Kutsche geworfen. Stattdessen benutzte sie eine Waffe, mit der sie vorzüglich umgehen konnte. »Können Sie mir das zum Vorwurf machen, Sir? Schließlich habe ich Ihre Vorliebe für geheime Treffen erlebt.«

Die Beleidigung erregte seinen Groll. Er schlug sich wütend aufs Bein. »Ich wusste, dass Eifersucht der Grund für Ihre Verstimmung ist. Vielleicht sollte ich Sie leiden lassen, aber ich kann es einfach nicht. Ich war nicht bei Miss Knight.« Er machte ein finsteres Gesicht, das sie herausforderte, seine Behauptung doch zu widerlegen.

»Nein?«

Es gab einige lästige Arten, wie man einen Mann hinterrücks einen Lügner nennen konnte. Sie stachelte ihn an. »Nein, Miss Knight und ich trennten uns im Ballsaal. Ich war im Garten, jedoch alleine.«

Fayre dachte, dass das teilweise zutraf. Irgendwann war er alleine im Garten gewesen. »Ist es nicht seltsam, dass ich Ihnen da nicht begegnet bin? Was haben Sie denn da draußen gemacht?«

Sie lehnte sich vor. Sie wollte unbedingt von ihm die Wahrheit hören. Wenn sie etwas falsch verstanden hatte, war dies Maccus' Gelegenheit, sein Treffen mit Lord Standish und Lady Hipgrave zu beichten.

Maccus nahm den Hut ab und strich ein paar lose Haare glatt. Er wandte den Blick ab und sagte: »Hauptsächlich bin ich geflüchtet. Ich wollte gerade zu Ihnen gehen, als Miss Knight auf mich zukam. Sie bedrängte mich, morgen Nachmittag mit ihr im Park auszureiten. Die junge Dame war sehr hartnäckig. Danach ging ich an die Luft, um den Kopf freizubekommen.«

Sag die Wahrheit, flehte sie ihn still an. »Sonst nichts?«

Seine Züge wurden schalkhaft. Er wollte ihre Hand nehmen, doch sie zog sich zurück. »Welchen Grund könnte ich ohne Sie in meinen Armen haben, im dunklen Garten zu verweilen?«

Fayre lachte und hielt die Tränen zurück, die in ihren Augen glänzten. »Ach, ich könnte mir ein, zwei Vergnügungen denken. Mal sehen … mmh.« Sie tat so, als wäge sie die Möglichkeiten ab. »Ich weiß nicht. Sterne zu zählen? Oder dem süßen Klang der Nachtigall zu lauschen? Nein!«, fragte sie mit falscher Heiterkeit. Seine Augen verengten sich zu Schlitzen. »Oder vielleicht trafen Sie da draußen ja heimlich Lord Standish und Ihre Mätresse, um sich gegenseitig dafür zu loben, dass Sie eine Närrin aus mir gemacht haben!«

Trotz seiner dunklen Haut wurde Maccus bleich. »Fayre!«

Sie würde ihn höchstwahrscheinlich umbringen,

wenn er sie mit Lügen hinhielt. »Ich habe gesehen, wie Sie mit ihnen lachten. Lady Hipgrave hat andere vertrauliche Treffen erwähnt. Dieses war also nicht das Erste. Und ich habe gesehen, wie Sie sie geküsst haben!«

Er zuckte zurück, denn sie wurde zunehmend hysterisch. Als er versuchte, sie in den Arm zu nehmen, stieß sie ihn weg. »Lassen Sie es mich erklären.«

Nein. Nein. Nein. Sie würde ihm nicht zuhören. Das hatte sie bisher immer getan. Und wo hatte es sie hingebracht? Er war ein geübter Lügner. »Was wollen Sie erklären, Maccus? Haben Sie in Ihrem Bestreben, die Londoner Gesellschaft bei ihrem eigenen Spiel zu schlagen, festgestellt, dass Lady Hipgrave eine bessere Verbündete ist, als ich es bin? Die Frau schmiedet seit Monaten ein Komplott, um meinen Vater zu verletzen und mich zu ruinieren. Wie außergewöhnlich kaltblütig, Sir. Haben Sie ihr diesen gemeinen Plan unterbreitet, oder machte die Gräfin Ihnen ein verlockendes Angebot, das Sie unmöglich ablehnen konnten?«

Sein Kiefermuskel war angespannt. Die grauen Augen waren rätselhaft. Er sagte: »Sie sind nicht in der Verfassung für eine vernünftige Erklärung.«

Sie lachte höhnisch. »Ich bin nicht in der Verfassung, Ihre falschen Geschichten anzuhören, Mister Brawley! Verschwinden Sie aus meiner Kutsche oder ich weise den Kutscher an, Sie gewaltsam zu entfernen.«

Die Drohung schien ihn nicht zu beeindrucken. Trotzdem stieg er zu ihrer großen Erleichterung aus. In der Tür wandte er sich verdrießlich zu ihr um. »Fayre, wir können nicht so auseinandergehen.«

Sie machte eine resignierte Geste. »Gut. Sie wollen, dass ich vernünftig bin. Ich gebe Ihnen zum Abschied einen Rat. Besuchen Sie nie einen Ball, auf dem Ihre beiden Mätressen anwesend sind. Das zeugt von schlechten Umgangsformen. Ich sollte nicht erwarten, dass ein Mann, der aus der Vereinigung eines brutalen, trinkenden Seemannes und einer Hafenhure geboren wurde, die feinen Nuancen der Höflichkeit versteht.« Fayre riss die Brosche von ihrem Kleid und warf sie in Richtung seines Kopfes. Maccus fing sie auf, bevor sie sein Gesicht traf. »Behalten Sie sie. Ihre Geschenke bedeuten mir nichts. Und Sie noch weniger.«

Sie hieß den Kutscher weiterzufahren. Fayre schloss die Tür.

Siebzehntes Kapitel

Maccus stürmte in sein Haus und warf die Tür ins Schloss, um seine Rückkehr anzukündigen. Um diese späte Stunde begrüßte ihn niemand. Er erwartete das auch nicht. Hobbs und das restliche Personal hatten sich schlafen gelegt. Er zündete eine Kerze an und stieß die Tür zum Wohnzimmer auf. Dort zündete er im ganzen Raum Kerzen an, bis er von Licht umgeben war.

In seiner Erinnerung sah er Fayre, die da neben ihm mitten im Zimmer stand und ihm die Schritte eines Ländlers erklärte. Die grünen Augen hatten geleuchtet, als sie die Schritte laut vorzählte.

Er nahm den Hut ab und warf ihn aufs Sofa. Die Handschuhe und der Gehrock folgten gleich darauf. Er ließ sich in den nächsten Stuhl fallen und rieb sich müde übers Gesicht.

Fayre hasste ihn.

Es war besser so. Hatte er sich nicht vorgenommen, sie zu vertreiben? Mit zwei Fingern holte er die Brosche aus seiner Westentasche hervor. Die Diamanten glitzerten, als er das elegante Blumendessin musterte. Als er Fayre das Schmuckstück geschenkt hatte, war sie so überwältigt von seiner Großzügigkeit gewesen, dass ihr Freudentränen in den Augen standen. An diesem Abend waren ihre Tränen bitter gewesen, als sie das Geschenk nach ihm geworfen hatte. Sie hatte es zurückgewiesen.

Sie hatte ihn zurückgewiesen.

Gott, was für ein Durcheinander, dachte er. Er hätte ihr die Wahrheit über das Treffen mit Lord Standish und Lady Hipgrave sagen sollen. Im Nachhinein erkannte er, dass Fayre zwar glaubte, er habe sie betrogen, sie aber im Stillen wollte, dass er seine Sünden beichtete. Sie hätte ihm vielleicht sogar vergeben.

Unwahrscheinlich.

Fayre hatte gesehen, wie er Lady Hipgrave geküsst hatte. Sie dachte, er hatte sich heimlich mit ihren Widersachern getroffen und er und Lady Hipgrave seien ein Liebespaar geworden, während sie sich gegen sie verschworen hatten.

Ihm vergeben?

Niemals.

Er hatte aus Fayres Sicht den schlimmsten Verrat begangen. Maccus betrachtete die Diamanten. Sie würden sie immer an ihre Tränen erinnern. Er steckte die Brosche wieder in die Tasche und erhob sich. Sie war die stärkste Frau, die er kannte, und er hatte sie mit seinen Taten und seinem Schweigen gebrochen.

Die Liebe war so selten in sein Leben getreten, dass es etwas Zeit brauchte, bis er sie erkannte. Doch er hatte sie in ihren klaren Augen gesehen. Sie hatte ihn umschlungen, jedes Mal, wenn er Fayre geliebt hatte. Er hatte sich fast überzeugt, dass er alles annehmen konnte, was sie ihm anbot. Zumindest, bis die Gräfin bei den Denings so unverschämt an seine Tür geklopft hatte. Die kleine Unterredung hatte ihn gezwungen, seine Pläne zu ändern, ohne Fayre einzuweihen. Die

Begegnung hatte ihn außerdem daran erinnert, dass man die Vergangenheit nur schwer vergessen kann. Hatte er nicht Jahre auf den Versuch verwendet, seine eigene zu verdrängen? Trevor hatte ihn gewarnt, dass ihr Vater nach ihm suchte. Maccus musste sich mit der Tatsache abfinden, dass er sich nie von seinem Vater befreien konnte, oder von der Gefahr und Gewalt, die ihm wie eine zweite Haut anhafteten.

Maccus ging zu dem kleinen Servierwagen, auf dem er den Brandy für seine Gäste aufbewahrte. Er trank keinen Branntwein. Ein Teil von ihm hatte immer gefürchtet, dass der Alkohol die wütende Bestie wecken könnte, die unter seiner zivilisierten Fassade schlummerte, ein Abbild seines Vaters, aber schlimmer. Er drehte das geschliffene Kristallglas und fand, dass der bernsteinfarbene Trank einladend aussah. Die süße Versuchung, ihn sich einzuverleiben und damit sein Schuldgefühl Fayre gegenüber zu besänftigen, war verlockend. Niemand würde schlecht von ihm denken, wenn er ein Glas trank oder die Karaffe leerte.

»Ihre Geschenke bedeuten mir nichts. Und Sie noch weniger.«

Maccus nahm den Brandy und schmetterte ihn gegen die Wand. Ihm entfuhr ein schwermütiger Schrei. Er hatte Fayre verloren und dieses trostlose Schicksal verdient. Er trat den Servierwagen um. Dann zerschlug er einen Stuhl.

Er rannte zum Kaminsims, wo er die diversen Glas- und Porzellanfiguren zu Boden fegte. Dieses Zimmer war ein Symbol seines Wohlstandes und der gehobenen Stellung gewesen, doch es bedeutete ihm nichts mehr. Maccus sah sein Ebenbild im Spiegel und erkannte den ungezähmten Mann nicht, der ihm entgegenstarrte.

Er nahm eine hölzerne Pferdeplastik vom Tisch und schleuderte sie durch den Raum auf den vergoldeten Spiegel. Die Oberfläche zersplitterte zu einem großen Spinnennetz und sein Abbild wurde ausgelöscht. Die Skulptur und mehrere Scherben fielen zu Boden.

Er schwankte leicht und begutachtete den Schaden, den er angerichtet hatte. Er wischte sich den Schweiß von der Stirn und bemerkte, dass er sich tiefe blutige Kratzer zugezogen hatte. So sehr er sich auch danach sehnte, er würde Fayre nicht weiter nachjagen und sie zwingen, seine Erklärungen anzuhören. Es war am besten, wenn sie dachte, er sei schlimmer als Standish. Schönheit war zu zerbrechlich. In seiner Gegenwart hielt sie nicht lange.

Fayre sehnte sich nach Arianrod. Die Einsamkeit und die Pracht der Landschaft wirkten beruhigend auf sie, ein starker Kontrast zum Leben in der Stadt. Wenn es ihr nicht so feige erscheinen würde, London den Rücken zu kehren, würde sie noch heute Nacht ihre Siebensachen zusammenpacken. Ihre Mutter hatte sie gewarnt, dass sie eine heikle Wahl getroffen hatte, als sie sich entschied, den Skandal in der Stadt durchzustehen. Besonders, da Lord Standish und Lady Hipgrave die Gerüchte schürten. In ihrer Überheblichkeit hatte sie gedacht, sie könnte sie in ihrem eigenen Spiel besiegen.

Sie hatte nie damit gerechnet, Maccus zu begegnen. Auch war sie nicht darauf gefasst gewesen, welche Rolle er in ihrem Leben spielen würde.

Wann hatte seine Täuschung angefangen? Er hatte sie beobachtet, bevor er sie angesprochen hatte, so viel wusste sie. Arbeitete er schon mit Lady Hipgrave zusammen, als er die Begegnung im Park ausheckte, oder hatte die Heimtücke erst später stattgefunden? Sie war zu verärgert gewesen, um die Antworten einzufordern, die er so ungern geben wollte. Nicht, dass sie etwas bedeuteten. Es gab für sie und Maccus keine Zukunft. Die stille Hoffnung, die sie in seinen Armen gehegt hatte, war ein Trugbild gewesen.

Sie hörte einen Ruf, und die Kutsche schlingerte, als die Pferde nach rechts ausbrachen. Fayre spähte aus dem Fenster in die Dunkelheit. Die Kutsche bremste ab. Was tat der Mann denn da? Sie hatten doch noch nicht das Haus erreicht. Der Kutscher sprach mit jemandem. War Maccus zurückgekehrt? Oder schlimmer, hatten Banditen sie zum Halten gezwungen?

Zum zweiten Mal an dem Abend wurde die Tür unerwarteter Weise aufgerissen. Fayre durchfuhr ein Ruck. Die Hand flog ihr vor Angst zum Hals. Nach ein paar Sekunden erkannte sie das Gesicht des Mannes, der sie angrinste. Entsetzt griff sie den Eindringling an.

Maccus spürte, dass er nicht allein war. Er wirbelte herum. Trevor stand auf der Türschwelle und betrachtete aufgeweckt das Chaos und den Mann, der es angerichtet hatte.

Sein Halbbruder pfiff leise erstaunt, als er eintrat. »Wenn du mit dem vornehmen Firlefanz nicht zufrieden warst, Mac, hättest du einfach Hobbs bitten sollen, ihn wegzuräumen.« Trevor bemerkte die Blutflecken an Maccus' Ärmel und die Schnitte an seiner rechten Hand. Klugerweise blieb er stumm.

»Ich dachte, du seiest außer Haus«, sagte Maccus dümmlich. Er schämte sich, dass sein Bruder diese Seite an ihm zu Gesicht bekam, von der er geglaubt hatte, sie für immer unterdrückt zu haben.

»War ich. Jetzt bin ich wieder da.« Trevor richtete den einzigen Stuhl auf, den Maccus des dicken Polsters wegen nicht in Brennholz hatte verwandeln können, und setzte sich. »Ich habe Neuigkeiten über Seamus.«

Maccus' Blick auf Trevor verengte sich. »Du hast ihn gesehen?«

»Und Worte mit ihm gewechselt. Er möchte dich treffen, Mac.«

Maccus trat eine große zerbrochene Vase beiseite und ging auf den Kamin zu. Er stemmte die Hand auf den leeren Sims und stierte auf die kalte Feuerstelle. »Wo?«

»Wo schon?«, fragte Trevor mit düsterer Miene. »Ich habe ihn in einem Wirtshaus namens *Zum bronzenen Mistkäfer* aufgespürt. Seamus sagte, ich solle dich sofort holen, ansonsten würde er zu dir kommen.«

»Du hast es ihm gesagt?«, fragte Maccus vorwurfsvoll.

Trevor wich seinem jähzornigen Blick aus. »Er weiß immer, wie er einem etwas entlocken kann. Es ist egal. Er hätte dich ohnehin gefunden.«

Maccus fluchte heftig. Er massierte sich den Nacken. Seamus hatte eine Macht über seinen Bruder, die Maccus nie brechen konnte. Ob es nun fehlgeleitete Loyalität oder Furcht war, die Trevor dazu veranlasste, sich auf die Seite des Vaters zu stellen, das kümmerte Maccus im Moment nicht. Er hatte Fayre heute Abend grausam, wenn auch unabsichtlich, wehgetan mit seinen Halbwahrheiten. Selbst wenn sie ihm jemals vergeben könnte, wollte er sie nicht mit seiner Familie belasten. Wenn Seamus erst erfuhr, welches Leben sich sein Sohn aufgebaut hatte, würde ihn nichts Geringeres als Mord davon abhalten, seinen Teil einzufordern. In der derzeitigen Verfassung war Maccus entgegenkommend.

»Noch etwas anderes, Mac«, sagte Trevor und rüttelte seinen Bruder aus seinen ernsten Gedanken. »Seamus war fast nüchtern, als ich ihn vorhin gesehen habe. Ich kann dir nicht versprechen, dass du ihn in diesem Zustand vorfindest, wenn du es hinauszögerst.«

❊❊❊

Fayre boxte ihren Bruder vor die Brust. »Verdammt nochmal, Tem! Ich hatte beinahe einen Herzanfall. Ich dachte, die Kutsche würde angegriffen.«

Ihr Bruder fing die Faust ein und umarmte sie innig. »Ich habe dich auch vermisst, Schwesterlein«, lallte er leicht. »Ich habe unser Wappen gesehen und dachte, ich sage meiner Sippe guten Abend.«

»Du bist ja völlig blau«, stöhnte sie, schüttelte ihn ab und ließ sich wieder auf ihren Platz fallen.

»Nun übertreib mal nicht, ich bin höchstens von blauem Blut«, sagte Tem und lachte über seinen Scherz. Er stieg ein, doch er verschätzte sich bei der Stufe und fiel mit dem Gesicht auf Fayres Schoß. Er raffte sich auf, kroch den Rest des Weges und ließ sich neben ihr nieder. »So ist's besser, oder?«

Der Kutscher erschreckte sie, als er den Kopf durch die Tür steckte. »Verzeihung, Mylady, wenn ich Sie geängstigt habe. Ich dachte, es sei das Beste anzuhalten, als ich Lord Temmes gesehen habe. Ich habe sein Pferd hinten an der Kutsche angebunden.«

»Sie haben das Richtige getan, John.« Tem legte den Kopf auf ihre Schulter. Sie seufzte schicksalsergeben. »Fahren Sie uns zu seinem Haus. Er kann dort seinen Brandy-Rausch in Ruhe ausschlafen.«

»Wie Sie wünschen, Mylady.« Der Kutscher schloss die Tür.

Fayre nahm Tems Hut ab und warf ihn auf den Sitz. Liebevoll streichelte sie ihm übers Haar. »Du schuldest mir etwas, lieber Bruder, und ich werde es einfordern.«

»Wie kommst du darauf?«, raunte er und rührte sich, ohne jedoch die Augen zu öffnen. Sie hatte angenommen, er schlafe.

»Dank meiner Güte wirst du zu deinem Haus gebracht, anstatt einfach nach Hause zu fahren. Das wird dir Mamas Strafpredigt ersparen. Die hat sie schnell parat, wenn sie erfährt, dass du versucht hast, den Solitea-Fluch zu erfüllen, indem du vom Pferd fällst.«

Tem schnaubte ihr laut ins Ohr. »Das gab's schon. Wenn ich schon jung sterben muss, dann wenigstens auf originelle Art und Weise.«

Fayre rümpfte die Nase angesichts des merkwürdigen Humors ihres Bruders. »Wie rücksichtsvoll von dir.«

»Dachte ich auch«, sagte er schläfrig und schmiegte sich näher an sie. »Was machst du denn ganz allein außer Haus?«

Sie verdrehte die Augen, als sie den Vorwurf in der Frage vernahm. »Du bist nicht in der Verfassung, mich zu belehren, mein Herr. Außerdem habe ich meinen Abend beendet, früh, wie ich hinzufügen darf. Ich war gerade auf den Nachhauseweg, als du die Kutsche aufgehalten hast.«

»Du hast geweint.«

»Woher willst du das wissen? Du kannst ja nicht einmal die Augen offen halten.«

Tem strafte sie eine Lügnerin, als er den Kopf hob und die Augen öffnete. Sie waren blutunterlaufen, aber er war nicht so betrunken, wie sie es gedacht hatte. Zufrieden damit, etwas bewiesen zu haben, schloss er die Augen wieder und kuschelte sich an sie.

»Was hat dich gekränkt? Hat dieser Mistkerl Standish dich geärgert?«, fragte er. »Ich hätte nie auf dich hören sollen. Wenn ich ihn hätte herausfordern dürfen, hätten wir allen seine lästige Gegenwart erspart.«

Fayre öffnete die Lippen, überrascht, dass Tem ihr so sachlich einen Mord anbot. Sie hasste Lord Standish, doch sie könnte nie für seinen Tod verantwortlich sein oder ihren Bruder zum Henker ihres Folterers machen. »Nein. Tem, ich vermassle immer alles. Ich hätte auf die Herzogin hören und diese Saison im Ausland verbringen sollen.«

Er grunzte. »Wegrennen? Sieht dir aber nicht ähnlich aufzugeben, wenn es schwierig wird.«

»Nein, du hast Recht. Es hört sich nicht nach mir an.«

»Erzähl es mir«, bot er an.

»Warum sollte ich? Du wirst dich nicht an das Gespräch erinnern, wenn du aufwachst.«

»Fayre«, knurrte Tem bedrohlich.

Sie hatte damit angefangen. Jetzt würde sich ihr Bruder nicht zufrieden geben, bis er ihr die Beichte abgenommen hatte. »Na gut. Willst du wissen, was ich glaube? Ich glaube, die Carlisles sind verflucht. Was stimmt nur nicht mit uns, Tem, dass wir nicht die richtige Liebe finden? Letzten Endes heiraten wir immer jemanden, der zu uns passt, der unseren Reichtum und den Stand in der Gesellschaft verbessert. Wir ziehen die nächste Generation auf, die die Familientradition des Wagemuts fortführt. Doch was ist mit Liebe, Treue oder Ehre? Warum bin ich der Liebe nicht wert, Tem?«, fragte sie mit zittriger Stimme.

Ihr Bruder antwortete nicht. Fayre war überzeugt, dass er ihren Ausbruch verschlafen hatte, als er plötzlich leise fragte: »Du sprichst nicht von Standish, oder?«

Er würde Standish auf jeden Fall herausfordern, wenn sie zustimmte. »Nein. Es gab einen anderen. Ein Mann, den ich für meinen Freund hielt. Ich ... ich habe heute Abend entdeckt, dass er mich angelogen hat.«

»Und hat dieser Mann einen Namen? Ist es Maccus Brawley?«

Sein zwangloser Ton täuschte sie nicht. Die Anspannung war spürbar. »Nein. Es ist jemand anderes, ein Name, den ich dir nicht verraten werde.«

»Fayre ...«, stöhnte er, wissend, dass sie ihn anlog.

»Nein, Tem. Er ist deinen Ärger oder meine Tränen nicht wert«, sagte sie. Ihre Traurigkeit hielt ihn von einer verletzenden Antwort ab. »Das sage ich mir zumindest. Morgen glaube ich es vielleicht.«

Der bronzene Mistkäfer war genau das Wirtshaus, welches seinem Vater zusagte. In der Nähe des Hafens gelegen, zog es Fischer, Seeleute, Hafenarbeiter, Kohlenschaufler und Tandhändler an. Wenn man wusste, wen man fragen musste, konnte man hier Informationen kaufen wie Schnaps.

Maccus saß seit einer Stunde alleine an einem Tisch. Es gab kein Zeichen von Seamus. Untätig rollte er den Bierkrug zwischen den Händen hin und her und musterte diskret die Gesichter der anderen Gäste. Er hatte Trevor befohlen, im Haus zu bleiben. Er konnte sich der Loyalität seines Bruders nicht sicher sein. Es war nicht auszuschließen, dass Seamus Trevor benutzen würde, um ihn zu manipulieren.

Wo war sein Vater?

Er nahm an, dass Seamus sich einer Prostituierten bedient hatte, während er auf seinen Sohn wartete. Maccus zog die Schultern hoch. Seine Miene und seine Haltung waren nicht einladend. Wenn er die ganze Nacht in der stinkenden Taverne zubringen musste, würde das seine Laune nicht gerade heben. Falls Seamus nicht in der nächsten Stunde auftauchte, würde Maccus gehen.

Fayre schloss die Haustür und lehnte sich dagegen. Sie war froh, zu Hause zu sein. Mit Hilfe des Kutschers hatte sie Tem zur Tür gebracht. Sie küsste ihn zum Abschied und übergab ihn in die Obhut seines Hausknechts. Zuerst hatte sie sich Sorgen gemacht, ihr Geständnis könnte unerwünschte Rachegelüste in ihm geweckt haben. Die Vorstellung, dass Tem und Maccus sich in der Morgendämmerung in einem Wald gegenüberstanden, war unerträglich. Glücklicherweise hatte der Brandy seine Sinne benebelt und den Zorn gedämpft. Natürlich war Tem besorgt über ihre Verstimmung, aber er war zu betrunken, um seinem Impuls zu folgen. Mit etwas Glück würde er vergessen haben, was sie ihm gesagt hatte, wenn er aufwachte.

Sie war verschlagen genug, Ahnungslosigkeit vorzutäuschen, wenn er insistierte. Wenigstens hatte sie nicht Maccus Brawleys Namen erwähnt. Fayre löste den Verschluss an ihrem Hals und schüttelte den Umhang ab. Als sie die Treppe hinaufstieg, lockte sie der Gedanke, sich im Bett zu vergraben und die Welt völlig außen vor zu lassen. Wenn sie nach einem erfrischenden Schlaf erwachte, würde sie entscheiden, was sie wegen Maccus unternehmen könnte.

Fayre zögerte an ihrer Schlafzimmertür. Beim Gedanken an ihn und an das, was er getan hatte, raubte ihr ein stechender Schmerz den Atem.

»Du wirst nicht zulassen, dass sie dich kleinkriegen«, flüsterte sie wütend. »Gib ihnen nicht die Genugtuung.«

»Beherzte Worte«, bemerkte ein Mann. Fayre fuhr herum, und ein Unbekannter stand hinter ihr in der Dunkelheit. »Und hübsch. Das mag ich an einem Frauenzimmer. Sie und ich, wir werden gute Freunde werden.«

Als der Mann näher trat, ging er durch das Mondlicht, das durchs Fenster drang. Fayre starrte die Pistole in seiner Hand an.

Maccus stürmte zum zweiten Mal in sein Haus. Dieses Mal war seine Wut auf seinen Vater gerichtet und nicht auf sich selbst. Er hatte zwei Stunden verschwendet, und der Mann hatte nicht den Anstand gehabt aufzutauchen.

»Trevor!«

Er öffnete eine Tür nach der anderen, doch sein Ruf wurde nicht erwidert. Maccus war das wiederholte unerklärte Verschwinden seines Bruders langsam verdammt leid. Er würde Trevor für Seamus' Ausbleiben tadeln. Er stürmte in das Wohnzimmer und war sprachlos über die Veränderung. Sein Anfall war dem Personal nicht entgangen, oder vielleicht hatte Trevor sie darauf aufmerksam gemacht. Wie auch immer, in seiner Abwesenheit hatte jemand aufgeräumt. Die kaputten Möbel waren entfernt worden, und die Glas- und Porzellanscherben waren aufgekehrt worden. Auch den zerbrochenen Spiegel hatte man abgenommen.

»Sir.« Hobb stand auf der Türschwelle. Wenn er eine Meinung darüber hatte, was sich in dem Zimmer abgespielt haben musste, behielt der Diener sie diesmal für sich. Maccus hatte das Rückgrat des älteren Mannes immer bewundert. Der Rest des Personals war wahrscheinlich wieder ins Bett gehuscht, nachdem sie das Zimmer aufgeräumt hatten, und hatte Hobbs zurückgelassen, um Maccus' Groll entgegenzutreten.

»Wo ist mein Bruder?«, wollte Maccus wissen.

»Er hat das Haus kurz nach Ihnen verlassen«, sagte der Diener. Dies bestätigte Maccus' Verdacht, dass sein Ausbruch die gesamte Dienerschaft geweckt hatte. »Ihr Bruder hat Ihnen diese Nachricht dagelassen. Er sagte, er hätte vorher vergessen, sie Ihnen zu geben.«

Maccus riss das gefaltete Papier mit seinem Siegel

auf und las die kurze Nachricht. Dann knüllte er das Papier zusammen. Vergessen, ihm die Nachricht zu geben? Ziemlich unwahrscheinlich. Er wusste, wo sein Vater war. Sein verräterischer Bruder hatte Seamus von Fayre erzählt.

Achtzehntes Kapitel

»Kein Grund zur Angst, meine Süße«, sagte Fayres ungebetener Gast und spähte vorsichtig in alle Richtungen, um sicherzugehen, dass sie alleine waren. »Ich will nur mit Ihnen plaudern.«

Fayre starrte auf die Pistole und war nicht von der Harmlosigkeit des Mannes überzeugt. Sie schätzte ihn etwa auf das Alter ihres Vaters. Das einst dunkle Haar war ergraut und hing ihm in schmierigen Strähnen auf die Schulter. Er mochte als junger Mann attraktiv gewesen sein, doch die Zeit war nicht gütig zu ihm gewesen. Die Wangen waren geschwollen, und die Knollennase verriet seine Vorliebe für die Flasche. Fayre bezweifelte, dass die tiefen Falten um die Augen und auf der Stirn das Ergebnis einer humorvollen Sichtweise auf sein hartes Leben waren. Sein Anzug war zerschlissen und schlecht geschneidert. In seinem rechten Strumpf klaffte ein Loch.

»Wir wollen den Rest des Hauses nicht wecken«, sagte der Mann freundlich, so als richtete er nicht gerade eine Pistole auf sie. »Wir könnten uns da drin unterhalten.«

Fayres Magen protestierte beim Gedanken daran, mit dem Mann in ihrem Schlafzimmer allein zu sein, und das lag nicht nur an seinem widerwärtigen Geruch. Sie fürchtete, das abgeschiedene Zimmer könnte ihn auf dumme Gedanken bringen, und daran wollte sie lieber nicht denken. Sie versuchte, ihm mit Respekt zu schmeicheln. »Verzeihen Sie mir, aber das Schlafzimmer einer Dame ist kein angemessener Ort, um Gäste zu empfangen.«

Der Mann kratzte sich am Kopf und schüttelte ihn. »Das seh ich anders. Meine besten Erinnerungen haben dort ihren Ursprung.«

Wenn sie zur Treppe rannte, hätte er freie Schussbahn auf ihren Rücken. Doch sie wollte eher sterben, als dass er sie berührte. Sie unterdrückte den starken Fluchtinstinkt und trat vorsichtig auf ihn zu. »Da meine Familie außer Haus ist und Sie nicht begrüßen kann, schlage ich vor, wir ziehen uns ins Wohnzimmer oder vielleicht in die Bibliothek zurück. Mein Vater bewahrt dort einen ausgezeichneten Brandy für seine Gäste auf.«

Da blitzten die hellblauen Augen des Mannes auf. »Die Bibliothek klingt gemütlich.«

Den ungebetenen Gast mit Branntwein abzufüllen, war vielleicht riskant. Doch Fayre war zu dankbar dafür, dass er nicht darauf bestand, in ihr Schlafgemach Einlass zu erhalten. Und außerdem verbesserte sie damit ihre Fluchtchancen, wenn ihre Eltern früher nach Hause kamen oder ein Bediensteter sich über die Vorgänge in der Bibliothek wunderte.

Fayre ging voran. In der Bibliothek zündete sie so viele Kerzen wie möglich an. Deren Schein beruhigte ihre angegriffenen Nerven und gab einen Hinweis auf ihren Aufenthaltsort. »Das ist schon besser«, sagte sie fröhlich. »Würden Sie sich gerne selbst bedienen, oder darf ich Ihnen etwas bringen?«

Er winkte sie mit der Pistole beiseite. Fayre setzte sich in den Lieblingssessel ihres Vaters. Mit geneigtem Kopf beobachtete sie ihn, wie er sich großzügig mit der freien Hand einschenkte. Für einen Einbrecher war er ein seltsamer Geselle. Warum war er zu ihrem Zimmer gegangen? Es war ja gerade so, als habe er auf sie gewartet.

»Vergeben Sie mir die Unverfrorenheit, Sir, aber kennen wir uns?«, fragte sie und wartete, bis er den Brandy gekostet hatte. Wenn sie ihn betrunken machte, dann könnte sich das eventuell positiv für sie auswirken. Es gab genügend Gegenstände, mit denen sie ihm bei einer günstigen Gelegenheit eins überziehen konnte.

»Wir? Nein, mein Fräulein«, sagte er und zwinkerte ihr zu. »Schätze, wir haben uns nicht richtig vorgestellt. Ich bin Seamus, Seamus Brawley.«

Sprachlos öffnete sie den Mund. »Maccus und Trevor sind Ihre Söhne?« Der Abend nahm eine seltsame Wendung, die sie besonders nach dem unerfreulichen Streit mit seinem älteren Sohn nicht erwartet hatte.

»Gute Jungs, die beiden. Kräftig und gut aussehend. Sie kommen nach ihrem alten Herrn, nicht nach den quäkenden Ludern, die sie auf die Welt gebracht haben.« Er zog eine Grimasse, so als sei der Brandy plötzlich sauer geworden.

Fayre spielte mit ihren behandschuhten Fingerspitzen. Sie wusste nicht, wie sie auf seine Bemerkung reagieren sollte. »Wir haben nie über die Familie gesprochen, Mister Brawley. Ich bin Trevor nur einmal zufällig begegnet.« Sie erwähnte nicht, wie wütend Maccus darüber gewesen war. Damals hatte ihr sein merkwürdiges Verhalten wehgetan. Es schien, als sei die Verbindung mit ihr etwas, das er zu verstecken suchte. Jetzt fragte sie sich, ob er nicht eher *sie* vor seiner Familie versteckte.

»Trevor weiß nur Gutes über Sie zu sagen, Miss. Wenn Maccus nicht so eingenommen von Ihnen wäre, dann würde Trevor Sie sicher selber behalten wollen.« Mister Brawley setzte sich auf die breite Armlehne eines anderen Sessels und musterte sie über den Rand seines Glases hinweg.

Jetzt da sie die Verbindung kannte, konnte sie hier und da kleine Gemeinsamkeiten zwischen Maccus und Trevor und ihrem Vater entdecken. Maccus wäre davon sicher nicht begeistert gewesen. »Ihr Sohn war nur freundlich«, sagte sie. Ihr war noch nicht ganz klar, was es mit dem nächtlichen Besuch auf sich hatte. Wenn sie die Pistole und die Tatsache, dass er eingebrochen war, nicht mitzählte, hatte Mister Brawley sie bisher nicht bedroht. Sie starrte auf die Waffe, die auf seinem Bein lag und biss sich nervös auf die Lippe. Nicht unbedingt.

»Doch Sie wollen lieber meinen Ältesten.« Er schluckte den Rest Brandy hinunter und erhob sich, um sich noch einen einzuschenken. Er hielt das Glas fest und zeigte mit dem Finger auf sie. »Genug. Ich wette, dass Mac das Innere des Schlafzimmers gesehen hat, wo Sie mich nicht reinlassen wollten.«

Fayre schluckte die aufwallende Empörung hinunter. Er wandte ihr teilweise den Rücken zu, als er sich nachschenkte. Vielleicht sah er sie nicht als Bedrohung. Trotz seines Alters hatte er die Kraft, einen Angriff von ihr abzuwehren, selbst wenn sie ihn unvorbereitet traf. »Ich glaube nicht, dass dieses Gespräch ihrem Sohn gefallen wird, Mister Brawley.«

»Es gefällt mir nie, wenn Seamus in der Nähe ist«, knurrte Maccus und ging schnurstracks auf seinen Vater zu.

***

»Maccus!« Fayre sprang hoch. Sie schien sich zu freuen, den Mann zu sehen, dem sie noch vor wenigen Stunden geschworen hatte, er bedeute ihr nichts.

Er sah sie lange genug an, um zu erkennen, dass sie unverletzt war. Dann konzentrierte er sich auf seinen Vater. »Wir sollten uns im *bronzenen Mistkäfer* treffen, Seamus. Was machst du hier?«

Der gestikulierte wild mit den Händen, und die Pistole bewegte sich bedrohlich. »Mach Trev keinen Vorwurf. Er hat nur dem Wunsch seines Vaters Folge geleistet. Ich hab'n kleines Ablenkungsmanöver für dich gebraucht, damit ich deine Dame besuchen konnte.«

Wenn sein Vater erwartete, dass er sich in Fayres Beisein gut benehmen würde, hatte er sich geirrt. Unbeeindruckt von der Pistole stürzte er sich auf Seamus. Er umfasste den Hals des alten Mannes. Aus der Ferne hörte er, wie Fayre ihn anschrie, doch ihr würde er sich zuwenden, wenn er mit seinem Vater fertig war. Seamus Gesicht nahm schnell die Farbe reifer Kirschen an, und er hatte Mühe zu atmen. Maccus stieß ihn gegen die Wand. Das Tablett mit den Gläsern und Karaffen schepperte.

»Lass die Pistole fallen!« Maccus warf ihn wieder an die Wand.

»Maccus, bitte, Sie bringen ihn ja um!«, rief Fayre und zerrte an seinem Arm.

Plötzlich tauchte Trevor auf. »Mac!« Sein Bruder lief auf ihn zu. «Gott, bist du verrückt geworden?« Er legte Maccus den Arm um den Hals und versuchte, ihn von Seamus wegzuziehen.

Maccus wurde klar, dass sein Bruder das Haus beobachtet haben musste, um Seamus zu warnen, wenn er eintraf. Maccus sah seinen Bruder, der ihn betrogen hatte, höhnisch an. »Nein! Aber du musst wahnsinnig sein, ihm von Fayre zu erzählen. Was hast du denn gedacht, was er mit ihr macht, wenn er mit ihr allein ist? Ihr Lieder vorsingen?«

Trevor flehte Fayre mit den Augen um Vergebung an. »Er will nichts mit ihr machen. Er war nur neugierig und wollte sie kennenlernen.«

Seamus' Gesicht wandelte sich jetzt von Rot in ein ansehnliches Violett. Die Pistole glitt ihm aus der Hand, dann folgte das Brandyglas. Maccus stieß die Waffe mit dem Fuß weg. Sie kreiselte und rutschte über den Boden und verschwand unter einem Sekretär. Seamus kratzte Maccus' Hände und versuchte vergebens, seine Finger zu lösen.

Sie müssen einen komischen Anblick abgegeben haben. Maccus versuchte, seinen Vater zu erwürgen, und Fayre und Trevor wollten ihn davon abhalten. Sein Halstuch erschwerte es seinem Bruder zuzudrücken, aber er sah jetzt blitzende Lichtpunkte vor sich. »Mist. Mein Gott, Trevor, wir sind vielleicht nicht wie Prinzen erzogen worden, aber selbst dir müsste bewusst sein, dass ein Einbruch um Mitternacht mit einer Pistole nicht als freundlicher Besuch durchgeht!« Rötlicher

Speichel hatte sich in Seamus' Mundwinkeln gesammelt. »Gib mir einen Grund, warum ich ihm nicht den Hals brechen und den Mistkerl für alle Zeiten loswerden soll.«

»Wie wär's damit: Sie würden dich verdammt nochmal dafür aufknüpfen!«, schrie Trevor ihn an und zog fester an ihm.

»Bitte, Maccus, hören Sie auf. Er hat mir nichts getan. Sie können ihn loslassen«, flehte Fayre. »B ... bringen Sie ihn nicht um!«

Die Bitte endete mit einem Schluchzer. Maccus wandte endlich den Blick vom angespannten Gesicht seines Vaters ab und sah sie an. Als er hereingekommen war, hatte sie ruhig in einem Sessel gesessen und mit Seamus geplaudert. Dabei hatte sie die Pistole ignoriert, die er benutzte, um sie gefügig zu machen. Maccus hatte sie mit seinem gewaltsamen Bedürfnis, sie zu beschützen, geängstigt. Beschämt lockerte er seinen Griff und ließ Seamus zu Boden fallen. Der rang nach Luft. Trevor ließ Maccus los und hockte sich neben seinen Vater.

»Psst. Nicht weinen«, beschwichtigte Maccus und streichelte die Hand, die noch immer seinen Ärmel festhielt. Er wollte sie unbedingt in den Arm nehmen, doch er hatte Angst, dass sie sich wehren würde. »Trevor hat mir eine Nachricht von meinem Vater zukommen lassen. Darin brüstete er sich damit, Sie zu haben. Vielleicht bin ich etwas ausgerastet. Wenn er trinkt, kann er zuschlagen. Nicht einmal die Menschen, denen er zugeneigt ist, werden verschont. Ich konnte die Vorstellung nicht ertragen, dass er Sie verletzt, Fayre.«

Fayre schüttelte den Kopf. Die feuchten Augen waren auf Seamus gerichtet. »Ich weiß nicht, was er vorhatte, Maccus, aber wir haben uns lediglich unterhalten.«

»Was wolltest du mit ihr machen, Seamus?«, fragte Maccus. Der Drang seinen Vater zu würgen, weil er Anteil daran hatte, dass Fayre sich ängstigte, erwachte wie ein wildes Tier. Maccus stieß Trevor weg und riss den alten Mann auf die Füße. »Ist das einer deiner großen Pläne? Dachtest du, du könntest ein Lösegeld erpressen?«

Seamus hielt sich die Hand an den Hals und hustete. »Wann bist du denn so zynisch geworden, Mac? Kann ein Mann denn nicht neugierig auf die Dame sein, die sein Erstgeborener heiraten will?«

Fayre erbarmte sich des unwürdigen Alten und reichte ihm einen neuen Brandy. »Mister Brawley, Sie irren sich über meine Beziehung zu Maccus. Ich habe ihn nur beraten und ihn verschiedenen Menschen vorgestellt. Es ist nichts Ernstes. Ihr Sohn hat nicht die Absicht, mich zu heiraten.«

Verärgert über die saloppe Beschreibung ihrer Beziehung, biss Maccus die Zähne zusammen. Wahrscheinlich sollte er dankbar sein, dass sie den Verdacht, er habe sich mit ihren Feinden zusammengetan, nicht erwähnte.

»Fayre, meine Liebe, ich fürchte, ich muss Ihnen in ein oder zwei Punkten widersprechen«, sagte Maccus. Mit seinem Blick warnte er sie. »Doch ich ziehe es vor, unsere Differenzen unter vier Augen beizulegen.« Er wandte seine Aufmerksamkeit wieder seinem Vater zu. »Und was dich betrifft ... Das Einzige, was dich interessiert, ist das Erzielen eines Gewinnes.«

Seamus' Gelächter kam als heiseres Keuchen. »Das Alter hat mich rührselig gemacht.«

»Unwahrscheinlich. Bei dir gibt es immer einen Hintergedanken. Was wolltest du heute Abend erreichen? Wolltest du meine Mitarbeit mit Fayres Sicherheit erkaufen?« Maccus sah die Antwort in Seamus' listigem Blick und fluchte. »Du wusstest, dass ich dich sofort dem Teufel übergeben würde, wenn du nur in meine Nähe kämst.«

»Das kannst du laut sagen«, sagte Seamus, dessen natürliche Gesichtsfarbe langsam wiederkehrte. »Ich habe deine Hilfe gebraucht, Mac. Ich habe einen Partner, der mich bei einem Handel einsteigen lässt, einem ehrlichen. Nicht wie früher. Alles, was wir brauchen, ist ein Investor. Mit deinem Geschäftssinn und ...«

Er hatte das Verkaufsgespräch schon hundertmal gehört. »Nein.«

»Ich hab mir gedacht, dass du darauf spuckst, nur um mir eins auszuwischen«, brummte Seamus ärgerlich. Fayre konnte Maccus beeinflussen. Das spürte er. Also appellierte er an sie. »Sie sehen wie ein liebes Mädchen aus. Wenn Sie die Last, die das Leben auf die müden Schultern Ihres Vaters gehoben hat, verkleinern könnten, würden Sie ihm nicht helfen?«

Die Wut explodierte in Maccus. Er wusste selbst, wie viel Fayre opfern würde, um ihren Vater zu beschützen. Er trat zwischen die beiden, um Fayre vor Seamus' bohrenden Fragen zu bewahren. Er sagte: »Fayre kann dir nicht helfen, alter Mann. Lass sie in Ruhe.«

Sie würden nichts erreichen, wenn Fayre anwesend war. Sie verstand nicht, wie unredlich sein Leben mit

Seamus gewesen war und warum die beiden so schonungslos miteinander umgingen. Auf diese Seite seines Lebens war er nicht stolz, und er hatte sie ihr nie zeigen wollen. Er legte ihr zärtlich die Hände auf die Schultern und wandte seiner Familie den Rücken zu. Leise sagte er: »Es gibt keinen Grund, warum Sie in diese Sache mit hineingezogen werden sollten, Fayre. Gehen Sie doch ins Schlafzimmer und legen sich hin.«

Mit großen bangen Augen suchte sie in seinem Gesicht nach einer Antwort. »Was wollen Sie tun?«

»Verdammt nochmal, Fayre. Das geht Sie nichts an«, fauchte er und grub die Finger in ihre Schultern.

Die Funken sprühten förmlich zwischen ihnen, als er ihren Zorn erregte. »Na schön. Wenn das so ist, dann können Sie alle hier verschwinden. Dann können Sie Ihren Vater auf der Straße verprügeln, ohne dass ich Ihnen in die Quere komme.« Sie winkte ihn fort. »Gehen Sie.«

Maccus zögerte. Obwohl er mit Seamus und Trevor fertigwerden musste, wollte er auch bleiben und den Streit mit ihr beilegen. Früher am Abend hatte sie ihn aus ihrem Leben gewiesen. Und er war bereit gewesen, ihrer Weisung zu folgen. Jetzt, da Seamus' impulsiver Plan sie zusammengebracht hatte, ließ er sie nur ungern wieder aus den Augen. Wenn er ihren Wunsch respektierte und ging, dann bekam er womöglich nie eine andere Chance, seine Taten zu sühnen.

»Wenn ich gehe, werden Sie mir bei meiner Rückkehr die Tür öffnen? Stolz hin oder her, ich schulde Ihnen eine Erklärung. Sie haben mit einigen Dingen Recht, mit anderen Unrecht. Wir müssen das gemeinsam besprechen.« Maccus deutete mit dem

Kopf auf seine neugierige Familie. »Ohne Publikum.«

Fayre senkte den Kopf und dachte nach. »Ich denke, es wäre das beste, unsere Differenzen unter uns auszumachen«, willigte sie steif ein.

Maccus vergaß sich und beugte sich hinunter, um sie zu küssen. Fayre hielt ihn zurück, indem sie ihm die Finger auf den Mund legte. »Dass ich Ihnen zuhören will, bedeutet nicht gleich, dass ich Ihnen vergebe, Mister Brawley«, erinnerte sie ihn.

Fayre wand sich aus seiner lockeren Umarmung. Sie ging zum Sekretär und holte die Pistole darunter hervor. Alle drei Männer sahen sie ungläubig an, als sie die Waffe fachmännisch untersuchte. Ihre Erfahrung mit Feuerwaffen war offensichtlich. Zufrieden mit ihrer Entdeckung warf sie Maccus die Pistole zu. Der fuhr zusammen angesichts dieser augenscheinlichen Fahrlässigkeit.

»Sie war nicht geladen«, erklärte sie. Die Erleichterung war ihrem blassen Gesicht jedoch anzusehen. »Das sollten Sie vielleicht nicht vergessen, wenn Sie diese Angelegenheit mit Ihrem Vater *besprechen*.«

Sie folgten ihr zum Eingang. Maccus hielt seinen Vater fest, denn er wollte nicht, dass Seamus bei der ersten Gelegenheit floh. Er hielt auf der Schwelle an und sah Fayre an. »Hab ich Ihr Wort, dass Sie mich empfangen?«

»Mein Wort, Mister Brawley«, versprach sie und lächelte ihn verschmitzt an.

»Was hast du denn gemacht, das die kleine Feenkönigin so aufgebracht hat?«

Maccus stützte den Fuß auf den gegenüberliegenden Sitz, um die Tür zu versperren. Er blickte seinen Vater finster an. Es lag eine gewisse Ironie darin, dass dieser harte, grauhaarige Seemann lyrische Beschreibungen einer Dame von sich gab. Entgegen dem Wunsch seines Bruders hatte Maccus die Hände ihres Vaters mit einem Stück Seil zusammengebunden. Er war fast versucht, ihn zum Hafen zu bringen und den Zwangsrekrutierern zu übergeben.

»Wer sagt, dass ich sie verärgert habe? Du bist in ihr Haus eingebrochen und hast ihr eine Pistole vorgehalten«, sagte Maccus. Fayre konnte ihn nach Seamus' beunruhigendem Treiben unmöglich noch in einem vorteilhaften Licht sehen. »Wenn sie ihre Meinung ändert, und dich doch anzeigt, dann werde ich mich gezwungen sehen, dich persönlich dem Richter zu übergeben.«

Trevor begehrte auf. »Lady Fayre ist gutherzig. Wenn sie eine Bestrafung im Sinn gehabt hätte, dann hätte sie die Wache gerufen. Dich will sie in Handschellen oder am Galgen baumeln sehen.«

»Ja. Das Beste ist, ich werde nichts tun müssen, nur zusehen und frohlocken.« Maccus zeigte auf seinen Bruder. »Du Verräter hast sie in diese Lage gebracht, als du unserem gierigen Vater von meiner Verbindung zu ihr erzähltest. Du solltest lieber still sein.«

»Sei doch nicht so hart mit ihm, Mac. Er hat versucht, dich zu beschützen. Aber du weißt ja, wie überzeugend ich sein kann«, sagte Seamus beschwichtigend. Die Schwellungen und Blutergüsse an seinem Hals waren selbst im dämmrigen Licht des Kutschabteils sichtbar.

Trevor sah hinaus in die Dunkelheit. Er bestätigte weder die Erklärung seines Vaters noch verleugnete er sie. Maccus war überzeugt gewesen, als Trevor zu ihm kam, dass er alle Brücken zu Seamus abgebrochen hatte. Es hatte ihn zutiefst verletzt, als er sie vereint sah, während er ihnen allein als Feind gegenüberstand. Maccus lehnte den Kopf zurück und musterte seinen Bruder.

»Was hat er denn gegen dich in der Hand?«

Sein Bruder verschluckte sich an einem Lachen und schüttelte den Kopf. »Lass es gut sein, Mac. Das ist meine Sache. Es genügt, wenn du weißt, dass ich kein frommes Leben geführt habe. An manchen Tagen schwelgst du in Sünden, an anderen bezahlst du dafür.«

Es musste etwas Beträchtliches sein, das Seamus Trevors Mitarbeit zusicherte. Da Fayre auf ihn wartete, musste er die Konfrontation mit seinem Bruder auf später verschieben. Außerdem würde Trevor kaum etwas sagen, solange Seamus in der Nähe war, es sei denn vielleicht unter Androhung von Prügel.

»Was mache ich mit dir, alter Mann?«, fragte Maccus.

Seamus gestikulierte mit den gebundenen Händen. »Ich würde lieber über dich und die Feenkönigin sprechen. Was machst du denn mit der Tochter eines Herzogs? Hast du dich darauf verlegt unschuldige Damen zu verführen, oder hast du dir dein vornehmes Leben damit finanziert, dich den Damen anzubieten?«

Der Drang zu beenden, was er in der Bibliothek angefangen hatte, wallte in Maccus auf, genau wie Seamus es wollte. Aus dem Augenwinkel sah er auch, wie sein Bruder sich anspannte. Er ließ sich zurückfallen und zwang seinen Körper, sich zu entspannen. Sein Vater starrte ihn weiterhin böse an.

Maccus betrachtete das Innere der Kutsche. »Willst du dich etwa selbst auf den Auktionstisch setzen? Du bist schon zu sehr in die Jahre gekommen, um die Jungen anzuziehen, und die schale Fäulnis von deinem ungewaschenen Leib wird die Witwen und alten Jungfern abhalten.«

Seamus keuchte belustigt. Sein Hals war zu mitgenommen, um richtig zu lachen. »Die Seide, die du trägst, hat dich weichgemacht, Mac. Früher hättest du mir nicht nur Beleidigungen an den Kopf geworfen.«

Einer von Maccus' Mundwinkeln zuckte. »Vielleicht hat mich die Zeit etwas gelehrt, das du nie so richtig verstanden hast. Ich überlasse das Verprügeln unschuldiger Kinder, Ehefrauen und alter Männer dir, Seamus.«

Weil er ihn schweigend betrachtete, musste das Seamus bekümmert haben. Er sagte: »Trev hatte Recht, als er gesagt hat, ich wollte der Dame nichts tun.«

Maccus kratzte sich das Kinn. Er wunderte sich, dass sein Vater so plötzlich die Taktik änderte. »Daran habe ich keinen Zweifel. Wenn du ihr nämlich wehgetan hättest, dann hätte ich deinen Leichnam aus dem Haus getragen.«

Seamus hielt sich den Ärmel vors Gesicht. Er hatte einen Hustenanfall. »Du hast dich doch nicht in dein vornehmes Täubchen verliebt, oder?« Von der Aussicht schien er enttäuscht zu sein.

Maccus hatte nicht erwartet, sich in Lady Fayre Carlisle zu verlieben.

Im Moment schimpfte sie mit sich, weil sie sich hatte übertölpeln lassen, und erstickte jegliche Gefühle, die sie für ihn hegte.

Er ließ sich nicht einlullen von dem kleinen Vorteil, dass sie ihn seinem Vater vorgezogen hatte. Nachdem sie gesehen hatte, wie er Lady Hipgrave küsste, würde er sie nie davon überzeugen können, dass seine Gefühle für sie echt waren.

»Meine Beziehung zu Lady Fayre Carlisle geht dich nichts an. Ganz im Gegenteil. Wenn ich erfahre, dass einer von euch beiden sie oder ihre Familie belästigt, gnade euch Gott. Die Familie ist tabu bei deinen Plänen, Seamus.«

»Unfug!«, spottete sein Vater über die Drohung. »Das kleine Fräulein hat vielleicht die harten Kanten deines Herzens weicher gemacht, Maccus. Aber wie sie dich angesehen hat, da wette ich, sie würde dir gerne eine Klinge reinstechen und umdrehen. Was ist passiert? Hat sie dich erwischt, wie du ein anderes Täubchen gekitzelt hast?«

Seine Kiefermuskeln zuckten.

Seamus schlug sich auf den Schenkel. Er stieß Trevor mit der Schulter an. »Siehst du, Trev? Es wurmt Mac, dass das Gesicht, das er jeden Morgen im Rasierspiegel sieht, meins ist. Du bist wie ich, mein Junge.«

»Ich gleiche dir nicht im Geringsten«, sagte Maccus. Doch er hatte sein Spiegelbild angeschaut und genau das gedacht.

»Nein, du bist schlimmer«, rief Seamus. »Du scheust vor dem Alkohol und Huren zurück, ziehst dir einen schicken Anzug an, tust vornehm und denkst, nur weil du die Schwachen und Dummen nicht schlägst, bist du besser als ich. Du benutzt deinen Verstand wie ich meine Fäuste. Aber ganz tief im Innern bist du immer noch der tollwütige Straßenköter, den man bei den Stallungen angekettet hat. Du lügst dir nur was vor, wenn du denkst, die Menschen um dich herum können nicht von deinem Ehrgeiz verletzt werden.«

Maccus sah Fayres Gesicht vor seinem inneren Auge. Sie hatte versucht, es vor ihm zu verbergen. Doch er hatte die Qual in ihren grünen Augen gesehen, als sie ihn aus der Kutsche warf.

»Wenn du mir einen väterlichen Rat geben willst, spar dir die Worte«, sagte Maccus grimmig. »Ich will nichts von dir außer deiner Abwesenheit.« Er lehnte sich vor. »Und die werde ich bekommen.«

»Du hast zu lange feine Täubchen gestreichelt, um eine Bedrohung zu sein«, sagte sein Vater und spuckte trotzig auf den Boden.

»Ich habe mich bei Gelegenheit auch anderen Bemühungen verschrieben, wie zum Beispiel die Männer hinter dem Massaker am Carew Strand zu finden«, sagte Maccus lässig. Dabei beobachtete er Seamus genau.

»Carew Strand?« Seamus schienen die Worte bitter zu schmecken. »Wieso stocherst du in Dingen herum, die man besser ruhen lässt?«

»Das tue ich nicht, zumindest schon länger nicht mehr. Ich habe schon immer einen Verdacht gehabt, wer mir und meiner Mannschaft in jener Nacht aufgelauert hat, auch wenn es einige Jahre gedauert hat, bis ich es beweisen konnte.«

Trevor wandte den Blick endlich vom Fenster ab und sah ihn an. »Was kannst du beweisen? Der Fall ist schon seit Langem abgeschlossen. Ich war noch ein Junge, als du angeschossen wurdest, aber selbst ich habe die Nachricht über die Festnahme gehört. Der Sohn des örtlichen Richters war einer der drei Männer, die eingefangen und der Morde angeklagt wurden.«

Maccus nickte bedächtig. »Die Obrigkeit nahm an, dass Nisbet Riply versucht hatte, die Kontrolle und den Profit des Schmugglerrings zu übernehmen, der direkt unter der Nase seines Vaters betrieben wurde. Um den Anspruch auf die Führung geltend zu machen, hatte er einen tödlichen Angriff auf eine nächtliche Operation geplant. So konnte er alle töten, die ihm eventuell gegenübertreten würden, und den Einheimischen Angst machen und damit ihre Loyalität gewinnen.«

»Uralte Geschichten, Mac«, murmelte Seamus und wand seine Hände, um die Stärke des Seils zu testen. »Du kannst dich nicht an Männern rächen, die schon lange tot sind.«

Das Seil würde halten, doch Maccus unterschätzte nicht den Wunsch seines Vaters zu fliehen. »Das ist wahr. Riply hat alle schockiert, als er nicht einmal den Prozess abwartete. Er hat sich in seiner Zelle aufgehängt. Zwei Wochen später wurden seine Kumpane schuldig gesprochen und sind ihm in die Hölle gefolgt.«

Seamus gab den Versuch auf, das Seil zu lösen. Er machte eine resignierende Geste. »Da hast du ja deine Gerechtigkeit bekommen. Ich versteh nicht, was die Sache mit mir zu tun hat.«

Das unschuldige Getue seines Vaters konnte ihn

nicht täuschen. »Nein? Ich denke, doch. Ein Freund hat in meinem Namen ein paar Nachforschungen angestellt. Er hat Zeugen gefunden, die eine etwas andere Version der Geschichte erzählen.«

»Die Männer waren unschuldig?«, fragte Trevor und blickte von seinem Vater zu Maccus. Die beiden stierten einander wie in einem geistigen Wettstreit an.

»Nein, die Männer haben ihre Strafe verdient. Die Obrigkeit wusste nur nicht, dass ihnen ein vierter Verschwörer durch die Lappen gegangen war.«

Ein ungläubiges Geräusch drang aus Seamus' Kehle. »Du kannst doch nicht alles glauben, was du spät nachts in einem Wirtshaus hörst, wenn die Männer auf einem Meer aus Höllenbräu und Wahnsinn treiben.«

»Vor einigen Jahren habe ich mit den Zeugen gesprochen und sie für glaubhaft befunden. Weißt du, was sie mir gesagt haben?« Maccus krümmte den Rücken, um die Steifheit zu lösen. Er hatte die Pistole in den Hosenbund gesteckt, die ihm jetzt unangenehm in die Hüfte stieß. Er legte sie auf sein Bein. Seamus blickte besorgt auf die Waffe. »Es scheint, dass Nisbet Riply ein neunzehnjähriger Mann war, dessen eigener Ehrgeiz vom Einfluss seines Vaters eingeengt worden war. Er war ein geborener Aufschneider mit einer Vorliebe für Gewalt und hatte leider zu wenig Verstand, um seine Pläne zu durchdenken. Und sein Leichtsinn verursachte dem Richter ständig Probleme.«

»Hört sich an, als war der Junge dazu verdammt, eines Tages am Strick zu enden«, warf sein Vater ein.

»Wahrscheinlich, denn er umgab sich mit widerwärtigen Kumpanen, die seiner Prahlerei über Reichtum und Abenteuer zuhörten, solange er beim Wirt ihre

Zeche bezahlte. Der Zeuge, mit dem ich sprach, sagte, dass eines Tages ein neuer Gefährte auftauchte. Er war älter und gewiefter. Und er flüsterte Riply ins Ohr, wie er an den ersehnten Reichtum kommen und seine Gewaltfantasien erfüllen könnte. Dieser Mann hatte Verbindungen zu Schmugglern, und mit Nisbet Riplys Hilfe sah er einen Weg, sich die Taschen mit Gold vollzustopfen, ohne den eigenen Hals zu riskieren.«

»Das stimmt doch alles nicht. Du hast keine Beweise, Mac.«

Trevor wurde blass. Er sah seinen Vater mit offenem Mund entsetzt an. »Wie konntest du dein eigen Fleisch und Blut hintergehen? Du musst gewusst haben, dass Maccus dort am Strand war, als sie den Sprengstoff zündeten und durchritten, um die Verwundeten zu töten.«

Endlich erkannte sein Bruder, dass Seamus auf niemanden Rücksicht nahm, wenn er etwas wirklich wollte. Das stellte ihn zufrieden. Er konnte nur hoffen, dass Trevor eines Tages die Verbindung zu ihm lösen würde und ihrem Vater aus dem Weg gehen konnte, bevor er mit dem Gesicht im Schmutz und blutend endete, getroffen von einer Kugel aus der Pistole des alten Mannes. »Ich habe genug Beweise, die ich Riplys Vater bringen kann. Der Richter mag ein unnachgiebiger Mann gewesen sein, aber er liebte seinen Sohn. Er hat nie geglaubt, dass er für das Massaker verantwortlich war. Es gab sogar ein Gerücht, dass Riply sich erhängte, nachdem ein enger Freund ihn im Gefängnis besucht hatte. Was denkst du, wird ein trauernder Vater tun, wenn er Beweise in die Hand bekommt, dass ein anderer Mann seinen Sohn überzeugte, diese unvorstellbare Gewalt auszuüben? Ein teuflischer Kerl, der der Strafe für seine Verruchtheit entkam?«

Die Augen seines Vaters funkelten ihn an, ein Hinweis auf den besessenen, irren Mann im Innern. »Wenn du solche Beweise hättest, dann hättest du sie schon lange gegen mich verwendet.«

Maccus rieb sich müde die Stirn. Seamus würde nie verstehen, warum Maccus das nicht getan hatte. Der Mann hatte seine Gnade jedenfalls nicht verdient. Loyalität und Mitleid lagen außerhalb seines Verständnisses. »Du hättest mich in Ruhe lassen sollen, Seamus. Du hast deine Chance, mich zu töten, vermasselt. Ein anderer hätte sich mit dem Erreichten zufriedengegeben, aber ich wusste, dass dich deine Gier eines Tages wieder in mein Leben bringen würde.«

»Machen wir ein Geschäft, Sohn?« Seamus lehnte sich vor und erhoffte Begnadigung.

Maccus klopfte an die Falltür vor sich und befahl dem Kutscher zu halten. Er griff hinter sich und zog ein Messer hervor. »Ja.« Maccus schnitt das Seil durch, mit dem er die Hände seines Vaters gefesselt hatte. »Ein sehr einfaches. Halt dich aus meinem Leben heraus und aus dem Leben meiner Freunde.« Nachdem die Kutsche zum Stehen gekommen war, öffnete er die Tür. »Du bist frei. Wie lange du es bleibst, liegt in deiner Hand.«

Trevor stieg zuerst aus. »Ich schätze, ich gehe auch.«

Maccus wollte das zwar nicht, aber solange sein Bruder sich auf Seamus' Seite stellte, war es klug, Abstand zu halten. Doch er konnte nicht anders, als zu fragen: »Kann ich dir irgendwie helfen?«

Sein Bruder schüttelte den Kopf. »Nein, aber es bedeutet mir viel, dass du gefragt hast.« Maccus warf ihm die Pistole zu.

»Dann wünsche ich dir alles Gute, Bruder.« Seamus stieg als Nächster aus. Maccus behielt das Messer in der Hand für den Fall, dass Seamus ihn angreifen wollte. »Und noch etwas, Seamus. Später, wenn du ein paar getrunken hast und übermütig wirst und die Rechnung zwischen uns begleichen willst, denk dran, dass ich nur den Verdacht auf dich lenken muss.« Er deutete den Ausdruck in Seamus' Gesicht richtig. »Mich umzubringen, wird dir nicht helfen. Mein Anwalt hat die Anweisung, im Fall meines frühzeitigen Todes in meinem Namen gewisse Briefe zu verschicken. Der Richter in Carew Strand wird alles tun, damit du zur Strecke gebracht wirst.«

Seamus grinste und akzeptierte, dass sein Sohn ihn ausmanövriert hatte. Er lehnte sich gegen die Tür der Kutsche. »Du bist ein gerissener Mistkerl, Maccus Brawley. Hasst dich die Feenkönigin deshalb?«

»Fahren Sie los«, befahl Maccus dem Kutscher.

Über das Geräusch der Räder hinweg hörte er Seamus rufen: »Du hättest an dem Strand verrecken sollen. Du hattest nur verdammtes Glück!«

Neunzehntes Kapitel

Fayre hatte ihm ihr Wort gegeben, dass Maccus wiederkommen konnte, nachdem er mit seinem Vater fertig war.

Natürlich hatte sie gelogen.

Sie reckte das Kinn aufsässig in die Höhe. Sie saß seit einer Viertelstunde auf der untersten Treppenstufe und hörte zu, wie Maccus an die Tür pochte. Er war hartnäckig, das musste sie zugeben.

Curdey schlurfte mit einer Lampe in der Hand in die Eingangshalle. Er hatte noch sein Nachtgewand an und war so beschäftigt mit einem Gähnen, dass er Fayre nicht sofort bemerkte.

»Mylady, stimmt etwas nicht?«, fragte er und sah zur Tür. »Wer klopft denn da um diese Stunde?«

»Ein sehr beharrlicher Mann. Ich denke nicht, dass wir ihn hereinlassen sollten«, sagte sie mit einem finsteren Blick.

Poch. Poch. Poch.

Die Tür erzitterte mit jedem Schlag, doch es brauchte mehr als Wut, um das dicke Massivholz zu zerbrechen.

»Das möchte ich auch sagen, Mylady«, murmelte der Butler und trat vorsichtig zur Tür hin. »Seine Gnaden wird höchst unerfreut sein, wenn er vom Benehmen dieses jungen Herrn erfährt.«

»Dann sollten wir es ihm vielleicht lieber nicht erzählen, Curdey.« Von all den Dingen, die Maccus mit ihr unter dem Schleier der Nacht gemacht hatte, war es das kleinste Verbrechen, das gesamte Haus aufzuwecken. »Wir können die Sache selbst beilegen.«

Fayre erhob sich. Jetzt da der Butler bei ihr war, hatte sie mehr Mut. »Sie können ebenso gut öffnen. Etwas sagt mir, dass er nicht fortgehen wird, bis er mich gesehen hat.«

Der Butler sah sie bange an. »Ich habe eine Pistole in meinem Zimmer. Möchten Sie, dass ich sie hole?«

Dass die Waffe, die Mister Brawley Senior mitgebracht hatte, nicht geladen war, hatte Maccus nicht gewusst, als er seinen Vater angriff. Fayre hatte eine Vision, wie Curdey in Maccus' fähigen Händen nach Luft rang.

»In seiner derzeitigen Stimmung denke ich, dass wir Mister Brawley nicht einmal mit einer Kanone vertreiben könnten«, gab sie zu. »Öffnen Sie die Tür.«

Der Butler tat wie geheißen. Der Abend war für beide nicht besonders angenehm gewesen, und Fayres Trotz hatte Maccus' Zorn entfacht. Ungeachtet seiner zwanglosen Kleider gelang es Curdey, seine Verachtung für ihren ungebetenen Gast zum Ausdruck zu bringen. »Scheren Sie sich weg, Sir. Was ist denn in Sie gefahren, dass Sie um diese Stunde das gesamte Haus aufwecken?«

Maccus spähte über die Schulter des Dieners und erblickte Fayre auf der Treppe. »Fayre. Ich habe Ihnen gesagt, dass ich wiederkomme. Sie haben mir Ihr Wort gegeben!«

Fayre hielt seiner brodelnden Wut Stand. »Und Sie auch, Sir. Ich nehme an, dass wir beide Lügner sind«, sagte sie kühl. Den Butler wies sie an: »Schließen Sie die Tür, Curdey.«

Der Bedienstete kam ihrem Wunsch nur zu gerne nach und schlug die Tür vor dem wütenden Fremden zu. »Mylady, soll ich einen Diener wecken und ihn nach der Wache schicken?«

Maccus hatte wieder angefangen, gegen die Tür zu pochen. Diesmal rief er auch ihren Namen. Fayre drückte eine Faust auf ihren Magen. Unter der Wut lag Schmerz in seiner Stimme. Sie würde sich nicht davon verleiten lassen.

»Gehen Sie wieder ins Bett, Curdey. Mister Brawley wird bald erkennen, dass seine Versuche zwecklos sind, und nach Hause zurückkehren«, sagte sie, obwohl sie nicht ganz davon überzeugt war.

Der Butler zuckte bei den lauten Schlägen zusammen. »Wenn Sie das sagen, Mylady.«

»Und Curdey«, sagte Fayre und hielt ihn noch auf. »Ich denke, es wird das Beste sein, Mister Brawleys Besuch meiner Familie gegenüber nicht zu erwähnen.« Er nickte widerwillig, bevor er sich in sein Zimmer zurückzog. Fayre würde ebenso wenig die Geschehnisse mit dem ganzen Brawley-Clan in der Bibliothek erwähnen.

Fayre war schon halb die Treppe hinaufgestiegen, als die Haustür zersplitterte. Maccus hinkte über die Schwelle und durchsuchte die Eingangshalle nach ihr. Sie musste ein schmerzvolles Geräusch von sich gegeben haben, denn sein Blick traf sie unverzüglich.

»Maccus. Nein«, sagte sie und wusste, sie hatte ihn

zu weit gereizt. Sie raffte ihren Rock, um nicht zu stolpern, und rannte die Treppe hinauf.

Fayre war Maccus nicht gewachsen. Er nahm zwei Stufen auf einmal und überholte sie, noch bevor sie am Treppenabsatz angekommen war. Er warf sie über die Schulter und gab ihr einen Klaps aufs Hinterteil, als sie sich wand.

»Halten Sie still«, sagte Maccus und ging langsam die Treppe hinunter. »Ich bin nicht in der Stimmung für Spielchen.«

»Ich auch nicht, Maccus Brawley. Wenn ich ein Mann wäre, würde ich Ihnen zeigen, wie ernst ich sein kann!«, antwortete sie und zog fest an seinem Zopf.

»Hören Sie mal«, sagte der Butler, auf den sie am unteren Ende der Treppe trafen. In all den Jahren seiner Beschäftigung im Solitea-Haus war er dieser speziellen Situation nie ausgesetzt gewesen und war somit unsicher, wie er weiter vorgehen sollte. »Ich muss darauf bestehen, dass Sie Mylady absetzen, Sir.«

»Ich werde ihr nichts tun, alter Mann.« Maccus ging um den verängstigten Diener herum auf das Wohnzimmer zu. »Die Dame hat mir ihr Wort gegeben, dass wir uns heute Abend noch unterhalten. Sie hält zu viel auf ihre Prinzipien, als dass sie mir das verwehrt.« Er tätschelte ihren Po. »Stimmt das nicht, meine Dame?«

Er ließ sie aufs Sofa fallen und wandte sich zum Butler um. Der Mann wich zurück, denn er war nicht von der Harmlosigkeit des Fremden überzeugt. »Sagen Sie es ihm, Fayre. Ihr Butler fürchtet um Ihre Tugend, vielleicht sogar um Ihr Leben. Sie sind zu liebenswürdig, um ihn grundlos leiden zu lassen.«

»Curdey«, sagte Fayre. Sie erhob sich vom Sofa und ging hinüber zu Maccus. Er bedachte sie mit einem flüchtigen Blick, um sicherzugehen, dass sie sich nicht daran machte, ihm den Schädel einzuschlagen. »Mister Brawley ist selbstsüchtig, herablassend und rüpelhaft. Aber er sagt die Wahrheit. Ich habe ihm versprochen, ihn heute Abend noch zu empfangen, ungeachtet der Uhrzeit. Bitte gehen Sie wieder ins Bett. Es wird mir nichts geschehen.«

»Mylady, was ist mit der Tür?«, jammerte der Mann. »Der Schaden wird seiner Gnaden nicht entgehen.«

Fayre warf Maccus einen vorwurfsvollen Blick zu. Sie sah die ganze missliche Lage als seine Schuld. »Sie werden für die Reparaturen bezahlen.« An ihrem Gesicht konnte er ablesen, dass er diesem Befehl besser nachkommen sollte. Dem Diener zuliebe machte sie ein freundlicheres Gesicht. »Curdey, wecken Sie ein paar Männer und sichern Sie die Tür für die Nacht. Um die Reparatur kümmern wir uns morgen.«

Das Lächeln verschwand, als der Butler die Tür hinter sich schloss.

»Wird er Ihre Anweisungen befolgen, oder muss ich mir Sorgen machen, dass er einen Wachtmeister holt?«, fragte Maccus, als er den Schlüssel im Schloss umdrehte, um weitere Unterbrechungen zu vermeiden. Er steckte den Schlüssel in seine innere Manteltasche.

»Curdey arbeitet seit Jahrzehnten für die Carlisles. Doch Ihr gewaltsamer Auftritt mag ihn zu der Annahme verleiten, dass meine Anweisungen erzwungen wurden.« Sie zog eine Augenbraue hoch und bestätigte damit, dass sie sich schikaniert fühlte. »Wenn ich also Sie wäre, würde ich schnell sprechen.«

Er würde ihr nicht erlauben, ihn zu provozieren. Bei Fayres momentaner Verärgerung über ihn war es wahrscheinlich eine willkommene Idee, ihn ins Gefängnis bringen zu lassen. »Wenn ich mir einer Schuld bewusst bin, dann der, dass ich Ihnen nicht alles vollständig erklärt habe. Ich ließ Sie in dem Glauben davonfahren, ich sei ein Schurke.«

Sie kratzte an einem Fleck auf dem makellosen Kleid. »Machen Sie sich keine Sorgen, Maccus. Ich hielt Sie schon für einen Schurken, lange bevor ich in meiner Kutsche saß.«

Es gab keinen anderen Weg, durch ihre spröde, sittsame Fassade zu dringen, als mit der Wahrheit. »Ich nehme an, Sie sprechen von der Angelegenheit, die Sie im Garten beobachtet haben?«

»Angelegenheit«, sagte sie und lief aufgebracht hin und her. »Diese Angelegenheit war, dass Sie mich mit zwei Menschen hintergangen haben, die seit Wochen immer neue Wege finden, mich zu verletzen.« Ihre Augen waren gramvoll. »Und Sie haben ihnen geholfen. Vielleicht schon die ganze Zeit.«

»Was Sie gesehen haben, war trügerisch.«

»Ach, dann haben Sie also Lady Hipgrave nicht geküsst?« Er zuckte zusammen. »Nein, Maccus, zum ersten Mal, seit ich Sie traf, sehe ich klar. Sie haben mich getäuscht.«

»Nicht absichtlich. Verdammt. Ich versuchte, Sie zu beschützen!«

»Wenn Sie mir sagen wollen, dass Sie diese Hyäne

um meinetwillen geküsst haben, dann schwöre ich, ich werde Curdeys Pistole holen und Sie eigenhändig erschießen.«

Maccus' Magen fühlte sich an, als schwirrten Hunderte feindselige Bienen darin herum, die ihn immer wieder in die Eingeweide stachen. Ein verzweifelter Kloß saß in seinem Hals. »Hören Sie mir zu. Wir haben drüber gesprochen, spät abends, als wir uns in den Armen lagen.«

»Das werde ich für immer bereuen.«

Fayre war verletzt und setzte ihm nun blindlings zu. Er nahm die spitzen Kommentare unerschrocken entgegen. »Denken Sie nach, Fayre. Ich habe Sie gewarnt, dass der Tag kommen würde, wenn wir uns in der Öffentlichkeit aus dem Weg gehen mussten. Ich habe auch gesagt, dass Teile meines Plans Sie nicht erfreuen würden. Ich musste gewisse unerquickliche Schritte unternehmen, um mir Standishs Vertrauen zu sichern.«

»Da müssen Sie ja brillant gewesen sein, wenn er sogar seine Mätresse mit Ihnen teilt.«

»Ich habe nicht mit der Gräfin geschlafen.«

»Natürlich nicht. Sie hat versucht, Ihre Zunge zu verschlucken, weil sie Hunger hatte.«

»Ich habe nicht gesagt, dass sie mich nicht vögeln wollte, Fayre«, sagte Maccus unverblümt. Er war es leid, dass sie ihn verhöhnte. »Die Gräfin hat einen gesunden Appetit auf Männer. Wenn ich ein anderer gewesen wäre, hätte ich ihr Angebot angenommen.« Doch wie die Dinge lagen, war sie schon argwöhnisch geworden, weil er ihre hartnäckigen Einladungen allesamt ablehnte. Standish war willens, sie zu teilen. Der einzige Grund, warum er sie geküsst hatte, war um ihr zu zeigen, dass er empfänglich für ihre List war.

»Wie hilft mir das, wenn Sie sich mit meinen Feinden anfreunden?«, fragte Fayre verwirrt.

»Ich war ein Außenstehender. Meine Entscheidungen waren ruchlos und vielleicht unverzeihlich in Ihren Augen. Aber ich tat, was nötig war, um Ihnen zu helfen.«

»Ach ja, das Geschäft.«

»Nein. Für Sie, nur Sie, Fayre.« Sie blickte skeptisch. Also fügte er hinzu: »Na gut, zu Beginn ging es mir um unsere Abmachung. Ich habe die Möglichkeit gesehen, Ihre Verärgerung zu meinem Vorteil zu nutzen. Später, als Sie aus sich herauskamen und ich die Frau hinter der Dame kennenlernte, wurde es so wichtig für mich wie für Sie, dass Sie ihre Rache an Lord Standish und der Gräfin üben konnten.«

Das Eingeständnis berührte sie nicht. »Verzeihen Sie, Sir, aber ich finde, Ihre Zuneigung für mich ist schwer zu glauben.«

Jemand versuchte, die Tür zu öffnen und fand sie verschlossen. Es folgte ein deutlich gebieterisches Klopfen. »Öffnet die Tür!«

»Papa!«

Maccus packte sie am Arm, bevor sie von ihm zurückweichen konnte.

»Was machen Sie denn? Das ist mein Vater dort draußen«, sagte sie und versuchte, ihren Arm zu befreien. »Im Gegensatz zu Ihrem wedelt meiner den Menschen nicht einfach mit Pistolen vor der Nase herum. Geben Sie mir den Schlüssel, so dass ich ihn einlassen kann.« Sie streckte ihm erwartungsvoll die Hand entgegen.

»Nein.«

Fayre lief wutentbrannt herum, weil sie ihren Willen nicht bekam. Sie verschränkte die Arme und fragte: »Da wir gerade von Ihrem Vater sprechen, was haben Sie denn mit ihm gemacht? Ihn bewusstlos geprügelt? Ihn in die Themse geworfen?«

»Weder noch. Ich habe Ihren Rat befolgt und ihn gehen lassen.« Es war amüsant zu sehen, wie sie erst wütend, dann zufrieden, und dann wieder ärgerlich sein konnte, alles innerhalb weniger Sekunden.

»Fayre, mein Kind, geht es dir gut? Der Halunke hat dir doch nichts getan, oder?« Der Herzog klang besorgt.

Sie ging so nah zur Tür, wie Maccus es zuließ. »Ich bin unverletzt. Mister Brawley hat einen eigenwilligen Sinn für Humor. Er wollte niemanden erschrecken.«

»Curdey sagte, der Mann habe die Haustür eingetreten und dich dann auf der Schulter wie ein Wilder fortgetragen. Nennst du das etwa komisch?«, fragte der Herzog.

»Hört sich für mich wie eine ungewöhnliche Brautwerbung an!«, rief Maccus.

»Was?« Ihr Vater pochte mit den Fäusten gegen die Tür und probierte es noch einmal mit der Klinke. »Sie da… Brawley, lassen Sie sofort meine Tochter gehen, oder Sie sehen sich noch vor Sonnenaufgang einem Richter gegenüber.«

Fayre boxte ihm auf die Schulter, um seine Aufmerksamkeit zu erregen. »Sind Sie verrückt? Mit dem Zutun meines Vaters werden Sie in Eisen geschlagen und in die Kolonien verbannt. Wenn Sie Glück haben.«

»Fayre«, bat Maccus. Sie musste ihm zuhören. »Wir

haben so wenig Zeit. Ich möchte, dass Sie Ihre Feindseligkeit und Eifersucht beiseiteschieben, und nur …«

Sie riss die Augen weit auf. »Ich bin nicht eifersüchtig. Nein, ich bin angewidert. Empört, dass ich jemals …«

»Standish ist ruiniert«, sagte Maccus über ihre Tirade hinweg. »Mit meiner Hilfe hat er in einer seiner Lieblingsspielhöllen hoch verloren. Ich habe ihn angesprochen und vorgegeben, sein Freund zu sein. Ich habe ein paar seiner Verluste ausgeglichen, um sein Vertrauen zu gewinnen.«

Der Herzog wollte seine einzige Tochter nicht einem potenziellen Kriminellen überlassen. Maccus und Fayre hörten, wie er jemanden nach einem Schlüssel schickte.

»Nachdem er mir vertraute, war ich in der Lage, ihm falsche Informationen über riskante Spekulationsgeschäfte zu geben, in die ich investiert habe. Es ist nicht weitreichend bekannt, aber Standish hat sich bei verschiedenen zwielichtigen Geldverleihern tief verschuldet. Und wenn sein Vater ihn nicht vor den Schuldnern rettet, was er nicht tun wird, wie Standish mir selbst erzählt hat, dann sage ich voraus, dass der Herr sich bald auf eine längere Reise begeben wird.«

»Woher weiß ich, dass Sie die Wahrheit sagen?«

»Jemand hat Standishs Schuldner über seine finanziellen Schwierigkeiten aufgeklärt.« Am Nachmittag hatte Maccus persönlich die Geschäfte aufgesucht, wo der Viscount einkaufte, und hatte den Betreibern wie zufällig von Standishs aussichtsloser Lage erzählt. »Ich bezweifle, dass er in London bleibt, sobald die Aasgeier sich auf sein Haus stürzen.«

Fayre zuckte zusammen, als ihr Vater wieder fordernd mit der Faust gegen die Tür schlug. Man hörte einen lauten Streit über einen fehlenden Schlüssel.

Maccus zog sie weiter von der Tür weg und drückte sie aufs Sofa. Er kniete sich vor sie. »Als ich Sie besser kennenlernte, wollte ich Standish für die grausamen Spielchen umbringen, Fayre. Doch der Tod wäre zu gnädig gewesen. Also habe ich ihn zu dem Schicksal verurteilt, das er Ihnen angedacht hatte. Doch Sie waren zu stark, um es still und leise hinzunehmen. Er wird jetzt aus dieser Welt verbannt werden, von der er dachte, sie gehöre ihm.«

Fayre hörte ihm endlich zu. Als ihr Vater ihren Namen rief, sagte sie: »Papa, ich bin nicht Mister Brawleys Gefangene. Wir führen nur ein vertrauliches Gespräch. Es wird nicht lange dauern.«

Der Herzog nahm es nicht auf die leichte Schulter, von seiner Tochter abgewiesen zu werden. Er befahl den Dienern, die Tür einzurennen.

»Und Lady Hipgrave?«, fragte Fayre und forderte ihn heraus, seine Unschuld zu beweisen, nachdem sie den Verrat doch mit eigenen Augen gesehen hatte. »Welches Schicksal erwartet sie außer der Trunkenheit von Ihren Küssen?«

Er grinste und war unverständlich erfreut. »Meine Dame, meine Küsse haben Sie trunken gemacht?«

Von den eigenen Worten in die Enge getrieben, knirschte sie mit den Zähnen, erhob sich und ging durch das Zimmer. »Der Frage mit einer weiteren auszuweichen ist eine kluge Taktik, um diejenige nicht beantworten zu müssen, die einem gestellt wurde.« Sie nahm eine Figur vom Tisch und betrachtete sie. Selbst aus der Ferne erkannte er einen Greif aus Elfenbein geschnitzt.

Maccus stand auf und setzte sich in einen Sessel. Er beobachtete sie misstrauisch und hoffte, sie würde ihm nichts an den Kopf werfen. »Ich weiche Ihrer Frage nicht aus, Fayre«, sagte er kurz angebunden. Dann warf er einen Blick zur Tür. »Lady Hipgrave war nicht so leicht zu täuschen wie Lord Standish. Als kluge Frau hatte sie die Untertöne zwischen uns bemerkt. Als sie mich nach dem Fest bei den Denings damit konfrontierte, musste ich sie glauben machen, dass ich nur auf einer Seite stehe – nämlich auf meiner. Natürlich konnte sie der Versuchung nicht widerstehen, mich auf ihre locken zu wollen.«

»Natürlich«, sagte Fayre sarkastisch.

»Ihr Gesicht ist etwa so grün wie Ihre Augen, Liebste. Sie denken mit dem Herzen. Lady Hipgrave hat keines, also, müssen Sie sich in sie hineinversetzen. Was würde sie tun, wenn sie überzeugt wäre, Sie hätten einen Liebhaber?«

Fayre zögerte nicht mit der Antwort. »Sie würde das Wissen zu ihrem Vorteil nutzen.«

»Genau. Sie haben Ihre Beziehung zu Standish geleugnet, was zum Problem wurde, weil sich viele Menschen auf Ihre Seite stellten. Doch wenn sie beweisen könnte, dass Sie das Bett mit einem anderen Mann teilen …« Maccus brachte den Gedanken nicht zu Ende. Er wollte, dass Fayre selbst zur Schlussfolgerung fand.

Sie stellte die Figur ab. »Dann hätte ich unbeabsichtigt ihre Behauptungen wahrgemacht. Meine Güte, ich bin ja so eine Gans!«, rief sie entsetzt.

»Jedenfalls nicht in diesem Punkt.« Er sah eine Gelegenheit, also erhob er sich und trat hinter sie. »Die Gräfin hätte unsere Affäre öffentlich gemacht, weil sie Ihnen nicht erlauben konnte, ihre elenden Spielchen unbeschadet zu überstehen. Als ich preisgab, dass ich meine eigenen unmoralischen Gründe dafür hatte, Sie zu verführen, sah Lady Hipgrave meine, äh, delikate Position in Ihrem Bett als Mittel zu ihrem Zweck. Ich überzeugte sie zu warten und versprach, dass die Verzögerung sowohl ihr als auch mir zugutekommen würde. Sie stimmte zu. Doch sie ist nicht sehr geduldig.«

»Sie wollte Sie für sich.«

»Ja, sie wollte mich in ihrem Bett. Im Gegenteil zu Ihnen war sie nicht durch Liebe oder sogar Lust zu erregen.« Seine Einsichten in ihre Gefühlswelt waren ihr unangenehm. Sie wollte sich abwenden, doch er hielt sie gefangen. Es war so wenig Zeit, bis eine kleine Armee die Tür aufbrechen würde. »Die Gräfin bevorzugt es, ihren Körper im Tausch für die Willfährigkeit ihrer Liebhaber herzugeben. Die Narren. Sie zählt darauf, dass der Mann so erregt und gefesselt von ihr ist, dass er alles tun würde, um sie zu befriedigen.«

Ein Hoffnungsschimmer blitzte in Fayres Augen auf. »Sie haben nicht mit ihr geschlafen?«

Etwas Schweres krachte gegen die Tür, und das Holz splitterte. Die Tür flog beim zweiten Versuch auf. Zwei Diener stolperten ins Wohnzimmer und stürzten auf den Boden. Der Herzog von Solitea stieg über sie hinweg und kam zu Maccus und seiner Tochter herüber. Der ältere Mann sah nicht aus, als sei er dankbar dafür, dass seine Tochter in Sicherheit war. Er war richtig zornig.

»Papa, warte! Ich habe dir doch gesagt, dass ich mich nur mit Mister Brawley unterhalte!«, schrie Fayre, als ihr Vater Maccus die Faust gegen das Kinn schmettern wollte.

Maccus duckte sich und entging dem Schlag. Er nahm Fayres Hand und zerrte sie mit sich, als er zur Tür rannte. Als er an den Dienern vorbeikam, schubste er den einen Mann gegen den anderen, und die beiden lagen wieder am Boden. Sie liefen an einer kleinen Anzahl neugieriger Angestellter vorbei zur anderen Seite der Eingangshalle.

»Maccus«, japste sie. Die Aufregung raubte ihr den Atem. »Wohin laufen wir denn?«

Er schob sie ins Musikzimmer und schloss die Tür. Maccus sah sich im Raum nach etwas um, womit er die Tür versperren konnte. Neben dem Fenster stand eine Marmorstatue, eine nackte Frau in klassischer Pose, die sich sittsam mit Schleiern bedeckte.

Fayre hatte gesehen, wohin sein Blick fiel. »O nein, denken Sie nicht einmal daran, die Statue zu missbrauchen. Papa hat ein Vermögen für diese Helena von Troja bezahlt. Manchmal denke ich, dass er diesem Marmorblock mehr Wert beimisst als seinem eigenen Fleisch und Blut.«

Maccus ergab sich taktvoll. Das Cembalo war näher. Er packte eine Seite und zerrte das Instrument vor die Tür. Zufrieden mit seiner Barrikade nickte er, denn er hatte sich eben noch ein paar Minuten mit Fayre verschafft.

Fayre sah etwas erschöpft aus. »Sie können doch

nicht einfach ein Cembalo verschieben, so als sei es ein Tisch oder ein Stuhl. Es ist ein empfindliches …«

Er tat den Streit mit einer Handbewegung ab. »Ihr Vater kann den Schaden auf meine Rechnung setzen. Obwohl ich ja, in aller Fairness, nicht für den Schaden bezahlen sollte, den sein Personal anrichtet, wenn es die Tür einschlägt.«

Ein eindeutiges Klopfgeräusch drang durch die Tür. Das Hindernis würde nicht lange halten. Maccus sah Fayre an. Sie saß selbstsicher an einem Ende des Sofas und blickte ihm erwartungsvoll entgegen. Er ging zu ihr, um das Gespräch, das im Wohnzimmer unterbrochen worden war, fortzuführen.

»Nein, ich bin nicht mit der Dame ins Bett gestiegen. Nachdem ich mit Ihnen zusammen war, mein Juwel, verblassen alle anderen Frauen.« Er kam ihrer nächsten Frage zuvor. »Ja, ich habe sie geküsst, und gut geküsst, denn es musste ja überzeugend wirken. Lady Hipgrave musste glauben, dass ich ihren Wünschen Folge leisten würde, selbst, wenn sie mich noch nicht in ihr Bett locken konnte. Ich habe es nicht genossen, doch ich hätte sie wieder geküsst, wenn es Ihnen die Qualen, die sie plante, erspart hätte. Wie lange werden Sie mich dafür bestrafen, dass ich versucht habe, Sie zu beschützen?«

Die Tür brach ein Stück auf und traf das Cembalo. Der Missklang der schwingenden Saiten drang aus dem Korpus. Der Herzog jaulte vor Wut darüber, dass seine Männer das teure Instrument getroffen hatten.

Fayre zuckte zusammen, als die Tür wieder und wieder an die Seite des Cembalos stieß. »Maccus, ich bestrafe Sie nicht.«

»Wirklich? Sie haben mir die Brosche ins Gesicht und mich aus Ihrer Kutsche geworfen. Wie nennen Sie das?«

»Vernünftig sein!«, rief sie. »Nach Lord Standish dachte ich nicht, dass ich jemals wieder einem Mann vertrauen könnte.« Fayre stand auf und gestikulierte wild herum. »Und dann haben Sie Lord Yemant überzeugt, uns einander vorzustellen. Seit Sie in mein Leben getreten sind, ist es nicht mehr dasselbe. Ich bin nicht dieselbe.«

Die Diener schoben das Cembalo zur Seite und stürmten auf Maccus zu. Der Herzog betrachtete sich traurig sein beschädigtes Instrument, bevor er sich wütend dem Übeltäter zuwandte.

»Halt, Sir«, befahl seine Gnaden und zog sein Entermesser aus der Scheide, die er achtlos beiseite warf.

Maccus ignorierte die Anweisung. Er hatte zu viel zu verlieren, wenn er jetzt eingefangen würde. Er schlug einen der Diener und wich dem Schlag des anderen aus. Dann nahm er Fayres Hand und zog sie zur Tür.

»Nicht schon wieder«, murmelte sie, leicht verärgert über seine Entschlossenheit, sie von Zimmer zu Zimmer zu zerren. Ihr Vater schnitt die Luft mit dem Messer, als sie vorüberliefen. Fayre schrie auf, als die Klinge sie nur knapp verfehlte und tief in den vergoldeten Korpus des Cembalos fuhr.

Der Wahnsinn musste ein Ende finden. Ihr Vater hatte sie bei dem Versuch, ihre Flucht zu vereiteln, fast getroffen. Maccus rannte mit ihr durch die wachsende Anzahl von Zuschauern – allesamt Bedienstete – den Korridor entlang. Fayre war sicher, dass einer der Stallknechte mit dem Koch eine Wette über den Ausgang des Schauspiels abgeschlossen hatte. Maccus schob sie in die Bibliothek und drehte den Schlüssel im Schloss um. Sie verschränkte die Arme, während er eine Barrikade aus einem großen Schreibtisch und mehreren gepolsterten Stühlen baute.

»Das reicht, Maccus. Nach Ihren Eskapaden und denen meines Vaters werden wir nicht eine brauchbare Tür mehr haben«, sagte sie, frustriert von seiner Sturheit. »Beenden wir die Angelegenheit jetzt.«

»Nein!«, sagte er und fügte noch einen Stuhl zu seinem Möbelturm hinzu. »Ich werde es nicht zulassen, dass Sie mich aus Ihrem Leben streichen, Fayre. Ich liebe Sie. Sie lieben mich.«

Sie hatte Überheblichkeit von ihm erwartet, doch seine Gewissheit über ihre Gefühle war ärgerlich. »Sie scheinen sich ja ziemlich sicher zu sein, Mister Brawley.«

Er nickte kurz. Als er auf sie zutrat, dachte sie, er wolle sie in seine Arme nehmen und sie besinnungslos küssen, um die Leidenschaft zwischen ihnen zu illustrieren. Aber stattdessen ging er an ihr vorüber und nahm noch einen Stuhl. »Das bin ich. Sie wollten mich ermorden, weil ich Lady Hipgrave geküsst habe.«

Es war unklug, die Gräfin zu erwähnen. Sie ballte die Fäuste. »Ganz im Gegenteil, ich wollte Lady Hipgrave ermorden. Sie, auf der anderen Seite, wollte ich verstümmeln.«

Maccus unterbrach den Bau seiner Barrikade. »Nur eine Frau, die verliebt ist, erwägt Gewalt als Strafe für einen winzigen Fehltritt.«

Er wollte sie wohl absichtlich provozieren? Trotzdem konnte sie sich nicht zurückhalten. »Es war eine große Verfehlung und zwar eine, für die ich Sie immer noch zum Krüppel machen könnte.«

Er stellte den Stuhl hin und ging auf sie zu. »Heirate mich, Fayre.«

Sie stolperte zurück und brachte etwas Abstand zwischen sich und seinen unerwarteten Antrag. »W … was? Nein, Sie wollen mich doch gar nicht heiraten.«

»Das will ich nicht?« Er musterte sie mit schweren Lidern. »Ein wütender Vater hinter dieser Tür plant, meinen Kopf bei der erstbesten Gelegenheit von meinem Körper zu trennen. Warum sollte ich mein Leben riskieren?«

Sie hatte keine Antwort. »Stolz?«

Er strich ihr leicht übers Gesicht. »Ich riskiere alles, denn ohne dich habe ich nichts.«

»Sie übertreiben, Sir«, protestierte sie und wich zurück. »Sie empfinden vielleicht eine Zuneigung zu mir, genießen unser Liebesspiel. Aber ich bin nicht die Frau, die Sie heiraten wollen.«

Schmerz flammte in seinen Augen auf. »Du vertraust mir immer noch nicht.«

Es quälte sie, ihn verletzt zu haben. Maccus verstand nicht, dass sie sich schützen musste. Sie hatte ihre Gefühle für ihn so lange bekämpft, weil sie ihre Seele entblößt und ihm die Macht, sie zu zerstören, gegeben hatte. »Es hat nichts mit Vertrauen zu tun, Maccus. Trotz Ihrer Versuche, die Vergangenheit zu verbergen, verstehe ich Sie. Sie sind überheblich, skrupellos und ehrgeizig.«

Er seufzte resigniert. »Das sind nicht besonders edle Eigenschaften.«

»Ich widerspreche.« Sie nahm seine Hand und runzelte die Stirn, als sie die Schnitte und Kratzer sah. »Man braucht Kraft, um den Fesseln solch einer düsteren, gefährlichen Vergangenheit zu entfliehen, die ich mir nicht einmal im Ansatz vorstellen kann. Das bewundere ich an Ihnen.«

Sein Blick, der über ihr Gesicht wanderte, fühlte sich wie eine zärtliche Berührung an. »Ich werde meine Vergangenheit nie vollständig hinter mir lassen können, Fayre. Gott weiß, ich habe es versucht. Mein Vater und mein Bruder werden mich immer daran erinnern, dass dieses Leben hier eine Illusion ist.«

Fayre bedachte die kleinen Wunden mit leichten Küssen. »Es ist keine Illusion, Maccus. Sie wurden der Mann, der Sie sein wollten. Sie haben Ihren Platz in der feinen Welt gefunden. Sie haben sich den Respekt und die Bewunderung Ihrer neuen Freunde erarbeitet. In Ihnen sehe ich mehr Mitgefühl und Ehre als in einem Dutzend Lord Standishes. Sie müssen nur akzeptieren lernen, dass Mac, der Schmuggler, auch in Ihnen wohnt.«

Maccus fasste ihre Hand fester. »Willst du mich deshalb nicht heiraten? Weil du mit meiner düsteren Vergangenheit nicht leben kannst?«

»Nein. Ihre Vergangenheit macht mir nichts aus«, antwortete sie wahrheitsgemäß.

»Dann ist es meine Familie.«

Stunden zuvor hatte sie an fast derselben Stelle gestanden, als sein Vater eine Pistole auf sie gerichtet hatte. Sie war sich sicher, dass er harmlos war. Immerhin hatte er sie mit einer ungeladenen Waffe bedroht. »Ich mag Trevor ganz gerne. Er ist jung und braucht jemand anderen als Ihren Vater, um ihn zu leiten. Was Seamus angeht …«

Maccus zog sie an sich. Er sah ihr fest in die Augen und sagte: »Wenn ich verspreche, sie von uns fernzuhalten, wirst du mich dann zum Ehemann nehmen?«

»Ein bewundernswertes Versprechen.« Sie schmunzelte in Richtung der Tür, wo das Pochen jetzt plötzlich wieder hitzig einsetzte. »Doch nicht sehr praktikabel. Die Familie findet immer einen Weg sich einzumischen, meist ungebeten.«

Er fand ihre Bemerkung nicht komisch. »Was kann ich tun, um dich zu überzeugen? Ich liebe dich, Fayre.«

Ihr Herz flatterte in der Brust. Es tat weh zu wissen, dass sie diese Worte nicht verdiente. Sie ließ seine Hand los. »Bitte, jetzt sind Sie grausam.«

Er umkreiste sie und wollte es nicht zulassen, dass sie sich von ihm abwandte. Von ihnen. »Es ist grausam, wenn ich dir sage, dass ich dich liebe?«

Maccus würde nicht zufrieden sein, bis sie ihre Ängste laut äußerte. »Ja, denn ich weiß, dass ich nicht die Dame bin, die Sie begehren.«

Wut brandete in ihm auf. »Welch Nonsens ist das denn? Dich nicht begehren? Meine Dame, ich habe dich so oft geliebt, dass mein Schwengel schon beim Gedanken an dich hart wird.« Er rieb ihr über die Arme. Seine Gesichtszüge wurden weicher. »Ich liebe alles an dir; deine Augen, wenn sie vor Leidenschaft strahlen, dein süßes Lächeln; selbst deine Hartnäckigkeit, wenn die Chancen wie jetzt gegen dich stehen. Heirate mich.«

Ihre Entschlossenheit geriet ins Wanken. Zu ihrer

Verteidigung plapperte sie: »Was ist mit Ihrer tugendhaften Musterdame ohne schändliche Vergangenheit? Die sittsam an Ihrem Tisch sitzt und Ihnen Ihre Erben zur Welt bringt? Die Ehefrau, die Sie wollen und diskret in der Londoner Gesellschaft zu finden hoffen?«

Er verstand, und die tiefen Furchen in seinem Gesicht verschwanden. Hoffnung strahlte aus seinem Blick. »Fayre, meine Liebe, du bist alles, was ich mir als Ehefrau erträumt habe.«

»Ich habe eine Vergangenheit.«

»Ich doch auch«, erinnerte er sie sanft. »Wir gehören zusammen. Heirate mich.« Er holte die Brosche aus der Westentasche hervor. »Mit dieser Brosche gebe ich dir ein Versprechen, Lady Fayre Carlisle. Kein Mann wird seine Frau jemals so lieben wie ich dich. Heirate mich und mach mich zum reichsten Mann in England.« Maccus steckte ihr die Brosche am Kleid fest.

Fayre blickte erstaunt in sein Gesicht. Er liebte sie. Nicht ihrer Familie oder deren Einflusses wegen, nein, einfach nur sie. Der Schmerz und die Anspannung in seiner Miene verrieten ihr, dass er eine Zurückweisung fürchtete.

Eine Axt brach durch das Fenster und verschwand wieder. Dann schlug sie erneut zu und klopfte Holzsplitter und zackige Glasscherben aus dem Fensterrahmen. Maccus stellte sich instinktiv zwischen Fayre und das Fenster. Der Herzog von Solitea war wie ein Räuber bewaffnet mit einem Entermesser und einer geladenen Pistole.

Er richtete die Waffe auf Maccus, als er durch die Öffnung trat. »Ich habe genug von diesem Blödsinn. Ergeben Sie sich, Sir!«

Fayre hatte für einen Abend genug Pistolen gesehen. Sie stellte sich vor Maccus und ignorierte seine leise, dringliche Anweisung, hinter ihm zu bleiben. «Papa, du kannst Mister Brawley nicht erschießen.«

Seine Gnaden schnaubte über ihre gebieterische Aufforderung. »Da muss ich widersprechen. Wenn du beiseitegehst, kann ich auf ihn anlegen.«

Maccus versuchte noch immer, sich vor sie zu stellen, aber sie hielt ihre Position zwischen diesen beiden Männern, die sie liebte. Sie ließ sich nicht abschrecken. Fayre sah ihren Vater sorgenvoll an. »Er hat mich ruiniert, Papa. Ich muss ihn heiraten.«

Der Herzog heulte auf, als er im Schock versehentlich einen Schuss abgab. Glücklicherweise verfehlte er das Ziel. Die Kugel flog an Fayre und Maccus vorbei, hinterließ aber ein ansehnliches Loch in der Tür. Das war also die vierte, die an diesem Abend zerstört wurde.

Zwanzigstes Kapitel

Othilia saß in ihrem Ankleidezimmer und las das Sendschreiben, das sie an diesem Morgen von ihrem Gatten, Lord Hipgrave erhalten hatte. Der Graf forderte, dass sie sofort aufs Land zurückkehrte. Es war die dritte Anordnung dieser Art, die er in den letzten zwei Wochen geschickt hatte.

»Auf dem Höhepunkt der Saison? Der Mann ist nicht nur alt, er ist geisteskrank«, spottete sie, zerriss den Brief und warf die Fetzen in den Kamin. Dann setzte sie sich an den Schreibtisch.

Sie hatte auf seine früheren Briefe nicht geantwortet und spürte seine wachsende Ungeduld. Es war umsichtiger, auf diesen Brief zu reagieren. Sie nahm den Federhalter auf und dachte nach über die Ausrede, die ihren Gatten überzeugen würde, sie in der Stadt verweilen zu lassen. Immerhin hatte sie viel zu viel Spaß in London, um jetzt zu gehen, besonders da sie Maccus Brawley in den Fängen hatte.

Mister Brawley war ein unvergleichliches Exemplar unter all den Männern. Sie vergötterte seine Augen. Sie blickten so eindringlich. Der Mann ließ selbst Lord Standish, der ihr immer attraktiv und männlich vorgekommen war, verweichlicht aussehen. Seit der ersten Begegnung wollte Othilia ihn zum Geliebten haben. Doch sie hatte sich zurückgehalten. Maccus Brawley war sein eigener Herr. Er würde sich nicht durch sein Verlangen leiten lassen oder einer Frau erlauben, ihn zu beherrschen. Sie musste ihn behutsam behandeln. Genüsslich sah sie dem Tag entgegen, an dem das Begehren seine instinktive Vorsicht übertrumpfen würde und sie Geliebte wurden.

Othilia starrte das leere Blatt Papier an und seufzte. Sie konnte ihrem Mann schlecht erklären, dass sie auf den Vollzug des Liebesaktes mit einem anderen wartete. Sie könnte ihm schreiben, dass sie nach der vermeintlichen Fehlgeburt noch immer unpässlich sei. Die Vorgänge im Innern des Körpers einer Frau waren den meisten Herren ein Rätsel. Da er ungern von heiklen Themen sprach, würde der Graf sicher zustimmen, dass sie ihre Erholung in London fortsetzen sollte, wenn sie den Brief nur gut genug formulierte.

Dann konnte sie den Rest der Saison Maccus Brawley widmen. Bald würde er auf grausame Weise die kurze Tändelei mit der Carlisle-Göre beenden. Die Trauer und die Gerüchte über zwei fehlgeschlagene Affären würden Lady Fayre ins Exil auf ihr geliebtes Arianrod verbannen. Der Herzog von Solitea musste sich dann mit der Tatsache abfinden, dass seine Tochter die Hure für die Liebhaber seiner ehemaligen Mätresse gespielt hatte. Othilia wollte die furchtbaren Neuigkeiten mit Mister Brawley an ihrer Seite verbreiten.

Später, alleine in ihrem Bett, würde Othilia dem Mann für seine unermessliche Hilfe bei ihrer Rache am Herzog ihre höchste Dankbarkeit ausdrücken. Natürlich würde sie Lord Standish aufgeben. So reizend er auch immer war, so war er doch auch treulos und hatte nicht den Ehrgeiz, den sie an Maccus Brawley so bewunderte. Erst gestern Abend hatte sie mehrere Herren belauscht, die sich über Standishs Pech am Spieltisch unterhielten. Es war nur eine Frage der Zeit, bevor der Marquis von Pennefeather seinem Sohn den Hahn zudrehen würde. Ein verarmter Zweitgeborener war ihre Aufmerksamkeit wirklich nicht wert. Im Geiste sonderte sie ihren bisherigen Geliebten schon aus, ohne jegliche Reue. Ihre Gedanken fanden zu Mister Brawley zurück. Sie fragte sich, ob er wohl ein eifersüchtiger Liebhaber war. Sie wand sich auf ihrem Stuhl bei dem Gedanken, dass er sie besitzen würde.

Die leere Seite blendete sie.

Sie klopfte mit der Feder gegen das Tintenfass und verzog das Gesicht. Lord Hipgrave würde sich nicht ewig hinhalten lassen. Er wollte, dass sie seinen Erben austrug. Othilia schauderte, als sie sich an die linkischen Versuche in ihrem Bett erinnerte. Sie hatte seine Fähigkeiten über den Klee gelobt, aber in Wirklichkeit wollte sie sich nur übergeben. Wenn sie ihm einen Sohn schenkte, würde sie weit weg von dem alten Narren frei ihren Launen nachgehen können.

Othilia legte nachdenklich den Kopf auf die Seite. Vielleicht gab es einen Weg, wie sie ihre und Lord Hipgraves Wünsche erfüllen konnte. Sie stützte den Kopf auf und lächelte verschlagen. Was wäre, wenn sie Lord Hipgraves Erben schon unter dem Herzen trug, wenn sie zu ihm zurückkehrte? Natürlich konnte sie ihre zarte Verfassung erst preisgeben, nachdem sie ein-, zweimal das Bett mit ihrem Gatten geteilt hatte. Es war wirklich niederträchtig, ihm einen Wechselbalg als wahren Hipgrave-Erben unterzujubeln. Doch ihr Ehemann verdiente, was er bekam, dafür, dass er so alt und widerlich war. Othilia kannte rein zufällig auch schon den perfekten Vater für den Erben. Maccus Brawley war so ruchlos wie sie. Wenn sie ihm ihren gewagten Plan unterbreitete, würde er sich der Aufgabe sicher begeistert zuwenden. Er hatte wenige Schwächen, aber sie hatte sofort gespürt, dass ihm seine unedle Geburt unangenehm war. Der Gedanke, dass sein Sohn der Erbe einer Grafschaft sein könnte, wäre eine Versuchung, der wenige Männer widerstehen könnten. Othilia legte die Hand auf ihren Unterleib. Vielleicht konnte sie schon heute Mister Brawley aufsuchen, damit sie das lustvolle Bündnis eingehen konnten.

Hinter ihr öffnete sich die Tür. »Ich habe Ihnen doch gesagt, dass ich nicht gestört werden möchte«, blaffte sie verärgert.

»Verzeihung, gnädige Frau. Lord Hipgrave lässt ausrichten, dass er auf keine Frau wartet und schon gar nicht auf seine Gattin«, sagte ihre Zofe und ging beiseite, als der Graf eintrat.

»Guten Morgen, Weib«, sagte ihr Mann ernst und sah sich im Zimmer um. »Ich hoffe, ich habe dich nicht gestört.«

Othilia legte die Feder in den Halter und erhob sich, um ihren Mann zu begrüßen. Sie knickste und küsste ihn kühn auf die Wange. »Mein Herr, das ist unerwartet. Ich habe erst heute Morgen einen Brief von Ihnen erhalten und wollte eben antworten.« Sie deutete auf die leere Seite.

Der Graf schlenderte durch das Zimmer. »Dann habe ich dir ja die Mühe erspart. Ich nehme an, du bist meinem Wunsch nachgekommen und hast das Personal angewiesen, deine Sachen zu packen.« Er öffnete die Tür zum Schlafzimmer und schaute sich um.

Sie verdrängte die aufsteigende Panik. Lord Hipgrave benahm sich verdächtig, so als erwarte er, dass sie nicht alleine war. »Mein Herr, ich habe mich noch nicht vollständig vom Verlust unseres Kindes erholt. Ich hatte gehofft, mit Ihrer Erlaubnis in London verweilen zu können.«

»Mit Bedauern muss ich dir das abschlagen, Othilia. Doch es schmerzt mich, weil du so sehr um unser beider willen gelitten hast.«

Sittsam senkte sie den Kopf und schniefte. »Ich hoffe, Sie vergeben mir meine Unzulänglichkeiten, mein Gatte.«

»Wie ich hoffe, dass du mir meine vergibst, liebes Weib. Jemand erinnerte mich, dass ich dir gegenüber nachlässig war. In diesem grellen Licht betrachtet, komme ich, um dies wieder gutzumachen.«

Ihr Mann lebte in einem unzivilisierten Teil des Landes. Im Umkreis von Meilen um das Anwesen gab es keine Menschenseele außer den Bediensteten. Hatte jemand in London mit dem Grafen korrespondiert? »Wer hat Ihre Gedanken mit Unwahrheiten gefüllt, mein Herr? Sie waren sehr gütig.«

Er stützte sich fest auf den Spazierstock und wischte ihre Widerworte weg. »Es ist rücksichtsvoll, dass du meine Gefühle schonen möchtest. Doch ich werde an dir meine Pflicht erfüllen. Ich habe das Personal schon von unserer Abreise heute Nachmittag unterrichtet.«

Er brachte sie weg aus London, weg von dem Leben, dass sie so liebte. »Nachmittag«, wiederholte sie leise.

Lord Hipgraves nüchterne Miene war entschlossen. »Wenn wir erst einmal zu Hause sind, werde ich den besten Arzt holen lassen, der dich untersuchen wird. Ein Monat Ruhe sollte die verbleibende Unpässlichkeit beseitigen. Mit dem Segen unseres Arztes werde ich in dein Bett zurückkehren, liebes Weib, und deine Arme mit der Kinderschar füllen, die ich dir an unserem Hochzeitstag versprochen habe.«

Othilia wollte empört mit dem Fuß aufstampfen. Sie wollte sich nicht mit diesem alten Ziegenbock aufs Land zurückziehen. Wenn er ihr einen Monat zur Erholung geben wollte, wieso konnte sie nicht in London bleiben? Sie öffnete den Mund, um diesen Vorschlag zu machen. Doch etwas in seinem festen Blick hielt sie davon ab. Lord Hipgrave sah sie nicht mit der blinden Verehrung wie früher an, sondern mit kaltem Hohn. Irgendwoher wusste er, dass sie sich in London Liebhaber genommen hatte. Ein Arzt würde einen Monat lang ein wachsames Auge auf sie haben, um sicherzugehen, dass sie kein Kind erwartete, bevor er wieder begann, ihren Leib zu befruchten.

In ihrem Hals formte sich ein Kloß. »Mein Herr, wenn ich erklären …«

Ihr Gatte tätschelte ihr die Wange. »Du musst mir nichts erklären oder dich entschuldigen. Ich gebe mir selbst die Schuld für dein unbekümmertes Benehmen, Othilia. Ein Säugling auf deinem Arm und ein ruhiges Leben auf dem Land werden dich vom Unheil fernhalten.«

Echte Tränen trübten ihr die Sicht. Ihr Graf wollte sie für den Rest ihres Lebens in einem goldenen Käfig einsperren. Wer ihn auch immer auf ihre Untreue aufmerksam gemacht hatte, war schonungslos gründlich mit seiner Rache gewesen. Ihr Leben war ruiniert. Othilia überlegte, ob Lady Fayre Carlisle endlich die Vergeltung geübt hatte, die sie ihr auf Mewe Manor versprochen hatte.

Maccus stand in der Mitte des Gewächshauses des Herzogs von Solitea und grübelte über sein Schicksal nach. Er hatte wenig geschlafen, seit Fayre ihrem Vater gesagt hatte, dass Maccus ihre Ehre befleckt hatte. Der Herzog hatte es besser als die meisten aufgenommen. Anstatt den Verführer seiner Tochter zu erschießen, hatte er lediglich eine weitere Tür zertrümmert. Der Gedanke, dass seine Tochter seiner Klinge und dem Schuss nur knapp entgangen war, hatte das Temperament des Herzogs schneller gebändigt als jede Erklärung, die er oder Fayre zu ihrer Verteidigung hätten vorbringen können.

Fayre trat hinter ihn und hielt ihm die Hände vor die Augen. »Was machst du denn hier draußen ganz alleine?«

Maccus löste ihre Finger und küsste sie. »Ist das nicht sonnenklar? Ich verstecke mich vor deiner Familie.« Er wandte sich ihr zu.

Fayre hatte wahrscheinlich noch weniger geschlafen als er. Trotzdem strahlte sie in ihrem Hauskleid. Die Herzogin war kurz nach Fayres schockierender Offenbarung nach Hause gekommen. Er nahm an, ihre Eltern hatten sich abgewechselt, um sie von ihrer Entscheidung einen Bürgerlichen zu heiraten, abzubringen.

»Bei dir klingt es, als seien sie schrecklich, Maccus.«

»Dein Vater hat mich die ganze Zeit angestarrt, als wir alle beim Frühstück saßen. Er hat einen Blick, dass einem das Essen vergeht.«

»Meine Mutter betet dich an und hat der Verbindung zugestimmt. Sie hat stundenlang geweint, nachdem du in deinem Zimmer warst. Aber nicht ein Mal hat sie einen längeren Aufenthalt im Ausland erwähnt«, sagte Fayre und stellte sich auf die Zehenspitzen, um ihn auf die Lippen zu küssen. »Vertrau mir, das ist ein gutes Zeichen.«

»Dein Vater ist nicht erfreut. Er hofft wahrscheinlich, dass ich mir aus Versehen beim Rasieren in den Hals schneide oder von einem Gespann überrollt werde.«

Fayre lachte, und ihre gute Laune verströmte einen freundlichen Glanz. »Mein Vater ist harmlos. Aber …« Ein ernüchternder Gedanke setzte sich fest. »Du musst wahrscheinlich meinem Bruder aus dem Weg gehen, bis er Zeit hatte, unsere guten Neuigkeiten zu verarbeiten.«

Nachdem sie das Treffen mit ihren Feinden beobachtet hatte, war Maccus sicher gewesen, dass er nie wieder ihr Lächeln sehen würde. »Na ja, dein Antrag hat fast das Haus um uns herum einstürzen lassen«, sagte sie. Da war das schelmische Grinsen wieder. »Gib ihm Zeit, und er wird dich ebenso lieben wie ich. Außerdem habe ich ihn darauf hingewiesen, dass es am besten für die Kinder wäre, nicht außerehelich geboren zu werden.«

Maccus riss fassungslos den Mund auf. »Fayre, versuchst du etwa, mir etwas zu sagen?« Plötzlich sah sie zerbrechlich aus. Vielleicht, dachte er, sollte sie sich lieber setzen.

»Nein.« Sie zwinkerte ihm kokett zu. »Zumindest denke ich es nicht. Wie dem auch sei, wenn du unsere nächtlichen Abenteuer fortsetzt, Mister Brawley, dann sind Kinder die Folge.«

Der Gedanke schien sie nicht im Geringsten zu beunruhigen. Sie sah ihn sogar in dieser verführerischen Art an, die jedes Mal sein Blut in Wallung brachte. »Du hast nichts dagegen, meine Kinder zur Welt zu bringen?«

Fayre drückte ihre Lippen auf seine. Sie zögerte den Kuss hinaus und löschte damit jegliche Zweifel aus. Sie zog sich zurück und sagte: »Ich habe ganz vergessen, ein kleines Gerücht zu erwähnen, das Mama gestern auf dem Ball hörte. Es scheint, dass Lord Standish sich mit seinem Vater zerstritten hat. Es hatte wohl etwas mit seinen verschwenderischen Ausgaben und schlechten Investitionen zu tun.«

»Wirklich?«, raunte Maccus mit gespielter Überraschung.

Fayre nickte ernsthaft und schien auch verblüfft über die Neuigkeiten. »Bei den Buchmachern wird jetzt darauf gewettet, ob der Marquis seinen Sohn retten wird oder ob der arme Lord Standish – und das meine ich wörtlich – gezwungen sein wird, das Land zu verlassen.«

Sie war wirklich erfreut über das Schicksal ihres ehemaligen Liebhabers. Maccus konnte ihr keinen Vorwurf machen, wenn er bedachte, wie gleichgültig er sie behandelt hatte. »Ich habe auch so ein Gerücht gehört«, sagte er und umfing sie in einer lockeren Umarmung.

»Wann hattest du denn Zeit dazu? Gestern Abend

warst du zu beschäftigt, mit Miss Knight zu flirten« – Maccus stöhnte bei der Erinnerung daran – »und geheime Treffen mit bösen Menschen zu besuchen, mich vor deinem Vater zu retten und dich dann mit ihm auseinanderzusetzen und mit mir, meinem Vater und dem Haus zu kämpfen.« Sie zählte die Ereignisse an den Fingern ab. »Habe ich noch etwas vergessen?«

»Du hast den Teil ausgelassen, wie du meinen Heiratsantrag angenommen hast.«

»Ah ja«, sagte sie und schmunzelte. »Das war auf alle Fälle der Höhepunkt des Abends.«

Maccus zwickte sie in die Nasenspitze. »Das und nicht erschossen oder erstochen zu werden.« Zum Glück hatte der Herzog die Waffen geführt, als sei er kurzsichtig. »Ich habe es geschafft, eine Neuigkeit zu erfahren, die dir gefallen wird.«

Sie betastete seine Krawatte. »Ach ja?«

Er dachte an die anonymen Briefe, die er per Boten persönlich an Lord Hipgrave gesandt hatte. »Ja, mein Juwel. Jemand flüsterte mir ins Ohr, dass Lord Hipgrave sehr bald seine Gräfin abholen wird. Der Herr sehnt sich nach einem Erben, der nicht geboren wird, wenn die Dame ihre Abende damit verbringt, mit anderen Männern herumzutollen.«

»Die Gräfin wollte besonders mit dir herumtollen, Mister Brawley«, sagte Fayre anzüglich. Sie musste sich noch immer von dem Gedanken an Maccus in der Umarmung von Lady Hipgrave erholen. »Wenn der Graf klug ist, wird sie für die nächsten zehn bis fünfzehn Jahre ständig schwanger sein. Ich bin sicher nicht die Einzige, die die hinterhältige Dame nicht vermissen wird.«

Maccus hatte Fayre seine Hilfe versprochen, damit sie an Lord Standish und Lady Hipgrave Rache üben konnte. Er hatte sich in seiner üblichen verschlossenen Art und Weise daran gemacht, doch Fayre schien so erfreut über das Ergebnis zu sein, dass sie nicht über seine Methode streiten wollte. Im Gegenzug hatte sie ihm versichert, seine Umgangsformen zu verfeinern und ihm Eintritt in die gehobene Gesellschaft zu verschaffen. Sie hatte nicht nur ihr Versprechen gehalten, sondern ihm noch mehr gegeben, als er je zu träumen gewagt hatte. Fayre hatte ihm Liebe geschenkt und einen Platz in *ihrer* Welt. Mehr begehrte er nicht.

»Wegen unserer Abmachung …«, fing Maccus an. Er hob sie hoch über seinen Kopf und wirbelte sie herum. Die Welt verschwamm für einen Augenblick und drehte sich langsamer. »Bist du glücklich?«

Fayre streckte die Arme nach den Sonnenstrahlen aus, die durch die Glasscheiben fielen. Sie vertraute ihm von ganzem Herzen. Er würde sie nicht fallen lassen. »In deinen Armen, Maccus, immer.«

Nicole Jordan

»Ein wunderbar unterhaltsamer und höchst sinnlich inszenierter Kampf der Herzen zwischen den beiden vor Esprit sprühenden Helden.«
Chicago Tribune

978-3-453-77247-2

978-3-453-77251-9

HEYNE